HOTEL SILBER –
NEUE ZEIT, ALTE SCHULD

Kai Bliesener, geboren 1971 in Waiblingen, war als Kommunikationsexperte, Mediendesigner und Pressesprecher für verschiedene Verbände und Unternehmen tätig. Er arbeitet als Leiter der Presse- und Öffentlichkeitsarbeit für das Theaterhaus Stuttgart sowie als freiberuflicher Autor und Texter. Er lebt mit seiner Familie in Weinstadt.

Dieses Buch ist ein Roman. Die Handlung ist fiktiv, auch wenn teilweise Bezug auf reale Fälle und Ereignisse genommen wird. Es treten historische Persönlichkeiten auf, deren Handeln, Reden und Denken ist jedoch so frei erfunden wie das der anderen Figuren in diesem Roman.

KAI BLIESENER

HOTEL SILBER

NEUE ZEIT, ALTE SCHULD

KRIMINALROMAN

emons:

Bibliografische Information der Deutschen Nationalbibliothek
Die Deutsche Nationalbibliothek verzeichnet diese Publikation in der Deutschen Nationalbibliografie; detaillierte bibliografische Daten sind im Internet über http://dnb.d-nb.de abrufbar.

MIX
Papier | Fördert gute Waldnutzung
FSC® C083411

Cäcilienstraße 48, 50667 Köln
info@emons-verlag.de

Umschlaggestaltung: Leonardo Magrelli
Gestaltung Innenteil: DÜDE Satz und Grafik, Odenthal
Lektorat: Lothar Strüh
Druck und Bindung: CPI – Clausen & Bosse, Leck
Printed in Germany 2024
ISBN 978-3-7408-2123-4
Originalausgabe
2. Auflage

Für Karin, Jannik und Annika

Zuweilen habe ich den Eindruck, als ob ein Massenwahnsinn das deutsche Volk ergriffen habe und als ob ein Gehirnschwund in großem Ausmaß um sich fräße. Denken ist heute überhaupt nicht mehr Mode.

Anna Haag in ihrem Tagebuch
am 24. Januar 1941

PROLOG

Stuttgart, Ende März 1945

Nervös und frierend standen sie im Schutz der zerbombten Mauerreste des Stuttgarter Hauptbahnhofs. Der Schatten des sechsundfünfzig Meter hohen Turms auf der Südseite des Kopfbahnhofs bot ihnen Schutz vor der feuchten Kälte des Morgens, während sie auf Heinz Koller warteten.

Vera Wallner legte den Arm um die Schultern ihrer schlotternden Tochter. Margarete schaute aus großen Augen zu ihrer Mutter, dann zu ihrem Vater Johann. Jeder hatte nur die Kleider am Leib und ein paar Habseligkeiten in einer Tasche oder einem Koffer dabei. Mehr war ihnen ohnehin nicht geblieben. Es musste reichen. Bald würden sie in Sicherheit sein.

»Wo bleibt er denn?«, fragte Johann flüsternd in die Stille hinein und schlang sich die Arme um den Oberkörper. Ihm war kalt. Sie alle froren.

Vera zuckte hilflos mit den Schultern. Sie hatte das Zittern in seiner Stimme gehört und hoffte, dass es wegen dieser verfluchten Kälte war. Ihr rechtes Bein schmerzte höllisch vom langen Laufen und Stehen, aber sie versuchte, keine Miene zu verziehen. Sie musste stark sein. Zumindest bis sie hinter der Grenze waren. Sie alle mussten jetzt alle verbliebene Kraft aufbringen, wenn sie überleben wollten.

Vor drei Monaten hatte sie den Bescheid für die Deportation in den Osten bekommen. Oben in der linken Ecke prangte der mächtige Reichsadler, in seinen Krallen das im Land allgegenwärtige Hakenkreuz. Darunter in feinstem Amtsdeutsch und kurzen Sätzen ihr Todesurteil.

Dabei ist dieser verdammte Krieg doch schon verloren, war der erste verzweifelte Gedanke, der ihr gekommen war. Sahen die das nicht? Aber es gab noch einen Funken Hoffnung, gerettet zu werden. Auch wenn er noch so klein war, er brannte jeden Tag. Und falls alles nach Plan verlaufen würde, wären sie am Abend in Sicherheit. Alles, was sie benötigten, war etwas Zeit. Die Alliierten rückten an sämtlichen Fronten rasch voran, wie von überall hinter vorgehaltener Hand zu hören war. Man musste dennoch enorm vorsichtig sein. Wer von einer drohenden Niederlage Hitlers sprach und die Worte an jemand Falschen richtete, war automatisch in Lebensgefahr.

Doch die Gegenwehr der Wehrmacht war gebrochen. So gebrochen wie Veras Bein. Ein stechender Schmerz durchfuhr ihren Körper beim Gedanken daran. Aber Schmerzen waren ihr Ausweg gewesen, um wenigstens etwas Zeit zu gewinnen. Ein paar Tage nachdem sie den Bescheid bekommen hatte, war sie mit ihren Töchtern Margarete und Frida zu Gertrude Brandt in die Praxis gegangen. Natürlich erst, als die anderen Patienten die Räume verlassen hatten. Gertrude Brandt war Ärztin und Freundin zugleich. Sie wusste, dass sie kommen würden, und sie hatten ein Klopfzeichen vereinbart, nach dem sie die Praxistür öffnen würde. Gertrude hatte sie immer behandelt, obwohl sie wusste, dass man sie bestrafen würde, wenn es herauskam, und sie mit Repressalien zu rechnen hatte.

»Ich bin Ärztin geworden, um Menschen zu helfen. Ich habe einen Eid geschworen. Und deshalb werde ich Juden nicht anders behandeln als alle anderen, die zu mir in die Praxis kommen und Hilfe brauchen«, hatte sie Vera einmal gesagt.

Dann hatten sie an diesem kalten Januarabend im hinteren Behandlungszimmer der Praxis gesessen. Längst gab es kaum noch Verbandsmaterial und Medikamente, die gläsernen Schränke waren mehr oder weniger leer, sahen aus, als wären sie geplündert worden. Doch inzwischen gab es so gut wie keinen Nachschub mehr, und das spärliche Material wurde meist direkt an die Front geschickt, um die verwundeten Soldaten halbwegs zusammenflicken zu können, ehe man sie wieder in den Kugelhagel schickte.

Gertrude hatte sie mit durchdringendem Blick gemustert, doch Veras Entschluss stand fest.

Kurze Zeit später hielten die Töchter fest die Hände ihrer Mutter. Vera hatte einen dicken Holzstift zwischen den Zähnen, um zu verhindern, dass sie den Schmerz der Behandlung laut in die Nacht brüllte. Der Stift war Vera am Ende in zwei Teilen aus dem Mund gefallen, nachdem ihr Gertrude das rechte Bein gebrochen hatte. Vera hatte schwer geatmet, Schweiß war ihr über das Gesicht gelaufen, aber sie hatte sich alle Mühe gegeben, ihre Töchter möglichst wenig von dem Schmerz sehen zu lassen, der durch ihren Körper pulsierte.

Am nächsten Tag war sie ins Robert-Bosch-Krankenhaus eingewiesen und kurz darauf für transportunfähig erklärt worden. Damals hatte sie gehofft, dass es die Schmerzen wert waren, wenn es keine andere Möglichkeit gab, sich und ihre Familie vor der drohenden Deportation zu retten.

»Da, da kommt er«, rief Frida leise und zeigte auf eine Gestalt, die sich aus dem Dunkel löste. Sie erkannte ihn trotz der Entfernung. Es war Heinz Koller. Er trug einen abgewetzten Mantel um den ausgemergelten Körper und eine Schiebermütze auf dem runden Kopf. Im Gesicht hatte er zahlreiche Narben. Die seien von seiner Zeit im KZ, hatte er Vera erzählt, als sie ihn im Krankenhaus kennengelernt hatte. Er hatte laut seiner angedeuteten Geschichten viel durchmachen und einige Gewalt ertragen müssen, wovon sein Aussehen Zeugnis ablegte. Vera hatte den Eindruck gewonnen, als sei er eine traurige, bemitleidenswerte Gestalt, aber eine, die ihr helfen konnte. Zusammen mit ihrer Tochter Frida hatte er sie in der Klinik besucht. Tage zuvor war Frida dem Mann bei einer Bekannten zum ersten Mal über den Weg gelaufen. Sie war mit ihm ins Gespräch gekommen. Vorsichtig tastend, hatte sie sich anfangs zurückhaltend gegeben. Doch er wirkte vertrauenswürdig, hatte selbst im KZ gelitten und äußerte sich dezidiert kritisch über das Regime. Und er hatte Kontakte. Kontakte, die ihnen hoffentlich das Leben retten würden.

Er trat zu der wartenden Familie in die dunkle Ecke neben einem Pfeiler, nickte den vier hoffnungsvoll dreinschauenden Augenpaaren zur Begrüßung kurz zu und versuchte sich an einem unsicher wirkenden Lächeln.

»Haben Sie alles?«, wollte er wissen.

»Ja«, sagten Johann und Vera Wallner im Chor und warfen sich ein leichtes Schmunzeln zu. Es fehlte in diesem Moment nur ein Hauch, und es wäre eine Last von ihr abgefallen. Doch Vera

Wallner war bewusst: Sie waren längst nicht am Ziel, sondern erst am Anfang ihrer gefahrvollen Reise.

Johann griff in seine Tasche, zog einen prall gefüllten Beutel heraus und warf ihn dem Mann zu. Der fing die metallisch klappernde Stofftasche mit einer geschickten Handbewegung auf. Koller öffnete die Schlaufe, die verhinderte, dass etwas herausfiel, warf einen raschen Blick hinein und zog den Beutel dann wieder zu. Er nickte zufrieden.

»Sehr gut«, sagte er.

»Unsere Pässe«, meinte Vera dann auffordernd. Plötzlich überkam sie ein ungutes Gefühl. Woher, konnte sie nicht bestimmen, doch sie mahnte sich deswegen zur Eile. »Wir müssen zum Zug.«

Johann streckte erwartungsvoll die rechte Hand aus, um die Papiere in Empfang zu nehmen. Koller hatte versprochen, sie mit gültigen Pässen zu versorgen, die sie außer Landes bringen würden, trotz Ausreiseverbot. Da das Familienvermögen durch die sogenannte Judensteuer längst von den Nazis enteignet worden war, hatten sie ihm zur Bezahlung für seine Hilfe die letzten Reste des gut versteckten Familienschmucks angeboten.

In diesem Moment tauchte wie aus dem Nichts eine Gruppe Männer auf, die sie umringten. Einige trugen die grauen Uniformen der SS, andere waren in Zivil. Gegen die Kälte waren fast alle in die ebenso grauen Mäntel gehüllt. Auf den Schirmmützen der Uniformierten prangte der Totenkopf, das Wappen der nationalsozialistischen Kampforganisation. Vera konnte nicht sehen, wie viele es waren. Ein halbes Dutzend oder mehr vielleicht. Und sie sahen nicht aus, als seien sie zufällig hier vorbeigekommen. Sie haben auf mich gewartet, schoss es ihr durch den Kopf. Sonst hätten wir sie doch kommen sehen.

Veras Hand suchte tastend den Arm ihres Mannes, während sich die beiden Töchter dichter an sie drängten. Ihr Körper begann zu zittern. Doch diesmal war es nicht nur die Kälte. Es waren Angst und Panik, die sie jetzt schlottern ließen. Sie brauchte Halt und musste gleichzeitig stark bleiben. Sie wusste, dass ihr die Furcht ebenso anzusehen war wie Johann und den Mädchen, in deren Gesichter sie nacheinander blickte. Vera realisierte als

Erste, dass ihre Flucht vorbei war, ehe sie begonnen hatte. Sie waren aufgeflogen, oder man hatte sie verraten. Aber wer? Koller? Er stand teilnahmslos bei ihnen, vermied es, jemandem in die Augen zu sehen, während ein Uniformierter seine behandschuhte Hand um Kollers Oberarm gelegt hatte. Und doch hatte er sich sichtbar abgesondert, stand etwas abseits der Familie, so als wolle er demonstrieren, dass er mit den vier Personen nichts zu schaffen hatte. *Auf ihn können wir nicht zählen, er rettet seine Haut.*

Der Trupp hatte sie eingekreist. Es gab keine Chance zu entrinnen. Vera sah in die versteinerten Gesichter der uniformierten Männer und dann in die schreckensbleichen ihrer Kinder. Johann wirkte durch das Auftauchen der Soldaten wie gelähmt und apathisch.

»Sie sind verhaftet. Mitkommen!«, bellte einer der Männer und packte Vera grob am Arm, zog sie unsanft mit sich, sodass sofort wieder ein fürchterliches Stechen durch ihr noch nicht ausgeheiltes Bein fuhr. Johann, Frida und Margarete erging es nicht besser. Auch sie wurden angetrieben wie widerspenstiges Vieh auf der Weide. Koller hatte Vera inzwischen aus dem Blick verloren, so sehr war sie damit beschäftigt, nach den kräftigen und unsanften Stößen des SS-Mannes in ihren Rücken nicht zu stürzen.

Ihr Bein schmerzte mit jedem Schritt, den sie machte, mehr, während sie die Königstraße entlang über den Schlossplatz gestoßen wurden. Ein Fußmarsch, der ihr wie eine Ewigkeit vorkam und sich wie ein nimmer enden wollendes Martyrium in die Länge zog. Die Menschen auf der Straße warfen ihnen hasserfüllte Blicke zu oder drehten sich weg. Einige spuckten demonstrativ auf den Boden. Andere blieben stehen, um sich das Spektakel näher anzuschauen. Manche johlten sogar vor Freude und jubelten. Nur Einzelne senkten den Blick und sahen betreten weg. Aber niemand machte Anstalten zu helfen. Sie waren Gefangene.

Und dann ahnte sie, wohin sie mit gezielten Hieben und Tritten geführt wurden. Minuten später wurde daraus traurige Gewissheit. Sie erblickte das Gebäude. Der unbeschädigte Flügel des Hotel Silber ragte trotzig zwischen den Trümmerbergen auf.

Dort würden sie sie hinbringen. Zur Endstation ihrer Reise.

Einer der Männer neben ihr begann plötzlich zu brüllen. »Sofort stehen bleiben!«

Sie war so auf ihre Schritte konzentriert und in Gedanken und Sorge um ihre Familie versunken gewesen, dass sie nicht mitbekommen hatte, dass Koller sich abgesetzt hatte. Jetzt sah sie ihn in der Ferne rasch in den Trümmern des einstmals stolzen Neuen Schlosses verschwinden.

Vera drehte den Kopf und sah, dass einer der SS-Männer seine Pistole aus dem Halfter an seiner Hüfte zog. Sie zuckte einen Moment zusammen, da der Lauf für einen Augenblick direkt in ihre Richtung gerichtet war. Dann schwenkte der Mann seine Waffe, und eine Kugel pfiff an ihr vorbei. Doch sie verfehlte ihr Ziel und schlug nicht in Kollers Rücken, sondern in die Reste der Steinmauern ein. Der SS-Mann schoss ihm noch zweimal hinterher. Veras Ohren schmerzten vom Lärm. Dann war der Flüchtende endgültig zwischen den Trümmern eines zerbombten Hauses verschwunden. Niemand setzte ihm nach. Er durfte ungehindert fliehen, während auch die letzten beiden Schüsse noch wirkungslos in der Luft verhallten.

Spätestens jetzt wurde Vera schmerzhaft bewusst, dass sie einem Spitzel aufgesessen waren. Koller hatte sie verraten. Sie hatte mit ihrer Leichtgläubigkeit, mit ihrer Hoffnung nicht nur ihre ganze Familie in Gefahr gebracht, sondern sie womöglich alle dem Tode geweiht.

Die Männer stießen sie weiter erbarmungslos und grob vor sich her, durch die Eingangshalle des altehrwürdigen Hotel Silber.

Das eindrucksvolle Neorenaissancegebäude in unmittelbarer Nähe des Alten Waisenhauses lag in Sichtweite des Alten Schlosses und unweit des ausgebombten Neuen Schlosses und des komplett zerstörten Rathauses. Einen Hotelbetrieb gab es hier schon lange nicht mehr. Alle sechs Stockwerke hatte die Geheime Staatspolizei seit der Machtübernahme der Nazis für sich beansprucht. Hundertzwanzig Zimmer hatte das einstige Hotel den illustren Gästen aus aller Welt angeboten, hatte sie einmal in der Zeitung gelesen. Räume, in denen jetzt die Gestapo ihr Unwesen trieb.

Dann wurde Vera von den Soldaten auf die Treppe Richtung Untergeschoss zugeschoben. Hinter sich hörte sie ihre Töchter weinen und ihren Mann keuchen. Aber sie konnte nichts tun, um ihnen zu helfen. Und sie gab sich die Schuld dafür, ihre Familie den Nazis ausgeliefert zu haben.

Vier stählerne Zellentüren standen offen wie die Mäuler menschenfressender Fische. Jeder von ihnen wurde mit einem kräftigen Hieb durch eine davon gestoßen und dann verschluckt von einem kalten, nackten Raum, der auch den letzten Funken Hoffnung aufsaugte. Ein letzter Blick in die vor Angst aufgerissenen Augen, mehr Zeit war ihr nicht geblieben. Dann hatte sie mit ansehen müssen, wie die Körper ihres Mannes und ihrer Töchter verschwanden, die Türen krachend zugeschmissen und Schlüssel gedreht wurden. Die Tränen rannen ihr in Strömen über die Wangen, tropften lautlos auf ihre Kleider. Nun war sie an der Reihe.

Vera landete in einer dunklen, kalten Verwahrzelle auf dem Boden, so grob hatte man sie hineingestoßen. Als sie sich aufrichtete, schmerzte ihr Knie, und als sie es mit der Hand betastete, spürte sie, dass sie sich die Haut aufgerissen hatte. Ihr gebrochenes Bein protestierte lautstark mit stechenden Schmerzen, die in Wellen durch ihren Körper fluteten.

Das war sie also, die Endstation.

Der Gedanke schmerzte noch mehr als alle Verletzungen, die ihr Körper davongetragen hatte. Aber so hatte sie sich wenigstens mit einem kurzen, tränenverschleierten Blick voller Liebe, Zuneigung, Schmerz und Trauer von ihrem Mann und ihren Töchtern verabschieden können. Woher die Gewissheit kam, konnte sie nicht sagen, aber sie wusste instinktiv, dass sie ihre Familie zum letzten Mal gesehen hatte. In der Ecke kauernd, schloss sie die Augen, sank an der rauen Wand zu Boden und heulte laut schluchzend.

EINS

Stuttgart, Mitte April 1945

Wie eine Trutzburg ragte das herrschaftliche Anwesen an der Hasenbergsteige nahezu unversehrt in die Höhe. Starkes Mauerwerk mit Erkern und einem großen Balkon zum kiesbedeckten Hof mit seinen Bäumen und Sträuchern hin. Die Fenster waren noch weitgehend intakt, nur wenige bei den massiven Bombenangriffen zerborsten.

Drum herum herrschte Verwüstung. Bomben der amerikanischen und britischen Luftwaffe hatten spätestens seit den großen Angriffen 1944 verheerende Krater in die noble Wohngegend gesprengt, teilweise ganze Häuser mit starken Mauern aus kräftigen Steinen waren in sich zusammengefallen, als wären sie aus Pappmaché. Wie fast überall in Stuttgart türmten sich die Trümmer inzwischen meterhoch.

Es grenzt an ein Wunder, dass das Haus der Familie Jäger bisher verschont geblieben ist, dachte Paul Kramer, als er sich, geschützt durch die Schatten der Nacht, langsam und vorsichtig auf das einstmals prunkvolle Anwesen zubewegte. Er hielt sich in der Dunkelheit verborgen, achtete auf jede Bewegung, schob sich lautlos entlang der Mauern. Er durfte keinesfalls bemerkt werden. Wer durch die Nacht schlich, war automatisch verdächtig. Aber es war ein Gefühl, größer als die Angst, entdeckt zu werden, das ihn hierhergetrieben hatte: die Sehnsucht. Zu lange hatten sie sich nicht sehen können, seine Geliebte Hilde Jäger und er.

Hilde und er waren schon länger ein Paar. Nur wusste es außer ihnen kaum jemand. Ihre Beziehung war geprägt von geheimen Treffen und der ständigen Angst, aufzufliegen und für die Liebe mit dem Leben bezahlen zu müssen. Zumindest für ihn war diese Gefahr ein latenter Begleiter.

Paul kannte einen Weg durch den Zaun und das Gestrüpp und schlich lautlos zu der Stelle unterhalb Hildes Zimmer im ersten

Stock. Es brannte kein Licht. Nachts mussten noch immer alle Fenster verdunkelt werden, um den Alliierten kein allzu bequemes Ziel zu liefern, wenn ihre Bomber von der Schwäbischen Alb oder dem Schwarzwald kommend über dem Talkessel der Stadt aufzogen, um ihre tödliche Fracht laut fauchend und heulend über der Stadt abzuwerfen. Paul sammelte eine Handvoll kleiner Kieselsteine, warf sie vorsichtig an die Scheibe, hinter der Hilde schlief, und hoffte inständig, dass sie allein war.

In der Dunkelheit meinte er eine leichte Bewegung des Vorhangs wahrzunehmen. Aber es konnte genauso gut nur eine Spiegelung des Mondes gewesen sein. Paul wartete, unsicher, ob er sich vielleicht getäuscht hatte. Doch um diese Zeit war sie bestimmt noch wach und in eines ihrer vielen Bücher vertieft. Zwar durfte sie eigentlich nur solche von Autoren lesen, deren Werke nicht am 10. Mai 1933 verbrannt worden waren, darauf achtete ihr Vater mit Argusaugen. Aber sie hatte rechtzeitig auch im Deutschen Reich verbotene Literatur versteckt, in der sie heimlich schmökerte. Bei ihren inzwischen seltenen Treffen erzählte sie Paul davon. Daher wusste er auch, dass sie selbst schrieb. Kurze Geschichten in eleganter Prosa. Kleine, emotionale Miniaturen, die von Liebe in dunklen Zeiten erzählten, von Hoffnung auf etwas Licht am Ende eines langen, finsteren Tunnels. Ihre Gedanken in Worte zu fassen, gab ihr Kraft, die Tage zu überstehen, das spürte er immer, wenn sie ihm einen ihrer Texte vorlas oder ihn mit fein gewählten Worten skizzierte, wie ein Architekt ein Haus mit wenigen Strichen auf Papier erbauen konnte.

»Und irgendwann, wenn dieser Wahnsinn einmal vorüber ist, werde ich etwas veröffentlichen. Vielleicht werde ich dann sogar Schriftstellerin. Oder zumindest Journalistin«, hatte sie ihm mit freudestrahlendem Gesicht einmal verkündet, als sie an einem lauen Abend durch den nahe gelegenen Wald gestreift waren. Er hatte nicht anders gekonnt, als ihren Optimismus zu bewundern. Aber wenn es jemand schaffte, dann sie, davon war er überzeugt.

Der Weg dorthin würde allerdings lang, steinig und beschwerlich sein. Denn die Rolle der Frau war in den Köpfen der gesellschaftlichen Mehrheit eine andere. Sie sollte Kinder gebären und nach dem Haushalt schauen. Wer aus diesem Korsett ausbrechen wollte, war schon vor dem Krieg kritisch beäugt worden. Doch Paul wünschte ihr, dass sich dies nach dem Krieg endlich wenden und die Rolle der Frau nicht weiter auf das Heimchen am Herd reduziert werden würde.

Es dauerte nicht lange, da sah er einen Schatten durch eine Seitentür im Souterrain schlüpfen. Hilde hatte nur einen dünnen Morgenmantel über ihr Nachthemd geworfen, und Paul sah im sanften Mondlicht die Konturen ihres schlanken Körpers durch den Stoff schimmern. Für einen kurzen Augenblick flammte Lust in ihm auf. Es war eine gefühlte Ewigkeit her, dass sie allein gewesen waren. Er erinnerte sich an die leidenschaftlichen Küsse, die Wärme ihres Körpers, wie er mit seinen Fingern über ihre nackte Haut gestrichen hatte und die Welt um sie herum für einige kostbare Augenblicke vergessen gewesen war.

Jetzt waren sie gezwungen, vorsichtig zu sein. Noch wachsamer als früher. Hildes Vater war ein unverbesserlicher Nazi, der wahrscheinlich noch immer unumstößlich an den vielfach proklamierten Endsieg der Deutschen glaubte. Und Paul war ein Deserteur. Wenn Hildes Vater sie zusammen entdecken würde …

Doch die düsteren Gedanken verflogen für einen Moment, sobald Hilde ihre Arme um seine Hüfte schlang, ihm einen langen Kuss auf die Lippen drückte und dann ihren Kopf an seinen Hals legte. Die offenen dunkelblonden Haare kitzelten angenehm auf seiner Haut. Paul zog Hilde eng an sich und spürte, wie sie zitterte.

»Dir ist kalt. Du musst wieder ins Haus, sonst wirst du noch krank«, flüsterte er ihr zu.

Doch sie machte keinerlei Anstalten zu gehen. »Nein, ich möchte nur hier stehen. Mit dir. Dann wird mir ganz warm«, erwiderte sie leise nach einer Zeit, und ihre Worte fühlten sich mit einem Mal an wie ein knisterndes Feuer im Kamin.

»Du weißt, das geht nicht. Jetzt nicht. Aber hoffentlich bald wieder, wenn dieser Irrsinn vorüber ist. Ich habe gehört, die Franzosen sind schon durch Freudenstadt und in Richtung Stuttgart unterwegs.«

»Ja«, sagte sie zögernd, löste sich von ihm und nahm seine Hände in ihre. »Aber mein Vater behauptet, sie hätten die Stadt dem Erdboden gleichgemacht, die Männer erschossen und Frauen und Mädchen vergewaltigt. Und das würden sie auch mit uns tun, wenn sie erst in Stuttgart einfallen würden. Deshalb müssten alle Männer an die Waffen und für unsere Freiheit und den Sieg kämpfen, meint er und schimpft auf alle, die sich nicht für unser Vaterland und den Führer erheben, um den Feind aufzuhalten.«

Paul Kramer sah sie fragend an. »Du weißt, dass das Quatsch ist. Nazi-Propaganda. Der Krieg ist längst verloren. Das weißt du. Wahrscheinlich war er es schon vor dem ersten Schuss.«

»Ja, aber was, wenn er recht hat?«

Paul hörte ein leichtes Beben in ihrer Stimme, das nach Angst klang. »Sag mir, was sie dann von uns unterscheidet? Nur, dass wir einmal ein zivilisiertes Volk aus Dichtern und Denkern waren. Es war Deutschland, das diesen grausamen Krieg begonnen, seine Nachbarn überfallen, Menschen verhaftet, gefoltert und in Lager gesteckt hat. Was ist mit den Juden passiert, die irgendwann einfach nicht mehr da waren? Mit den Kommunisten, Gewerkschaftern und Sozialdemokraten, mit allen, die sich für die fragile Demokratie der Weimarer Republik starkgemacht hatten, ein Teil dieser Ordnung waren, bevor Hitler die Macht an sich gerissen hat? Die haben sie alle längst ermordet, die Herren in ihren Uniformen mit den blitzenden Stiefeln.«

Sie legte ihm den Zeigefinger auf die Lippen, denn Paul war emotional und laut geworden. Lauter, als womöglich gut für sie war. Er ärgerte sich sofort über sich selbst und seinen Gefühlsausbruch.

»Tut mir leid, aber ich kann manchmal nicht anders, wenn ich sehe, wie diese Bagage uns in den Abgrund gestürzt hat, mit ihrer Rassenideologie und dem Traum vom Endsieg und der Weltherrschaft …« Paul beendete seine Tirade mittendrin. Er sah ein, dass es der falsche Moment für politische Reden war. Zumal er Hildes Einstellung kannte. Sie hatte immer wieder Konflikte mit ihrem Vater ausgestanden, ihm die Stirn geboten, weil sie anders auf das Land und seine Menschen schaute, als es sein Weltbild erlaubte. Doch ihr Vater war einer der führenden Nazikader der Stadt, dagegen konnte sie wenig ausrichten.

Manfred Jäger war als junger Bursche im Ersten Weltkrieg aus voller Überzeugung für den letzten deutschen Kaiser und sein Vaterland an die Front gezogen, wie er Paul schon beim ersten Aufeinandertreffen mit stolzgeschwellter Brust erklärt hatte. Und noch während Jäger geredet hatte, hatte er Paul und dessen Reaktion auf die Worte einem kritischen Blick unterzogen. Ganz so, als müsse Paul erst einen Gesinnungstest bestehen, ehe er mit Hilde ausgehen durfte.

Bilder aus dieser Zeit, die Jäger als stolzen Soldaten in ordensgeschmückter Uniform zeigten, hingen denn auch an der Wand im Esszimmer. Dass der Sturz des Kaisers und dessen Flucht ins Exil nach vier Jahren Krieg den obrigkeitshörigen Untertanen in eine tiefe Krise getrieben hatten, hatte Jäger Paul gegenüber unerwähnt gelassen, doch Hilde hatte diese Information nachgereicht.

Zwar hatte der württembergische König Wilhelm II. noch versucht, die Monarchie zu bewahren, den Lauf der Dinge jedoch nicht aufzuhalten vermocht. Seine Tage waren kurz darauf gezählt gewesen. Und für Männer wie Jäger war endgültig eine Welt zusammengebrochen, vermutete Paul. Nun musste er sich mit dem gemeinen Volk auseinandersetzen, zu dem in seinen Augen Menschen wie Paul Kramer gehörten, die sich in den von Jäger verhassten und seit 1933 verbotenen sozialdemokratischen Kreisen herumtrieben und überall nur Unruhe stifteten. Taugenichtse und Tagediebe, das waren sie in seinen Augen, wie Jäger immer wieder deutlich gemacht hatte.

Die demokratischen Strukturen der Weimarer Republik hatte Jäger von Anfang an abgelehnt. »Demokratie, das ist nichts für die Menschen. Die brauchen eine klare Führung, jemand, zu dem sie aufschauen können«, hatte er einmal gesagt. Aber mit geschickten Manövern und den richtigen Kontakten und Seilschaften war es ihm gelungen, die Irrungen und Wirrungen der Unruhen in den Jahren nach dem ersten großen Krieg für seinen raschen Aufstieg zu nutzen. Er bediente dabei die Emotionen, indem er hervorhob, worin er den Ursprung für das Leid sah. Schuld sei der Vertrag von Versailles, dessen Joch die Deutschen in seinen Augen nach dem ersten verlorenen Krieg von den Siegermächten gezwungen gewesen seien zu ertragen. Hunger, Arbeitslosigkeit und hohe Reparationszahlungen seien die Folgen gewesen.

So saugte Manfred Jäger begierig das Gift auf und war bald zum laut krakeelenden Unterstützer der Bewegung des selbst ernannten Führers geworden.

Hilde zitterte inzwischen heftiger. Sie zog Paul an der Hand Richtung der Tür, aus der sie gekommen war, und öffnete sie vorsichtig. Dahinter lag ein langer und dunkler Kellergang, der den typisch modrigen Geruch verströmte. Paul zog lautlos die Tür zu, und zusammen huschten sie so leise wie möglich nach oben. Anders, als er erwartet hatte, war die Familie Jäger heute noch nicht zu Bett gegangen. Meist schliefen sie um diese Zeit längst, weshalb Paul so lange gewartet hatte.

Auf dem Treppenabsatz im Erdgeschoss hielt er kurz inne, verborgen hinter dem Geländer, und beobachtete den Hausherrn im Wohnzimmer. Manfred Jäger stand vor dem im Kamin lodernden Feuer, nahm immer wieder ein Buch aus dem Regal daneben und warf es mit bedauerndem Blick in die Flammen.

Schon wieder eine Bücherverbrennung, schoss es Paul durch den Kopf. Doch diesmal waren es sicher nicht die Schriften von Erich Kästner, Kurt Tucholsky, Thomas oder Heinrich Mann, die den Flammen geopfert wurden. Paul sah von seinem geschützten Standort aus, wie Jäger ein Bild des Führers von der Wand über dem Kamin nahm, es kurz betrachtete und dabei wirkte, als wolle er gleich die Hacken aneinanderschlagen und salutieren, ehe er es doch ins Feuer warf.

Jäger trug einen Morgenrock über seinem seiden schimmernden Schlafanzug. Die Haare waren in der Mitte des großen Schädels akkurat gescheitelt, die kräftige Nase wies den Weg zum nicht minder beeindruckenden Kinn. Darüber prangte ein mächtiger Schnurrbart, wie er eher zu Kaisers Zeiten gepasst hätte.

Paul sah Jäger zu einem neuen Buch greifen. Diesmal zögerte er länger, blätterte darin, klappte es zu und stierte auf den Umschlag. Seine Finger strichen ehrfurchtsvoll, beinahe zärtlich über den Einband. Dann warf er es mit einem entschlossenen Ruck dem Führerbild hinterher. Nun konnte Paul den Titel erkennen: Es war Adolf Hitlers Pamphlet »Mein Kampf«. So etwas wie die

Heilige Schrift der Nationalsozialisten. Ein Buch des Hasses, geschrieben von einem durchtriebenen und besessenen Mann, der längst sein wahres Gesicht gezeigt hatte.

Hilde zog Paul mit einem sanften Ruck weiter und riss ihn damit aus seinen Gedanken. Paul war dankbar dafür, diesem bizarren Spektakel zu entkommen. Er wusste, was es letztendlich zu bedeuten hatte. Die Franzosen kamen, und Manfred Jäger bereitete sich auf das Leben nach dem Ende des Krieges vor. Er beseitigte alle Spuren, die allzu offensichtlich auf einen Sympathisanten, Kollaborateur oder gar Funktionär des Regimes in Hitler-Deutschland hinweisen würden. Manfred Jäger würde alles daransetzen, den Besatzern gegenüber als aufrechter Deutscher aufzutreten und seine Verstrickung in die Machenschaften des Regimes so gut es ging zu vertuschen.

Dreck schwamm leider meist oben.

Am Ende der Treppe schlichen Hilde und Paul über den Flur in Hildes Zimmer. Nebenan schlief ihre kleine Schwester, wie Paul wusste. Auch wenn diese üblicherweise einen festen Schlaf hatte, waren sie gezwungen, leise zu sein. Hildes Eltern hatten ihre Schlafzimmer im anderen Flügel des weitläufigen Gebäudes, konnten aber jederzeit auf die Idee kommen, nach ihrer Tochter zu sehen. Auf einem Tischchen stand ein Tablett mit einer mit Blumen bemalten Teekanne aus Porzellan. Der Raum duftete nach frischer Minze.

»Den hat mir Mutter vorhin gebracht. Trink ruhig, der wärmt dich etwas auf«, sagte Hilde, schenkte zwei Tassen voll und nahm selbst einen großen Schluck. Sie zitterte noch immer leicht. Im Zimmer war es zwar etwas wärmer als draußen, aber der zurückliegende kalte Winter hatte sich tief in die Mauern des Hauses gefressen, und das Heizmaterial wurde selbst für Familien wie die Jägers langsam knapp.

Den Morgenmantel hatte Hilde enger um sich geschlossen. Der Pfefferminztee war zwar dünn, schmeckte aber köstlich. Paul verdrückte hastig zwei der leckeren Plätzchen, die neben der Tasse auf einem kleinen Teller lagen. Das war mehr, als er gestern und heute zu essen gehabt hatte.

So unterschiedlich waren die Zustände in diesen Tagen. Während ein Großteil der Bevölkerung mit hungrigen Mägen in Bunkern und zwischen Trümmern leben musste, gab es für einige Familien offensichtlich noch immer genug, um satt zu werden.

Aber gut, dachte sich Paul, das Leben ging ja weiter. Man war in diesen Tagen gezwungen, mit dem zufrieden zu sein, was man bekommen konnte. Und sich am Leben zu erfreuen, solange man es hatte. Hilde Jägers Familie gehörte eindeutig zu den Privilegierten der Stadt. Eine reiche Industriellendynastie mit erstklassigen politischen Beziehungen und jeder Menge Einfluss. Garantiert würde Manfred Jäger versuchen, sich für die Zeit nach dem Krieg eine gute Startposition zu sichern, da hegte Paul nicht den geringsten Zweifel.

Hilde setzte sich neben ihn auf das Bett. Paul nahm ihren Kopf zwischen seine Hände und strahlte sie an, so glücklich war er, ihr bildhübsches Gesicht zu sehen. Trotz der herausgehobenen Stellung ihrer Familie war sie schmal geworden, wie er fand. Die Wangenknochen traten deutlich hervor. Die grünen Augen über der geraden, leicht aristokratisch wirkenden Nase blitzten für einen Moment wie eine saftige Wiese, während sich die vollen Lippen behutsam öffneten, ein herzerwärmendes Lächeln und eine weiße Linie gerader Zähne zeigten. Doch das Lächeln erstarb sogleich.

Mit einem kräftigen Ruck wurde die Tür aufgerissen, und Hildes Vater stürmte in den Raum. Vor Schreck wurden Hilde und Paul in die Senkrechte katapultiert wie zwei Sprungfedern.

Manfred Jägers Gesicht war zornesrot. Gegen wen sich die Wut richtete, wurde sofort deutlich, als er zu sprechen anfing. Doch Paul hatte es schon vorher geahnt.

»Was macht der hier?«, fuhr Jäger seine Tochter an, die sich an Pauls Arm klammerte. Er hatte sich vor Paul aufgebaut, aber zu seiner Tochter gesprochen, als wäre Paul gar nicht da.

Manfred Jäger kam noch einen Schritt näher und wirkte nun beinahe so mächtig wie die Statue eines römischen Kaisers. »An die Front gehören Kerle wie du!«, brüllte er Paul mit dröhnendem Bariton an, sodass man ihn womöglich durch die geschlossenen Fenster und den Regen bis auf die Straße hinunter hörte.

Dann herrschte er seine Tochter an: »Du wagst es, einen feigen Deserteur in mein Haus zu bringen?« Jäger schäumte vor Wut und versprühte mit jedem Wort kleine Speicheltropfen, die auf ihrer Haut landeten. »Bist du lebensmüde? Wenn das rauskommt, landen wir alle im Hotel Silber, und du weißt genau, was das bedeutet.«

Doch Hilde wehrte sich. »Jetzt an die Front zu gehen, ist Selbstmord. Das weißt du genau«, gab sie trotzig zurück. »Außerdem war Paul verletzt. Der Krieg ist doch so gut wie vorbei. Verloren. Dein Hitler hat alles zerstört. Du willst es nur nicht sehen, weil du blind bist.«

»Pass auf, was du sagst, Fräulein«, schallte es zurück. Dann klatschte die flache Hand des Vaters brutal auf die weiche Haut der Tochter.

Der heftige Schlag riss sie von den Beinen, und Hilde knallte rumpelnd gegen ihren Bettkasten. Vor Schmerz heulte sie kurz und schrill auf, ehe sie sich in die Senkrechte kämpfte und sich wieder kerzengerade zwischen Paul und ihren Vater stellte.

Paul funkelte Hildes Vater unterdessen wütend an, wie eine Raubkatze, kurz bevor sie ihre Beute erlegt.

Manfred Jäger schob seine Tochter mit einem Ruck zur Seite und stieß Paul den ausgestreckten Zeigefinger auf die Brust, als wolle er sie wie mit einem Dolch durchbohren. »Wag es nicht, in meinem Haus …« Jäger hob die Hand und rückte dem über dreißig Jahre jüngeren Paul bedrohlich nahe. Er schrie nicht mehr. Vielmehr zischte er die Worte wie eine Schlange kurz vor dem tödlichen Biss. »Raus hier! Und zwar sofort! Sonst lass ich dich abholen. Dann kommst du endlich dahin, wo du hingehörst, wo Leute wie du hingehören.«

Paul starrte Jäger ungläubig an. Was er in dessen Augen sah, war blanker Hass. Dann stieß er den Vater seiner Freundin mit heftiger Wucht von sich, sodass dieser ins Straucheln kam, gegen Hildes Kleiderschrank geschleudert wurde und überrascht kurz aufstöhnte.

Paul warf Hilde einen raschen Blick zu. Tränen flossen in Strömen über ihr Gesicht, die Haut war stark gerötet, wo die raue Hand des Vaters ihre Wange getroffen hatte, und die Finger seiner Hand zeichneten sich ab. Wahrscheinlich würde sie bald einen blauen Fleck bekommen. Sie blickte ihn flehend an.

Paul konnte in diesem Moment nichts ausrichten. Manfred Jäger war ein hochrangiges Mitglied der Stadtgesellschaft, einflussreicher Industrieller und angesehener Funktionär der NSDAP. Und die hatte noch das Sagen. Paul griff nach seinem Mantel, stürmte wortlos aus dem Zimmer und dem Haus und kam sich dabei feige vor. Doch er wusste, Hilde würde es verstehen.

Die Sirenen heulten. Wie fast jede Nacht seit den verheerenden Bombenangriffen von 1944. Paul Kramer schlich wieder im Schutz der Dunkelheit durch die zerstörten Reste der Stadt. Nur war diesmal das Ziel nicht seine geliebte Hilde, sondern sein geheimer Unterschlupf, in dem er sich verkriechen konnte.

Er war auf der Flucht. Wenn sie ihn erwischten, wäre das sein Todesurteil.

Der Klang der Sirenen ging ihm im sechsten Jahr des Krieges noch immer durch Mark und Bein. Nie würde er sich daran gewöhnen, und er sehnte den Tag herbei, an dem ihr schrilles Heulen endlich verstummt sein würde.

Immer wenn dieses schauerliche Konzert erklang, drohten neue Luftangriffe auf die malträtierte Stadt. Drei kurze, hohe Dauertöne, jeder genau zwölf Sekunden. Unterbrochen von zwei Pausen, ebenfalls zwölf Sekunden. Wenn die Sirenen zu einem einminütigen Heulton anschwollen, dauerte es nicht mehr lange, bis die Maschinen der Royal Air Force und der US Air Force ihre todbringende Fracht abwarfen. Eine unheimliche Mischung aus dem Lärm der Flugzeuge, dem betäubenden Sirren vom Himmel fallender Bomben, gefolgt vom donnernden Beben der Explosionen, legte sich dann über den Talkessel.

Paul fühlte sich schon lange fremd in der eigenen Heimat. Nie hatte er der Ideologie der Nazis etwas abgewinnen können. Aber das Land und seine Menschen waren in den Sog ihrer Machthaber geraten und so in einen Strudel gezogen worden, der unaufhaltsam nur in eine Richtung führte: den Abgrund.

Vorsichtig schlich er weiter, huschte von Schatten zu Schatten. Nur kein Geräusch machen. Unsichtbar bleiben. Das war die einzige Chance zu überleben, denn überall zogen Todeskommandos durch die Straßen. Der Führer selbst hatte einen

Befehl erlassen, wonach alle Subjekte, die im Verdacht standen, die deutsche Wehrkraft zu schwächen, zu erschießen seien.

Paul blieb stehen, schaute vorsichtig durch einen ehemaligen Hauseingang, von dem nur ein gemauerter Bogen übrig geblieben war. Zwischen den herumliegenden Trümmern dahinter flackerte ein Feuer. Ein Mann schob mit einem Ast eine Blechdose aus den lodernden, knisternden Flammen und löffelte dann gierig den Inhalt. Er war alt und saß nah an der wärmenden Glut. Sein Körper gebeugt unter der Last des Lebens. Hatte er den letzten Krieg selbst als kaiserliches Kanonenfutter erlebt? Hat er überlebt, nur um in der nächsten Katastrophe alles zu verlieren?, schoss es Paul durch den Kopf.

Paul glitt weiter durch die Nacht. Das fahle Mondlicht spendete ausreichend Helligkeit, damit er sich bewegen konnte. Immer wieder hielt er inne, lauschte. Unterdessen wanderte sein Blick suchend über die verbliebenen Gerippe der ausgebombten Stadt, die sich bedrohlich dem Himmel entgegenstreckten. Auf Paul wirkten sie wie die mahnenden Knochen ausgebeinter, halb verwester Leichen auf den Zeichnungen von George Grosz. Oder erinnerten mit ihrem schauerlichen Schattenspiel an Bilder aus Murnaus Symphonie des Grauens, »Nosferatu«. Ja, dachte er, das sind sie, die Geräusche des Krieges und des Sterbens: eine fürchterliche, unerträgliche Symphonie des Grauens.

Befeuert von einem Heer an Arbeitslosen, hatten die Nationalsozialisten vor zwölf Jahren die Macht an sich gerissen. Paul war damals zwanzig gewesen. Er hörte sie noch, die Absätze marschierender Stiefel bei Nacht, sah die flackernden Flammen der Fackeln. Dann die klirrenden Scheiben, die Schreie, das Blut. Wie donnernde Peitschenhiebe hatte ihr Marsch geklungen und durch die Straßen gehallt. Dann hatten sie Türen eingetreten und Fenster eingeworfen bei denen, die ihnen nicht passten, nicht arisch waren. Und immer mehr brave Familien hatten still zugesehen und bald darauf aus ihren Fenstern nicht ohne Stolz die Hakenkreuzfahnen ausgerollt. So hatte sich das Land rasch innerlich und äußerlich verändert, wurde Licht zu Schatten und Schatten zu bedrückender Finsternis, in der alles Leben einging wie Pflanzen ohne Wasser.

Wohin sein Blick schweifte, die Bomben der Alliierten hatten in den letzten drei Jahren in Stuttgarts Mitte tiefe Krater gerissen. Wie Schorf am Rand einer Wunde türmten sich Berge aus Schutt und Asche haushoch auf.

Und dazwischen hausten Menschen.

Wie hier, in der alten Esslinger Vorstadt, der ersten Stadterweiterung des mittelalterlichen Stadtkerns. Aus der Pfarrkirche St. Leonhard waren ab dem 15. Jahrhundert die Leonhardsviertel entstanden, wie Paul wusste. Kaum ein Stein war hier auf dem anderen geblieben. Bis auf ihre Grundmauern war die Kirche im Bombenhagel niedergebrannt. Um sie herum erinnerten einige Gebäude zaghaft an die imposante Vergangenheit.

Paul hatte sich inzwischen dorthin vorgearbeitet. Er kam nur langsam voran, musste vorsichtig sein. Und hatte nicht einmal die Hälfte des Weges hinter sich gebracht. Doch Eile war gefährlich. An jeder Ecke wartete womöglich ein SS-Mann, Polizist oder die Gestapo.

Da hörte er leise Schritte aus den undurchdringlichen Schatten bei den Mauerresten zweier in sich zusammengefallener Gebäude. Ein vorsichtiges Trappeln in den wenigen Sekunden der Stille zwischen den Stößen der Sirenen. Geräusche, die klangen, als versuche jemand angestrengt, keine Geräusche zu machen. Sein Herzschlag beschleunigte und sein Körper spannte sich, vorbereitet darauf, sich zu wehren oder zu flüchten. Er zog sich in den Schatten der Reste einer zerbombten Fassade zurück und lauschte.

Dann sah Paul in das furchtsame Gesicht einer Frau. Ihr Alter war nicht zu schätzen, der Krieg hatte seine Spuren hinterlassen. An der Hand ein Kind, keine zehn, tauchte sie aus den Trümmern vor ihm auf. Sie erschrak, kaum dass sie ihn entdeckte. Bange Sekunden des Abwartens. Zwar durfte man sich in diesen Zeiten nie sicher sein, doch sie sah nicht aus, als würde von ihr Gefahr ausgehen. Große Augen starrten ihn aus dreckverschmierten Gesichtern an. Aus ihnen sprach stumme Furcht. Die Körper waren ausgemergelt, und die Kleider hingen schlaff an den dürren Leibern herab. Paul tippte auf eine Familie, deren Zuhause zerstört worden war. Ein Teil seiner eigenen Angst fiel von ihm ab. Doch ehe er den beiden etwas Beruhigendes zuzuflüstern vermochte, waren sie ebenso schnell im Schatten der Schuttberge wieder verschwunden, wie sie aufgetaucht waren.

Er wusste, sie hatten Angst, mindestens so große Furcht wie er selbst. Angst vor den Bomben. Angst vor den Nazis. Angst vor Männern wie ihm, die nachts allein durch die Ruinen streiften. Solche Begegnungen bedeuteten fast immer Konflikte, denen man lieber aus dem Weg ging.

Viel hatte der verheerende Feuersturm, der im letzten Herbst über den Talkessel hinweggefegt war, den Menschen nicht gelassen. Zwischen Mauerresten und Geröllbergen hausten sie mit ihren Familien und dem wenigen, das ihnen außer dem eigenen Leben geblieben war. Sie suchten Schutz vor Kälte, vor neuen Angriffen und vor Uniformierten.

Paul sah drei leblose Körper an Laternenmasten hängen. Deserteure, die von der SS geschnappt worden waren. Wen sie ergriff, der wurde erschossen und zur Abschreckung aufgeknüpft. Er war einer von denen, nach denen sie mit Feuereifer suchten. Und sie waren überall.

Paul hatte sein Zeitgefühl verloren. Immer wieder hielt er inne, kauerte sich zusammen, wartete ab, lauschte und beobachtete. Das war zermürbend, doch unvorsichtig sein bedeutete den Tod.

Jetzt bewegte er sich frierend und zaghaft weiter, Schritt für Schritt seinem Ziel entgegen. Augen und Ohren achteten auf Bewegungen und jedes Geräusch.

Es war ein weiter Weg nach Hause. Pauls Familie lebte in Fellbach, einem Vorort von Stuttgart, in den zwei verbliebenen Zimmern einer kleinen Wohnung, deren Fenster zerborsten und Teile des Mauerwerks herausgesprengt waren. Doch das Haus stand und war bewohnbar.

Um sie zu schützen, hatte er sich jedoch einen Unterschlupf in Stuttgart gesucht. Er wollte sie nicht in Schwierigkeiten oder gar in Gefahr bringen. Deshalb hatte er sie schon länger nicht mehr gesehen. Nur kurze Nachrichten hatte er ihnen auf handgeschriebenen Zetteln über einen Freund zukommen lassen. Er hoffte, dass sie sich an seine Anweisungen hielten und alles sofort verbrannten.

Paul hielt kurz inne, als er aus dem Augenwinkel wieder eine Bewegung wahrnahm. Sein Herz hämmerte, und der Schreck lähmte ihn erneut für einen Moment. Zwei Sekunden später streifte etwas Warmes, Pelziges seine kühle Haut. Die ausgemergelte, dunkel getigerte Katze drückte sich schnurrend an ihn.

»Na, du«, sagte Paul flüsternd und streichelte ihr über das staubige und struppige Fell. »Wir zwei. Verlorene Streuner in der Nacht.«

Eine Weile genoss er die Nähe und Wärme des Tiers, ehe er ihm einen kleinen Klaps gab und es maunzend im Dunkel verschwand. Bald der nächsten Maus oder Ratte hinterherjagend.

Paul fröstelte. Die Sonne wärmte in diesen Tagen zwar die Haut und kündigte endlich den heraufziehenden Frühling an. Doch die Nächte waren eisig kalt. Pauls dünner und an einigen Stellen zerrissener Mantel und sein Hemd wärmten ihn nur wenig. Er musste in Bewegung bleiben, damit die Kälte nicht in seine Knochen drang und er möglichst bald in seinem Versteck, dem kleinen Gartenhaus am Raichberg, unter eine löchrige, aber warme Daunendecke schlüpfen konnte.

Er schlief dort, oberhalb des Stuttgarter Ostens. Die Umgebung gab ihm ein Gefühl der Sicherheit. Nur wenige Menschen verirrten sich derzeit in diese Gegend. Es war unwahrscheinlich, dass man gerade in der Nähe des von den Nazis längst enteigneten SPD-Waldheims nach ihm suchen würde. Doch sicher konnte man nie sein, das Land war voller Denunzianten.

Die Gefahr, im Freien gesehen oder von einem Nachbarn verraten zu werden, war groß. Anfangs hatte er sich unter den Trümmern eines zerstörten Hauses im Osten versteckt. Von dort hatte er mitansehen müssen, wie sie den alten Hans Frenkel abgeholt hatten. Zitternd vor Kälte und Angst war Paul immer tiefer in sein Versteck gekrochen, aus Angst, die Hunde könnten ihn finden. Frenkel, der Alte, hatte zu laut über Hitler geschimpft. Und irgendjemand hatte ihn verpfiffen. Jetzt war er verschwunden.

Paul Kramer widerte dieses Denunziantentum an. Jeden Tag schwärzten Freunde, Nachbarn und sogar Familienmitglieder einander an und nahmen in Kauf, dass nachts die Gestapo oder die SS die Türen eintrat, sie aus dem Schlaf zerrte und in die sogenannte Schutzhaft nahm.

An dem Tag, als Hans Frenkel einem Denunzianten zum Opfer gefallen war, hatte Paul beschlossen, sich in der alten, baufälligen und abseits gelegenen Gartenlaube zu verstecken, die er bei einem seiner Streifzüge durch die Gegend entdeckt hatte.

Er schob die lähmenden Gedanken beiseite, die sich immer wieder einschlichen. Paul musste weiter. Bis zum Tagesanbruch musste er in seinem Versteck sein, wo er reglos auf einem harten Feldbett sitzen und die kahlen Wände anstarren würde.

Hilde Jäger hatte sich vor ihrem Vater aufgebaut. Sie hatte beide Fäuste in die Seiten gestemmt, und ihre Augen sprühten vor Hass. Ihr Ärger war längst in Zorn umgeschlagen. Zorn über ihren Vater und sein Verhalten ihrem Freund Paul Kramer gegenüber. Sie kannte Paul schon lange, als Kinder hatten sie gelegentlich zusammen gespielt, wenn er hin und wieder in den Ferien seine Tante Ruth in Stuttgart besucht hatte. Dann hatten sie sich aus den Augen verloren. »Zu undeutsch« war der Umgang ihren Eltern gewesen.

Lange Zeit später, der Krieg war fast im fünften Jahr, war Paul zu ihr ins Lazarett eingeliefert worden. Dort hatte sich Hilde freiwillig zum Sanitätsdienst gemeldet, da sie etwas Sinnvolles tun wollte. Und wenn sie schon diesen irrsinnigen Krieg nicht aufhalten konnte, so wollte sie wenigstens den armen Schweinen, die man als Kanonenfutter an die Front schickte, helfen. Die Soldaten, die eingeliefert wurden, waren von Mal zu Mal jünger. Teilweise noch Kinder, mit weichem Flaum da, wo später mal ein Bart wachsen würde, wenn sie denn überhaupt so alt werden, hatte sie oft gedacht.

Anfangs hatten Paul und sie sich noch zaghaft beäugt, denn er war zu sehr vom Morphium betäubt. Doch sie hatte sich liebevoll um ihn gekümmert. So war irgendwann eine sanfte Verliebtheit erblüht, aus deren Frucht dann im Laufe der Zeit echte Liebe gewachsen war. Ihr Vater jedoch hatte alles kaputtgemacht, alles zerstört, so wie seinesgleichen es immer tat. Manfred Jäger hatte zertrümmert, was sie lieb gewonnen hatte. Er hatte Paul Kramer an die Nazis verraten und somit ihren Traum von Zukunft mit einem Handstreich vernichtet.

Aus diesem Grund musste sie jetzt stark sein und durfte nicht weinen. Sie war gewillt, ihrem Vater die Stirn zu bieten, ihm zu zeigen, dass er am heutigen Abend seine älteste Tochter verloren hatte.

Was er ihr angetan hatte, war unverzeihlich. Sie wurde von einer neuen Welle aus Wut und Verzweiflung gepackt, als sie daran zurückdachte. Und obwohl all das keine zwei Stunden her war, wirkte es auf sie, als würde sie durch ein vernebeltes Fenster auf diese dunklen Momente ihres Lebens blicken.

Nachdem Paul mit einer Mischung aus Panik, Wut und Unverständnis in den Augen aus dem Zimmer und dem Haus gestürmt war, hatte ihr Vater sie mit strengem Blick gemaßregelt und mit drohend erhobenem Zeigefinger in Schach gehalten. Sie war alt genug, ihre eigenen Entscheidungen zu treffen. Doch ihr Vater war eine übermächtige Figur, deren bloße Erscheinung jedem Anwesenden Respekt abnötigte. Auch ihr, obwohl sie ihn in diesem Moment mit größtmöglichem Abscheu betrachtete.

»Du wartest hier, Fräulein. Wir sind noch nicht fertig«, hatte er mit tiefem Bariton gegrollt, um dann mit wehendem Nachtrock aus dem Zimmer zu eilen.

Hilde hatte ihm voll Entsetzen hinterhergeblickt. Im Moment darauf war ihre Schwester Trude in der Tür erschienen und hatte sie mit furchtsamem Blick angeschaut.

Natürlich war Trude irgendwann wegen des Lärms und Geschreis aufgewacht. Es wäre verwunderlich gewesen, wenn sie nicht alles mitbekommen hätte. Doch Hilde war überzeugt, sie hatte sich nicht aus ihrem Bett und ihrem Zimmer getraut. Trude war das Nesthäkchen. Ihre kleine Schwester war acht Jahre jünger und wirkte auf sympathische Weise noch verspielt und kindlich, während Hilde längst eine erwachsene Frau war, die mit ihren achtundzwanzig Jahren nur zu Hause lebte, weil es kaum benutzbaren Wohnraum gab.

Hilde hatte den warmen Körper in die Arme geschlossen. Die Tränen waren über ihre Wangen geflossen, als hätte man die Schleuse eines Staudamms geöffnet.

Von unten hatte sie die Stimme ihres Vaters vernommen. In kurzen, abgehackten Sätzen hatte er mit jemandem gesprochen. Doch es war keine zweite Person zu hören gewesen. Also musste er im Treppenhaus stehen und telefonieren. Mit wem, konnte sie nur erahnen. In ihr war ein bisher ungekanntes Gefühl hochgestiegen: Hass. Hass auf ihren eigenen Vater und auf alles, was er war, wofür er stand. Sie empfand nur Verachtung für diesen Mann, der sie gezeugt hatte, dem sie ihr Leben verdankte. Nie war er liebevoll mit ihr umgegangen, immer nur hatte er seine Firma und die verfluchte Politik im Kopf gehabt – und sich selbst. Ja, wenn sie genau überlegte, hatten sie sich nie gut verstanden.

Ihre Mutter war ins Zimmer gekommen, hatte die Tür leise zugedrückt und ihre Töchter in die Arme geschlossen. Sie trug nur einen Morgenmantel über einem Nachthemd. Hilde wusste um ihre äußere Ähnlichkeit mit ihrer Mutter. Die war für niemanden zu übersehen. Doch während ihre Mutter in beinahe blinder Unterwürfigkeit den Regeln von Manfred Jäger folgte, hatte sich Hilde immer rebellischer gefühlt und gezeigt, ihren eigenen Kopf entwickelt und auch durchzusetzen versucht. Ihre kleine Schwester suchte ihren Weg noch, wirkte jedoch stiller, zurückhaltender als Hilde.

»Warum macht er das?«, forderte Hilde mit bebender Stimme eine Antwort von ihrer Mutter und wand sich aus der Umarmung.

»Er tut nur, was er tun muss. Er will uns, er will euch schützen.«

»Du glaubst doch selbst nicht, was du da sagst. Er schützt nur sich. Wir sind ihm egal, und Paul spielt für ihn keine Rolle. Paul ist für ihn doch gar kein Mensch. Warum kann er ihn nicht einfach in Ruhe lassen? Der Krieg ist doch ohnehin bald vorbei …«

Ihre Mutter warf ihr einen Blick zu, der sie verstummen ließ.

»Kind, dein Vater würde dich nie absichtlich verletzen. Er will dich beschützen, Liebes«, sagte ihre Mutter dann und strich ihr sanft über das Haar, während Tränen in ihre Augen traten. »Und so, wie er erzählt hat, ist der Kampf keineswegs verloren. Dein Papa hat gemeint, dass es Nachrichten aus Berlin gibt, direkt aus dem Führerhauptquartier, die sagen, dass es einen großen Befreiungsschlag geben wird, hörst du? Wir werden den Feind mit Wucht aus unserem Land werfen, neuen Atem holen und zu alter Stärke erwachsen. Es gibt immer Rückschläge. Im Leben und im Krieg. Aber am Ende werden wir siegen.«

Hilde entzog sich ihrer Mutter, wich einen Schritt zurück und starrte sie ungläubig und mit vor Entsetzen aufgerissenen Augen an. Sie konnte nicht glauben, was sie da hörte.

Doch ihre Mutter redete unbeirrt weiter. »In dieser Situation darf man nicht in den Verdacht geraten, mit Menschen zu kollaborieren, die unsere Wehrkraft zersetzen. Wir sind immerhin eine sehr privilegierte Familie. Das verstehst du doch, Kind. Es ist nur zu deinem Besten. Und wahrscheinlich auch für Paul. Er wird es verstehen, ihr werdet es verstehen. Irgendwann.«

Nein, das verstand sie nicht. Das hatte sie nie getan. Und das wollte sie auch überhaupt nicht. Für Hilde waren die Jahre ihrer Jugend von einem unbeschreiblichen Gefühl bestimmt gewesen, das seit jeher Befremden in ihr ausgelöst hatte. Anfangs hatte sie auch marschieren müssen, erst im Jungmädelbund, dann im Bund Deutscher Mädel. Als dann aber plötzlich einige ihrer Freundinnen nicht mehr zu ihr kommen wollten oder ihre Eltern ihr den Umgang verboten, war eine Unzufriedenheit in ihr gewachsen, die sie anfangs nicht hatte greifen können. Diese war mit der Zeit in Skepsis umgeschlagen, weil irgendwann Kinder und oft deren ganze Familien verschwunden waren. Natürlich wusste sie nicht, was mit ihnen geschehen war, aber niemand verschwand doch einfach so.

Der Rang ihres Vaters hatte sie davor bewahrt, in den Ostgebieten des Reichs oder in Krankenhäusern und Lazaretten eingesetzt zu werden. Stattdessen hatte sie im Rathaus tippen gelernt, seitenlange Protokolle geschrieben und dem Roten Kreuz ihre Hilfe angeboten. Im Lauf der Zeit hatte sich ihre Skepsis gegen die Regierung, den Führer und seinen Krieg verstärkt.

Mit ihren Eltern hatte sie nie darüber sprechen können. Ihre Mutter war ihren Fragen immer ausgewichen, wie sie überhaupt dazu neigte, alle kritischen Themen totzuschweigen. Und der Vater hatte sie stets angeherrscht, sie solle gefälligst den Mund halten und sich als junge und unwissende Frau nicht mit unbotmäßigen Fragen an Führer und Vaterland versündigen.

»Ja, Schutzhaft wäre angemessen«, hörte sie ihren Vater eine Etage tiefer dröhnen und eilte aus dem Zimmer, über die breiten hölzernen Stiegen nach unten, wäre beinahe gestolpert. Als sie dort ankam, hängte ihr Vater den Hörer ein. Er sah sie mit ausdrucksloser Miene an. Sie sprang die letzten Stufen hinunter. Dann stellte sie sich vor ihn und hämmerte auf seine Brust, beschimpfte ihn und hatte nicht vor, sich zu beruhigen, als ihre Mutter sie mit einem sanften, aber kräftigen Ruck wegzog.

Ihr Vater stand nur reglos da und betrachtete sie wie ein vollkommen fremdes Wesen.

»Was hast du getan? Mit wem hast du da geredet? Was bist du nur für ein Mensch?«, schrie sie ihn an. »Du bist kein Mensch, du bist ein gefühlloses Tier! Herzlos! Du hast Paul ausgeliefert. Warum? Was hat er dir getan? Was habe ich dir getan, dass du so bist?«

Manfred Jäger stand mit durchgedrücktem Rücken da, überragte Hilde um mehr als einen Kopf und starrte sie wortlos an. In seinen Zügen lag kein Mitleid. Im Gegenteil. Aus ihnen sprach jetzt die Wut.

»Wag es nicht, in meinem Haus weiter so mit mir zu reden«, herrschte er sie kurz darauf mit einem bedrohlichen Grollen in der Stimme an. »Wag es nicht. Und jetzt verschwinde. Ich habe nur getan, was notwendig ist. Das wirst du irgendwann verstehen.«

Das hatte ihre Mutter ihr schon gesagt. Nur glaubte Hilde jetzt noch weniger daran. Wie sollte man etwas verstehen, was man nicht erklären konnte?

»Nein. Ich werde es nie verstehen. Ich kann es nicht verstehen. Und ich werde es dir nie verzeihen. Wie kann man so kalt sein? Nie wieder, nie wieder werde ich auch nur ein Wort mit dir wechseln, wenn Paul etwas passiert. Ich gehe ihn jetzt suchen. Ich werde ihn warnen.«

Kaum hatte sie die Worte ausgestoßen, wurde sie von ihrem Vater grob gepackt und nach oben geschleppt. Sie zappelte, ihre Arme und Beine flogen durch die Luft, in der Hoffnung auf eine schmerzempfindliche Stelle zu treffen. Doch der Griff ihres Vaters war zu fest, sie kam nicht los. Oben warf er sie achtlos wie einen Sack in ihr Zimmer, zog die Tür zu und drehte den Schlüssel mit metallischem Scheppern zweimal herum.

Hilde sprang auf und hämmerte mit ihren Fäusten gegen die Tür, rüttelte an der Klinke. Doch die Tür blieb verschlossen. Er hatte sie eingesperrt.

Nach einiger Zeit sank sie mit dem Rücken an der Wand nach unten. Sie hockte sich auf den Boden, den Oberkörper gegen das Bettgestell gelehnt, zog die Beine heran, schlang die Arme darum und begann jämmerlich zu weinen. Sie war gefangen in ihrem eigenen Elternhaus, während Paul Kramer, ihre große Liebe, auf der Flucht war und womöglich den nächsten Morgen nicht mehr erleben würde.

Sie hätte nie gedacht, dass man die eigenen Eltern, den eigenen Vater hassen konnte. Doch genau dieses Gefühl flutete durch ihren zarten und bebenden Körper. Hass auf den Vater, Hass auf das, was er war und was er getan hatte.

Endlich sah Paul das Haus, hinter dem der steile, schmale Fußweg hinauf zum Raichberg ging. Sein Körper wurde plötzlich mit neuer Energie geflutet. Nur ein paar hundert Meter bergauf, dann vorbei an anderen, wesentlich stattlicheren Gartenhäusern, in den Wald hinein und einen kleinen Abhang hinunter. Dort war sein Versteck, gut verborgen zwischen Bäumen, Sträuchern und Büschen, die Wände und Dach zu einem Gutteil überwucherten. Wenn man nichts wusste, konnte man die Hütte leicht übersehen.

Über zwei Stunden Fußmarsch lagen hinter ihm, obwohl er gerade mal fünf Kilometer zurückgelegt hatte. Aus den wenigen intakten Fenstern, an denen er vorbeikam, schimmerte trotz Verdunkelung gedämpftes Licht.

Paul schaute sich mehrmals nach allen Seiten um, ehe er das schützende Versteck im Torbogen eines schräg gegenüberliegenden Hauses verließ und ins Freie trat.

Seine Augen waren längst an das dämmrige Mondlicht gewöhnt. Und doch hatte er den im Schatten eines gewaltigen Trümmerbergs geparkten dunklen Mercedes nicht entdeckt. Drei Gestalten in langen schwarzen Ledermänteln lehnten dagegen. Sie hatten ihn gesehen, bevor er sie bemerkt hatte. Sie hatten gewusst, dass er hier entlangkommen würde. Sie hatten auf ihn gewartet. Es konnte nicht anders sein.

Als er sich dem Eingang eines Hauses näherte, warfen sie ihre Zigaretten achtlos auf den Boden und stürmten auf ihn zu. Die Absätze der Stiefel klopften schwer auf die Pflastersteine. An den Oberarmen leuchteten die roten Hakenkreuzbinden, in ihren Händen erkannte er Totschläger. Sie waren schnell bei ihm und kreisten ihn ein.

»Paul Kramer?«, raunzte der Größte der drei, der seine Kumpane um fast einen Kopf überragte. Es klang nicht wie eine Frage, sondern wie eine Feststellung.

Während der Hüne sich vor Paul aufbaute und ihn von oben herab musterte, postierten sich die beiden anderen rechts und links hinter Pauls Rücken. Einer klopfte mit dem Totschläger im regelmäßigen Takt in seine Handfläche und grinste feist. Paul hörte, wie dabei Metall auf Metall schlug; Stahlkugeln, die gegeneinanderkrachten, jedes Mal, wenn der Totschläger auf die Innenseite der Hand klatschte. Und der Mann sah aus wie jemand, dem es Freude bereitete, einen Schädel damit zu zerschmettern.

Paul sah zu dem Großen auf und brachte nur ein knappes »Ja« über die Lippen, während er versuchte, alle drei Ledermantelträger im Auge zu behalten.

»Geheime Staatspolizei. Sie müssen mitkommen, wir haben ein paar Fragen.« Die tiefe Stimme machte durch den drohenden Tonfall deutlich, dass jeder Widerspruch zwecklos war. Zwei kräftige Hände packten ihn an den Oberarmen und schoben ihn unsanft in Richtung des Wagens. Es fühlte sich an, als würden zwei Schraubzwingen sein Fleisch um den Knochen zusammenpressen. Er wand sich, versuchte, sich zu wehren, doch der Griff der Männer wurde dadurch nur härter.

Paul wusste, dass die Gestapo Männer und Frauen in Schutzhaft steckte, meist für Tage, oft für Wochen oder für immer. Viele tauchten nie mehr auf, wurden ohne Prozess beschuldigt und abgeurteilt und am Ende hingerichtet.

Angst flammte in ihm auf, die er nur mit Mühe bändigen konnte. Einen winzigen Moment dachte er an Flucht. Doch für den unwahrscheinlichen Fall, dass er sich losreißen und wegrennen konnte, würden sie ihm, ohne mit der Wimper zu zucken, mit Freude eine Kugel in den Rücken jagen. »Auf der Flucht erschossen« würde es dann in seiner Akte lauten.

Eine Faust stieß ihn vorwärts, so hart, dass er beinahe stolperte. Nun sah er in der Hand des großen Mannes vor ihm eine Luger-Pistole, die bevorzugte Waffe der Gestapo. Sie war auf seinen Bauch gerichtet. Der Mann knurrte ein drohendes »Wird's bald? In den Wagen, aber zackig!«.

Der Lauf wies ihm die Richtung. Gleichzeitig krachte eine Hand druckvoll auf seine Schultern, schob ihn vorwärts. Er sah, wie im Haus gegenüber für einen kurzen Moment ein Vorhang zur Seite geschoben wurde und ein Gesicht auftauchte, das augenblicklich wieder verschwand. Niemand würde ihm helfen. Zu groß war die Angst, selbst zum Opfer der herrschenden Willkür zu werden.

Dabei war er so kurz vor dem Ziel gewesen. Womöglich hätten sie ihn in dem Gartenhaus nicht erwischt.

»Wessen werde ich beschuldigt?«, fragte Paul leise.

»Das wirst du schon noch früh genug erfahren. Und jetzt halt die Klappe.«

Einer zog die hintere Wagentür auf, und die beiden Männer mit dem Schraubstockgriff bugsierten Paul unsanft auf die Rückbank, wo sie ihn zwischen sich einzwängten. Der harte Lauf einer Pistole bohrte sich schmerzhaft in seine Seite, er war mittlerweile wie gelähmt.

Dann setzte sich der Wagen mit einem Ruck in Bewegung.

Die Fahrt durch die Trümmer der zerstörten Stadt dauerte nicht allzu lange, dehnte sich aber gefühlt bis zur Unendlichkeit.

Paul ahnte, wohin die Reise ihn führen würde. Und mit jedem Meter, den sich der Wagen ihrem Ziel näherte, wuchs seine Angst vor dem, was ihn dort erwarten würde – im berühmt-berüchtigten Hotel Silber.

Die grauen Mauern hoben sich scharfkantig vom Blau des Himmels ab, der sich am Morgen über Stuttgart weitete.

Über den Steinen blähten sich zwei Hakenkreuzfahnen im kühlen Wind.

Der Mercedes war im ersten Morgenlicht in der Dorotheenstraße am Karlsplatz vorgefahren. Dieser Flügel des Gebäudes war noch intakt, während sonst nahezu alles in Trümmern lag.

Rechts neben dem Eingang standen zwei mächtige Stahlfässer, in denen Feuer brannten. Während die Männer Paul grob aus dem Wagen bugsierten, kehrte ihnen ein Uniformierter den Rücken zu. Er war damit beschäftigt, Papiere aus Ordnern zu reißen und ins Feuer zu werfen.

Paul glaubte beinahe an ein doppeltes Déjà-vu. Erst vor wenigen Stunden hatte er Manfred Jäger, den Vater seiner geliebten Hilde, dabei beobachtet, wie er nationalsozialistische Schriften verbrannte. Und die Bilder erinnerten ihn an den 10. Mai 1933. Damals hatten die Studentenschaften in zahlreichen Universitätsstädten die Schriften der sogenannten verfemten Autoren ins Feuer geworfen. Es war der damalige Höhepunkt der »Aktion wider den undeutschen Geist« gewesen, den sich die NSDAP zusammen mit der Hitlerjugend und der SA für ihre Zwecke zunutze gemacht hatte, nachdem sich Propagandaminister Joseph Goebbels an deren Spitze gestellt hatte. Zwölf Jahre später sah es so aus, als ob sie ihre eigenen Schriften, Befehle, Protokolle, Beschlüsse, Erlasse und Ermittlungsakten dem Feuer übergaben, um die Spuren ihrer Verbrechen zu verwischen.

Paul hoffte insgeheim, dass es dafür zu spät sein würde und die Täter nach dem Kriegsende zur Rechenschaft gezogen würden.

Der Eingang des einstigen Nobelhotels, von vielen feinen Gästen aus dem In- und Ausland zu jenen Zeiten liebevoll als »das Silber« bezeichnet, lag gegenüber dem Alten Waisenhaus der Stadt. Dem einstigen Zweck entsprechend war das Silber ein prächtiger, reich verzierter Bau mit weit zurückreichender Tradition und Geschichte. Doch die war lange vorbei. Inzwischen war es ein tödlicher Ort mit Blut an den Wänden. Jeder in der Stadt wusste das. Wer hierherkam, konnte froh sein, wenn er überhaupt wieder gehen durfte. Lebend gelangte man oft nur hinein.

Sie schubsten Paul grob vor sich durch die imposante Eingangshalle, dann über die steinernen Stufen ins Untergeschoss. Er stolperte mehrmals, konnte sich mit Mühe an den rauen Wänden abfangen. Wäre er auf dem Boden gelandet, hätten ihn höchstwahrscheinlich die Stiefel in seinen Rippen angetrieben, weiterzukriechen, während sie seinen Körper malträtierten.

Männer mit Kisten voller Mappen und Aktenordnern kamen ihnen aus allen Gebäudeteilen entgegen. Sie beachteten Paul nicht, würdigten ihn keines Blickes, sondern folgten stur ihrer Aufgabe und brachten neue Nahrung für die Flammen vor dem Eingang.

Seine Begleiter stießen ihn in einen kahlen Raum, und ein vierschrötiger Mann mit Glatze und angedeutetem Führerbärtchen bellte ein knappes »Los, Ausziehen!«.

Paul zögerte einen Augenblick, woraufhin der Mann anfing, mit seinem Schlagstock immer wieder in seine linke Handfläche zu klatschen, als wolle er ihm den Takt für seine Bewegungen vorgeben. Doch Paul ahnte genau, dass er nur darauf wartete, den Stock auf ihn niedersausen zu lassen. Aber er würde ihm wenigstens keinen Anlass dafür bieten, obgleich er genau wusste, dass der Mann keinen Grund brauchen würde, um ihn zu Brei zu schlagen, wenn ihm danach war.

Ungeduldig stand der Kerl da, zusammen mit den Männern, die Paul verhaftet hatten. Sie beobachteten ihren Gefangenen stumm, mit dem überlegenen Blick einfacher Gemüter in Machtposition. Das Rascheln seiner Kleider, während er sie abstreifte, und das Schlagen des Stocks waren für lange Sekunden die einzigen Geräusche. Zwischendurch wurde Paul mit einem beiläufigen Tritt oder einem raschen Hieb immer wieder zur Eile angetrieben, als wenn weitere, wesentlich wichtigere Aufgaben auf die Männer warten würden.

Dann legten sie ihm die Ketten um die Handgelenke.

Ein Kettenglied zwischen seinen Händen wurde auf die Spitze eines Hakens gesetzt. Mit einem kräftigen Ruck zog der Vierschrötige das Seil straff, sodass Paul den Boden unter seinen Füßen verlor und bald wie ein Fisch an der Angel zappelte.

Kaum hatte er aufgehört, sich zu winden, ließen ihn zwei kurze, aber heftige Schläge in die Nierengegend und dann weitere in den Bauch aufjaulen.

Durch einen letzten Tritt in die Hoden schwoll das Schmerzcrescendo zu einem ersten Finale an, bis Paul für einen Moment das Bewusstsein verlor.

Diese flüchtige Reise in die Traumwelt kam ihm wie eine Erlösung vor. Doch sie währte nur kurz. Unter höhnischem Gelächter beförderten ihn die Männer mit einem Schwall kaltem Wasser wieder zurück in die Gegenwart. Der sadistische Spaß, den es seinen Peinigern bereitete, stand ihnen ins Gesicht geschrieben.

Augenblicke später waren sie wortlos verschwunden.

Paul war allein in dem kühlen Keller. Eine nackte Birne an der Decke tauchte das Kellergewölbe in unangenehmes, grelles und kaltes Licht.

Aus der Ferne, wahrscheinlich einer anderen Zelle, drang das Wimmern einer Frau an seine Ohren. Sie hörte sich an, als habe sie starke Schmerzen. An den Wänden erspähte Paul eingeritzte Worte in unterschiedlichen Sprachen. Und Spritzer, die aussahen wie getrocknetes Blut. Am Boden lag ein herausgerissener Fingernagel mit blutigen Rändern.

Schlaff und ohne Möglichkeit, sich zu bewegen, hing er da, wie eine Schweinehälfte in einem Schlachthof. So hatten sie ihn zurückgelassen. Und so würden sie ihn bald holen. Er war sicher, ihm stand ein kurzer Prozess bevor. Wenn es überhaupt einen geben würde. Vielleicht stellten sie ihn auch direkt vor ein Erschießungskommando. Es würde ihn nicht überraschen, wenn gar nicht mehr genügend Schützen vor Ort wären, sodass er höchstwahrscheinlich mit einem schnellen Genickschuss aus dem Leben scheiden würde. Paul hatte in diesem Moment keine Ahnung, was die bessere Variante und ihm lieber wäre. Er konnte nur darauf hoffen, dass die Franzosen schneller vorankamen. Denn war es nicht die Hoffnung, die zuletzt starb?

Seine Gedanken wanderten zu Hilde. Würde er sie jemals wiedersehen? Im Moment sah es nicht danach aus. Und was war dann das letzte Bild, das ihr von ihm für den Rest ihres Lebens im Kopf bleiben würde? Das des wütenden und zugleich verängstigten Mannes, der aus ihrem Zimmer gestürmt und wie ein feiger Hund geflüchtet war. Aber was hätte er denn tun sollen? Sich etwa der Auseinandersetzung mit ihrem Vater stellen? Dann hätte ihn dieser direkt in seinem Haus verhaften lassen. So hatte er zumindest die theoretische Chance gehabt, seinen Häschern zu entkommen. Dabei wusste er nicht einmal, ob Manfred Jäger sie ihm auf den Hals gehetzt hatte. Doch es sah ganz danach aus. Sie hatten ihn gesucht, hatten auf ihn gewartet und ihn sogar mit Namen angesprochen. Es konnte also kein Zufall sein.

Doch war das jetzt nicht auch egal? Seine Situation war so oder so aussichtslos. Und selbst wenn die Franzosen bald einmarschieren würden, die Nazis würden ihn lieber hinrichten, als zuzulassen, dass er den Alliierten erzählen konnte, was im ehemaligen Hotel Silber mit den Menschen gemacht worden war. Dessen war er sich sicher.

Sobald der Schmerz langsam verebbte, spülte die Zeit Wellen der Panik in ihm hoch, die er nur mit Mühe niederkämpfen konnte. Seine Zähne klapperten nicht nur wegen der Kälte. Es war diese fürchterliche Angst vor dem, was kommen würde, vor dem Unabwendbaren.

Und dann schwappten wieder Bilder von Hilde vor sein inneres Auge. Ihr Gesicht mit den feinen Linien ihrer energischen Nase, den verführerischen Grübchen und den Augen, die so oft an ein scheues Reh erinnerten, in denen aber in ihren innigen Minuten die offene Flamme der Leidenschaft loderte. Eine Flamme, deren Glut er vielleicht nie mehr würde spüren dürfen.

Bei dem Gedanken kroch die Wut in seine Knochen. Zwölf Jahre Nationalsozialismus und sechs Jahre Krieg hatte er überstanden, nur um in einem ihrer Folterkeller zu verrecken.

Die Tür öffnete sich. Zum wievielten Male, konnte Paul nicht mehr zählen. Er hatte aufgehört damit. Er wusste, es war ihre Zermürbungstaktik. Seit sie ihn aufgehängt hatten, waren alle paar Minuten Männer in den Kellerraum gekommen, hatten ihm ihre Fäuste immer dorthin gerammt, wo die Schmerzen groß waren, und ihn mit ihren Stiefeln getreten. Die Fragen, die sie ihm stellten, konnte er nicht beantworten. Paul vermutete, dass genau dies der Sinn dahinter war. Denn für jede nicht beantwortete Frage hagelte es weitere Tritte und Schläge. Dann verschwanden die Peiniger und ließen ihn mit seinen Schmerzen und Gedanken allein.

Einige seiner Zähne wackelten längst. Das ertastete er deutlich, wenn er mit der Zunge die Zahnreihen entlangfuhr. Sein Brustkorb brannte, als würde ein gewaltiges Feuer darin lodern, und bei jedem Atemzug fühlte es sich an, als müsse er ertrinken. Garantiert waren einige seiner Rippen gebrochen.

Geschichten brutaler Folter im Hotel Silber kursierten schon lange. Gerüchte von Deportationen in Lager, zahllosen Morden und spontanen Hinrichtungen machten seit Monaten die Runde. Paul selbst hatte grausigen Erzählungen gelauscht. Berichte von der Freude des *Hotelpersonals*, wenn mit gezielten Schlägen Knochen gebrochen wurden. Oder wenn sie mit glühenden Zigarettenstummeln die nackten Fußsohlen verbrannten oder in Terpentin getränkte Watte auf die Haut ihrer Gefangenen drückten und anzündeten.

Und dort, wo in den letzten Jahren viele Leben geendet hatten, hing er jetzt. Und er konnte nichts anderes tun, als auf seinen Tod, seine eigene Hinrichtung zu warten.

Eckhard Gönnenwein hockte schwer auf seinem Bürostuhl und sah aus dem Fenster. Von seinem Büro im Hotel Silber hatte er einen Blick auf den Karlsplatz und das Alte Waisenhaus. Das viereckige Gebäude mit dem lang gestreckten Innenhof war schon über zweihundert Jahre alt. Früher war dort die königliche Leibgarde untergebracht gewesen, wie er wusste. Später hatte man den Komplex als Zucht- und Arbeitshaus genutzt, dann als Waisenhaus. Irgendwann war es in das »Haus des Deutschtums« umbenannt worden, das neben dem Institut für Auslandsbeziehungen auch die Süddeutsche Rundfunk AG beherbergt hatte, die 1934 in der Reichsrundfunkgesellschaft aufgegangen war.

Bevor die Luftangriffe einen Teil des ehemaligen Waisenhauses und des Hotel Silber zerstört hatten, war man sogar durch einen Tunnel von einem Gebäude ins andere gekommen. Inzwischen war das nicht mehr möglich.

Gönnenwein hatte sich bis vor wenigen Augenblicken mit der Akte des Mannes beschäftigt, den er selbst mit zwei seiner Kollegen vor einigen Stunden verhaftet hatte und der im Keller auf sein Verhör und das Urteil wartete.

Gönnenwein wusste, nein, er spürte, dass sich die Zeiten änderten. Die Meldungen vom Vormarsch der französischen und amerikanischen Streitkräfte waren verheerend. Auf die Durchhalteparolen aus Berlin gab er nicht viel. Der Krieg war verloren, da war er sich sicher. Was er schon seit einiger Zeit befürchtet hatte, war in den letzten Wochen immer mehr zur Gewissheit geworden. Und doch glaubten treu Ergebene weiter an den Sieg. Anders konnte er sich nicht erklären, dass der Kommandant der Wehrmacht, dessen Truppen nur aus Kranken und einem Volkssturm aus Alten und Kindern bestand, befohlen hatte weiterzukämpfen. Auch der in Esslingen geborene Reichsstatthalter Wilhelm Murr, der zum unbedingten Halten der Stadt Stuttgart aufgerufen hatte, hatte erst vor wenigen Tagen noch verfügt, dass keine weißen Flaggen gehisst werden durften. Wer dagegen verstieß, dem drohte Erschießung, seine Familie wurde in Sippenhaft genommen und ebenfalls mit Exekution bestraft. Auch der Leiter der Geheimen Staatspolizeistelle, der seit ein paar Tagen verreist war, hatte Befehle erteilt, wie Unterlagen vernichtet werden sollten, damit sie nicht den Feinden in die Hände fielen. Außerdem hatte er die Exekution der letzten verbliebenen Gefangenen angeordnet.

Gönnenwein konnte den Nutzen der Anordnungen und Erlasse nicht in allen Fällen nachvollziehen, aber das war ihm letztlich egal, denn Befehl war Befehl. Deshalb hatte er nicht gezögert, als der Anruf von Manfred Jäger in der Gestapo-Zentrale eingegangen war. Es galt, einen Aufrührer zu verhaften, einen Fahnenflüchtigen, einen Wehrkraftzersetzer. Und waren es nicht genau solche Subjekte, die für die Niederlage am Ende die Verantwortung trugen? Und dieser Kramer war ja kein unbeschriebenes Blatt. Gönnenwein fragte sich nur, wie er durch das Netz geschlüpft war. Wie die fein gesponnenen Fäden einer Spinne hatte die Gestapo ihre Überwachung über das Land und die Menschen gelegt. Dem zu entgehen, erforderte schon einiges an Geschick und krimineller Energie, wie Gönnenwein fand.

Kramer hatte man als Soldat an die Ostfront geschickt. Ihm war auch keine große Wahl geblieben, nachdem man ihm bei der Polizei den Stuhl vor die Tür gestellt hatte, bei der er eine damals erst frisch begonnene Anstellung bis kurz nach dem Machtwechsel gehabt hatte. Als Hitler an der Macht war, hatte man endlich gehandelt und begonnen, die zahlreichen liberalen und politisch völlig fehlorientierten Subjekte aus dem Staatsdienst zu entfernen. Bis zum Kriegsbeginn hatte er vorwiegend auf dem Hof seiner Eltern geholfen, da es schwer gewesen war, eine neue Anstellung zu finden. Kramer war später dann auf Heimaturlaub desertiert. Angeblich war er verletzt worden und in Stuttgart zur Genesung im Krankenhaus stationiert. Aber laut seiner Akte stand er sogar im Verdacht, ein Kollaborateur der Russen zu sein.

Wenn Gönnenwein eines nicht verstand, dann, wie jemand auf die Kommis reinfallen konnte, dieses elende und verlogene Kommunistenpack. Aber auch das war ihm letztlich egal. Er war nur froh, dass er das Verhör nicht selbst führen musste. Er hatte für diesen Teil der Arbeit als Gestapo-Beamter nicht viel übrig, wenngleich es ihm einleuchtete, dass man bisweilen nachhelfen musste, um Verrätern und subversiven Subjekten die Zunge zu lösen.

Herbert Wagner würde sich den Gefangenen vorknöpfen, ihn aburteilen und seiner gerechten Strafe zuführen: Tod durch den Strang. Wagner, das wusste Gönnenwein seit ihrem ersten Aufeinandertreffen, war aus anderem Holz. Selbstverständlich war auch Gönnenwein aus Überzeugung in die Partei eingetreten und hatte dem Führer vielfach begeistert zugejubelt. Doch Wagner hatte regelrecht Freude daran, Menschen wehzutun, sie zu foltern und zu quälen. Je größer der Schmerz der Gepeinigten, desto größer schien seine Erregung zu werden. Diesen Eindruck jedenfalls hatte Gönnenwein bei einigen Verhören gewonnen. Seither versuchte er, sich immer davor zu drücken, und war froh, wenn er den Befragungen von Wagner nicht beiwohnen musste. Andererseits war der Obersturmführer ein Vorgesetzter. Zudem noch einer, dessen Anordnungen man sich nicht widersetzte. Einer wie Wagner war zu allem fähig, das hatten viele im Silber bereits miterlebt. Aber eines musste man dem stattlichen und immer korrekt gekleideten Mann mit den ausgesuchten Manieren lassen: Wer bei Wagner nicht redete, der hatte höchstwahrscheinlich nichts zu erzählen.

Gönnenwein legte die Akte von Paul Kramer auf den Stapel,

den gleich ein Gefreiter abholen und zu Wagner bringen würde, damit der wenigstens wusste, wen er da bearbeitete.

Der Keller des Hotel Silber war der Vorhof der Hölle.

Wieder wurde die schwere Metalltür krachend aufgerissen. Paul erkannte dennoch mit trübem Blick die auf ihr eingeritzten Namen, Zahlen und Symbole. Hinterlassen von Gefangenen, in der verzweifelten Hoffnung, nicht vergessen zu werden.

Zwei schwarz gekleidete Männer mit glänzenden Lederstiefeln und roten Hakenkreuzbinden stürmten zackig in den Raum. Es waren andere als die, die ihn verhaftet und hierher verfrachtet hatten. Jünger und brutaler. Einer löste schweigend mit einem kurzen Ruck das Seil des Flaschenzugs. Paul schlug schwer und ungebremst auf den Boden, ohne jede Chance, sich abzufangen. Der Aufprall trieb ihm die Luft aus den Lungen, und er konnte nicht anders, als vor Schmerz laut aufzustöhnen. Einer der Männer lachte. Ein Stiefel bohrte sich sogleich schmerzhaft in Pauls Rippen.

»Aufstehen! Los, wir haben nicht ewig Zeit«, schnarrte eine drohende Stimme. Der Druck des Stiefels verstärkte sich und warf Paul grob auf den Rücken. Er versuchte, sich zusammenzurollen, um sich zu schützen, aber der folgende Tritt in seine ungeschützten Hoden entriss ihm ein weiteres schmerzhaftes Aufstöhnen, ehe er brutal nach oben gezogen wurde. Doch er sackte sofort zusammen. Seine Beine verweigerten ihren Dienst. Ihm fehlte die Kraft.

Die Männer nahmen ihn zwischen sich und schleppten seinen Körper wie einen leblosen Sack aus dem Kellerraum. Wieder hörte er eine Frau weinen. Es war die Stimme von neulich, da war er sich ganz sicher. Es war dieselbe Frau. Doch während es sich letztes Mal wie ein Weinen vor Schmerzen angehört hatte, klang es diesmal qualvoller. Dann war die Stimme wieder hinter einer anonymen Stahltür verklungen.

Seine nackten Füße schabten über den rauen Boden, die Haut riss auf, während sie ihn nach oben zerrten, einen langen Flur entlang, mit kleinen Zimmern zu beiden Seiten.

Doch der Schmerz dieser Tortur war nur ein weiterer Ton im

Konzert der Qual, das sein geschundener Körper ertrug, ehe er versuchte, sich in eine erneute Ohnmacht zu retten.

Bis er wieder zu sich kam, hatte man ihn, nackt, wie er war, mit einem Strick und einem nach altem Keller muffelnden Sack über dem Kopf auf einen Stuhl aus Stahl gebunden. Er saß, soweit er die unscharfen Umrisse durch den Stoff wahrnehmen konnte, in einem spartanisch eingerichteten Büro. Es musste einer der Räume im Erdgeschoss oder dem ersten Stock des Gebäudes sein, wie Paul mutmaßte. Zumindest gab es größere Fenster und nicht nur kleine, vergitterte Lichteinlässe unterhalb der Decke. Er war jetzt dort, wo die Gewalt gegen Menschen verwaltet wurde wie der Antrag einer amtlichen Heiratsurkunde.

Vor ihm stand ein Mann, der ihm den Rücken zudrehte und wie ein mächtiger Schatten vor ihm aufragte. Es roch nach Zigaretten. Paul glaubte, ein distinguiertes Äußeres zu erkennen. Bewegungen, die eine erhabene Ruhe ausstrahlten, während der Mann sich ohne Eile herumdrehte und sich mit einer fließenden Bewegung hinter dem Tisch niederließ. Paul folgte den unscharfen, verschwommenen Konturen der Gestalt.

Der Mann schaltete eine Tischlampe ein, deren Licht grell in Pauls Augen leuchtete. Im selben Moment wurde ihm von hinten grob der Sack vom Kopf gerissen. Es musste also noch jemand im Raum sein.

Er erahnte mehr, als er es wirklich sehen konnte, wie der Mann Blätter von einem Stapel zu seiner Rechten nahm, sie kurz studierte, um sie dann akkurat vor sich auf die Schreibunterlage zu legen. Von dem Mann waren im Gegenlicht der Glühbirne bestenfalls Konturen wahrzunehmen.

Über die sauber manikürten, langen und dünnen Finger, die Paul zu erkennen meinte, hätte sich vermutlich jeder Chirurg gefreut. Intelligente Augen blitzten Paul wie glühende Kohlen aus einem ansonsten unsichtbaren Gesicht an. Er erkannte eine Fotografie von sich, die mit einer Heftklammer an die obere rechte Ecke einer Akte geheftet war. Der Mann betrachtete sie, hob den Kopf, musterte Paul und sah wieder auf die Akte in seinen Fingern.

Dann griff er von irgendwo hinter seinem Schreibtisch eine Decke, kam langsam und mit bedachten Bewegungen um den Tisch herum und legte von hinten den kratzigen Stoff über Pauls schlotternden Körper. Paul war kurz zusammengezuckt, da ihm diese Art der Fürsorge an diesem Ort unheimlich vorkam, war aber dankbar, denn neben den Schmerzen setzte ihm auch die Kälte zu. Das Gesicht des Mannes war allerdings die ganze Zeit von einem dunklen Schatten bedeckt, sodass Paul nichts erkennen konnte. Außerdem hatte ihm jemand von hinten mit einem kräftigen Druck den Kopf nach unten gedrückt, sodass er mit dem Kinn auf der Brust ohnehin nur ein eingeschränktes Sichtfeld hatte.

Paul stammelte ein heiseres »Danke«. Unterdessen nahm der Mann hinter dem Tisch Platz, zündete sich eine weitere Zigarette an und musterte Paul ausgiebig, während er immer wieder an der Zigarette zog und den Rauch in kleinen Wolken ausstieß. Noch hatte niemand auch nur ein Wort gesprochen, und das Schweigen hing bedrohlich wie schwere, dunkle Gewitterwolken über dem Raum.

»Paul Kramer?« Was in Gestalt einer Frage formuliert war, war am Ende wieder nur eine Feststellung. Doch anders als der schnarrende Befehlston, den Paul bislang in diesem Gebäude gehört hatte, waren die Worte weich und klar artikuliert. Die Stimme war kräftig und sonor, sprach akzentfrei und beinahe melodisch. Die Worte klangen aus dem Mund des Mannes wie Vokabeln eines Menschen, der sich der Mächtigkeit der Sprache und ihrer Wirkung durchaus bewusst war, und wollten nicht so recht zu diesem Ort und dem Anlass passen.

Paul nickte als Reaktion auf die gestellte Frage kraftlos. Er war zu benommen, um sich zu konzentrieren. Sein malträtierter Körper sandte nach wie vor regelmäßige Wellen des Schmerzes in seine Nervenbahnen, die immer wieder mit Macht in den Vordergrund drängten.

Der Mann nahm das Nicken mit einer leichten Kopfbewegung zur Kenntnis und sprach im selben ungerührten Tonfall weiter. Sachlich, unbeteiligt, aber nicht unfreundlich, ohne die Verachtung, die Paul von allen, die bisher an diesem Ort mit ihm geredet hatten, entgegengeschlagen war. Doch er fragte sich, was wohl schlimmer war: der offen zur Schau getragene und unverhohlene Hass oder diese demonstrative Gleichgültigkeit?

»Ich habe hier eine lange Liste vor mir liegen, die Ihnen Probleme bereiten dürfte. Probleme, die Sie sich hätten ersparen können.« Der Mann machte eine kurze Pause, um sich eine weitere Zigarette anzuzünden. »Wollen Sie auch eine?«

Paul schüttelte den Kopf und stammelte ein kaum vernehmbares »Nein, ich rauche nicht«.

»Sollten Sie probieren. Es beruhigt. Und hilft beim Nachdenken.« Dann fuhr der Mann, der sich bisher nicht namentlich vorgestellt hatte, fort. »Sie werden politisch motivierter staatsfeindlicher Umtriebe und der Wehrkraftzersetzung beschuldigt. Und was noch viel schwerer wiegt: Sie verweigern sich dem Endkampf, den unser Vaterland gegen die feindlichen Invasoren führen muss. Was haben Sie dazu zu sagen?«

Paul wusste, dass in den wenigen Worten sein Todesurteil lag. Die Gestapo war seit 1936 an keine juristische Kontrolle gebunden. Dafür hatte Heinrich Himmler gesorgt, nachdem er die Zuständigkeit für die Geheime Staatspolizei in einem Machtkampf seinem Kontrahenten Hermann Göring abgerungen hatte.

Der Mann lehnte sich schwer in seinem Stuhl nach hinten.

Paul vermutete, dass er ihn weiter musterte. Er schwieg. Was konnte er schon sagen? Was ergab es für einen Sinn, sich hier zu äußern? Dann nahm er all seinen Mut zusammen, besann sich und zischte: »Ein Endkampf, der längst verloren ist.«

Warum hatte er das gesagt? Hätte er nicht einfach die Klappe halten können? Doch aus seinem Mund kamen weitere Worte, die er sich nicht zurechtgelegt hatte. Er sagte Dinge, die genügten, ihn in den Abgrund zu stürzen, an dessen Rand er in diesem Moment auf wackeligen Beinen stand. »Euer heroischer Endkampf ist vorbei, ehe er begonnen hat. Ihr habt unser Land in Schutt und Asche gelegt. Ihr werdet bezahlen.«

»Ach, ist das so?«, kam es gelangweilt von hinter dem grellen Licht der Glühbirne zurück. »Was sollte mich dann noch hindern, Sie auf der Stelle hinrichten zu lassen? Erst recht, wenn Sie trotz der schwerwiegenden Vorwürfe noch so daherreden?

Sie reden sich selbst um Kopf und Kragen, und am Ende werde ich nichts mehr für Sie tun können. Das tut mir leid, Paul. Sie scheinen ja ein ganz netter Kerl gewesen zu sein.«

Natürlich bemerkte Paul sofort, dass der Mann in der Vergangenheit von ihm gesprochen hatte. Was hatte er jetzt noch zu verlieren? Nichts, sagten seine Gedanken. Mit Provokation erreichte er womöglich einen schnelleren Tod. Ein Schuss in den Kopf, gleich hier und jetzt. Alle Qual wäre mit einem Schlag vorbei.

Paul verstand, dass sein Todesurteil ohnehin längst gefällt war.

Also brachen die Worte aus ihm heraus wie der gallige Mageninhalt, wenn man sich übergeben musste. Seine Stimme war rau und kratzig, und er verschluckte einzelne Buchstaben. »Sie und Ihresgleichen werden nicht davonkommen. Man wird Sie für Ihre Taten zur Rechenschaft ziehen, Sie vor ordentliche Gerichte stellen.«

Der noch immer namenlose Mann lachte leise. Nicht feindselig. Eher milde, wie ein sanftes, freundliches Glucksen. Er stand auf und kam in aller Seelenruhe um den Tisch herum, so als hätten sie noch immer alle Zeit der Welt. Dann beugte er sich von hinten zu Paul hinunter, legte ihm eine Hand schwer auf Nacken und Hinterkopf und schob seinen Kopf nah neben den von Paul, sodass sie beide in dieselbe Richtung schauten. Paul roch seinen Lakritz-Atem. Er hatte Bärendreck immer gemocht. Bis heute. Nie wieder würde er die schwarzen Stangen anrühren. Das schwor er sich für den unwahrscheinlichen Fall, dass er das hier überleben sollte.

Der Mann seufzte, als sei es eine allzu schwere Bürde, die Worte auszusprechen. Seine Stimme war jetzt leise, mehr ein verschwörerisches Flüstern, das dadurch umso bedrohlicher und angsteinflößender wurde. Sein Atem kitzelte auf Pauls Haut.

Die anschließenden Worte des Mannes bedienten sich der brutalen Sprache eines Regimes, dessen Handlanger weiterhin an den Endsieg glaubten, und passten so überhaupt nicht mehr zum Klang der Stimme und zu der bisher modulierten Ausdrucksweise. »Du kleiner Scheißer. Du denkst wohl, dass du dich hier aufspielen kannst. Aber freu dich mal nicht zu früh, Bürschchen.

Du wirst sehen, wir werden siegen. Wir haben auch nichts zu befürchten. Und wenn die Amis oder die Franzmänner überhaupt bis hierher kommen, dann wird es bestenfalls ein kurzes Gastspiel. Wir sind da, wenn die längst wieder weg sein werden. Aber wer weiß, vielleicht erlebst du ja weder das eine noch das andere.«

Der Mann stieß ein Lachen aus. Diesmal weniger freundlich. Paul schlotterte plötzlich – nicht nur wegen der Kühle im Raum.

Dann nahm der Mann seine Hand weg, richtete sich auf und bewegte sich in gemächlichen Schritten wieder zurück an seinen Tisch. Es war Paul unmöglich, einen Blick auf sein Gesicht zu erhaschen. Er sah nur, wie der Mann nach der Aktenmappe griff, auf der Paul seinen handgeschriebenen Namen erkannte. Der Mann hob sie hoch, betrachtete sie eine kleine Ewigkeit, dann kramte er mit der linken Hand ein Feuerzeug aus einer Tasche seines Anzugs und zündete die Akte an einer Ecke an. Das Gesicht hinter dem aufsteigenden Rauch und dem grellen Licht verborgen, sah er genussvoll den Flammen zu, wie sie an den Rändern des Papiers züngelten, sich ausbreiteten und bald zu lodern anfingen. Dann warf er das Schriftstück in einen Metalleimer und gab dem Feuer mit weiteren Akten zusätzliche Nahrung. Beißender Rauch stieg auf.

Paul verstand die Aussage der Handlung sofort. Und sie erschreckte ihn. Diese zur Schau getragene Kaltschnäuzigkeit, das Wissen um die Unverwundbarkeit der Täter und die Angst der Opfer.

»Du warst jedenfalls nie hier«, sagte der Mann, und Paul hörte das selbstzufriedene Lächeln, auch wenn er es nicht sehen konnte.

Paul suchte den Blickkontakt. Doch die gesichtslosen Augen waren kalt und gefühllos.

»Du wirst schon sehen, wir kommen davon. Das tun wir immer«, sagte der Mann und stieß ein kräftiges, kehliges Lachen aus. Dann zog er in einer gemächlichen und dennoch fließenden Bewegung, die einem langsam strömenden Gewässer glich, eine Schublade unterhalb der Tischplatte auf. Seine Hand tauchte ein und brachte eine Luger 9 Millimeter zum Vorschein, die er vor sich auf den Tisch legte. Das schwarze Metall schimmerte bedrohlich.

»Nun, Herr Kramer, da Sie nichts zu Ihrer Verteidigung vortragen können, werden Sie hiermit im Namen des deutschen Volkes zum Tode verurteilt.«

Herbert Wagner war Dienststellenleiter im Gestapo-Gefängnis in der Stuttgarter Dorotheenstraße. Er mochte seinen Dienstsitz im Hotel Silber. Seine Arbeit empfand der Obersturmführer als anstrengend, aber notwendig.

Es hatte ihm durchaus Spaß gemacht, diesen jungen Ex-Polizisten zu verhören. Natürlich war Kramer kein Kriminaler gewesen, ein Schupo, mehr nicht. Er hätte es sicher zu etwas gebracht, hätte er nicht den falschen politischen Ideologien nachgehangen. Aber Wagner hatte ihm nicht mehr helfen können. Zu verblendet war der Mann gewesen.

Kaum war Wagner wieder im Büro angekommen, hatte schon Heinz Maack, der Gestapo-Chef Südwest, aus seinem Büro in der Heusteigstraße angerufen und ihm neue Befehle erteilt.

Es waren nicht mehr viele »Hotelgäste« verblieben. Daher hatte es Wagner als ärgerliche Dienstanweisung empfunden, die Kinder dieser inhaftierten weiblichen Person einfach laufen zu lassen. Aber wenigstens hatten sie die Mutter dabehalten dürfen. Er hatte sich ihrer persönlich angenommen.

Oberregierungsrat Maack selbst hatte ihm telefonisch die Befehle erteilt, wie zu verfahren sei. Und Wagner hatte sich daraufhin einen der Schließer geschnappt und getan, was getan werden musste. Nicht, dass es ihm etwas ausgemacht hätte. Im Gegenteil. Ein Saumensch weniger auf der Welt, was machte das schon?

Aber nun war seine Arbeit getan. Draußen wartete ein Wagen auf ihn. Ein unauffälliges Fahrzeug, das keine Rückschlüsse auf seinen Insassen zuließ. Man wusste ja nie, auf wen man unterwegs treffen würde.

Als er aus dem Eingangsportal trat, sah er, wie einige uniformierte Männer gefüllte Leinensäcke in einen Wagen hievten. Er musste nicht hinschauen, um zu wissen, dass in den Säcken weder Getreide noch Kartoffeln waren. Der Fahrer des Lastwagens würde seine Fracht auf einem Friedhof wieder abladen.

Doch bis dahin würde Wagner die Stadt längst hinter sich gelassen haben.

Er trug Zivilkleidung, in seiner Jacke steckte ein Pass, der auf einen anderen Namen ausgestellt war und ihn als einen aus Hamburg stammenden Bäckermeister auswies. Später würde er auf andere Identitäten zurückgreifen, wenn es notwendig werden würde. Eine Handvoll Pässe lag in einem Geheimfach seines Aktenkoffers, das man so leicht nicht finden würde.

Bäcker. Ein Beruf, den er wirklich einmal erlernt und mit Liebe ausgeübt hatte, dachte er in einem kurzen Anflug von Nostalgie. Doch dann war er zu Höherem berufen gewesen, hatte rasch die militärische Leiter nach oben erklommen und sich vor Kriegsbeginn zur Gestapo abkommandieren lassen. So war er im Hotel Silber gelandet. Dort war er tagtäglich mit allerlei subversiven Subjekten in Berührung gekommen, um die er sich zu kümmern hatte. Und er hatte mehr und mehr Gefallen an dieser neuen Aufgabe gefunden. Plötzlich war er jemand, plötzlich schenkte man ihm Beachtung, nahm ihn ernst, hatte Respekt vor seiner Person.

Er steuerte seinen Wagen einige Zeit über die Filderebene, bis ein Traktor mit einer Schlangenlinienfahrt die Fahrbahn blockierte. Da er nicht überholen konnte, war Wagner gezwungen, dem Landwirtschaftsfahrzeug einige Zeit zu folgen. Doch jeder Meter stellte seine Geduld auf eine harte Probe. Als sich die Gelegenheit bot, schob er sich an dem Trecker vorbei und brachte seinen Mercedes schräg vor dem knatternden Traktor zum Stehen.

Der Mann hinter dem Steuer schaute ihn aus großen, fröhlichen Augen an. Er war offensichtlich beschwipst.

»Was machen Sie da? Sie blockieren den ganzen Verkehr. Können Sie nicht richtig fahren?«, schnauzte Wagner den Mann an.

»Die Franzosen sind da«, sagte der Mann nur, und ein Strahlen breitete sich in dem kantigen, unrasierten Gesicht aus, das von strohblondem Haar umrahmt wurde. Der junge Landwirt war sicher keine dreißig, und wenn er so weitermachte, würde er seinen nächsten Geburtstag nicht erleben.

»Was? Was quatschen Sie da?«

»Die Franzosen, sie rollen auf Stuttgart zu. Sie werden uns endlich befreien.« Der Mann war einen Kopf größer als Wagner, machte einen Schritt auf ihn zu und packte ihn freudig an den Oberarmen. »Der Krieg ist bald aus für uns.«

Dann versuchte er, Wagner aus purer Freude heraus zu umarmen. Dieser wand sich aus dem Griff. Wusste der Kerl denn nicht, was er da redete? Der Krieg war längst nicht aus. Der Befehl lautete zu kämpfen. Und dieser Kerl stand hier besoffen vor ihm, statt den Feind zurückzuschlagen.

Aber der Landwirt konnte nicht ahnen, wen er vor sich hatte. Wagner trug ja weder Uniform noch Hakenkreuzbinde. Der Mann hielt ihn offensichtlich für einen normalen Zivilisten. Das war gut so, auch wenn es dem Bauern zum Verhängnis wurde.

Wagner holte eine Mauser unter seinem Sakko hervor, hob den Arm und schoss dem verdutzten Mann ohne weitere Worte in den Kopf.

Der Gestapo-Mann stand einige Sekunden da und betrachtete den Leichnam, der neben dem tuckernden Traktor im Dreck lag. Dann hob Wagner den Arm, rief ein zackiges »Heil Hitler!«, schlug die Hacken zusammen, eilte zu seinem Wagen und fuhr davon.

Johann Wallner hatte Schmerzen. Er wusste nicht, seit wie vielen Stunden er zusammengepfercht mit anderen auf der Pritsche des Lastwagens stand. Er fror, denn außer einer dünnen Hose und seinem Hemd hatte er nichts an. Nicht einmal Decken hatten sie ihnen gegeben, als sie sie mitten in der Nacht aus den Zellen im Keller des Hotel Silber gezerrt, nach oben getrieben und gezwungen hatten, auf den Lastwagen zu klettern. Ihre Gewehre im Anschlag, hatten sie ihnen keine andere Möglichkeit gelassen, als den Befehlen Folge zu leisten. Dann war die rumpelnde Fahrt mit unbekanntem Ziel losgegangen.

Einer der Männer, vermutlich ein Lette, hatte einen der Soldaten, die sie bewachten, gefragt, wohin sie gebracht wurden. Als Antwort hatte der Uniformierte ihm die Nase mit dem Gewehrkolben zertrümmert. Der Lette war zusammengebrochen und ein Schwall Blut auf den Boden geplatscht. Dann hatte der Soldat ihn mit Tritten seiner schweren Wehrmachtsstiefel angetrieben, sich auf die Pritsche des Lastwagens zu schleppen.

Johann Wallner hatte die Szene mit angstgeweiteten Augen beobachtet. Was waren das nur für Menschen?

Hinter ihm lagen seit der Festnahme am Hauptbahnhof mehr als zwei Wochen Einzelhaft in einer kalten und dunklen Zelle. Er war jedes Mal zusammengezuckt, wenn jemand den Riegel zurückgeschoben hatte und die Tür aufgeschwungen war. Davon, wer anschließend im kalten Licht der Glühbirnen erschien, hing ab, ob er sich entspannte oder die Anspannung zunahm. Bei Hans Forstbauer hatte er immer aufgeatmet. Der war in Ordnung. Bei ihm hatte Johann Wallner sogar hin und wieder den Eindruck gewonnen, er leide selbst unter all dem, was im Hotel Silber geschah und was er mitanzuhören und mitanzuschauen gezwungen war. Wenn Forstbauer Dienst hatte, hatte er ab und zu einen Apfel oder einen Kanten Brot in die Zelle geschmuggelt und Wallner heimlich zugesteckt. In der Nacht war es sogar vorgekommen, dass er die Zellentür auch mal für kurze Zeit aufgelassen hatte. Natürlich hatte Johann gewusst, dass ihn Forstbauer bei einem Fluchtversuch ebenso erschießen würde wie all die anderen Wärter. Und doch hatte sich dieser Mann offenbar wenigstens einen letzten und winzigen Hauch an Menschlichkeit bewahrt.

Seine Frau und seine Töchter hatte Wallner dennoch nicht zu Gesicht bekommen. Jedes Mal, wenn Schreie einer Frau durch den Keller hallten, hatte er gebetet, dass es nicht Vera, Margarete oder Frida waren, die man quälte. Und man quälte viel in diesen Gemäuern.

Johann Wallner hatte sogar das Gefühl, das mit jedem Kilometer, den die Alliierten Stuttgart näher rückten, die Übergriffe zunahmen, heftiger wurden. Und er wünschte allen Menschen, die Opfer dieser sadistischen Brutalität waren, dass sie ein schnelles Ende fanden und nicht allzu lange leiden mussten. Doch er selbst hatte bei den Verhören durch einen gewissen Herbert Wagner erfahren, wie dieser sein Handwerk verstand. Der wusste, wie man Schmerzen zufügte, ohne dass man ohnmächtig wurde. Und er hatte Freude daran, seine Opfer zu malträtieren, das hatte man ihm deutlich angesehen.

Kurz bevor man Johann aus seiner Zelle gezerrt hatte, waren einige andere Türen aufgeschlossen worden. Er hatte weibliche Stimmen gehört und geglaubt, dass es die von Margarete oder Frida waren. Aber er konnte sich nicht sicher sein. Was sie mit ihnen gemacht, wohin sie sie gebracht hatten, das wusste er nicht, und die Angst um seine Frau und Kinder hatte ihm die Tränen aus den Augen getrieben, während er vor lauter Verzweiflung an der kalten Wand nach unten gesackt war. Dann hatten sie ihn kurz darauf geholt.

Inzwischen hatte der Laster angehalten. Johann hörte Stiefelgetrappel. Die dreckige Plane wurde zurückgeschlagen, und sie sollten einer nach dem anderen von der Pritsche springen. Er sah den Letten, dessen trauriges Gesicht mit Blut verschmiert und verklebt war. Sie wurden von den Wachen zu einem Zaun gebracht, der sich öffnete, damit sie hindurchgehen konnten. Auf einem Schild stand »Augsburg«. Sie hatten ihn weit weg von Stuttgart transportiert. Das konnte nichts Gutes bedeuten. Was hatten sie mit ihm und den anderen Häftlingen vor? War hier eines der berüchtigten Vernichtungslager?

Johann Wallner hatte keine Ahnung, aber ihn ergriff panische Angst, als sie in eine Holzhütte getrieben wurden. Dort befahlen ihnen die bewaffneten Aufseher, sich nackt auszuziehen und nebeneinander aufzustellen.

Der große Mercedes schnurrte geschmeidig wie eine Katze die Straßen des Neckartals entlang. Außer den Trümmern und zerstörten Häusern deutete an diesem sonnigen 20. April kaum etwas darauf hin, dass Krieg herrschte.

Heinz Maack saß neben seiner Frau im Fond des Wagens. Sie hatte ihren Kopf an seine Schulter gelehnt. Der Leiter der Staatspolizeileitstelle Stuttgart und SS-Sturmbannführer trug erstmals seit Langem keine Uniform und kam sich deshalb beinahe nackt vor. Seine Gattin hatte sich für ein luftiges Blumenkleid unter ihrem eleganten Mantel entschieden. Es passte ihm nicht, dass er sein Büro an der Heusteigstraße hatte verlassen müssen. Aber ihm war keine andere Wahl geblieben, nachdem Reichsstatthalter Wilhelm Murr, dieser Feigling, schon am Tag zuvor mit einem ganzen Tross an Leuten Reißaus genommen hatte. Gleichzeitig musste er weiter seine Befehlsgewalt ausüben. Es galt, so lange wie möglich Widerstand gegen die Besatzer zu leisten. Die Zeit nutzen, um im Hintergrund die Bewegung neu zu formieren und die Befehle des Führers abzuwarten. Der Krieg war längst nicht vorbei, sosehr sich das einige herbeisehnten.

Als Sohn eines Hausmeisters hatte Maack seinen Aufstieg dem Erfolg der Nationalsozialisten zu verdanken. Er war weit gekommen, weiter, als man es ihm zugetraut hatte. Und das würde er sich nicht so leicht nehmen lassen. Bereits seit 1917 stand er im Dienst der Polizei und gehörte seit 1921 der Abteilung II b der Politischen Polizei an. Vorwiegend befasste er sich damit, sogenannte Verfassungsfeinde aufzuspüren. Die sah er damals wie heute nahezu ausschließlich im linken Spektrum. Seine Kollegen hatten ihm bald den Spitznamen »Kommunistenjäger« verpasst. Maack betrachtete diesen Beinamen als Auszeichnung, denn die Gefahr von links galt es zu eliminieren. Er war treuer Parteisoldat seit 1933 und Mitglied der SS. So war es ihm dann 1941 sogar gelungen, sich gegen die verhassten Akademiker durchzusetzen, die immer geglaubt hatten, sie seien Männern wie ihm geistig überlegen. Gegen alle Widerstände hatte man ihn in der Zentrale in der Wilhelmstraße in Berlin bald zum Leiter der Gestapo-Leitstelle in Stuttgart ernannt.

Maack erinnerte sich durchaus mit Stolz daran, was er in dieser Zeit alles aus tiefster Überzeugung für Führer und Vaterland getan hatte. Er selbst hatte die Urteile verlesen, als die ersten polnischen Zwangsarbeiter auf seinen Befehl hin im Schutzhaftlager in Welzheim im Steinbruch an der Boxeiche auf Anordnung getötet worden waren. Kurz darauf hatte er eigenhändig ein Hinrichtungsmuster ausgearbeitet, das bis heute galt. Und er versuchte, immer selbst zugegen zu sein, wenn ein Häftling von seinen Landsleuten hingerichtet wurde. Unter seinen wachsamen Blicken war es ein genau festgelegter Ablauf, nachdem die zu Exekutierenden eine kleine dreistufige Treppe nach oben geführt wurden. Dann legte man ihnen die Schlinge um den Hals, um sie kurz darauf am mobilen Galgen baumeln zu lassen. Dass sie wegen der geringen Fallhöhe nicht gleich durch Genickbruch starben, sondern langsam erstickten, war ein Nebeneffekt. Das dauerte meist seine Zeit, und es war nicht schön mitanzusehen, wie die Verurteilten im Todeskampf zuckten und würgten. Deshalb hatte Maack verfügt, dass die Exekutionsplätze an diesen Tagen für die Öffentlichkeit nicht zugänglich waren.

In seine Zeit war auch die unvermeidliche Deportation von über zweitausendsechshundert Juden aus Stuttgart gefallen. Die ersten tausend hatten sich auf seinen Befehl hin am 27. November 1941 auf dem Messegelände Killesberg einfinden müssen. Von dort aus wurden sie unter seiner persönlichen Aufsicht Tage später nach Riga deportiert. Im Lauf der Zeit waren weitere derartige Aktionen notwendig geworden, um die Rassenhygiene in Deutschland zu gewährleisten.

Und so hatte er bald dringend notwendige Maßnahmen eingeleitet, nach Juden fahnden zu lassen, die laut den Nürnberger Rassegesetzen in einer Mischehe lebten. Erst vor wenigen Tagen war so die gesamte Familie Wallner verhaftet und ins Hotel Silber verbracht worden. Er selbst hatte Herbert Wagner mitgeteilt, wie zu verfahren sei. Denn Maack selbst sah es als seine Pflicht an, auch die unschönen Seiten seiner Position auszufüllen. Er hatte nie Vergnügen an den Hinrichtungen, hatte immer nur passiv dem Geschehen beigewohnt und Anweisungen erteilt. Doch Wagner war noch mal ein anderes Kaliber. Der freute sich darauf, die Befehle, die er direkt aus der Heusteigstraße erhielt, umzusetzen. Er liebte es, die Gefangenen zu verhören, sie zum Reden zu bringen. Dafür hatte er einen großen Werkzeugkasten. Aber Maack wollte von den Details wenig wissen, sie waren ihm zuwider. Für ihn zählten Ergebnisse, nicht, wie man sie erreicht hatte.

Direkt vor seiner Abreise hatte er zwei letzte Anweisungen erteilt. Wegen des Vormarschs des Feindes aus unterschiedlichen Richtungen war es nicht mehr möglich, die ins Lager Bietigheim verbrachten Juden als Zwangsarbeiter auf die intakten Lager im Südwesten zu verteilen. Ein Abtransport war schlichtweg undurchführbar. Daher hatte er vor seiner Abfahrt kurzerhand die Tötung befohlen.

Da auch das Lager Welzheim wegen des Vormarschs der Alliierten evakuiert wurde, hatte er ebenfalls die Liquidation der dort einsitzenden Widerständler angewiesen. Die Mitglieder der »Gruppe Schlotterbeck« sollten im Wald bei Riedlingen getötet werden.

In einem abgeschiedenen Haus auf der Schwäbischen Alb angekommen, verbrachte Maack den Abend mit seiner Frau. Sein Fahrer war ein ausgezeichneter Koch, der sie schon des Öfteren auf Reisen mit kulinarischen Köstlichkeiten verwöhnt hatte. Er zauberte aus den vorhandenen Lebensmitteln ein vorzügliches Mahl, sodass Maack und seine Frau die Flucht fast vergessen hätten.

Es werden bald wieder bessere Zeiten anbrechen, dachte Maack bei sich, schob sich ein Stück des hervorragenden Wildbratens in den Mund und lächelte seine Frau an.

Der Krieg war inzwischen seit ein paar Tagen für die Bevölkerung von Stuttgart offiziell vorüber.

Doch die Angst, sie war geblieben.

Am 21. April waren die ersten französischen Truppen in die größte Stadt im Südwesten vorgerückt. Es war ein warmer, sonniger Frühlingstag, als sie mit ihren Panzern durch die Straßen gerollt waren. Menschen hatten gejubelt, andere nur ratlos dagestanden, unsicher, ob sie sich freuen oder sich Sorgen machen sollten. Es war die Hoffnung zu spüren, dass die dunkle Zeit nun endlich vorüber sein würde.

Doch was für viele Menschen Anlass zur Freude war, hatte bei anderen Furcht mit sich gebracht.

Hilde Jäger hatte im Schutz eines zerbombten Hauses am Straßenrand gestanden, während die überwiegend dunkelhäutigen Soldaten vorbeigezogen waren. Sie hatten lange Mäntel und Turbane getragen. Die bärtigen Gesichter wirkten ungepflegt. Die Truppen sahen erschöpft, verwahrlost und ausgehungert aus.

Hilde selbst hatte in diesem Moment nicht so recht gewusst, was sie empfinden sollte. Sie hatte gemischte Gefühle, während die Sonne angenehm ihre Haut wärmte. Niemand wusste zu diesem Zeitpunkt, ob es nicht doch noch eine letzte Schlacht um Stuttgart geben würde. Weite Teile der Bevölkerung saßen noch in den Bunkern, Stollen und Luftschutzkellern. Aus Angst vor neuen Luftangriffen hatten sie sich immer tiefer in die kläglichen Reste der Stadt zurückzogen und begonnen, sich im Untergrund zu verstecken.

Doch es war ruhig geblieben. Der anderswo erbitterte, blutige und von vornherein verlorene »Endkampf« war hier ausgeblieben.

Noch am Tag des Einmarschs, am 21. April, einem Samstag, hatten die Besatzer Plakate ausgehängt. Für jeden angegriffenen französischen Soldaten würde man fünfundzwanzig Deutsche erschießen, stand dort zu lesen. Außerdem wurde eine Ausgangssperre zwischen zwanzig Uhr am Abend und sechs Uhr dreißig am Morgen verhängt.

Und für die Bevölkerung wurde die Nahrung auf ein Minimum reduziert. Ganze neunhundertsiebzig Kalorien wurden pro Person und Tag zugeteilt. Für die ausgehungerten Menschen in der Stadt war das zu viel zum Sterben und zu wenig, um zu überleben.

Zwei Tage später begannen die Verhaftungen. Dutzende, Hunderte, vielleicht sogar Tausende Männer seien von der Straße weg aufgegriffen und von den Franzosen verhaftet worden, machten Gerüchte rasch die Runde. Die Besatzer suchten nach Soldaten, die sich ihrer Uniformen entledigt hatten. Und der Hass auf die Deutschen sowie die Rachegelüste waren groß. Von Milde gegenüber den Menschen war kaum etwas zu spüren.

Hilde hatte die letzten Tage bei ihrer Cousine und einzigen Freundin verbracht. Sie wusste, dass sie sich blind auf sie verlassen konnte. Denn zurück nach Hause, das war keine Option. Das schaffte sie nicht. Nicht im Wissen um das, was ihr Vater ihr angetan hatte. Wahrscheinlich hatte er Paul auf dem Gewissen. Denn von ihrem Liebsten fehlte seit jener Nacht jegliche Spur. Sie hatte längst alle ihr bekannten Orte nach ihm abgesucht. Sie war durch die Stadt zu seinem Versteck geschlichen, doch da war er nicht. Sie hatte gewartet, doch er war nicht gekommen. Nur die Franzosen. Inzwischen hatte sich in ihr die Gewissheit ausgebreitet, dass er tot war. Ermordet im Hotel Silber. Aber sie würde nicht eher ruhen, bis sie herausgefunden hatte, was mit ihm geschehen war. Von daher wunderte sie sich kaum darüber, dass sie sich beinahe wünschte, dass man auch ihren Vater verhaftet hatte.

Um nicht allein zu sein, war sie irgendwann zu ihrer Cousine Maria Eicher gegangen, denn sie brauchte ja einen Schlafplatz für die Zeit der nächtlichen Ausgangssperre. Marias Eltern waren letzten Juli ums Leben gekommen. Ihr Mann, mit dem sie daraufhin zeitweise zusammen in den Resten des Hauses der Eltern gelebt hatte, war an der Front im Osten. Sie hatte seit Monaten kein Lebenszeichen mehr von ihm bekommen und befürchtete, dass auch er tot war. Nach dem Bombardement übrig geblieben und halbwegs bewohnbar war lediglich ein großes Zimmer. In den restlichen Räumen waren inzwischen zwei weitere Familien untergekommen, die Schutz gesucht hatten.

»Noch immer keine Nachricht von Bruno?«, wollte Hilde von ihrer Cousine wissen und schob die Erinnerungen an die Ankunft der Franzosen beiseite.

Maria schüttelte traurig den Kopf und wischte sich mit dem Handrücken fahrig über die Augen. Sie war fast fünf Jahre älter als Hilde. Vor der Machtübernahme hatte sie mit den Kommunisten sympathisiert, war aber nie in die Partei eingetreten, ein Umstand, der ihr das Leben gerettet hatte. Bevor die Nazis jegliche Form von Mitbestimmung verboten hatten, war sie Betriebsrätin bei der Post gewesen.

Obwohl Hildes Mutter und Marias Mutter Geschwister waren, hätten sie kaum unterschiedlicher sein können. Gretchen, wie alle Marias Mutter immer genannt hatten, war eine kleine und liebenswürdige Person gewesen. Klug und voller Empathie, war sie allen Menschen offen begegnet. Und sie hatte keinen Hehl daraus gemacht, dass sie die Heirat ihrer Schwester mit Manfred Jäger nie verstanden hatte. Spätestens mit der Machtergreifung der Nazis und Jägers Aufstieg im Parteiapparat hatten die beiden dann jeglichen Draht zueinander verloren. Doch das hatte ihre Töchter nicht daran gehindert, sich anzufreunden. Jetzt war Hilde froh um diese Freundschaft, die ihr wenigstens ein klein wenig Halt verschaffte.

Als sie die feuchten Augen ihrer Cousine sah, legte Hilde

ihre Arme um deren Schulter und drückte sie an sich. Maria war etwas kleiner als sie und wesentlich kompakter gebaut. Sie hatte blonde Locken, die ihr auf die Schulter fielen. Ihr Gesicht war dagegen in den letzten Monaten sichtlich gealtert. Die Lippen meist streng zusammengekniffen und mit sorgenvollen Furchen auf der Stirn, stand sie oft gedankenverloren da und starrte ins Nichts. Hilde konnte das nachvollziehen.

Diese Ungewissheit war schlimmer als die Nachricht vom Tod. Doch der Gedanke daran spülte bei ihr selbst sofort die Erinnerung an Paul nach oben, und sie wurde von einem heftigen Verlustgefühl erfasst, das ihr den Brustkorb einschnürte.

Sollte sie bei seinen Eltern nach ihm suchen? Sie wusste, dass diese in Fellbach lebten, hatte sie aber nie kennengelernt. Um seine Mutter und seinen Vater zu schützen, hatte er sich fernab von ihnen versteckt gehalten. So war Paul. Sie hatte seinen ausgeprägten Gerechtigkeitssinn immer bewundert.

Nun saßen Maria und Hilde zusammen in einem vier auf fünf Meter großen Zimmer mit einem Fenster. An einer Wand stand ein Bett, an der anderen lag eine graue, dreigeteilte Matratze auf dem Boden. Dort würde Hilde schlafen. Auf einer Kommode stand eine Waschschüssel, daneben zwei Teller und Besteck. Da es aber kaum etwas zu essen gab und man für die wenige Nahrung jeden Tag stundenlang anstehen musste, wurde das Geschirr selten benutzt, und ihre Mägen knurrten. Natürlich stellten sie sich immer an. Sie hatten ja Hunger. Aber es passierte oft, dass es nichts mehr zu verteilen gab, bis man an der Reihe war. Kein Wunder, wenn zwischen den Trümmern der Schwarzmarkt rasch florierte. Einige teilten ihre wenigen Lebensmittel aus Mitgefühl. Doch viele versuchten, sie zu tauschen und dabei Profit rauszuschlagen.

Auf dem Tisch zwischen ihnen brannte eine Kerze, die etwas flackerndes Licht spendete. Wenigstens sind die Nächte jetzt nicht mehr so kalt, dachte Hilde. Und wenn sie das Verhalten der Besatzer auch mit einer gewissen Skepsis betrachtete, so hatten die Umstände zumindest mit sich gebracht, dass sie endlich wieder zu schlafen vermochte. In der ersten Nacht bei Maria im Zimmer war sie erschöpft zu Bett gegangen und mit dem Gedanken, dass das Schlimmste überstanden sei und jetzt keine Flieger mehr in der Dunkelheit über sie hinwegdonnerten, auf der Stelle eingeschlafen. Strom gab es nicht, und aus den Leitungen kam kein Wasser. Das würde sich hoffentlich bald ändern. Deshalb gingen sie früh zu Bett.

Wie lange sie geschlafen hatte, wusste Hilde nicht, als sie am nächsten Morgen abrupt aufschreckte. War da nicht ein Geräusch? Schritte auf den Stufen der knarzenden Holztreppe? Sie lauschte einen Moment. Ja, da war es wieder. Stiefel. Eine Reihe von Stiefelpaaren, die versuchten, leise die Treppe nach oben zu gelangen. Die Wohnungstür wurde geöffnet, es folgten weitere Türen. Dann drangen Schreie an ihre Ohren.

Maria war inzwischen aufgewacht und fragte sie in die Dunkelheit hinein flüsternd: »Was ist das? Was ist los?«

»Es ist jemand im Haus«, antwortete Hilde ebenso leise.

»Aber wer …?«

Jetzt hörten sie eine Frau schreien und unterschiedliche Männerstimmen. Da wusste Hilde, wonach die Männer trachteten, die ins Haus eingedrungen waren, und was in den Räumen nebenan geschah.

Hilde zischte Maria ein leises »Schhhhhh« zu. Sie durften die Kerle in der Wohnung nicht auf sich aufmerksam machen. »Maria, können wir uns irgendwo verstecken?«

Doch es war zu spät. Die Tür zu ihrem Zimmer wurde mit einem Ruck aufgerissen, und drei Männer mit Taschenlampen standen im Raum. Sie trugen die Uniformen der französischen Armee.

Als Maria schrie, wurde sie grob gepackt, und Hilde sah, wie sich eine Hand über ihren Mund legte und ihre Stimme erstickte.

Hilde stieß sich von ihrer Matratze hoch und wollte sich in eine Ecke verkriechen, obwohl sie ahnte, dass es kein Entrinnen gab.

ZWEI

Stuttgart, Mai 1945

»Wir leben in einer rechtlosen Zeit«, sagte Dieter Rückert kopfschüttelnd und zündete sich resigniert eine Zigarette an. Hilde Jäger trug unterdessen zwei Cognacgläser auf einem Tablett in das Büro ihres Chefs.

Ihm gegenüber saß Arnulf Klett, der seit Kurzem von der französischen Militärregierung eingesetzte neue Oberbürgermeister der Stadt Stuttgart. Hilde wusste, dass der abgesetzte Vorgänger Dieter Strölin Klett als seinen Nachfolger vorgeschlagen hatte. Aus Sicht der Besatzer war der langjährige Nazi-Widersacher eine akzeptable Besetzung für dieses Amt. Ihnen war der Leumund in diesen Tagen wichtiger als Verwaltungserfahrung. Die hatte Klett den Gerüchten zufolge nicht. Aber er galt als Improvisationstalent. Seine Aufgabe bestand darin, zwischen Siegern und Besiegten zu vermitteln und den vorherrschenden Mangel zu verwalten.

»Was willst du auch erwarten? Von den dreiundsechzigtausend Gebäuden der Stadt sind nur noch sechstausendzweihundert halbwegs intakt. Die Menschen haben kein Dach über dem Kopf, viele hausen in den Bunkern, in Baracken oder überbelegten Wohnungen. Schau dich doch um.« Klett machte eine ausladende Handbewegung. »Es ist gespenstisch hier. Vom Hauptbahnhof kannst du bis zum Hegelplatz hinaufsehen. Nur Schutthalden, Gebäudeskelette und ein paar Kamine.«

»Ja, und an allen Ecken und Enden gedeiht das Verbrechen«, kommentierte Rückert mit leicht resigniertem Unterton, während Hilde die Gläser vor die Männer auf den Schreibtisch stellte.

Sie fand es ungewöhnlich, dass ein Oberbürgermeister zu dem von ihm eingesetzten Chef der Kriminalpolizei ins Büro kam. Aber Klett war eben kein gewöhnlicher Amtsträger. Das machte ihn für sie sympathisch, obwohl er etwas steif wirkte in seinem dunklen Anzug.

»Deshalb habe ich *dich* zum Polizeichef ernannt und nicht irgendwen.«

Die beiden Männer störten sich nicht an Hildes Anwesenheit, und sie hielt sich dezent im Hintergrund. Sie war erst seit ein paar Tagen hier im Hotel Silber beschäftigt. Rückert war ihr direkter Chef. Er war Leiter der deutschen Polizei der Stadt Stuttgart und brauchte als dieser Unterstützung. Die Stellenausschreibung war Hilde gerade recht gekommen. Sie hatte von ihrer Cousine Maria davon erfahren und ohnehin zur Befragung wegen des Verschwindens von Paul Kramer selbst ins Silber gemusst. Dort hatte man genau wissen wollen, was sich in jener Nacht zugetragen hatte. Und Hilde hatte eine Anstellung gesucht.

Rückert hatte sie am selben Tag eingestellt, an dem sie sich ihm persönlich vorgestellt hatte. Natürlich war ihr Vater für ihn kein Unbekannter gewesen, weshalb die Nennung seines Namens auch ein kurzes Zögern heraufbeschworen hatte. Doch er hatte ihr geglaubt, dass sie mit Manfred Jäger gebrochen habe. Dazu kamen ihre hervorragenden Kenntnisse der Sprache in Wort und Schrift, sie konnte Steno und war flink und sicher im Maschinenschreiben. Genau, was Rückert gesucht hatte.

Und obwohl sie ihren Chef erst kurze Zeit kannte, sah sie ihm an, welche Verantwortung auf seinen Schultern lastete. Sie hatte auch gehört, was viele hinter vorgehaltener Hand erzählten. Rückert sei ein Polizeichef ohne Polizei. Genau genommen war das eine recht zutreffende Beschreibung der aktuellen Situation. Und Hilde hatte längst mitbekommen, dass nicht alle ihrem Chef über den Weg trauten.

Nachdem man ihn zu Anfang der Nazi-Herrschaft aus dem Polizeidienst entfernt hatte, hatte Rückert zwischen 1933 und 1945 als Privatdetektiv gearbeitet. Einer seiner Klienten war der jetzige Bürgermeister gewesen. Grund für seinen Rausschmiss war damals gewesen, dass es vielen Parteifunktionären nicht gefallen hatte, dass Rückert als Beamter der Politischen Polizei hartnäckig gegen die NSDAP und die SA ermittelte. Doch nachdem nun die französische Militärverwaltung erst Klett in sein Amt gehoben hatte, zog der seinen Bekannten Rückert nach und hievte ihn auf den womöglich wichtigsten Posten dieser Tage.

Es war der späte Abend des 2. Mai 1945. Im fernen Berlin hatte es bis heute noch erbitterte Kämpfe gegeben. Doch Hilde hatte gehört, dass inzwischen die letzten versprengten Wehrmachtssoldaten die Waffen gestreckt und sich den Alliierten ergeben hatten. Es war nur eine Frage der Zeit, bis der Krieg, der hier im Südwesten schon seit einigen Tagen vorüber war, endlich ein Ende fand. Selbst der Führer lebte nicht mehr. Die feige Ratte hatte sich das Leben genommen, als die Rotgardisten auf dem Reichstag ihre Flagge mit Hammer und Sichel gehisst hatten. Hilde wäre bei dieser Nachricht fast in lauten Jubel ausgebrochen.

Klett nahm den Cognacschwenker und nippte daran. Dann sagte er nachdenklich: »Wir müssen rasch eine Polizei aufbauen. Einen wirksamen Apparat, damit wir der Lage Herr werden.«

Hilde war nicht entgangen, dass jeden Tag mehr Menschen in die Stadt strömten. Darunter viele sogenannte Displaced Persons. Das waren ehemalige Zwangsarbeiter und Vertriebene, die den Schutz und das Ansehen der Besatzungsmacht genossen.

Rückert schüttelte den Kopf. »Wie sollen wir das nötige Personal rekrutieren? Es gibt kaum erfahrene Polizisten mit reiner Weste. Und es ist gefährlich auf den Straßen der Stadt, besonders für neu angelernte Polizisten. Wenn sich herumspricht, dass Polizist zu sein einem Todesurteil gleichkommt, wer bewirbt sich dann noch? Dabei brauchen wir dringend Leute. Tötungsdelikte, Vergewaltigungen, Raubüberfälle, Plünderungen, ich weiß gar nicht, wo wir anfangen sollen. Mir fehlt das Personal.«

Hilde hatte in den Akten gelesen, dass der erste aktenkundige Mordfall der Stadt nach der Machtübernahme der französischen Besatzer auf den 22. April datiert war. Sie erinnerte sich an die knappe Ermittlungsakte dazu, die nur aus einem Blatt bestand. Dort wurde geschildert, dass in einem Gaswerk in Gaisburg ein Mitarbeiter erschossen worden war, weil französische Soldaten Waffen auf dem Betriebsgelände gefunden hatten.

»Ich brauche Leute, denen ich vertrauen kann. Wie sonst soll ich in einer rechtlosen Zeit für Ordnung sorgen?«, sagte Rückert.

»Warum machen wir keinen Radioaufruf?«, platzte es aus Hilde heraus, und sie erschrak einen Moment selbst über ihre

Worte. Sie schaute in vier fragende Augen, die auf sie gerichtet waren, und spürte, wie sie rot wurde.

Dann aber sagte Klett in seinem charmanten Schwäbisch: »Das ist eine sehr gute Idee. Ich werde das gleich mit General Schwartz besprechen. Und Sie, junge Dame«, er wandte sich jetzt mit mildem Lächeln direkt Hilde zu, »Sie überlegen sich doch am besten gleich einmal, was in einen solchen Aufruf alles reinmuss.«

Dann drehte er sich mit wieder ernstem Gesicht zu Rückert. »Finde mir ein paar fähige Leute. Damit meine ich nicht nur die in den künftigen Führungspositionen, sondern auch die, die am Ende die Arbeit machen. Und wir müssen aufpassen, dass uns die braune Suppe nicht wieder hochkocht.«

Hilde wusste genau, worauf der Oberbürgermeister anspielte. Die alten Seilschaften waren mit Ende des Regimes nicht automatisch an ihrem eigenen Ende angelangt. Sie setzten alles daran, ihre Äste auch im Deutschland der Nachkriegsära zu verwurzeln.

Wie dieses Deutschland aussehen würde, wusste momentan niemand. Der verdammte Krieg war ja offiziell noch nicht einmal zu Ende.

Johann Wallner war auf dem Weg zum Friedhofsamt in Stuttgart. Die zweite Maihälfte war längst angebrochen, und der Sommer warf seine Strahlen voraus.

Johann war Ende April von der Gestapo irgendwo im Niemandsland zwischen Ravensburg und Weingarten freigelassen worden, als die Besatzungstruppen in unmittelbarer Nähe gewesen waren. Es hatte mehrere Tagesmärsche gedauert, bis er endlich die Ruinen der Stadt Stuttgart sehen konnte. Er war schwach gewesen, nur langsam vorangekommen. Und als er an ihrer alten Wohnung am Killesberg angelangt war, hatte er niemanden vorgefunden.

Sobald er sich an diesen Moment erinnerte, spürte er eine tonnenschwere Last auf seine Schultern sinken, die ihn fast zu Boden drückte. Er war allein gewesen. Zwar in Freiheit und einigermaßen sicher, aber niemand da, mit dem er seine Freude darüber teilen konnte. Als wäre sein Leben im Hotel Silber erloschen, wie das Licht einer Kerze vom Wind ausgeblasen wurde. Endlose Stunden hatte er heulend dagesessen, verzweifelt, einsam. Wo waren seine Frau, seine beiden Mädchen? Hatte man ihnen wehgetan, sie gar ermordet? An nichts anderes hatte er denken können. Trotzdem hatte er die Hoffnung nicht verlieren wollen.

Er wandte sich ans Rote Kreuz, an die Caritas, an die Suchdienste der Amerikaner. Und dann, nach fast zwei Wochen, standen sie plötzlich da, in ihrer ehemaligen Wohnung. Er hatte sie nicht kommen gehört, so sehr hatte er einmal mehr seinen verzweifelten Gedanken nachgehangen.

»Papa!«, hatte die überraschte Margarete laut ausgerufen und ihre Tasche fallen lassen, war in unbändiger Freude leichtfüßig hüpfend vor Erleichterung auf ihn zugestürmt und um seinen Hals gefallen. Auch die ansonsten emotional eher zurückhaltende Frida war auf ihn zugesprungen und hatte ihre Arme um seinen Oberkörper und den ihrer Schwester geschlungen. Drei dicht aneinandergedrängte warme Körper, die bebten vor Freude.

Aber sie war nicht ungetrübt. Und so hatte Johann sich schließlich getraut, die Frage zu stellen, vor deren Antwort er sich fürchtete. Seine Stimme flatterte und war brüchig. »Und eure Mutter? Wisst ihr, was mit ihr geschehen ist?«

Beide schüttelten den Kopf und senkten traurig den Blick.

»Hier war es gefährlich für uns«, sagte Margarete mit leiser Stimme. »Wir waren die meiste Zeit damit beschäftigt, uns zu verstecken, und konnten nicht nach ihr suchen. Erst jetzt beruhigt sich die Lage in der Stadt langsam.«

»Genau«, sagte dann Frida, »deshalb wollten wir morgen zum Hotel Silber und dort mit den Nachforschungen beginnen.«

Zuerst hatte Johann sich erschreckt. Ausgerechnet dorthin! Aber wo, wenn nicht dort, würden sie irgendeinen Hinweis darauf finden, wo seine Frau Vera abgeblieben war?

Schließlich hatte er ihnen zugenickt. »Und ich, ich werde die Friedhöfe und die Ämter abklappern. Irgendeine Spur werden wir finden.«

Und nun stand er mit flauem Magen vor dem Friedhofsamt. Er hatte höllische Angst vor den Antworten, die ihn womöglich erwarteten. Davor, dass seine schlimmsten Befürchtungen Gewissheit wurden. Doch er zwang sich, stark zu sein.

Er ging hinein und steuerte auf das Ende der Schlange zu, die vor einer Art Tresen wartete. Dahinter saß eine ältere, grauhaarige Dame mit strengem Gesicht und ebensolchem Dutt.

»Sie wünschen?«, blaffte sie, als Johann an der Reihe war.

»Ich suche meine Frau«, sagte er.

Die Grauhaarige starrte ihn mit regungslosem Gesicht an, als wartete sie auf etwas. Doch dann entspannten sich mit einem Mal ihre Züge, und es legte sich ein Hauch von Mitgefühl in den ansonsten neutralen Blick. Wahrscheinlich sah sie die Angst und Unsicherheit, die in Johann tobten.

»Ich warte auch. Jeden Tag. Hoffnung habe ich eigentlich keine mehr, weil ... Er war in Stalingrad dabei. Aber ich kann auch nicht aufhören, mir zu wünschen, dass mein Roland doch wieder nach Hause kommt.« Dann legte sie ihre schweren Hände auf die improvisierte Theke, und Johann sah die dunklen Ränder unter den Nägeln. »Also, wie heißt denn Ihre Frau?«

Johann nannte den Namen, und sie notierte sich alle seine Angaben in Stenoschrift.

»Kommen Sie nächste Woche wieder. Ich will mal sehen, was ich für Sie tun und herausfinden kann. Aber versprechen kann ich nichts. Waren Sie auch schon beim Roten Kreuz und wie die alle heißen?«

Johann nickte. Es hatten sich einige Suchorganisationen seit dem Kriegsende gegründet. Denn es waren Millionen Menschen, die in diesem Krieg gestorben, verschleppt, ermordet oder verschwunden waren. Und viele davon galten nach wie vor als vermisst.

Er bedankte sich freundlich und ging wieder hinaus. Mit schweren Schritten bewegte er sich durch die Schuttberge um ihn herum. Die Aufräumarbeiten waren an allen Ecken und Enden in Gang gekommen, aber es würde Jahre dauern, die Stadt wieder zu einem lebenswerten Raum aufzubauen.

Immer wieder sah er lange Schlangen, überall dort, wo man seine Lebensmittelmarken gegen Essen tauschen konnte. Und im Schatten der Trümmer wechselte vieles den Besitzer. Der

Schwarzmarkt florierte. Dort bekam man für Waren oder Geld nahezu alles, was es sonst nirgendwo zu kaufen gab. Und der Bedarf war groß, denn es gab noch immer fast nichts.

Als Johann zu Hause ankam, saßen seine beiden Töchter in Tränen aufgelöst und heftig schluchzend am Tisch. Er wusste sofort, was das bedeutete.

»Was …?« Weiter kam er nicht.

»Sie ist tot.« Margarete drehte ihm das Gesicht zu, die Augen tiefrot. »Sie haben sie ermordet, einfach umgebracht.«

Und Frida sagte mit bebender Stimme: »Weil diese Monster nichts mehr dagegen tun konnten, dass es aus war. Nur deshalb musste sie sterben.«

»Woher wisst ihr das?«

»Das haben sie uns heute im Silber gesagt, als wir dort waren. Es soll sogar jemanden geben, der dabei war und weiß, wer sie getötet hat. Aber wer das ist, sagen sie uns nicht.«

Dann sanken beide in sich zusammen, und Johann sackte in den alten Sessel, dessen Federn drohten, bald durch die Sitzfläche zu springen. Sein Blick war starr und leer. In den letzten Sekunden war jede Kraft aus ihm gewichen.

DREI

Stuttgart, Sommer 1945

Paul Kramer saß im Wirtshaus in Fellbach vor seinem ersten Bier und starrte auf den Schnaps, den der Wirt danebengestellt hatte.

»Auf das Ende dieses verdammten Krieges«, murmelte Erich Häberle, dem durch eine Sonderbehandlung der Gestapo in den letzten Kriegstagen einige Zähne fehlten.

Paul nickte ernst.

Sie stießen miteinander an, kippten den Inhalt der kleinen Gläser in einem Zug weg und verzogen beide ihr Gesicht über die Schärfe des Selbstgebrannten.

»Heimlich gemacht?«, fragte Paul.

Erich nickte und grinste verschwörerisch, wobei er seine Zahnlücken entblößte. Sie kannten sich schon seit Kindertagen. Erich hatte das Wirtshaus von seinem Vater übernommen, bis ihm die Nazis die Lizenz entzogen hatten. Dann hatte er sich im Untergrund zur Wehr gesetzt und dabei mehr als einmal sein Leben riskiert.

Wie als Belohnung für seine Hartnäckigkeit hatte er als einer der ersten Wirte der zerbombten kleinen Stadt am Rande Stuttgarts von den Besatzungsmächten wieder eine Schanklizenz erhalten. Obwohl es anfangs nicht viel zum Ausschenken gegeben hatte. Sein alter Schulkumpel Paul war einer seiner ersten Kunden gewesen.

»Gute drei Monate ist das schon her«, sagte Erich nachdenklich.

Paul wusste sofort, dass er den Tag meinte, an dem die französischen Panzer über die Weinsteige von Degerloch nach Stuttgart hinuntergerollt waren. »Ja«, sagte er und stierte vor sich hin. Er hatte seine ganz eigenen Erinnerungen an die letzten Tage des Krieges, von denen er aber bislang niemandem erzählt hatte.

»Schon Tage zuvor war das Unvermeidliche klar gewesen. Und doch haben die fanatischen Anhänger des Führers kein Halten mehr gekannt. Sie haben gewütet. Brutal gewütet, vielleicht schlimmer als je zuvor, sag ich dir.«

Paul sah zu dem schmalen, glatzköpfigen Mann auf. Bisher hatten sie es vermieden, sich über diese Episode zu unterhalten.

»Soldaten haben damals voller Verzweiflung in den letzten Stunden vor dem Einmarsch die Brücken über den Neckar gesprengt, in der Hoffnung, damit den Vormarsch noch aufhalten zu können. Die SS hat noch schnell ein paar kommunistische Widerständler erschossen. Und die Gestapo die verbliebenen Gefangenen im Hotel Silber hingerichtet. Geholfen hat es nichts. Zum Glück. Aus dem Westen waren die US-Truppen vom Remstal nach Bad Cannstatt vorgerückt. Doch als sie da waren, hat über Stuttgart längst die französische Flagge geweht. Dieter Strölin hat seine Stadt dem französischen General Jacques F. Schwartz übergeben. Das war im Hotel Ritter in Degerloch.«

»*Seine Stadt.* Pah. Der Strölin war doch selbst ein Nazi«, meinte Paul und nahm einen Schluck Bier.

»Ja, aber obwohl die Niederlage längst absehbar war, hat er Ruhe bewahrt, während der Rest der verblendeten Bagage die Stadt im Griff hatte. Die wollten alles zerstören, und da hat Strölin nicht mitgespielt. Es war Wilhelm Murr, dieser Dreckshund von Gauleiter, der einen Kampf bis zum Messer und zum letzten Mann gefordert, sich aber selbst klammheimlich aus dem Staub gemacht hat.«

Natürlich hatte Paul von alldem gehört, aber es kamen immer neue Aspekte dazu, weshalb er gern lauschte.

»Strölin hat sich zusammen mit Klett gegen die geplanten Zerstörungen eingesetzt. Das macht aus ihm keinen Heiligen, ganz sicher nicht. Er war ein Parteibonze und Nazi-Schwein. Aber er hat vielleicht unsere völlige Vernichtung verhindert.«

Paul nickte. Diese milde Seite seines alten Bekannten trat nur selten hervor, aber es zeichnete ihn aus, dass er in der Lage war, Dinge auch aus einem anderen Blickwinkel zu bewerten.

Aus dem Radio klang leiser Jazz. Paul mochte die Musik, die aus Amerika vor dem Krieg in Europa angekommen und von den Kulturbanausen in Berlin dann verboten worden war.

Erich holte hinter der Theke eine durchsichtige Flasche mit

klarer Flüssigkeit hervor und schenkte erneut die Schnapsgläser voll. Außer ihnen beiden war heute niemand da. Draußen regnete es heftig, und wer ein Dach über dem Kopf hatte, der vermied es, aus dem Haus zu gehen. Alle anderen konnten sich meist den Gang ins Wirtshaus ohnehin nicht leisten und waren froh, wenn sie genug zum Essen hatten in diesen Tagen. Und der Winter stand ihnen erst bevor.

»Weißt du«, nahm Erich den Faden wieder auf und zog einen abgewetzten Holzstuhl zurück, um sich zu Paul an den Tisch zu setzen. »Der Strölin hat angeblich durch einen Mittelsmann den Franzosen signalisiert, dass er blutige Kämpfe vermeiden will und daher zur Übergabe der Stadt bereit ist.«

Ach, Hilde, schoss es Paul in dem Moment plötzlich durch den Kopf, während Erich weitererzählte. Paul hörte nur noch mit einem halben Ohr zu, seine Gedanken wanderten woandershin.

Hilde, wo steckst du nur? Er hatte sie seit seiner Verhaftung nicht mehr gesehen. Sie war wie vom Erdboden verschluckt. Er hatte nach ihr gesucht, war zum Haus ihrer Eltern gegangen und hatte zufällig beobachtet, wie französische Soldaten ihren Vater und dessen Frau abholten. Aus Furcht, entdeckt zu werden, hatte er sich im Gebüsch versteckt, als der Konvoi an ihm vorbeigefahren war.

Er machte Manfred Jäger für die schlimmsten Stunden seines Lebens verantwortlich. Und doch wollte er ihm nicht von Angesicht zu Angesicht begegnen. Zumindest noch nicht. Es war gut möglich, dass der alte Jäger in seinem blinden Hass und seiner Raserei sogar seine eigene Tochter ans Messer geliefert hatte. Es gab nicht wenige dunkle Stunden, wenn ihn selbst die Erinnerungen an diese Tage quälten, in denen Pauls Gedanken sogar diese Schandtat als möglich erachteten. Er würde in jedem Fall weitersuchen und nicht aufgeben, bis er wusste, was aus ihr geworden war.

Paul nahm das Schnapsglas zwischen Daumen und Zeigefinger, prostete Erich zu und kippte den zweiten Schnaps in einem Zug hinunter. Der scharfe Selbstgebrannte zündete in seiner Speiseröhre ein kleines Feuer und wärmte gleichzeitig angenehm.

Er hatte lange keinen Alkohol mehr getrunken. Aber seitdem

die Amerikaner die Öffnung der Gasthäuser wieder zugelassen hatten, kam er ab und zu nach der Arbeit hierher. Es waren schier endlose Tage. Aufräumarbeiten. Der Stuttgarter Bürgermeister hatte die Bevölkerung aufgerufen, den Schutt zu beseitigen und die Stadt danach wieder aufzubauen. Seine Amtskollegen in den umliegenden Ortschaften hatten es ihm gleichgetan. Und wie die Schwaben aus der Region eben waren, waren sie dem Ruf gefolgt. Aber die Arbeit war kräftezehrend und ermüdend. Insbesondere vor dem Hintergrund, dass es wenig Nahrung gab. Seit Mitte Mai wurde zwar immer wieder frisches Gemüse auf kleinen Märkten angeboten, doch war es meist schnell ausverkauft. So schwanden die Kräfte rasch bei der körperlich schweren Arbeit, die Männer wie Paul tagtäglich verrichteten. Da war ein kurzer Besuch im Wirtshaus auf ein Glas dünnes Bier eine willkommene Abwechslung. Erich hielt ihm meist einen Platz am Ecktisch frei.

Aus dem Radio tönte eine blecherne Männerstimme. Der Beitrag in der täglichen Sendung der Militärregierung auf der Wellenlänge fünfhundertdreiundzwanzig Meter weckte Pauls Aufmerksamkeit, während Erich sich hinter der Theke zu schaffen machte. Im Programm waren sonst zwischen elf und vierzehn Uhr sowie zwischen achtzehn und zweiundzwanzig Uhr hauptsächlich Tatsachenberichte und Anordnungen.

»Die Polizei sucht zum Wiederaufbau ihrer staatlichen Gliederungen charakterlich einwandfreie Männer im Alter von vierundzwanzig bis zweiunddreißig Jahren, die weder Parteimitglied der NSDAP waren noch sonst eine Bindung an den Nationalsozialismus hatten«, sagte der Sprecher. Paul spitzte die Ohren. Ein Freund hatte ihm von dem Aufruf berichtet und sich sogar beworben. Doch Paul hörte ihn heute zum ersten Mal selbst. Er hatte keinen Radioempfänger in seinem Zimmer, und hier war es meist zu voll und zu laut, um etwas zu verstehen. Jetzt war es leer.

»Personen, die glauben, die persönliche und sachliche Eignung für den Polizeidienst zu besitzen, werden aufgefordert, sich sofort schriftlich bei der Personalabteilung des Chefs der deutschen Polizei in Stuttgart in der Dorotheenstraße 10 zu melden. Der Bewerbung sind Zeugnisabschriften und ein eigenhändig und handschriftlich verfasster Lebenslauf beizulegen. Es ist außerdem anzugeben, welche Tätigkeit bei der Polizei angestrebt wird. Nach Möglichkeit ist ein Lichtbild des Bewerbers einzusenden.«

»Sag mal, ist das nicht das Hotel Silber? Das war doch die Dorotheenstraße 10 in Stuttgart, oder?«, fragte Erich hinter der Theke.

»Ja, denke schon«, antwortete Paul. Er wusste es natürlich ganz genau. Den Straßennamen und die dazugehörige Hausnummer würde er niemals vergessen.

»Die ändern einfach nur das Schild? Und dürfen dann weitermachen?«

Paul zuckte resigniert die Schultern.

»Willst du dich etwa bewerben?«

»Warum nicht? Nur so können wir die Vergangenheit vielleicht irgendwann hinter uns lassen.«

»Was, du willst da freiwillig noch mal einen Fuß reinsetzen? Die Gestapo hat dort Menschen malträtiert, erinnerst du dich nicht?«

In Paul kamen die Erinnerungen mit aller Macht hoch, und ihm wurde schlagartig kalt. »Natürlich erinnere ich mich«, sagte er, als er sich einigermaßen wieder gefasst hatte. »So was vergisst man nicht. Niemals. Deshalb ist es an der Zeit, dass wir den Spieß endlich umdrehen.«

»Wie soll das gehen? Mit denselben Männern in bestenfalls anderen Funktionen?«, meinte Erich mürrisch.

Paul wusste um die enorm kritische Einstellung Erichs. Der war durch und durch Kommunist. »Gerade deshalb. Ich habe gehört, dass die dort auch eine politische Abteilung aufbauen. Die Beamten sollen nach Kriegsverbrechern suchen und nach allem, was diesen tiefbraunen Dreck an den Fingern hat.«

»Dann suchen die also nach fast allen Deutschen? Und vielleicht sogar am Ende nach sich selbst?«

Paul musste kurz auflachen. »Ich liebe deine positive Einstellung.« Dann wurde er sofort wieder ernst. »Natürlich hast du recht. Aber um an die Wurzel des Bösen zu gelangen, müssen wir wohl zuerst durch den Morast waten, ohne einzusinken. Deshalb werde ich mich für die Kriminalpolizei bewerben, glaube ich.«

Er leerte sein Bierglas in einem Zug, kramte einige Münzen

aus der Hosentasche und legte sie auf den Tisch, ehe er aufstand, Erich kurz zum Abschied zuwinkte und hinaus in den Regen verschwand.

Im Talkessel, der Stuttgart umgab, hockte im weitgehend zerstörten Westteil Eckhard Gönnenwein stumm vor einem Glas Bier am hölzernen Esstisch in der Küche. Das Radio hatte er auf fünfhundertdreiundzwanzig Meter eingestellt und wartete auf die Sendung von Radio Stuttgart. Die Militärregierung nutzte das Programm, um dort ihre Informationen, Instruktionen und Tatsachen zu verkünden.

Tatsachen. Was wussten die denn schon. Von außen betrachtet war schnell ein Urteil gefällt über die letzten Jahre in Deutschland, über die Regierung und den Krieg.

»Grete, mach mal lauter!«, rief er seiner Frau zu, die neben dem Radiogerät stand. Sie drehte an einem der Knöpfe und machte dann mit dem Abwasch weiter. Die Stimme des Sprechers schallte durch den kleinen, kargen Raum, in dem außer dem Tisch nur ein alter Herd, zwei Stühle und ein Schrank mit leeren Vorratsbehältern standen.

»Siehst du, die brauchen euch«, sagte Margarete Gönnenwein zu ihrem Mann, nachdem sie dem Aufruf im Radio einige Zeit zugehört hatten. Die Polizei suchte Männer für den Polizeidienst.

»Ja, aber die suchen keinen wie mich. Ich bin doch auch viel zu alt. Und die wollen unbeschriebene Blätter.«

»Aber du hattest doch keine Wahl. Wir alle hatten doch keine Wahl.«

Gönnenwein hob den runden Kopf und sah in die braunen Augen seiner Frau. »Ich denke, dass die Amerikaner dies anders sehen werden.«

»Aber die können euch doch nicht alle rausschmeißen und gleichzeitig einen Aufruf starten, dass sie Polizisten suchen. Ihr seid doch alle gestandene Kriminalbeamte. Und verdiente außerdem. Also was wollen die denn? Wegen der paar Lappalien? Es war doch Krieg.«

Er wandte den Blick ab und stierte wieder auf die gelbliche Flüssigkeit in seinem Glas.

»Du hast dir doch nichts zuschulden kommen lassen, Eckhard? Oder? Du hast doch nur Befehle befolgt?«

Er antwortete nicht, was sie aufgrund seiner Reaktion als schweigende Zustimmung wertete.

»Dann schreib da gleich hin. Die werden froh sein, wenn sich ein erfahrener Kripomann bewirbt. Du musst ja auch nicht alles reinschreiben. Lass einfach weg, was dich in ein ungünstiges Licht rücken oder vielleicht sogar belasten könnte.«

»Ha, so einfach geht das, meinst du? Und wie begründe ich, dass man mich außer Dienst gesetzt hat?«

»Na, ganz einfach, indem du schreibst, wie es wirklich ist. Dass es sich dabei um einen Irrtum handelt, was denn sonst?«

»Ich weiß nicht. Das ist wahrscheinlich keine gute Idee. Einige meiner ehemaligen Kollegen wurden schon verhaftet. Ich kann froh sein, dass ich bisher …« Er zögerte einen Moment und schob dann nach: »Weißt du, Grete, vielleicht ist es besser, keine schlafenden Hunde zu wecken.«

»Aber du hast doch gesagt, du hast dir nichts vorzuwerfen.«

Wieder gab er keine konkrete Antwort auf die Frage. Wieder nahm sie sein Schweigen als Zustimmung.

»Also, dann schreib das doch genau so rein. Die werden froh sein, wenn sich jemand wie du auf so eine Arbeitsstelle bewirbt und seinen Fehler wiedergutmacht.«

»Ach, Grete, dafür lieb ich dich. Dich kann nichts erschüttern. Dich und deine positive Einstellung.«

Sie lächelte, kam zu ihm herüber und setzte sich auf seinen Schoß. »Ach, Eckhard, ich kann das einfach auch nicht mehr mitansehen, wie du jeden Tag schuften musst auf der Baustelle. Das ist doch nichts für dich. Das sagt ja auch der Arzt. Außerdem wären wir dann endlich die Geldsorgen wieder los. Und du hast doch ganz andere Talente, als Schutt wegzuschaufeln.« Sie küsste ihn erst kurz und dann lang auf seinen schmallippigen Mund. »Ich kann sie schön spüren, deine Talente«, meinte sie, während ihre Hand zu seinem Schritt hinabwanderte.

Es hatte nicht lange gedauert, bis die ersten Bewerbungen eingetroffen waren. Sie stapelten sich auf dem Schreibtisch von

Hilde Jäger, die sie alle akribisch durchsah, ehe sie die in Hefter geordneten Papiere an Dieter Rückert weitergab.

Hilde sortierte die Unterlagen nach zwei Kriterien vor und legte sie auf entsprechenden Stapeln ab. Auf dem einen landeten die Bewerbungen von ehemaligen Verfolgten. Viele stammten von Männern, die in Lagern und Gefängnissen der Nationalsozialisten eingesessen hatten und erst vor Kurzem von den Alliierten befreit worden waren. Sie waren zum Teil erst jetzt nach Hause zurückgekommen, hatten den Aufruf im Radio Stuttgart gehört und sich daraufhin für eine Anstellung bei der Polizei beworben. Einige baten sogar um die Aufnahme in die Politische Polizei, um ihre einstigen Verfolger suchen und belangen zu können. Viele warben mit der jahrelangen Erfahrung als Illegale und der im Strafvollzug erworbenen Menschenkenntnis.

Es waren höchst unterschiedliche Personen, von denen die Bewerbungen stammten. Darunter Widerständler, die aufgrund ihrer Zugehörigkeit zur SPD verfolgt worden waren. Oder solche, die sich mit Flugblättern und Zeitungen gegen die Nazi-Herrschaft zur Wehr gesetzt hatten und für ihre Tätigkeiten nicht selten mit langer Gefängnis- oder Lagerhaft bestraft worden waren. Aber auch Künstler waren darunter, Bauern, einfache Leute und Arbeiter. Sie alle einte, dass sie in Zusammenarbeit mit der Besatzungsbehörde bei der Aufstellung einer neuen Polizei mitarbeiten und den Nazis jeglichen Nährboden entziehen wollten.

Dürfte Hilde entscheiden, würde sie jedem von ihnen eine Chance geben. Sie hatte großen Respekt vor diesen Männern, die bereit waren, jeden Tag ausgerechnet an den Ort zur Arbeit zu gehen, der für ihre dunkelsten Stunden verantwortlich war.

Anders waren ihre Empfindungen bei den Bewerbungen auf dem zweiten Stapel. Einige davon wollte sie nur mit spitzen Fingern anfassen und hätte sie am liebsten verschwinden lassen, ohne sie Dieter Rückert vorzulegen. Aber wer von der Besatzungsbehörde, die sich vor allem auf die Eigenangaben der Überprüften in einem kürzlich eingeführten Fragebogen verließ, in einer ersten Einschätzung nicht als schwer belastet eingestuft wurde, unterlag keinerlei Berufsverbot. Von der Regelung waren selbst ehemalige Gestapo-Beamte nicht ausgenommen. Eine Tatsache, die Hilde wütend machte. Wie konnte das sein? Viele waren vor oder während des Krieges im Polizeidienst und in der Partei gewesen. Sie rechtfertigten sich damit, dass über neunzig Prozent aller Polizei- und Kriminalbeamten Mitglied der NSDAP gewesen seien, wurden aber nicht müde zu betonen, dass der eigene Beitritt gegen ihre innere Überzeugung erfolgt sei. Dass die Kriegstendenzen der Hitler-Partei anfangs nicht abzusehen gewesen seien, wurde in den Schreiben ebenso angegeben wie die Aussage, man habe den Dienst bei der Gestapo so verrichtet, dass er jederzeit mit dem Gewissen vereinbar gewesen sei.

Hilde wollte ihren Augen nicht trauen, als sie die Zeilen wieder und wieder las. »Meine dienstliche Tätigkeit bei der Staatspolizei-Leitstelle in Stuttgart habe ich als pflichtbewusster, anständiger und korrekter Beamter stets auf dem Grundsatz der Menschlichkeit und Gerechtigkeit ausgeübt«, stand auf dem maschinengeschriebenen Blatt, das vor ihr auf dem Tisch lag. Sie hätte es am liebsten genommen, zerknüllt und in den Papierkorb geworfen.

Auf einem anderen argumentierte ein Bewerber, seine Tätigkeit bei der Gestapo hätte nichts mit Politik zu tun gehabt, sondern lediglich damit, »asoziale Personen zu behandeln«.

Die Aufarbeitung der vergangenen Jahre hatte erst begonnen. Und da würde sicher noch vieles an den Tag kommen, was ehemalige Apparatschiks gern verschleiern wollten. Genau deshalb saß sie hier. Sie wollte aktiv mithelfen, den entstandenen braunen Sumpf nachhaltig auszutrocknen.

Heinz Maack hockte bei einem Glas vorzüglichem Riesling aus dem Remstal, von dem er ein paar Flaschen mit auf seine Reise genommen hatte, hinter dem abseits gelegenen kleinen Wochenendhaus mitten im Wald, einige Kilometer von Münsingen entfernt. Die Sonne schien herrlich warm an diesem wunderbaren Tag, und aus dem schräg gestellten Küchenfenster schwebte ein betörender Duft nach frischen Kartoffeln herüber.

Sie hatten sich inzwischen ganz ordentlich eingerichtet hier, etwas fernab der großen Städte. Natürlich mussten sie vorsichtig sein, aber sie hatten ja saubere Papiere, auch wenn die darin enthaltenen Namen nicht in ihren Geburtsurkunden standen.

Es war ein neues, ein sicherlich einfacheres Leben, dachte sich Maack gerade, als er plötzlich aufhorchte. Aus der Ferne hörte er näher kommende Motorengeräusche. Es waren keine Traktoren, so viel war sicher. Aber normalerweise verirrte sich niemand hierher, dafür war die Hütte zu abgelegen. Maack horchte einige Sekunden, dann stand er auf, ging nach drinnen zu einer Kommode und zog die oberste Schublade auf. Dort lag seine Pistole, die er herausnahm, ehe er zu seiner Frau Erna in die Küche ging.

»Ich glaube, sie kommen«, sagte er mit ernster Miene.

»Wer?«

»Die Amis.«

»Aber wie konnten sie uns finden? Was passiert jetzt?«

»Wir kommen nicht mehr davon. Selbst wenn wir in den Wald laufen und versuchen, uns zu verstecken, ihre Hunde würden uns finden.« Er hob den rechten Unterarm mit der Pistole in der Hand. Erna verstand sofort, was er ihr damit andeutete, und machte ein erschrockenes Gesicht. Dann meinte sie bestimmt: »Nein, Heinz! Wir müssen uns stellen.«

In seinem Kopf rauschten die Gedanken durcheinander. Sollte er die Waffe an seine Schläfe halten und abdrücken? Doch das deutliche Poltern von Militärstiefeln nahm ihm die Entscheidung ab. Eine Handvoll Amerikaner quoll in das Haus. Die Mündungen ihrer Maschinenpistolen waren alle auf ihn gerichtet.

»Heinz Maack?« Es war eher eine Feststellung als eine Frage. Der amerikanische Akzent war unüberhörbar.

Maack war regelrecht konsterniert. Mit der Waffe in der Hand stand er da. Eine neue Option jagte durch seinen Kopf. Wenn er nur mit dem Arm zuckte, würden ihn die Amis mit ihren Kugeln durchsieben.

»Lassen Sie sofort die Waffe fallen. Ich werde mich nicht wiederholen.« Der Offizier machte einen Schritt auf Maack zu, seine Männer taten es ihm gleich und zogen so den Ring um einen der meistgesuchten Nazis in Württemberg-Baden immer enger.

Er hatte keine Chance, und die Amis würden ihn höchstwahrscheinlich nur verletzen, nicht töten. Sie wollten, vielleicht brauchten sie sogar seine Aussage. Womöglich war das seine große Chance. Wenn er Glück hatte, konnte er sich mit ihnen einigen, denn sie waren ja sicher vernünftige Menschen, dachte er sich.

Er hörte Erna im Hintergrund wimmern. Dann legte er die Waffe neben sich auf den Tisch. Ein Soldat schnellte nach vorn und nahm die Pistole an sich, ein anderer warf Maack zu Boden und legte ihm Handschellen an.

Der Offizier wiederholte seine Frage. »Heinz Maack, Obersturmbannführer der SS und Leiter der Gestapo-Leitstelle in Stuttgart?«

Es war zu spät, um seine Identität zu leugnen. Maack nickte knapp, während sein Gesicht auf die kalten Fliesen gedrückt wurde.

Zwei Soldaten zogen ihn auf die Beine. Kräftig und mit Nachdruck, aber nicht mit Gewalt.

»Sie stehen im Verdacht, mehrere Kriegsverbrechen und Verbrechen gegen die Menschlichkeit begangen zu haben. Daher sind Sie im Namen der amerikanischen Militärregierung verhaftet.«

»Wohin bringen Sie ihn?«, hörte er Erna fragen, während sie ihn nach draußen brachten und in einen der Jeeps verfrachteten.

»Ins amerikanische Militärgefängnis in die Weimarstraße nach Stuttgart. Dort wird er vor ein Kriegsgericht gestellt und muss mit einer Anklage rechnen.«

Damit schwang sich der Offizier auf den Beifahrersitz, und die Kolonne setzte sich in Bewegung. Maack stellte sich vor, wie Erna ihr lange nachsah. Zwar hatten sie immer wieder über die Möglichkeit gesprochen, entdeckt zu werden. Doch je mehr Wochen verstrichen waren, desto sicherer hatten sie sich gefühlt. Und nun war ihre ganze Welt zusammengebrochen.

Paul Kramer wurde von einem Schrei geweckt. Er schreckte hoch und lauschte. Die Nächte waren am schlimmsten. Wo war er? Um ihn herum war alles dunkel. Und still.

Er wartete darauf, dass das Licht angehen und die Tür aufgerissen würde und die schwarz uniformierten Männer hereinstürmten, um ihn wieder in den Keller zu schleppen und zu foltern.

Einen Augenblick lag er starr vor Angst des Erwartbaren in

der Dunkelheit. Er spürte seinen Puls, und obwohl es kühl war, rann ihm der Schweiß kalt über das Gesicht. Die Sekunden verstrichen, wurden zu Minuten, aber nichts geschah.

Sein eigener Schrei hatte ihn aufgeschreckt. Er hatte sich mit seinem Traum selbst aus dem Schlaf gerissen. Langsam verlor sich seine Anspannung, und durch den trüben Nebel des Schlafes kam die Erinnerung zurück.

Er war nicht im Keller des Hotel Silber eingesperrt. Er war gar nicht mehr in Stuttgart, sondern in Fellbach, in der Rotenbergstraße, im Haus seiner Eltern. Dort lag er in einer kleinen Kammer auf dem Dachgeschoss, in die in mondlosen Nächten kein Licht drang.

Müde und erschöpft sank er zurück auf das Leintuch. Auf dem Nachttisch neben seinem Kopf stand eine Kerze, daneben lag ein Streichholz. Doch er brannte sie nicht an.

Was geschehen war, verfolgte ihn nahezu jede Nacht bis in seine Träume. Ob sich das jemals wieder änderte? Konnte ein Mensch überhaupt vergessen, was er gesehen hatte? Konnte er verdrängen, was ihm widerfahren war? War es möglich, diese Bilder aus dem Kopf zu verbannen? Oder würde er verrückt werden, so wie einige seiner Kameraden an der Front? Junge Burschen, viele von ihnen noch nicht einmal volljährig. Sie hatten bizarr ausgesehen, mit ihren zu großen Uniformen und den Waffen in der Hand. Und doch waren sie fanatisch gegen den Feind angerannt und für einen Führer gestorben, der für sich selbst den Tod gewählt hatte. Und ohnehin, der »Feind«. Gab es überhaupt einen Grund, der das massenhafte Sterben rechtfertigte? Paul hatte nie daran geglaubt.

Und dieser Wahnsinn, dieser kollektive Fluch, der sich vor zwölf Jahren über das Land gelegt hatte, der war dafür verantwortlich, dass er im Hotel Silber gelandet war. Sein Todesurteil war schon unterschrieben gewesen, als in letzter Sekunde die Franzosen kamen. Nur deshalb war er noch am Leben. Sonst hätten sie ihm eine Kugel in den Schädel gejagt. Eine geladene Waffe hatte man ihm an den Kopf gehalten, nur so, zum Spaß. Aus Angst vor dem Tod hatte er sich unter der Decke eingenässt, und der Gestapo-Offizier hatte ihm dabei belustigt und angewidert zugleich zugeschaut, gelacht und ihn dann wieder in den Keller verfrachten lassen. Dort hatten ihn die Franzosen gefunden, frierend, unterkühlt und mehr tot als lebendig. Ein Haufen menschlicher Überreste, in denen kaum noch ein Funken Leben gesteckt hatte. Aber so wussten sie wenigstens, dass er kein Nazi war.

Hatte er gedacht.

Doch die Franzosen hatten alle Deutschen gleich behandelt. Für sie war anfangs jeder ein Nazi, jeder ein kleiner Hitler.

Am nächsten Morgen hockte Paul in der Stube am Tisch. Es war Sonntag, aber er musste dennoch gleich los. Es gab viel zu tun, und wer arbeiten konnte, musste helfen. Anders als die Franzosen, die auf der anderen Seite des Neckars alle Männer nach Frankreich brachten, damit sie dort halfen, wieder aufzubauen, was Deutsche zerstört hatten, sorgten die Amerikaner dafür, dass die Deutschen ihr Schicksal in die Hand nahmen und aufzuräumen begannen, was in Trümmern lag.

»Gestern war jemand da für dich«, sagte seine Mutter Luise, während sie aus der angrenzenden Küche kam. In der Hand hatte sie eine Tasse dampfenden Tee mit Kräutern aus dem Garten.

Paul sah sie fragend an.

»Aus Stuttgart. Hägele hieß er, Max Hägele. Netter Bursche. Gute Manieren. Etwa so alt wie du. Hat gesagt, er wär von der Kriminalpolizei und wollte mit dir sprechen. Hast du etwas angestellt?« Sie schaute ihren Sohn mit sorgenvoller Miene an.

Er ahnte, dass sie ihm die Frage stellen musste, obwohl sie es besser wusste.

Paul schüttelte zaghaft den Kopf, wobei ihm die inzwischen etwas zu langen und unordentlichen Haare über Stirn und Nacken strichen. Dann nahm er einen Schluck von dem heißen Tee und verbrannte sich dabei die Zunge.

»Nein, natürlich nicht. Wo denkst du hin?«

Seine Mutter warf ihm einen Blick voll gespielter Skepsis zu. »Du warst schon immer ein Spitzbub und hast alles Mögliche angestellt.«

»Hat er gesagt, was er wollte?«, rief er ihr hinterher, als sie wieder hinter dem Vorhang zur Küche verschwunden war.

Dort hantierte sie lautstark mit irgendwelchen Töpfen. Paul fragte sich, was sie da tat. Außer alten Kartoffeln hatten sie ohnehin kaum etwas zu essen. Die Felder waren noch nicht so weit. Zwar versorgten die Amerikaner die Bewohner in den von ihnen besetzten Gebieten besser mit Nahrung als die Franzosen. Trotzdem litten viele Menschen Hunger, weil es zu wenig war.

»Er hat nur gesagt, er will mit dir sprechen, und du sollst doch heute aufs Amt kommen.«

»Nach Stuttgart?«

»Ja, das hat er gesagt.«

Paul brummte mürrisch. Das gefiel ihm nicht. Was konnte so wichtig sein, dass extra ein Vertreter der Kriminalpolizei von Stuttgart nach Fellbach kam? Was wollten die?

»Und wohin genau?«

»Na, zur Kriminalpolizei.«

Jetzt dämmerte es ihm. Seine Bewerbung bei der neuen Stuttgarter Kriminalpolizei. Seinen Eltern hatte er davon nichts erzählt.

»Ja, und wo sind die jetzt? Ich wusste noch gar nicht, dass wir wieder eine Kriminalpolizei haben«, meinte er daher scherzhaft.

Sie schob den weinroten Vorhang zur Seite und streckte den Kopf aus der Küche, ohne etwas zu sagen. Sie stand einfach nur da und sah ihn an, als müsste sie noch über ihre Antwort nachdenken.

Seine Mutter war früher eine schöne Frau gewesen. Schlank, groß, mit weiblichen Kurven. Sie war begehrt gewesen, das hatte Paul immer geahnt. Aber sie war nie für die Avancen anderer Männer empfänglich gewesen. Für sie hatte es nur Robert gegeben, seinen Vater. Doch wenn er sie jetzt anschaute, dann war sie in den letzten Jahren um mindestens das Doppelte gealtert. Die Haare waren grau und strähnig, die Haut faltig und fahl. Stuttgart war zwar einige Kilometer weg, aber Fellbach war bei Luftangriffen meist überflogen und ebenfalls zum Ziel von Bombenabwürfen geworden. Über dreihundertfünfzig Luftalarme hatte es zwischen 1943 und Kriegende gegeben, hatte ihm ein Jugendfreund berichtet, der die Aufzeichnungen im Rathaus gesehen hatte. Und seine Mutter hatte ihm erzählt, wie in manchen Nächten Hunderte Bomber über Fellbach, Schmiden oder Oeffingen auf dem Weg nach Stuttgart über sie hinweggeflogen seien. Einige hätten auch Brandbomben schon über dem Vorort des eigentlichen Ziels abgeworfen. Den Bomben war es egal, wen sie zerfetzten, welches Gebäude sie in die Luft sprengten, dachte sich Paul, während er seine Mutter betrachtete, der die Spuren des Krieges deutlich ins Gesicht gefräst waren.

»Wo ist eigentlich Papa?«

»Auf dem Kappelberg. Im Wald. Wo sonst?«

Sein Vater, ein großer, stattlicher Mann, war wie er durch den Krieg gebrochen.

Luise kam, setzte sich kurz zu ihm an den Tisch und legte ihm die Hand auf den Unterarm. »Du weißt doch, wie er ist.«

»Nein, ich weiß, wie er war. Er war schon immer ein harter Brocken, aber mit einem ganz zarten, weichen Kern. Es waren die Nazis, die ihn kaputtgemacht haben. Hat er dir denn nie erzählt, was mit ihm passiert ist?«

Seine Mutter sah ihn traurig an. Paul sah das Wasser in ihre Augen steigen. »Nein. Er schweigt darüber. Ich hab nur stumm danebengestanden, als sie ihn holen kamen. Zwei Männer ohne Uniform. Gestapo, haben sie gesagt. Das war im Mai 1944. Ende Juli kam er dann wieder und war ein anderer Mann. Mehr weiß ich nicht.« Sie schwieg einen Moment, und ihr Gesicht nahm einen verträumten Gesichtsausdruck an. »Er konnte so liebevoll sein. Ein großer, lieber Bär war dein Vater. Und jetzt ist er ein Schatten seiner selbst.«

Paul hieb mit der Faust auf die bunte, ausgebleichte Lacktischdecke. »Diese Schweine. Weiß man denn, wer es war? Wer ihn angeschwärzt hat und warum?«

Seine Mutter warf ihm einen resignierten Blick zu.

»Wie geht es seinem Arm?«

»Den kann er kaum noch benutzen. Er war drei Mal gebrochen und ist nicht ordentlich verheilt. Keine Ahnung, was genau sie mit ihm gemacht haben, er redet einfach nicht darüber. Aber sein Gesicht nimmt immer diesen Gesichtsausdruck an, wenn ich ihn darauf anspreche. Das macht mir Angst.«

Auch Paul hatte bisher nicht über seine Zeit im Krieg, seine

Flucht und das Verstecken erzählt. Und über die Folter hatte er ebenfalls geschwiegen. Aber letztlich waren sie beide Opfer der Gestapo. Vater und Sohn waren aus unterschiedlichen Gründen in die Fänge der Geheimpolizei geraten. Dabei dachte Paul an seine kleine Hütte am Raichberg zurück, in der er sich so lange versteckt gehalten hatte. Auch um seine Eltern zu beschützen, denn er hatte gewusst, dass sie zu ihnen als Erste kommen würden. Und wenn sie ihn dort gefunden hätten, wären sie zusammen erschossen worden. »Sippenhaft« hatte man das genannt.

Er seufzte kurz und kam dann wieder auf den Besuch des Kriminalbeamten zurück. »Na, was Schlimmes kann es ja nicht sein, wenn dieser Hägele extra aus Stuttgart kommt, auch noch alleine, und mich ohne Vorladung ins Revier bittet. Also, was hat er gesagt, wo soll ich denn hinkommen?«

Seine Mutter sah ihn an, und in ihrem Blick lag in diesem Moment viel Wissen über Unausgesprochenes. »Du sollst ins ehemalige Hotel Silber kommen.«

Paul spürte, wie sich seine Eingeweide zusammenzogen, wie sich sein Magen verkrampfte, als die Worte an seine Ohren drangen. Er versuchte aber, sich so wenig wie möglich anmerken zu lassen.

Hilde war verwundert, wie verärgert Dieter Rückert von seinem Termin bei Oberstleutnant Jackson zurückkam. Er ging mit grimmigem Gesicht und nach unten gezogenen Mundwinkeln grußlos an ihrem Schreibtisch vorüber und verschwand in seinem Büro. Das war ein mehr als untypisches Verhalten für diesen ansonsten umgänglichen und charmanten Mann.

Die Amerikaner hatten Anfang Juli Stuttgart übernommen, und die Franzosen hatten die Stadt räumen müssen. Damit hatte sich die Sicherheitslage vor Ort schlagartig verbessert. Doch es waren andere, neue Probleme hinzugekommen. Die Besprechung war kurzfristig von der neuen US-Militärregierung anberaumt worden. Auch Oberbürgermeister Arnulf Klett war dabei gewesen. Doch offensichtlich war die Runde nicht so gelaufen, wie Rückert sich das erhofft hatte.

Hilde wartete einige Zeit, tippte ein paar Protokolle, die sich angesammelt hatten, dann griff sie nach den neuesten Bewerbungen und klopfte vorsichtig an die Tür des Polizeipräsidenten. Als sie ein knappes »Herein!« hörte, drückte sie die Klinke herunter und trat ein. Sie fand Dieter Rückert mit nachdenklicher Miene hinter seinem aktenbeladenen Schreibtisch sitzend.

»Nicht gut gelaufen, die Runde mit Mr. Jackson?«, fragte sie. Sie wusste, dass Rückert sie und ihre Arbeit schätzte, weshalb er wegen ihres ab und an legeren Umgangstons gern beide Augen zudrückte. »Gebellte Befehle hatten wir jetzt lange genug«, hatte er ihr einmal gesagt, als sie fürchtete, zu weit gegangen zu sein. »Da ist es wohltuend für die Ohren, wenn es mal etwas menschelt.«

»Jackson will, dass wir alle entlassen«, begann Rückert mit seiner Erklärung. »Er behauptet, wir hätten wieder eine Politische Polizei aufgebaut, die lediglich einen neuen Namen trage, aber ansonsten mit den alten Strukturen arbeite. Deshalb sollen wir jetzt alle rauswerfen.«

»Was? Aber mit welchen Strukturen sollten wir denn sonst arbeiten?«

»Genau das habe ich ihn auch gefragt. Immerhin überträgt die Militärregierung immer mehr Aufgaben an unsere Behörden. Und fast alle erfordern eine sachgemäße Prüfung. Stichwort Entnazifizierung. Da braucht es doch eine politische Abteilung. Das ist ja sogar in den Vordrucken der Dienststellen der Militärregierung so vorgesehen. Dort, wo es um die Überprüfung der Fragebögen geht, ist eine Extraspalte zur Ergänzung von Erkenntnissen der Polizeibehörden vorgesehen.«

Hilde kannte die Formulare nur zu gut und wusste sofort, was ihr Chef meinte.

»Er hat klargemacht«, fuhr Rückert fort, »dass er und die Alliierten keine Behörde der Exekutive dulden werden, die auch nachrichtendienstliche Kompetenzen habe. Polizeiarbeit und nachrichtendienstliche Tätigkeiten gehörten nicht in eine Hand, hat er die Position der Amerikaner unmissverständlich deutlich gemacht. Aber wie soll das dann gehen?«

Hilde schenkte ihm einen Schluck Cognac in den Schwenker, der neben einer Karaffe auf einer kleinen Anrichte des ansonsten spartanisch eingerichteten Büros stand, und stellte ihm das Glas hin. Rückert griff danach, ohne hinzusehen, und kippte die goldglänzende Flüssigkeit in einem Zug hinunter.

»Danke«, sagte er knapp, ehe er weiter seine Gedanken formulierte. »Es war doch für Parteifunktionäre, Kriegsverbrecher und alle anderen mit Dreck am Stecken nie so einfach wie heute, ihre Vergangenheit zu verschleiern. Wir brauchen allein schon deshalb ein zuverlässiges Instrument, das Ermittlungen zur politischen Einstellung, zu der Vergangenheit und der Parteizugehörigkeit der Person zulässt.«

Hilde wusste, wovon er sprach. Zu oft hatte sie, seit sie im Hotel Silber arbeitete, Zeilen aus Protokollen abtippen und lesen müssen, in denen der Betreffende jegliche Schuld weit von sich wies. »Die Papiere, die sind verbrannt, als meine Wohnung zerbombt wurde.« Oder: »Partei-Mitglied? Nein, ich doch nicht.«

»Wir leben in einem Land voller Täter, aber keiner will's gewesen sein«, schimpfte Rückert. »Wie sollen wir die Posten alle neu besetzen, wenn wir die Bewerber nicht überprüfen können? Keiner will die alten Nazis auf neuen Posten. Die Amis nicht und wir doch auch nicht.«

»Aber mit Hermann Fass als Leiter der politischen Abteilung kann doch da eigentlich nichts schiefgehen.« Hilde kannte natürlich die Bewerbungsakte. Fass war im Widerstand gewesen und hatte dann zwei Jahre in Haft gesessen. Mit ihm, da war sie überzeugt, wären Fehlentwicklungen nahezu ausgeschlossen.

»Trotzdem«, sagte Rückert. »Jackson hat angekündigt, die Bildung einer politischen Abteilung innerhalb unseres neuen Polizeiapparates zu verbieten. Er wird es kommende Woche bei der Besprechung mit den Vertretern der Stadt bekannt geben. Er billigt uns zu, in Einzelfällen Untersuchungen mit politischem Hintergrund durchzuführen. Wir dürfen auch unser Personal weiter entsprechend schulen. Mehr nicht.«

»Und Klett? Kann unser Oberbürgermeister da nichts ausrichten?«

»Er war dabei. Und er teilt meine Einschätzung. Er hat sich für uns starkgemacht. Aber Jackson bleibt stur.«

»Und was heißt das jetzt für uns?«

»Ich weiß es noch nicht. Wir brauchen mehr Leute, die keine braune Vergangenheit haben, dürfen sie aber nur im Einzelfall überprüfen. Ich weiß nicht, wie wir das bewerkstelligen sollen.«

Hilde sah, wie er in seinem Stuhl zusammensackte. Sie verließ leise den Raum. Rückert war ein kluger Kopf und würde eine Lösung finden. Doch dafür musste er nun erst mal Zeit zum Nachdenken haben.

Paul war auf dem Weg nach Stuttgart. Da noch so gut wie keine Züge und Straßenbahnen fuhren, musste er zu Fuß gehen. Über die Felder und das Lindle marschierte er Richtung Bad Cannstatt und kam über eine der Behelfsbrücken, die den Neckar überquerten, durch den Rosensteinpark in die Innenstadt. Überall fuhren Jeeps mit amerikanischen oder französischen Soldaten durch die Straßen. Die Uniformen wechselten, je nachdem, auf welcher Seite des Flusses man sich befand. Die Franzosen waren dabei abzuziehen, die Amerikaner hatten inzwischen das Kommando in der Stadt übernommen. Zweimal hatten ihn Patrouillen angehalten und kontrolliert. Hägele hatte zwar keine offizielle Vorladung zugestellt, aber Pauls Mutter doch ein knappes Schreiben hinterlassen mit der Bitte an Paul, sich heute im Hotel Silber einzufinden. Ohne dieses Schreiben wäre er gar nicht in die zerbombte Innenstadt gelangt, stattdessen hätten ihn die Besatzer direkt in ein Gefangenenlager gesteckt.

Als er nun auf der gegenüberliegenden Straßenseite vor dem Silber ankam, verkrampfte sich sein Körper, zudem brach ihm der Schweiß aus. Er stand vor dem Alten Waisenhaus, in dem sich bis 1927 ein Kino-Theater mit Varieté-Programm befunden hatte, und starrte auf den Eingang des ehemaligen Nobelhotels. Er hatte Angst, war unfähig, sich zu bewegen. Sah vor seinem inneren Auge, wie sie ihn vor gerade mal drei Monaten grob aus dem Wagen gezerrt hatten. Spürte plötzlich wieder die Tritte, und seine Hoden schienen von der Erinnerung erneut zu schmerzen.

»Paul?«

Sofort erkannte er die Stimme. Doch ehe er etwas sagen konnte, schlangen sich zwei Arme kräftig und gierig um seinen Körper und drückten ihn an sich.

Minutenlang standen sie so da. Die Zeit verstrich, doch das war in diesem Fall egal – er wünschte, sie würde stehen bleiben. Für immer.

»Oh, Paul, du bist es. Du bist es wirklich! Ich dachte, du bist tot.«

Hilde schluchzte die Worte an seinen Hals, er konnte sie ebenso spüren wie hören.

»Hilde, was machst du hier?«, sagte er, als er die Sprache wiedergefunden hatte. »Ich habe nach dir gesucht. Ich war bei dem Haus deiner Eltern, habe gesehen, wie die Franzosen deinen Vater und deine Mutter abgeholt haben. Aber von dir gab es keine Spur. Wo warst du? Und wo kommst du jetzt so plötzlich her?«

Ohne ihm zu antworten, löste sie sich von ihm, griff aber in derselben Sekunde nach seinen Händen, hielt sie, drückte sie, so als wolle sie sich immer wieder vergewissern, dass er wirklich aus Fleisch und Blut war. Sie wirkte unruhig, wie sie da vor ihm stand und immer wieder zu Boden schaute. Wahrscheinlich fürchtete sie, er würde ihr die Schuld an seiner Verhaftung geben. Aber wusste sie überhaupt davon? Sie hatten sich ja seit jener verhängnisvollen Nacht nicht mehr gesehen.

Paul betrachtete ihr Gesicht und sah ihr an, wie sie mit sich um die richtigen Worte ringen musste. »Dich trifft keine Schuld«, sagte er, um es ihr leichter zu machen. »Dein Vater, er war es, der mich verraten hat. Nicht du.«

Aus ihren Augen blitzte mit einem Mal Dankbarkeit. Sie war so schön, wie er sie in Erinnerung hatte.

»Paul, ich hatte Angst, du würdest mich hassen. So wie ich meinen Vater dafür hasse, was er getan hat. Ich dachte, er hat damit dein Todesurteil unterzeichnet. Ich dachte, wir sehen uns niemals wieder. Es hieß doch, sie hätten alle Gefangenen im Hotel Silber exekutiert, kurz bevor die Franzosen in Stuttgart einmarschiert sind. Die Leichen haben sie irgendwo verscharrt. Von dir gab es keine Spur. Paul, ich war sicher, du bist tot.«

»Dein Vater hat tatsächlich mein Todesurteil unterzeichnet. Es wurde nur nicht mehr vollstreckt. Die Franzosen waren in meinem Fall schneller. Solches Glück hatten leider die wenigsten von denen, die zuletzt noch im Silber inhaftiert waren. Die

Nazis haben fast alle einfach hingerichtet. Aber als die ersten Panzer zu hören waren, ist die Bande abgehauen, und alle hatten sie die Hosen voll. Ein paar von uns haben sie zurückgelassen. Wahrscheinlich dachten sie, wir würden das ohnehin nicht überleben.«

Hildes lange, schlanke Finger strichen ihm liebevoll über die Wange. Er spürte, wie sein Herz schneller schlug.

»Aber wo warst du? Du warst verschwunden. Ich habe überall nach dir gesucht, bin alle unsere Plätze abgelaufen. Vergebens. Schließlich bin ich in meiner Verzweiflung nach Fellbach zu meinen Eltern gegangen. Ich wusste doch nicht, wohin ich sonst hätte gehen sollen. Hier war alles zerstört, du warst nicht da. Tja, und dort wohne ich seither. Tagsüber bin ich zu Aufräumarbeiten eingeteilt. Und heute …« Er zögerte kurz, dann sah er an ihr vorbei, wieder hinüber zum Hotel Silber. »Heute soll ich ins Silber kommen.«

»Ich weiß«, antwortete sie überraschend.

Woher konnte sie davon wissen?

»Ich habe deine Bewerbung gesehen. Erst habe ich vor Erleichterung fast das Bewusstsein verloren. Aber sofort hat mich die Angst gepackt, dass nur jemand deinen Namen benutzt. So viele verschleiern mit allen möglichen Tricks, wer sie sind und was sie getan haben. Und ab dem Moment hab ich gefleht, dass du selbst die Bewerbung eingereicht hast. Dass du doch lebst.«

Hilde wischte sich über die Augen, holte noch einmal tief Luft, und dann lachte sie vor Freude. »Paul, nur deshalb bist du hier. Wegen deiner Bewerbung. Ich bin zuversichtlich, dass du einer der neuen Kriminalbeamten der Stadt wirst.«

»Aber woher …?« Paul fehlten die Worte. Überhaupt begriff er in diesem Moment gar nichts mehr.

»Ich arbeite hier. Ich bin die Sekretärin von Dieter Rückert, dem Polizeipräsidenten. Die Stelle war gleich nach dem Kriegsende in Stuttgart ausgeschrieben, ich hatte mich beworben und wurde genommen.«

»Trotz deines Vaters?«

»Vielleicht gerade wegen meines Vaters, gegen dessen politische Überzeugung ich mich ganz klar gestellt habe. Und du weißt doch, wie es ist: Ich bin nur eine junge Frau, die Protokolle schreibt.«

»Aber wenn du meine Bewerbung gesehen hast, die Adresse kanntest, warum hast du dich dann nicht früher gemeldet?«

Hilde wirkte mit einem Mal verlegen, und Paul fürchtete, sie würde ihm sagen, dass es inzwischen einen anderen Mann in ihrem Leben gab.

»Zum einen natürlich wegen der Angst, von der ich dir gerade erzählt habe. Aber ich hätte auch keine Zeit gehabt, um zu dir nach Fellbach zu kommen. Wir haben viel zu viel Arbeit für viel zu wenig Leute. Und einen Brief schreiben wollte ich nicht.«

Eine Kirchturmuhr schlug.

»Ich glaube, wir müssen rein. Rückert legt viel Wert auf Pünktlichkeit.«

Paul war irritiert und würde später sicher einige Zeit brauchen, bis er alles verarbeitet hatte. »Ja, Pünktlichkeit. Auch so eine deutsche Tugend. Aber wenigstens eine, der ich zustimmen kann.«

Sein Blick suchte den Boden. Er wollte nicht, dass sie die Furcht in seinen Augen sah.

»Soll ich mit dir kommen?«

Er war dankbar, dass sie nicht weiter nachfragte. Sie spürte sicher, dass er Angst davor hatte, das Gebäude zu betreten.

Sie packte seine Hand und zog ihn mit sich. Zielstrebig steuerte sie auf den Eingang zu, und mit jedem Schritt, den sie näher kamen, schnürte sich Pauls Kehle weiter zu, wuchs der Knoten in seiner Brust.

VIER

Stuttgart, Herbst 1945

Als die Tür der Kneipe aufgerissen wurde und Max Hägele in den Raum flog, wusste Paul, dass der freie Abend früher als erwartet zu Ende sein würde.

Max sah sich kurz um, und als er Paul erblickte, sprang er mit wenigen Schritten an dessen Tisch, zog den Stuhl zurück und setzte sich.

»Du musst sofort mit mir kommen. Die warten schon im Silber auf dich.«

»Wer sagt, dass ich das muss?« Paul sah kurz zur Wanduhr hinter dem Tresen. »Ich habe Feierabend.«

»Ja, aber wir keine Leute. Das weißt du doch.«

Natürlich wusste er das.

»Und was ist so dringend?«

»Es gibt einen Aufstand.«

»Einen Aufstand? Machst du Witze? Wo?«

»In der Funkerkaserne.«

Paul kannte sie natürlich. Sie lag im Lindle, einem kleinen Gebiet mit wenigen Häusern zwischen seiner alten Heimatstadt Fellbach und dem zu Stuttgart gehörenden Bad Cannstatt. Verdammt, und das jetzt, wo sie ohnehin kaum genug Personal hatten, um die täglichen Pflichten zu erfüllen.

Hägele zuckte die Schultern und nickte Richtung Ausgang.

Paul seufzte, nahm das Schnapsglas und kippte es in einem Zug hinunter. Dann kramte er fünf Zehn-Reichspfennig-Stücke für das Bier aus der Tasche und legte sie auf den Tisch. Der Selbstgebrannte war aufs Haus gegangen. Der Wirt nickte ihm verschwörerisch zu, als Paul hinter Max aus dem Wirtshaus eilte.

Mit der Straßenbahn dauerte es eine Weile, bis sie im Lindle ankamen, aber die Polizei war momentan weder bewaffnet noch motorisiert.

Im Hof der ehemaligen Kaserne fanden sie sich rasch in einer aufgebrachten Menge wieder. Max stand mit aufgerissenen Augen neben Paul. Darauf war er offensichtlich nicht vorbereitet gewesen.

Die 1917 eingeweihte Kaserne war während des Krieges von einer Nachrichteneinheit belegt gewesen. Auch ein Lazarett war dort zeitweise untergebracht. Da Kasernen seit dem Kriegsende in Deutschland wenig gefragt waren und keine Verwendung im eigentlichen Sinne mehr fanden, waren sie kurzerhand umfunktioniert worden. Derzeit waren hier etwa dreitausend Displaced Persons untergebracht. Geflüchtete und Zwangsverschleppte, die nicht ohne Hilfe in ihr Heimatland zurückkehren konnten.

Als Paul und Max ankamen, gab es bereits Tumulte. Menschen schrien laut und wild durcheinander, gestikulierten, und einige von ihnen reckten die Fäuste in die Höhe. Die Situation war völlig außer Kontrolle und stand kurz vor der totalen Eskalation. Worum der Streit ging, war nicht erkennbar. Immer wieder kam es unter Displaced Persons zu Streitereien. Oft waren es die Umstände, unter denen die Menschen lebten, die für Aufregung sorgten. In jedem Fall war immer ein vorsichtiges und umsichtiges Herangehen angezeigt. In seinem Blickfeld erkannte Paul zwei junge Hilfspolizisten an ihren Armbinden.

Sie standen plötzlich inmitten der Menschenmenge. Wütende Männer hatten sie umringt. Paul fühlte sich mit einem Mal hilflos ausgeliefert, während der vielstimmige Chor anschwoll und die ersten Steine flogen.

Paul schaffte es knapp, sich wegzuducken, als einer haarscharf an seinem Kopf vorbeisurrte und ein paar Meter weiter schwer auf den Boden schlug. Als er sich wieder aufrichtete, lag einer der Hilfspolizisten zuckend auf dem Rücken. Aus seiner Brust ragte ein Bajonett. Paul sah, wie die Hände seines Kollegen die Klinge umfassten, versuchten, sie herauszuziehen. Doch der scharf geschliffene Stahl schnitt tief durch die Haut in die Handflächen, Blut spritzte, und der Mann schrie vor Schmerzen. Männer standen aufgereiht um ihn herum, und auf den verletzten Hilfspolizisten prasselten Tritte ein.

»He!«, schrie Paul und drängte sich ohne Rücksicht durch die aufgebrachte Menge. Wo Max und der zweite Hilfspolizist im Moment waren, konnte er in dem Durcheinander nicht erkennen.

»Aufhören! Polizei! Sofort aufhören!«, brüllte er noch lauter, während er einige Körper grob zur Seite stieß. Doch seine Schreie verhallten ungehört im allgemeinen Lärm auf dem Kasernenhof.

»Verdammt!«, knurrte er. Der Polizei war es untersagt, Waffen zu tragen. Die Franzosen hatten alle eingezogen, dazu auch die Dienstfahrzeuge. Aber wie sollten sie unter diesen Umständen solch einer Situation Herr werden?

Jetzt erblickte Paul den zweiten, ängstlich dreinschauenden Hilfspolizisten. Der sah noch jünger aus und wirkte vollkommen überfordert bei seinem Versuch, sich mit hochgezogenen Unterarmen gegen die Schläge der wütenden Männer zu schützen. Paul drängte sich dazwischen. Seine Miene verriet seinen Zorn. Er baute sich vor dem am Boden liegenden Polizisten auf, hörte dessen Stöhnen, während er um sein Leben kämpfte.

Die rasende Menge hatte sie jetzt vollkommen umkreist, inzwischen war auch Max zu ihnen vorgedrungen. Drei unbewaffnete und ein tödlich verletzter Polizist gegen einen wütenden und gewaltbereiten Mob. Eine vollkommen ausweglose Situation. Sie würden sterben. Hier und jetzt.

Kaum hatte Paul diesen Gedanken verscheucht, drang ein gellender Schrei an seine Ohren, der trotz der vielen Stimmen um ihn herum unüberhörbar war. Er wandte sich um und sah, dass auch der zweite Hilfspolizist zu Boden gegangen war. Um seinen Kopf breitete sich rasch eine rote Pfütze aus. Er bewegte sich nicht mehr, die Augen waren starr Richtung Himmel gerichtet. Jemand hatte dem jungen und unschuldigen Kerl den Schädel eingeschlagen.

Paul hatte die beiden gestern kurz gesehen, wie sie in einer Art Schnellbleiche in einer halben Stunde mit ihren Aufgaben vertraut gemacht worden waren. Allerdings konnte er sich an ihre Namen, die Max ihm genannt hatte, nicht mehr erinnern. Dann hatten sie schnell einen Eid abgelegt und die dazugehörige Armbinde übergestreift, die sie als Hilfspolizisten kennzeichnete. Und heute zahlten sie für ihre Bereitschaft, für etwas mehr Sicherheit in der Stadt zu sorgen, mit dem Leben.

Paul packte einen der Männer aus der Menschentraube bei

der Schulter und drehte ihn mit einem kräftigen Ruck zu sich. Wütende Augen funkelten ihm entgegen.

»Was ist hier los? Was soll das? Das muss aufhören, sofort. Das waren Polizisten, verdammt noch mal!«, rief Paul dem Mann entgegen und schüttelte ihn. Der zuckte nur mit den Schultern, wand sich aus Pauls Umklammerung und verschwand in der aufgebrachten Menschenmenge.

»Wir haben Hunger!«, rief ein anderer, den Paul am Kragen packte. »Die Zustände hier sind katastrophal. Wir sind eingepfercht wie früher, als ihr dreckigen Nazis noch an der Macht wart«, sagte der Mann in nahezu akzentfreiem Deutsch.

»Ich bin kein Nazi. Und das hier muss aufhören. Sofort!« Paul legte eine Bestimmtheit in den Ton, die sein Anliegen unmissverständlich unterstrich. Doch seine Worte verhallten und beeindruckten niemanden.

»Blödsinn. Ihr wart alle Nazis und seid es noch immer.« Dann spuckte der Mann ihm ins Gesicht und mischte sich wieder unter die Menge.

Paul wischte sich den Speichel mit dem Ärmel seiner Jacke aus dem Gesicht, als ihn eine Faust hart und unvorbereitet in den Magen traf. Er krümmte sich vor Schmerzen und taumelte zu Boden. Dabei sah er, wie die Männer um ihn herum Platz machten und zurückwichen. Sie witterten in ihrer Raserei das nächste Opfer, und Paul wartete darauf, dass die Schuhe der Männer mit ihren Tritten seine Knochen brechen würden wie die Äste morscher Bäume.

Als er den Kopf wandte, sah er neben sich Max. Ein kräftiger Koloss von Mann hockte auf seinem Brustkorb, die Knie so auf Max' Oberarmen, dass sich dieser nicht wehren konnte, und drosch unablässig auf den Kopf des Polizisten ein. Paul sah nur noch eine blutige Masse, wo früher das hübsche Gesicht seines Kollegen gewesen war.

Und er würde der Nächste sein.

In dem Moment fuhren gleich mehrere Militärfahrzeuge der Amerikaner auf den Kasernenhof. Soldaten sprangen heraus, brachten ihre Maschinengewehre in Anschlag. Eine Salve ratterte in die Luft, und die Menschen stoben auseinander.

Kaum waren die Schüsse verhallt, legte sich eine unheimliche Stille über den Hof. Die Menge teilte sich, als die Amerikaner auf Paul zukamen.

Für den einen der beiden Hilfspolizisten kam jede Hilfe zu spät. Das Bajonett steckte in seinem Bauch, es hatte seine Eingeweide aufgeschlitzt. Max lag zusammengekrümmt ein paar Meter weiter. Er zuckte und stöhnte vor Schmerzen, während Blut aus seinem Mund quoll und in einem zähen Faden zu Boden tropfte. Ein amerikanischer Soldat, dessen Armbinde ihn als Sanitäter auswies, eilte mit einem Erste-Hilfe-Koffer in der rechten Hand zu ihnen. Er besah sich die Hilfspolizisten und zuckte bald darauf entschuldigend mit den Schultern. Dann spuckte auch Max einen letzten Schwall Blut, bevor sein ganzer Körper erschlaffte.

Paul kämpfte sich mühsam auf die Beine. Er konnte es nicht fassen. Das war also die neue deutsche Polizei? Männer, die die Nazis überlebt hatten und nun verheizt wurden? Männer, die für Recht, Ordnung und Sicherheit auf den Straßen sorgen sollten, aber nichts hatten, absolut nichts, mit dem sie sich wehren oder ihre Befugnisse durchsetzen konnten? Sie waren nichts als Freiwild. Er beschloss, dies nicht länger hinzunehmen.

Als er wieder zurück in der Dorotheenstraße war, wo inzwischen im Erdgeschoss der Bereitschaftsdienst der Kriminalpolizei untergebracht war, stapfte Paul direkt zu Hilde und forderte ein sofortiges Gespräch mit Rückert.

Hilde, die um diese Zeit im Vorzimmer ihres Chefs irgendwelche Notizen abtippte, war erschrocken, als sie ihren Verlobten sah. Aufgewühlt war er, ohne anzuklopfen, hereingestürmt, was gar nicht zu seinen ansonsten einwandfreien Manieren passte.

»Paul, um Himmels willen, was ist denn passiert?«, fragte sie und griff nach seinen Händen.

Rückert musste etwas gehört haben, denn er kam aus seinem Büro, ehe Paul ihr antworten konnte.

»So kann das nicht weitergehen, Herr Polizeipräsident!«, sagte Paul aufgebracht. Er streifte Hildes Hände ab und wandte sich seinem Chef zu, baute sich breitbeinig vor ihm auf.

Hinter Rückert kam Hermann Schreiber aus dessen Büro.

Schreiber war seit Juli der Chef der quasi nicht existenten und kaum arbeitsfähigen neuen Kriminalpolizei. Von den hundertdrei Beamten und Angestellten, die noch vor wenigen Wochen im Dienst gewesen waren, waren inzwischen achtundneunzig auf Anordnung der Militärregierung entlassen worden. Als langjährige NSDAP- oder SS-Mitglieder kamen sie aus der Perspektive der neuen Machthaber nicht in Frage, einen ernsthaften Neuanfang der Polizei zu gestalten. Und weil es um den Rest des verbliebenen Polizeiapparates nicht besser stand, wurden zwar neue Kräfte angeworben, doch die verfügten selten über Erfahrung in der Polizeiarbeit.

Paul wunderte sich über Schreibers Anwesenheit ebenso, wie er sich überhaupt über Schreiber und dessen Ernennung zum Chef der Kripo gewundert hatte. Die Spatzen hatten es sogleich von den Dächern gepfiffen, dass Schreiber vor dem Krieg Rückerts Vorgesetzter gewesen war. Er war ohne jeden Zweifel ein erfahrener Beamter, schließlich hatte er die Stuttgarter Kripo zwischen 1923 und 1940 schon einmal geleitet. Da Schreiber aber nie nachweislich der Partei beigetreten war, hatte die Militärregierung seine Ernennung grummelnd und mangels anderer geeigneter Kandidaten akzeptiert.

Die feisten Augen hinter den runden Gläsern blickten Paul an. Schreibers Oberlippe bedeckte ein breiter Schnauzbart, der Kopf war dagegen weitgehend kahl und nur von einem schmalen grauen Haarkranz eingefasst. Er trug wie meist einen Anzug und eine Fliege, sah aber wegen seines kompakten Körperbaus auch darin wenig elegant aus. Fragend schaute er in die Runde.

»Kramer, was ist denn los?«, wollte Rückert wissen.

Doch Paul stand nur da und suchte nach den passenden Worten. Seine Kleider hatten überall Blutflecken, und sein Gesicht war dreckverschmiert. »Zwei unserer Hilfspolizisten haben ihren ersten Tag nicht überlebt, Herr Rückert. Dasselbe gilt wahrscheinlich für Max Hägele«, sagte er schließlich. Er hörte, wie Rückert vernehmlich Luft einsog und wieder ausstieß, sah, wie sein Chef die rechte Hand tastend nach einer Tischplatte ausstreckte, an der er sich festhalten konnte.

»Wie bitte? Dann stimmt es also, was mir Oberst Gruber von

der US-Militärpolizei eben am Telefon berichtet hat?« Rückerts Augen waren unter den hängenden Lidern zu schmalen Schlitzen zusammengepresst. Sie blitzten fragend unterhalb der hohen Stirn mit den Resten der dünnen Haarpracht hervor.

Paul sah, wie Schreiber hinter dem Polizeipräsidenten den Blick Richtung Boden richtete. Von dort war keine Erklärung oder gar Unterstützung zu erwarten. Also holte er tief Luft und berichtete selbst, was er wusste. »Gestern früh wurden zwei Hilfspolizisten aus Bad Cannstatt vereidigt, bevor sie es sich anders überlegen konnten. Wir sind ja froh, wenn wir jemanden finden. Und heute mussten sie zum ersten Einsatz ausrücken. Wegen der Tumulte in der Funkerkaserne.«

»Ja, ist mir bekannt. Herr Schreiber hat mich darüber unterrichtet«, meinte Rückert knapp.

Schreiber ergänzte etwas kleinlaut: »Es soll sogar schon Tote gegeben haben, bevor die Polizei überhaupt angerückt ist. Otto Heinz und Erich Fuchs sollten hinfahren und die Situation befrieden. Und Hägele haben wir doch losgeschickt, um Sie zu holen, damit die beiden Unterstützung bekommen.«

Paul hatte Mühe, seine Wut unter Kontrolle zu halten. »Zwei oder später vier unbewaffnete Männer, davon zwei eben erst frisch vereidigte Hilfspolizisten, gegen eine Menge aus Hunderten wütender Displaced Persons? Das kann doch nicht Ihr Ernst sein! Wie soll das gehen, verdammt noch mal? Das war das Todesurteil der Männer. Die hatten doch noch überhaupt keine Erfahrung. Erst seit ein paar Stunden im Polizeidienst, und schon schickt man sie in diese Hölle?« Paul war außer sich und wusste, dass er lauter zu seinen Vorgesetzten sprach, als dies wahrscheinlich angemessen war. Aber wie konnte er nach dem Erlebnis ruhig bleiben?

Weder Rückert noch Schreiber gingen auf die Tirade ein.

»Ja, und dann?«, drängelte Rückert stattdessen.

Paul war sicher, dass Oberst Gruber, der Chef der Militärpolizei in Stuttgart und der Region, Rückert in ihrem Telefonat längst über alles unterrichtet hatte. Aber der Polizeichef wollte die Ereignisse aus dem Mund und mit den Worten eines Beteiligten geschildert bekommen.

»Als sie dort eingetroffen sind, hat man sie nicht als Autoritätspersonen wahrgenommen. Im Gegenteil. Sie wurden mit Steinen beworfen und dann mit Bajonettmessern attackiert.« Paul senkte den Blick, fast versagte ihm die Stimme. »Sie haben ihren Dienst bei der Polizei nicht überlebt. Mehr gibt es dazu im Moment nicht zu sagen.« Er streckte seinen Rücken durch und sah erst zu Schreiber, dann zu Rückert.

Der sagte nach einiger Zeit: »Wir werden den Vorfall genau untersuchen müssen. Die Amerikaner werden detaillierte Antworten wollen auf die Fragen, wie es so weit kommen konnte. Und Klett und ich wollen es auch wissen. Sie werden also um eine Befragung nicht herumkommen, Kramer.«

Paul nickte. Das war ihm durchaus bewusst. Und er würde sagen, was er zu sagen hatte.

Paul war froh, wenn er nicht in seinem Büro im Silber sitzen musste. Seit ein paar Wochen teilte er sich den kleinen Raum mit einem Kollegen. Er wusste nicht, ob sich Eckhard Gönnenwein überhaupt an ihn erinnerte. Aber Paul hatte ihn sofort wiedererkannt. Gönnenwein war einer der drei Männer gewesen, die ihn verhaftet und in den Keller des Silber geworfen hatten – der nur ein paar Meter unter der Stelle lag, wo heute sein Schreibtisch stand.

Paul war sich vom ersten Moment an sicher. Aber konnte er es beweisen? Und würde man ihm glauben? Und was, wenn er doch falschlag? Schließlich war es dunkel gewesen.

Gönnenwein gab sich verschwiegen, war zwar höflich, aber zugeknöpft, wie jemand, der etwas zu verbergen hatte. Und Paul war sich sicher, dass er das hatte. Niemand konnte über Jahre in der Gestapo gewesen sein, ohne Blut und Dreck an den Händen zu haben, davon war er überzeugt. Aber mit keinem Blick, keinem Zucken hatte Gönnenwein sich anmerken lassen, ob er sich an Paul erinnerte. Er würde ihn irgendwann einmal damit konfrontieren, dachte sich Paul, als er beim Hinausgehen beinahe mit Hilde zusammengestoßen wäre.

Sie lächelte ihn an. »Paul, sehen wir uns heute Abend?«

Die Frage war rein rhetorisch, denn sie teilten sich inzwischen ein winziges Mansardenzimmer, das ihnen Rückert mit Unterstützung der Amerikaner vermittelt hatte. Es war klein, es war eng, es war spartanisch möbliert und nicht gerade hübsch und hell. Aber es war ihre erste gemeinsame Wohnung. Und es war mehr, als viele Menschen in der Stadt hatten. Einige hausten noch immer in den Bunkern, da sie kein Dach über dem Kopf fanden. Andere waren von den Besatzern aus ihren Wohnungen und Häusern geworfen worden. Denn wenn Amerikaner einzogen, durfte kein Deutscher mehr im Haus bleiben. Daher wusste Paul um die privilegierte Situation, zu der ihnen Rückert verholfen hatte. Aber er war sich sicher, dass dieses Privileg weniger mit ihm, sondern mit Hilde und ihrem fleißigen und unermüdlichen Einsatz für ihren Chef zu tun hatte.

»Ja, natürlich. Ich muss nur noch etwas erledigen, dann bin ich wahrscheinlich sogar vor dir zu Hause.«

»Bei mir kann es jedenfalls noch etwas dauern. Wir haben einen Fall auf den Tisch bekommen, den wir wieder aufnehmen müssen. Ein Mord aus den letzten Kriegstagen, hier im Hotel Silber.«

Paul wurde neugierig und setzte einen fragenden Blick auf. »Es geht um Vera Wallner?«, wollte er wissen.

»Kanntest du sie?«

Paul schüttelte den Kopf. »Nicht persönlich. Aber ich habe schon von dem Fall gehört. Schlägt ja auch einige Wellen.« Und womöglich waren es ihre qualvollen Schreie, die ich mitanhören musste, als ich selbst im Silber gefangen war, dachte er sich, scheute sich jedoch, den Gedanken auszusprechen.

»Das stimmt.« Hilde fasste kurz zusammen, was sie über den Fall wusste. »Sie wurde wahrscheinlich hier, kurz vor dem Einmarsch der Franzosen, ermordet. Aber ihre Leiche wurde nie gefunden. Ihre Angehörigen haben über die Militärregierung, die Stadt und auch direkt bei der Polizei Nachforschungen angestoßen, Jackson hat Rückert persönlich beauftragt und der nun Schreiber angewiesen, dass die Kripo den Fall mit Nachdruck verfolgen soll.«

»Aber wie soll das gehen? Die Nazis haben ja alles vernichtet. Es gibt doch wahrscheinlich gar keine Unterlagen mehr. Wie will man sie da finden?« Paul dachte an die Familie und deren Bürde, mit dem Verlust nicht durch ein ordentliches Begräbnis abschließen zu können.

»Sagen wir, fast alles. Und … Ach nein, das erzähle ich dir dann heute Abend.«

»Was?«

»Ein Geheimnis.« Sie setzte eine verschwörerische Miene auf, spitzte die Lippen und hauchte ihm einen Kuss auf die seinen. Dann drehte sie sich um und stieg die Treppe nach oben, zum Büro ihres Chefs.

Paul konnte nicht anders, als ihr hinterherzusehen, zu beobachten, wie ihr schlanker Körper Stufe um Stufe nach oben spazierte, wobei sich unter dem Stoff ihres schlichten Kostüms ihre Hüften wiegend bewegten. Und er freute sich auf den Abend. Wenn sie ihm ein Geheimnis anvertrauen wollte, dann war vielleicht noch mehr möglich. Es war schon ein paar Tage her, seit sie zuletzt miteinander geschlafen hatten. In der ersten Zeit des Zusammenwohnens hatten sie es ständig getan, jeden Abend. Manchmal sogar am Morgen, bevor sie ins Büro aufgebrochen waren, nur um sich am Abend vor dem Abendbrot wieder die Kleider abzustreifen und sich zu lieben.

Außerdem war er gespannt, welches Geheimnis sie ihm anvertrauen wollte. Da gab es sicher noch einige.

Er bewunderte ihre selbstsichere und zupackende Art ebenso, wie er die sie stets umgebende Leichtigkeit genoss. Nur ab und zu legte sich ein Schatten darüber. Paul vermutete insgeheim, dass es mit den letzten Tagen des Krieges zu tun haben könnte. Oder mit der Zeit danach. Er fürchtete, dass Hilde ihm längst nicht alles erzählt hatte, was geschehen war, bis sie sich wiedergefunden hatten. Ebenso, wie er über einiges bisher immer den Mantel des Schweigens gebreitet hatte, da er nicht darüber sprechen konnte, sprechen wollte. Zumindest noch nicht. Daher hatten sie diese Zeit in all ihren Gesprächen bisher immer ausgespart. Aber ihm war natürlich bewusst, irgendwann würde der Moment kommen, wo sie sich alles erzählen würden, erzählen mussten, damit keine Geheimnisse mehr zwischen ihnen standen. Doch er würde sie nicht drängen. Ebenso wenig, wie sie ihn gedrängt hatte, ihr zu berichten, was er im Hotel Silber hatte erleiden müssen.

Rückert war außer sich. Die neue »Stuttgarter Zeitung« war erst einige Tage zuvor, am 18. September, erstmals nach dem Krieg erschienen und hatte eine monatelange Durststrecke ohne Tageszeitung beendet. Aber schon gleich zu Beginn hatte es die Kripo auf die Titelseite geschafft. Ein gewisser Dieter Käfer hatte einen Artikel geschrieben, in dem es um die Aufklärung des Todesfalls einer jüdischen Gefangenen im Hotel Silber ging.

»Woher hat dieser Käfer seine Informationen?« Rückert stand auf der vierten Stufe der sich vom Eingangsbereich nach oben windenden Treppe, damit ihn alle gut sehen konnten. Er schaute aus zu schmalen Schlitzen verengten Augen, die seinen Ärger kaum zu verstecken in der Lage waren, in die Runde. Kurzerhand hatte er alle aktuell neunundzwanzig Beamten der Kriminalpolizei ins Treppenhaus des einstmaligen Hotelfoyers bestellt, da es keine ausreichend hergerichteten Räumlichkeiten für eine Besprechung mit allen Beschäftigten gab. Seine Stimme vibrierte vor Wut. »Das kann doch nicht wahr sein. Wer hier arbeitet und seinen Mund nicht halten kann, der sollte sich überlegen, ob er hier richtig ist. Und wer hier arbeitet und glaubt, er könne Politik machen, dem würde ich empfehlen, mir besser nicht in die Finger zu geraten.«

»Warum? Fangen wir jetzt an, die Verbrechen zu vertuschen?«, rief Horst Lemke in die Runde. Lemke war klein und hatte eine leicht gedrungene Gestalt. Sein schütteres Haar war inzwischen schlohweiß und stand in zahlreichen Wirbeln vom Kopf ab. Seine Augen verrieten eine große Neugier und Entschlossenheit. Lemke galt als Kollege, der umgänglich war, solange niemand seinen Gerechtigkeitssinn herausforderte. Paul war überzeugt, dass Lemke bald Betriebsrat werden würde, wenn die Wahlen anstanden. Ein Ehrenamt, das dieser sicher mit Bravour ausüben würde.

»Lemke, was soll das?«, schnauzte Rückert ungehalten. »Auch Ihnen sollte klar sein, dass ich das nicht zulassen würde. Aber es behindert und erschwert unsere Ermittlungen womöglich. Sie, nein, wir alle wissen, die Täter sind irgendwo da draußen. Und momentan sind sie hauptsächlich damit beschäftigt, ihre Spuren zu verwischen und unterzutauchen. Zeitungsartikel wie dieser hier«, er hob die heutige Ausgabe mit der einen Hand in die Höhe und schlug mit dem Handrücken der anderen ein paarmal auf das gefaltete und bedruckte Papier, »erschweren unsere Arbeit unnötig. Sie sind ärgerlich, denn sie erreichen das genaue Gegenteil von dem, was der Autor damit bezweckt. Wir können keine gesuchten Verbrecher finden und festnehmen, wenn sie durch die Zeitung gewarnt werden. Das wird den Amis nicht schmecken. Die denken doch am Ende, wir haben die Info absichtlich an die Presse gegeben. Wer immer das war, hat uns – und sich selbst – einen Bärendienst erwiesen. Wenn ich herausfinde, wer die Information weitergereicht hat, wird derjenige zur Rechenschaft gezogen, dafür werde ich höchstpersönlich sorgen.«

»Das war doch nur ein Judenmädchen«, hörte Paul jemanden hinter sich sagen und drehte sich sogleich mit scharfem Blick um. Da stand Gönnenwein in Hörweite und blickte zu Boden. Paul war sich sicher, dass er gesprochen hatte, aber er hatte es nicht gesehen.

»Damit es alle gehört haben: Vera Wallner wurde im April dieses Jahres verhaftet und ins Hotel Silber verbracht. Sie wurde verhört, wahrscheinlich misshandelt oder sogar gefoltert und am Ende gehängt. Es gibt sogar einen mutmaßlichen Augenzeugen, der dabei war und Herbert Wagner des Mordes an Vera Wallner beschuldigt. Allerdings sind ihre sterblichen Überreste ebenso verschwunden wie anscheinend alle Dokumente zu diesem Vorgang und wie dieser Wagner auch vom Erdboden verschluckt worden zu sein scheint.«

»Warum sollen wir dann überhaupt ermitteln?« Die Frage kam von Hubert Hindler, einem Kriminalbeamten der alten Schule. Paul kannte ihn, Hindler hatte ihn selbst ausgebildet. Ein großer Mann, die dünnen Haare immer streng und akkurat gescheitelt und meist korrekt gekleidet. Paul kam es allerdings eher so vor, als wollte Hindler durch sein Aussehen über seine einfache Herkunft und eine gewisse Tumbheit hinwegtäuschen, was ihm bei den meisten Zeitgenossen gut zu gelingen schien, denn Hindler war kein unbeliebter Kollege.

»Weil sich die Hinterbliebenen an die amerikanische Militärregierung gewandt haben und diese das Ersuchen mit Nachdruck an uns weitergeleitet hat. Und weil es unsere Pflicht ist und bleiben wird, nicht nur die Verbrechen der Gegenwart, sondern auch die der Vergangenheit aufzuklären, wenn sie angezeigt werden.«

»Ja, aber was ist dann so schlimm daran, wenn die Zeitung darüber schreibt?«, wollte Hindler wissen und steckte sich eine Zigarette an, zog lange daran und blies den Rauch in Pauls Richtung.

Rückert wurde puterrot im Gesicht. »Weil die Zeitung doch nicht schon über einen Fall und unsere Ermittlungen berichten kann, ehe wir diese überhaupt aufgenommen haben! Wo kommen wir denn da hin?«

»Und warum gehen wir dem Fall überhaupt nach?« Von wem die Frage kam, war für Paul nicht genau auszumachen. Er sah nur, wie Rückert den Kopf herumriss und in die Runde funkelte.

»Weil wir Polizisten sind. Und weil Polizisten Verbrechen aufklären. Deshalb. Und deshalb erwarte ich, dass auch jeder Fall, der auf unseren Tischen landet, von jedem einzelnen Beamten mit dem nötigen Nachdruck bearbeitet wird. Und dabei ist mir ganz egal, ob es sich um eine im Silber mutmaßlich ermordete Jüdin, einen im Einsatz getöteten Polizisten oder einen getöteten Nazi handelt. Wir sind die Polizei und dazu da, Verbrechen aufzuklären. Nicht mehr und nicht weniger erwarte ich, erwartet diese Stadt mit ihren Bürgerinnen und Bürgern von Ihnen allen.«

Paul sah bei einigen Kollegen ein leichtes Kopfschütteln und prägte sich die Gesichter gut ein. Es war offensichtlich, dass die Personalnot dazu geführt hatte, dass Mitarbeiter den Weg in die neue Kriminalpolizei gefunden hatten, die zwar als entnazifiziert galten, aber das alte Gedankengut noch immer in sich trugen. Ein Umstand, mit dem Paul schlecht zurechtkam, obwohl er wusste, dass es kaum eine andere Möglichkeit gegeben hätte. Die Amerikaner hatten fast alle Kriminalbeamten entlassen. Gleichzeitig war die Verbrechensrate in den Tagen nach der Kapitulation sprunghaft gestiegen. Raub, Plünderungen und Vergewaltigungen waren an der Tagesordnung, und selbst mit mehr Personal hatte die neue Polizei kaum die Chance, des Verbrechens auf den

Straßen Stuttgarts Herr zu werden. Daher rührte ein gewisses Verständnis für Rückerts Not, auch Beamte mit fragwürdiger Vergangenheit anzustellen. Und doch würde Paul lieber nicht mit Männern zusammenarbeiten müssen, die vor wenigen Monaten noch auf Seiten der Täter gestanden hatten.

Als Paul kurze Zeit später gedankenverloren seinen Kopf wandte, erblickte er Hilde. Sie stand auf der gebogenen Treppe, die fast vollständig vom Aufzugsschacht verdeckt wurde. Seine Verlobte hielt einen kleinen Stapel Akten vor den Bauch gedrückt und lauschte aufmerksam. Sie schien in Gedanken weit weg zu sein und reagierte nicht, als Paul vorsichtig winkte. Natürlich war es ein offenes Geheimnis, dass sie beide miteinander liiert waren. Das damit verbundene Gerede der Kollegen war daher wenig überraschend. Doch den meisten schien es egal zu sein. Selbst Rückert hatte den Umstand bislang unkommentiert gelassen.

Der Polizeichef sah in die Runde. »Noch Fragen? Ansonsten gehen Sie jetzt alle bitte wieder an die Arbeit. Kramer und Gönnenwein, ich brauche Sie nachher in meinem Büro. Sagen wir, in zehn Minuten.«

Nachdem sie kurz vor dem Büro hatten warten müssen und Hilde sie während dieser Zeit mit zwei Tassen dünnem Malzkaffee versorgt hatte, saßen sie jetzt vor Rückerts Schreibtisch. Kripochef Hermann Schreiber stand am Fenster, sah hinaus und drehte ihnen den Rücken zu.

»Sie beide übernehmen die Ermittlungen im Fall Vera Wallner. Und wir brauchen bald erste Ergebnisse. Sonst zerrupfen sie uns in der Luft, ehe wir richtig zu arbeiten begonnen haben.«

»Wer?«, fragte Gönnenwein und setzte eine naive Unschuldsmiene auf.

»Die Amerikaner, die Presse, die Öffentlichkeit, der Bürgermeister. Wahrscheinlich würden alle in den Chor einstimmen. Und Sie haben es ja vorhin selbst erlebt, nicht alle sind davon begeistert, wenn wir Fälle aus der Zeit der alten Machthaber aufgreifen.«

Rückert sah Gönnenwein an, während er diese Worte aussprach, als hätte er dessen Kommentar vorhin gehört. Das aber hielt Paul kaum für möglich. Allerdings würde Rückert ohnehin ahnen, wie Gönnenwein zu den anstehenden Ermittlungen stand.

»Wissen Sie, meine Herren, ich bin ja froh, dass wir wieder eine Zeitung in der Stadt haben. Die ›Stuttgarter Stimme‹ war kein Ersatz für eine eigene Tageszeitung«, sagte Rückert, und er klang dabei fast etwas entschuldigend.

Die einmal wöchentlich erschienene Zeitung der US-Armee war von Anfang August für sieben Ausgaben der Zeitungsersatz der Stuttgarter Bevölkerung gewesen. Inzwischen hatte Oberstleutnant John B. Stanley, der Kommandeur der amerikanischen Nachrichten-Kontrolldivision ICD, eine Zeitungslizenz erteilt. Auch die »Stuttgarter Stimme« und im Radio hatten sie darüber berichtet. Ohne eine solche Lizenz durfte niemand eine Zeitung publizieren. Eine weitere Bedingung war, dass die Herausgeber politisch unbelastet sein mussten.

Schreiber hatte sich inzwischen umgedreht. »Ich bin mal gespannt, wie die drei das stemmen wollen.«

Damit meinte er offenbar das Herausgebergespann der neuen »Stuttgarter Zeitung« – den früheren Rundfunkredakteur Josef Eberle, den als liberal eingestuften Journalisten Henry Bernhard und Dieter Ackermann, der den Kommunisten nahestand und selbst im Konzentrationslager Dachau inhaftiert gewesen war. Paul erinnerte sich an das Zitat Stanleys, dass das Blatt »ein standhaftes Bollwerk gegen Intoleranz, Militarismus und Diktatur« sein könne. Ein Anspruch, der sich hoffentlich bewahrheiten würde, wie sich Paul inständig wünschte. Er sah zu Gönnenwein hinüber, der stumm auf dem Stuhl saß und ein imaginäres Staubkorn auf Rückerts Tisch zu fixieren schien.

»Wo sollen wir anfangen?«, lenkte Paul dann zum eigentlichen Anlass ihrer Zusammenkunft. Auch weil er keine Lust hatte, in diesem Kreis über die neue Presse zu philosophieren. Er wollte gern zu Hause sein, wenn Hilde kam. Um möglichst bald zu erfahren, welches Geheimnis sie ihm anvertrauen würde.

»Warum hat denn gerade dieser Fall plötzlich so eine Bedeutung?«, nölte Gönnenwein.

»Weil es eines der letzten Verbrechen war, das hier in diesem

Haus stattgefunden hat, bevor die Franzosen das Kommando übernommen haben«, erwiderte Rückert mit Vehemenz.

Paul fragte sich wieder, ob Vera Wallner diejenige gewesen war, die er ein paarmal während seiner Zeit im Silber gehört hatte. Sie waren nach allem, was er wusste, etwa zur selben Zeit an diesem Ort gefangen gehalten worden.

»Die dann unsere Frauen vergewaltigt haben«, hörte Paul seinen Kollegen zischen. »Verfolgen wir diese Verbrechen auch? Unsere Frauen leben ja noch. Denken Sie auch an all die jungen Frauen und Mädchen, die ihr Leben lang damit klarkommen müssen?«

Rückert machte große Augen, und das Unverständnis über die Aussagen war ihm ins Gesicht gestanzt. Paul hatte das Gefühl, als könnte sein Chef die aufwallende Wut nur schwer im Zaum halten. Und auch er selbst glaubte, seinen Ohren nicht zu trauen, und setzte zu einem knappen Kommentar an, als ihm Kripochef Schreiber zuvorkam, der sich bisher mehr im Hintergrund gehalten hatte.

»Gönnenwein«, begann er mit schleppend gedehnter Aussprache. »Wir werden jetzt nicht darüber diskutieren wollen, welche Verbrechen schwerer wiegen. Unsere Aufgabe besteht darin, möglichst alle Verbrechen aufzuklären. Dazu gehören die Tötungen im Hotel Silber ebenso wie die Vergewaltigungen durch die Besatzer.«

Rückert ergänzte in mahnendem Ton: »Gönnenwein, wir kennen uns alle. Wir haben alle eine Vergangenheit, und wir haben unterschiedliche Ansichten. Ich kenne auch Ihre Vergangenheit. Und Sie müssen entscheiden, ob Sie hier mitarbeiten oder lieber der alten ideologischen Linie folgen wollen. Damit wir uns verstehen: Entscheiden Sie sich für Letzteres, haben Sie hier in meiner Behörde nichts verloren. Und ich habe Sie ganz bewusst mit dem jungen Kollegen Kramer zusammengespannt, weil Sie zwar die nötige Erfahrung mitbringen, aber nur Kramer über das nötige Gewissen verfügt.«

Gönnenwein sah aus, als würde er jeden Moment explodieren. Schreiber stand stumm daneben. Paul hatte den Eindruck, als würde dieser die Haltung des Polizeichefs nicht unbedingt teilen.

Paul mochte Schreiber nicht. Warum, konnte er nicht genau sagen. Irgendetwas ließ ihn an dessen angeblicher Unbescholtenheit zweifeln. Aber er konnte nichts tun. Zumindest im Moment nicht. Menschen wie Schreiber und Gönnenwein waren da, sie waren Polizisten wie er und hatten beide sogar weit mehr Berufserfahrung vorzuweisen. Da war höchste Vorsicht geboten.

Gönnenwein knurrte etwas Unverständliches. Anscheinend hatte er erkannt, dass es zu nichts führte, wenn er eine weitere Diskussion anzettelte, denn Rückert war wachsam, was in seinem Haus geschah.

»Wo sollen wir anfangen?«, fragte Paul, um die Anspannung im Raum etwas zu lösen und den Austausch wieder zu versachlichen. Allerdings brauchte man kein Kriminalbeamter mit jahrzehntelanger Erfahrung zu sein, um die Antwort zu kennen.

Kurze Zeit später stand Paul an einem winzigen, improvisierten Kiosk, der mehr einem notdürftigen Bretterverschlag glich, den jemand auf den Karlsplatz gestellt hatte, und kaufte sich eine Ausgabe der »Stuttgarter Zeitung«. Er wollte selbst nachlesen, warum Rückert sich dermaßen echauffiert hatte. Er ergatterte das letzte Exemplar.

Gönnenwein hatte sich gleich wieder in sein Büro verzogen und wirkte ohnehin, als habe er kein großes Interesse daran, den Fall Vera Wallner zu verfolgen und aufzuklären. Soll er doch, dachte sich Paul, ich werde auch allein herausfinden, was der Frau zugestoßen ist und wer dafür die Verantwortung trägt. Dann galt es, denjenigen zu schnappen. Obwohl er Vera Wallner nie kennengelernt hatte, spürte er beinahe so etwas wie eine unsichtbare Verbindung. Und die war durch dieses verfluchte Gebäude entstanden, in dem sie beide hatten leiden müssen.

Dieser Dieter Käfer berichtete in seinem Artikel von einem Gespräch mit dem Ehemann und den beiden Töchtern von Vera Wallner. Johann Wallner hatte von einem Schreiben der Gestapo an seine Frau erzählt und von ihrer damit verbundenen Angst vor Deportation und Tod. Deshalb habe sie sich den Knöchel brechen lassen, um als transportunfähig eingestuft zu werden und ins Robert-Bosch-Krankenhaus statt ins Vernichtungslager zu kommen. Die Töchter hatten über die allgegenwärtige Angst und die geplante Flucht gesprochen. Und darüber, dass sie auf einen Denunzianten reingefallen und am Hauptbahnhof von der Gestapo verhaftet und ins Hotel Silber gebracht worden waren.

»Sie haben uns getrennt und jeden von uns in eine Zelle gesperrt«, beschrieb ein Zitat von Johann Wallner die damalige Ankunft im Hotel Silber.

»Erst mehr als zehn Tage später haben sie mich und meine Schwester freigelassen«, hatte seine Tochter Margarete ergänzt.

»Aber vom Papa fehlte jede Spur, auch nachdem die Franzosen längst in Stuttgart waren«, hatte ihre jüngere Schwester Frida hinzugefügt.

»Die Gestapo hat mich auf ihrer Flucht vor den Franzosen nach Ravensburg verschleppt. Keiner von uns wusste, was mit Vera geschehen ist. Bis heute wissen wir nur, dass sie sehr wahrscheinlich ermordet wurde. Aber wann, von wem und wie sie gestorben ist, dazu hat uns bisher niemand Auskunft gegeben. Und was am allerschlimmsten ist: Wir haben keinen Hinweis, wo ihre sterblichen Überreste geblieben sind.«

Im weiteren Teil von Käfers Bericht gingen die Geschwister noch darauf ein, dass sie während ihrer Haft im Hotel Silber immer und immer wieder zu unterschiedlichen Zeiten von einem Mann mit dem Namen Herbert Wagner vernommen worden seien. Von ihm fehle allerdings jede Spur, schrieb Käfer weiter. Es sei immer auch eine Frau bei den Verhören anwesend gewesen und habe Protokoll geführt, hatte Margarete Wallner noch ergänzt. Allerdings kenne sie den Namen der Frau nicht.

Wagner. Der Name begegnete Paul immer wieder. War er der Schlüssel zu den offenen Fragen, was das Schicksal von Vera Wallner betraf, und auch zu seiner eigenen Geschichte?

Ist das der Mann, der auch mich verhört hat? Während er nebenan Vera Wallner gefoltert und schließlich ermordet hat? Allein der Gedanke an diese Möglichkeit trieb Paul einen eisigen Schauer über den Rücken.

Käfer schloss seinen Beitrag mit dem Appell der Familie an die Militärregierung, zu ermitteln, was mit Vera Wallner geschehen sei. »Und dies ist nur eines von vielen Schicksalen, die unaufgeklärt sind.«

Paul faltete nachdenklich die Zeitung zusammen und ließ bedächtig den Arm mit dem Packen Papier sinken. Er war hin- und hergerissen. Es war einerseits gut, dass solche Dinge in der Zeitung standen und so öffentlich gemacht wurden. Nachdem es über zwölf Jahre keine freie Presse und somit auch keine unabhängige Berichterstattung in Deutschland gegeben hatte, war dies geradezu eine Wohltat. Doch natürlich verstand er auch seinen Chef und dessen Ärger darüber. Andererseits gingen so vielleicht auch wichtige Hinweise bei ihnen ein. Paul hatte das Gefühl, dass noch immer viele Menschen nicht glauben wollten, was die alten Herrscher angerichtet und zu was sie fähig gewesen waren. Es würde Jahre, womöglich Jahrzehnte dauern, bis man das Grauen der Hitler-Diktatur aufgearbeitet hatte. Vorausgesetzt, dies gelang überhaupt, denn noch war das ganze Ausmaß des Schreckens bestenfalls erahnbar.

Er würde morgen erkunden, ob es vielleicht irgendwelche Aufzeichnungen gab, die nicht den Flammen und den Papiermühlen zum Opfer gefallen waren, in die die Nazis vor ihrem nahenden Untergang alle Akten geworfen hatten. Hilde konnte ihm bestimmt helfen. Wenn jemand wusste, wo er suchen sollte, dann sie. Vielleicht gelang es ihm auch, die Frau ausfindig zu machen, die das Protokoll geschrieben hatte. Paul war sich mit einem Mal sicher, Licht in das Dunkel jener Tage bringen zu können. Es würde nicht einfach werden, aber er wusste, es würde ihm gelingen.

Der Abend nahm einen anderen Verlauf als von Hilde erhofft. Dabei hatte sie sich in die Schlangen eingereiht und sogar versucht, ein frisches Brot zu bekommen, um ein kleines Vesper als Abendessen herzurichten.

Es gab so einiges, das ihr durch den Kopf ging, so vieles, worüber sie mit Paul reden, was sie ihm anvertrauen wollte. Sonst, so fürchtete sie, würde es sich für ihn irgendwann anfühlen, als stehe etwas zwischen ihnen.

Doch dann war heute alles schiefgegangen. Erst der Ärger

von ihrem Chef über den Artikel in der »Stuttgarter Zeitung«. Und dann war sie auf dem Weg zu ein paar Einkäufen auch noch unerwartet auf ihren Vater getroffen. Er hatte plötzlich vor ihr gestanden, von irgendwo aus den Trümmern aufgetaucht. Fast hatte sie das Gefühl, als habe er auf sie gewartet, sie abgepasst. Doch das hatte er vehement abgestritten.

»Hallo, Hilde«, hatte die vertraute und doch so fremd gewordene Stimme hinter ihr mehr geflüstert als gerufen. Als sie sich umgedreht hatte, war sie für einen Moment zur Salzsäule erstarrt. Manfred Jäger hatte in ordentlichem Anzug und Hut vor ihr gestanden. Der Mann, von dem sie sich wünschte, er wäre nicht ihr Vater. Der Mann, den sie so sehr hasste für das, was er getan hatte. Das Gefühl war zwar etwas abgestumpft, jetzt, nachdem sie und Paul wieder zueinandergefunden hatten. Dennoch empfand sie keinerlei Freude, ihn zu sehen.

Sie grüßte ihn nur sehr reserviert und wartete ab.

»Wie geht es dir?«, fragte er nach einigen Sekunden des Schweigens.

»Es geht uns gut. Dein Plan ist leider nicht aufgegangen. Paul hat überlebt, und wir sind zusammen.« Sie hoffte, dass die Worte wie eine gut geschliffene Messerklinge tief ins Fleisch ihres Vaters schnitten, ihn schmerzten, ihm wehtaten. »Was willst du?«, fragte sie dann schroff.

Er schaute einen Moment verlegen drein. »Wollen wir ein paar Schritte gehen?«

Sie überlegte kurz. Wenn sie zu lange wartete, würde es kaum noch etwas zu kaufen geben. Dann aber willigte sie mit einem knappen Nicken ein, weil eine innere Stimme ihr das Gefühl gab, dies ihrem verhassten Vater dennoch schuldig zu sein.

Sie schritten langsam über den Schlossplatz, vorbei am Königsbau, entlang der Königstraße Richtung Hauptbahnhof. Der Weg, den vielleicht auch Vera Wallner gegangen ist, dachte Hilde für einen Moment bitter und erinnerte sich an ihr letztes Gespräch mit Paul und daran, warum sie eigentlich hier war.

»Ich habe den Stempel bekommen. Damit gelte ich jetzt offiziell als entnazifiziert.«

Beinahe angewidert betrachtete sie ihren Vater von der Seite.

Das musste ein schlechter Scherz sein. Wie konnte jemand wie er als entnazifiziert gelten?

»Man hat mich als Mitläufer eingestuft. Die Aussagen deiner Mutter und deiner Schwester haben dabei sicher geholfen.« Seine Miene verriet Zufriedenheit. So, als habe er mit überhaupt keiner anderen Entscheidung gerechnet.

Sie sah ihn nur mit großen Augen an. Er hatte sich nicht verändert. »Du weißt, dass das nicht stimmt«, giftete sie ihm entgegen. »Du warst ein Nazi. Und hast deine Gesinnung ganz sicher nicht über Nacht verloren. Einmal Nazi, immer Nazi.«

Sie waren stehen geblieben, und Hilde war lauter geworden als beabsichtigt, hatte ihm insbesondere die letzten Worte geradezu vor die Füße gespuckt. Einige Passanten warfen ihnen fragende Blicke zu, verlangsamten ihren Gang und beobachteten neugierig, was denn los war.

»Hilde, es tut mir leid. Was ich getan habe, war ein Fehler. Das habe ich längst eingesehen. In der Haft hatte ich mehr als genug Zeit, darüber nachzudenken.« Sie hörte die Worte, doch in ihrem Klang schwang ein Unterton mit, der sie in ihren Ohren relativierte.

»Und das soll ich dir glauben? Du hast doch keine Ahnung, was du Paul und vor allem mir angetan hast.«

»Ja, aber ich möchte es wiedergutmachen. Deine Mutter, deine Schwester und ich, wir würden uns freuen, wenn du wieder zu uns, in den Schoß deiner Familie, zurückkehrst. Natürlich auch mit Paul, wenn das eine Bedingung sein sollte …«

Weiter kam Manfred Jäger nicht. Hilde stemmte die Hände in die Hüften und schrie: »Wie kannst du auch nur einen Moment glauben, dass einer von uns jemals wieder einen Fuß über die Schwelle eures Hauses setzen wird? Glaubst du etwa, nur weil du mir auflauerst und dich reumütig gibst, ist alles vergeben und vergessen? Paul hätten sie auf deine Anordnung hin fast umgebracht, und ich …« Sie konnte nicht weitersprechen, als sie an die Nacht kurz nach Kriegsende im Zimmer ihrer Cousine zurückdenken musste und daran, was damals geschehen war.

Aus einem inneren und vollkommen unkontrollierbaren Impuls heraus hob sie plötzlich die Hand und ließ sie auf die Wange ihres Vaters knallen. Der war für eine Sekunde perplex. Um sie herum stöhnten einige Leute überrascht auf. Dann war er wieder da, der alte Manfred Jäger, brach durch die Fassade des reumütigen Mannes hervor. Sie sah es an seinen Augen, dass er kurz davor war, ihr eine Tracht Prügel zu verabreichen, wenn sie nicht hier auf dem Schlossplatz, sondern im Haus der Familie gewesen wären. Doch die vielen Zuschauer hielten ihn zurück.

»Falls du es dir doch noch einmal anders überlegen solltest, wir wohnen wieder in unserem Haus. Nicht mehr alleine zwar, aber wenigstens in unseren alten Räumen.«

Sie hatte nur noch mit einem Ohr hingehört, sich wenig später halbherzig verabschiedet und war davongeeilt, ohne sich noch einmal umzudrehen. Sie ärgerte sich über sich selbst, wusste, dass sie nicht hätte mit ihm reden sollen.

Hinterher war sie so durch den Wind gewesen, dass sie vergessen hatte, das Brot zu besorgen.

Wenn sie jetzt zurückdachte, waren die Emotionen bereits verflogen. Inzwischen fühlte sich das ganze Gespräch an, als ob ein vollkommen Fremder vor ihr gestanden hätte und nicht ihr Vater. Es war, als wäre mit dem Verrat ihres Freundes jede emotionale Bindung zu ihren Eltern gestorben, hätte sich einfach aufgelöst, wie kühler Morgennebel am Neckar. Erst später war ihr aufgefallen, dass sie sich mit keinem Wort nach ihrer Mutter erkundigt hatte. Der Vater hatte sie nur beiläufig erwähnt. Wie ging es ihr? War sie gesund? Und wie ging es ihrer kleinen Schwester? War sie jetzt wieder bei den Eltern, oder musste sie in einem Heim leben? Fragen, die Hilde trotz der emotionalen Distanz bewegten, aber deren Antworten warten mussten, bis die passende Zeit gekommen war. Sie spürte, es war noch eine große Distanz zu überwinden, ehe sie vielleicht wieder einen kleinen Schritt auf ihre Familie zugehen konnte, von der sie sich enttäuscht, verraten und verkauft fühlte.

Hilde ärgerte sich darüber, dass sich die Begegnung seither immer und immer wieder heimlich in ihre Gedanken schlich. Sie hatte ihren Vater und alles, wofür er stand, aus ihrem Leben verbannt, und nun drängte er sich wieder mit aller Gewalt hinein. Dabei war er ganz gewiss kein Mitläufer gewesen. Sie hatte es oft genug erlebt, Gespräche und Telefonate gehört. Dann die regelmäßigen Treffen bei ihnen zu Hause mit der Nazi-Elite der Stadt. Dabei war es wohl kaum nur um das gute Essen, den Wein und das Wetter gegangen.

Andererseits war er ihr Vater.

Mitten in diesen finsteren Gedanken hörte sie die schweren Schritte auf der hölzernen Treppe. Heute schien Paul besonders viel Kraft zu brauchen, sein Aufstieg klang mühsam, gar nicht so dynamisch wie sonst. Doch als er die Tür öffnete, strahlte er sie an. In ihr ging die Sonne auf und verscheuchte alle Gedanken an die letzten Stunden.

»Da bist du ja«, gluckste sie glücklich und warf ihre Arme um seinen Hals. Sie küsste ihn ausgiebig, immer und immer wieder, bis er sie lachend von sich wegschob.

»Was ist denn los, Hilde? Du wirkst ja ganz ausgehungert.«

»Vielleicht bin ich das auch.«

Sie betrachtete ihn neugierig. Dann zog sie ihn zum Bett und begann, ihn wortlos und, ohne den Blick von seinen Augen zu lassen, auszuziehen.

»Und Abendbrot?«, erkundigte er sich, als sie ihm die Hose abstreifte.

Zur Antwort zog sie ihre Bluse über den Kopf und öffnete ihren Büstenhalter.

Als es draußen vor den Fenstern längst dunkel war und die Sterne am klaren Nachthimmel glitzerten, lagen sie nackt nebeneinander auf der durchgelegenen Matratze. Das Metallgestell des Bettes quietschte und kreischte bei jeder Bewegung, sodass vermutlich alle Hausbewohner mitbekommen hatten, dass im Dachgeschoss nicht zu Abend gegessen wurde. Aber das hatte ihrer Leidenschaft keinen Abbruch getan, obwohl sie zwischendurch vor lauter Lachen immer wieder kurze Pausen eingelegt hatten. Es war ihnen beiden in diesem Moment egal. Die Spießer dachten ohnehin, was sie wollten. Sie beide waren glücklich, nur das zählte.

Hildes Finger strichen sanft über Pauls Haut, suchten die Narben seiner Verletzungen. Die Berührungen erregten ihn, und sie grinste keck, als sie es spürte. Doch sie beschloss, ihn zappeln zu lassen, legte ihren Kopf auf seine Brust und umspielte mit dem rechten Zeigefinger seinen Bauchnabel. Paul versuchte, ruhig zu bleiben, weder zu lachen noch zu zucken. Beides misslang ihm, was bei ihr diebische Freude auslöste.

Trotz der ausgelassenen Stimmung spürte sie, dass ihn etwas bedrückte, und plötzlich erinnerte sie sich an die Begegnung mit ihrem Vater und an das, was sie Paul heute hatte erzählen wollen. Dabei ergriff auch sie wieder eine gewisse Schwermut.

»Rückert will, dass Gönnenwein und ich den Fall Wallner aufklären«, durchbrach Pauls angenehm dunkle Stimme die Stille ihrer Gedanken.

»Was, ihr zwei?« Sie richtete sich auf, die Hände auf die Matratze gestützt. Es störte sie nicht, dass ihre Brüste dabei unbedeckt waren. Im Gegenteil, es gefiel ihr, wie Pauls Blick begehrlich zu ihnen wanderte.

»Ich mag den Gönnenwein auch nicht. Aber was soll ich tun? Rückert ist der Chef, und die Amis haben Gönnenwein nun mal erlaubt, wieder im Polizeidienst zu arbeiten.«

»Aber der Kerl ist ein Nazi. Einmal Nazi, immer Nazi«, kam ihr der Satz über die Lippen, den sie wenige Stunden zuvor auch ihrem Vater entgegengeschleudert hatte. »Ich kann nicht glauben, dass sich so jemand innerhalb kürzester Zeit vom Saulus zum Paulus wandeln kann.«

»Geht mir genauso. Trotzdem ist er da, und es liegt nicht in meiner Macht, ihn auszuschließen.«

Sie hörte den Trotz in seiner Erwiderung.

Dünn war er geworden, fand Hilde. Kein Wunder. Zwar hatte sich die Lebensmittelversorgung mit den Amis deutlich verbessert gegenüber der Zeit unter der französischen Militärregierung. Dennoch hungerte ein Großteil der Bevölkerung noch immer. Durch ihre Arbeit für die Polizei gehörten Hilde und Paul sicher zu den Privilegierteren in der Stadt. Aber das allein war im Herbst des Jahres 1945 keine Gewähr, dass man jeden Tag satt wurde.

Sie betrachtete seinen Oberkörper. Unter der Haut zeichneten sich die Rippen deutlich ab, das konnte auch durch seine behaarte Brust nicht kaschiert werden. Die Folge von langer Zeit der Untererernährung, zuerst an der Front, dann als Flüchtiger, Verhafteter und später durch die knappen Kalorienrationen.

»Aber warum sollte einer wie Gönnenwein auch nur einen Funken Interesse daran haben, ein Verbrechen von damals aufzuklären? Er war doch selbst Teil des verfluchten Systems. Warum lassen sie dich das nicht alleine machen? Oder wenigstens mit einem anderen Partner, einem, der nicht vertuscht, sondern aufklärt? Du bist der Richtige. Und vor allem bist du politisch völlig unverdächtig.« Sie zögerte einen Moment, senkte den Blick und zog die Augenbrauen in die Höhe. »*Damals.* Merkst du, wie sich das schon einschleicht in unser Denken? Das Damals ist gerade mal ein paar Monate her und doch schon so weit weg.«

Paul machte ebenfalls ein nachdenkliches Gesicht. »Ja, und egal wo wir hinschauen, wir finden vielfach alte Bekannte in neuen Rollen wieder.«

»Das sind sie also, die neuen Zeiten. Doch die alte Schuld, die eigentlich gar nicht alt, sondern ziemlich jung und frisch ist, sie darf nie vergessen werden, findest du nicht auch? Sie bleibt, und man muss immer wieder an sie erinnern, sie warmhalten, auch wenn es wehtut. Diese Erinnerungen sind Mahnungen für die Zukunft.«

Paul nickte, und sein Blick war voll bewundernder Zustimmung. »Dennoch, so fürchte ich, werden wir genau das Gegenteil bald erleben. Was wir ja schon jetzt besichtigen können. Mit jedem Tag, der vergeht und an dem die Verbrechen der Nazis ungesühnt bleiben, verschwinden sie mehr aus dem Bewusstsein, aus den Köpfen. Selbst unser Bürgermeister mahnt, nach vorne zu schauen und unsere Stadt wieder aufzubauen, damit es uns allen bald wieder besser geht. Aber was wird dann? Wie kann ein Volk mit einer solchen Schuld leben? Oder wird es sie einfach abstreifen wie eine Schlangenhaut? Ich mag mir nicht vorstellen, dass es so einfach ist. Es ist ein Unding, dass Männer wie Schreiber oder Gönnenwein als entnazifiziert gelten. Niemand kann ernsthaft glauben, dass die von nichts wussten, keine Schuld auf sich geladen haben.«

Sofort war Hilde das Gesicht ihres Vaters wieder präsent, wie er wütend vor ihr gestanden hatte. *Entnazifiziert.* Mindestens in seinem Fall eine leere Worthülse, ein Witz. »Deshalb verstehe ich ja auch nicht, warum wir bei der Polizei solch zwielichtige Gesellen einstellen müssen. Die haben doch diesen dämlichen Fragebogen der Amis einfach mit Lügen übersät.«

Paul knurrte unwirsch. »Du wirst sehen, bald waren wir ein Volk der Mitläufer. Keiner wird gewusst haben, was in diesem Land passiert ist. Keiner wird Verantwortung übernehmen. Und wenn, dann werden die Kleinen gehängt, und die Großen, die lässt man wieder einmal laufen. Was wir wissen, das ist doch nur die Spitze des Eisbergs. Und viele, wie dein Vater, waren schlau genug, alles zu vernichten, was sie in die Nähe der Parteibonzen rückt.«

Hilde wusste, dass Paul recht hatte. Sie hatte in der besagten Nacht gesehen, was Paul gesehen hatte. Die Flammen im Kamin und das Futter, das aus allem bestand, was auf eine Verstrickung ins Regime hindeuten konnte – ohne Zweifel der Versuch, eine weiße Weste vorzutäuschen.

»Wie genau ist eigentlich der Fall Wallner bei Rückert gelandet?«, fragte er, vermutlich in der Hoffnung, dass sie durch ihre Position vielleicht etwas mehr wusste als er. »Rückert hat zwar eine kurze Erklärung geliefert, aber hatte der Brief der Wallners wirklich so eine Wucht? Warum wird gerade dieser Fall plötzlich so bedeutend? Es gibt doch noch Dutzende ähnliche ungeklärte Todesfälle.«

Paul sah ihr dabei zu, wie sie sich an die metallenen Streben am Fußende des Bettes lehnte. Von dort zog sie ihre Bluse zu sich, die auf dem Boden gelegen hatte, und zog sie sich über. Sie fand es nicht angebracht, sich über eine ermordete Frau zu unterhalten, während sie nackt auf dem Bett saß und sich unter der Decke Pauls Erektion abzeichnete.

»Weil es vielleicht das letzte Verbrechen war, das im Hotel Silber begangen wurde, der letzte Mord in diesem Gebäude vor der Befreiung?« ergänzte er sich selbst.

»Weißt du, was das eigentlich Tragische ist?«, fragte sie. »Vera Wallner wurde verhaftet und ermordet, weil sie Jüdin war. Doch sie war gar keine. Wusstest du das? Laut ihren Töchtern gehörte sie der evangelischen Konfession an, sie war höchstens jüdischer Herkunft. Aber so weit ging der Hass der Nazis. Die ganze Familie ist wegen der jüdischen Abstammung der Mutter in Sippenhaft genommen und verhaftet worden. Und schließlich haben sie die Mutter getötet und später irgendwo verscharrt.« Dann griff sie den Faden wieder auf und beantwortete Paul seine zuvor gestellte Frage. »Weil die Familie sich in einem Schreiben direkt an den Polizeipräsidenten gewandt hat. Sie wollen wissen, wo ihre Frau und Mutter begraben ist. Und sie haben konkrete Anhaltspunkte, wo die Leiche zu finden sein könnte.«

»Wie das?« Paul zog die Augenbrauen zusammen. Er konnte sich sichtlich keinen Reim darauf machen, woher die Familie wissen wollte, wo die Leiche nach dem Mord hingebracht worden war.

Hilde lachte kurz, aber bitter auf. »Ich weiß es nicht, Paul. Aber es wird nun dort nach ihrem Leichnam gesucht werden. Und wenn sie ihn finden, dann kann mit viel Glück der Fall vielleicht sogar aufgeklärt werden.«

»Du weißt ganz schön viel darüber«, meinte Paul und zog anerkennend die Augenbrauen in die Höhe.

»Ich bin ja auch die Sekretärin des Chefs«, erwiderte sie keck.

Dann breitete sich ein Lächeln in seinem Gesicht aus, als er sagte: »Womöglich warst du der Zeitungsinformant, der dem Reporter alle Details verraten hat.«

Sie stieß ein heiseres Lachen aus, das etwas gekünstelter klang als beabsichtigt. Wenn Paul wüsste, wie nah er damit der Wahrheit war, wäre ihm das Lachen vergangen.

Paul stieß sich von der Matratze ab und legte sich neben Hilde. Sie wusste genau, was er wollte. Und ihr war auch danach. Das würde helfen zu verdrängen, worüber sie heute eigentlich hatte mit Paul sprechen wollen.

»Verflucht noch mal, jetzt bin ich schon so lange Polizist und muss mich mit einem Fall herumschlagen, nach dem eigentlich kein Hahn kräht«, schimpfte Eckhard Gönnenwein, als er nach Hause kam.

»Du stinkst aber ganz schön nach Bier«, sagte seine Frau und warf ihm einen höchst kritischen Blick zu, ohne direkt auf seine Bemerkung einzugehen. »Warst du wieder im Wirtshaus?«

Gönnenwein nickte. Leugnen war zwecklos, er wusste selbst, dass er roch wie eine Brauerei. Aber er hatte seinen Ärger ertränken müssen.

»Warum gehst du auch immer zu den Kommunisten in die Kneipe? Gibt es nichts, wo sich die alten Kameraden treffen? Das kann doch nicht gut sein. Dort treffen sich doch nur Kriminelle. Die Kommis, das sind doch alles Kriminelle.«

Gönnenwein nickte nur. Ihm war es egal, wo er sein Bier trank. Außerdem gab es nicht so viele Möglichkeiten. Und das Wirtshaus lag fast auf seinem Nachhauseweg.

Trotzdem ärgerte er sich maßlos. Jetzt mussten sie schon toten Judenmädchen hinterherjagen. Ja, es war sicher schlimm für die Angehörigen, für den Mann, der seine Frau, und für die Töchter, die ihre Mutter verloren hatten. Aber wer hatte in diesem Krieg niemanden verloren? So viele Tote galt es zu beklagen, unzählige seiner Kameraden, seiner Freunde waren für das Vaterland gefallen oder in Gefangenenlager verschleppt worden, um die zerstörten Städte im Nachbarland wieder aufzubauen. War das gerecht? Nein, das konnte es nicht sein.

Als ob es nicht genug andere Probleme gab. Die Menschen hungerten, viele hatten nicht mal ein Dach über dem Kopf, alles war knapp oder rationiert. Was ergab es da für einen Sinn, nach irgendwelchen vergrabenen Gebeinen zu suchen? Die Zeiten waren doch so schon schwer genug.

Als die Franzosen gekommen waren, da hatte er auch am Straßenrand gestanden. Natürlich ohne Uniform, er war ja nicht lebensmüde, und er hatte die Rachsucht der Soldaten geahnt. Aber während die Mehrzahl der Menschen gejubelt hatte, hatte er regelrecht bedeppert dagestanden und regungslos zugesehen, wie die Panzer mit ihren lärmenden Ketten auf den zerstörten Straßen an ihnen vorbeizogen, gefolgt von den Soldaten. Viele mit Turban. Sie waren dreckig und hatten ordentlich gestunken. Und es waren keine echten Franzosen gewesen, sondern eine Horde Afrikaner, die sie hier in die Zivilisation geschickt hatten.

Daher war er froh gewesen, dass wenigstens die Amerikaner am 8. Juli die Militärregierung übernommen hatten. Sie waren gesitteter. Und trotzdem verstand er nicht, warum sie nach der toten Jüdin suchen sollten. Es gab doch genügend zu tun. Ständige Unruhen bei den Displaced Persons. Die Reinsburgstraße hatte sich hier zu einem regelrechten Brennpunkt ausgewachsen. Der Schwarzmarkt florierte, und noch immer waren die Straßen bei Nacht nicht sicher, einige nicht einmal bei Tag. Zwar konnten sich die Frauen wieder aus den Häusern trauen, aber es gab noch immer mehr als genügend zwielichtige Gestalten, die sich zu jeder Tageszeit zwischen den Trümmern herumtrieben.

Je mehr er darüber nachdachte, desto größer wurde sein Groll. Der Rest dieser Familie Wallner sollte doch froh sein, mit dem Leben davongekommen zu sein. *Aber statt Ruhe zu geben, veranstalten sie ein solches Theater.*

Allerdings durfte man ja das alles nicht einmal mehr denken. Was war nur in den letzten Monaten aus seinem Land, seinem Deutschland geworden? Plötzlich galt man als Verbrecher, wenn man in einer staatlichen Behörde gearbeitet hatte, musste einen Entnazifizierungsnachweis vorlegen, wenn man wieder arbeiten wollte. Dabei hatten sie doch nur getan, was ihnen befohlen worden war. Und Gehorsam war wichtig. Das dachte er jedes Mal, wenn er die verlotterten Sitten der Amerikaner beobachtete. Und diese Affenmusik, die sie mitgebracht hatten und die jetzt überall gespielt wurde. Wenigstens blieben sie unter sich, auch wenn er es als Schande empfand, dass die Jazzklänge das Große Haus in Stuttgart in seiner Anmut entweihten, wo sich die Besatzer angeblich immer wieder zu geschlossenen Gesellschaften trafen.

Als ob es nicht schon schwer genug war, jeden Tag im Hotel Silber die Blicke einiger seiner Kollegen zu spüren. Aus manchen sprach der unverhohlene Hass. Aber im Vergleich zu fast allen, die dort herumlungerten und sich »Polizisten« schimpften, obwohl sie keinerlei Ermittlungserfahrung hatten, war er wenigstens ein echter Polizist.

Er war auch wenig darüber erfreut, dass man gerade ihn mit diesem Paul Kramer zusammengesteckt hatte. Der hatte zwar bisher nichts gesagt, aber Gönnenwein war sich fast sicher, dass er ihn erkannt hatte. Natürlich hatte es ihm damals keinen Spaß bereitet, jemanden zu verhaften. Wobei, so gänzlich widerstrebt hatte es ihm auch nicht. Und doch war er ja kein Sadist wie dieser Wagner, der beim Foltern sicherlich zahlreiche Orgasmen erlebt hatte. Aber auch in diesem Fall war Befehl eben Befehl gewesen.

Kramer musste sich der möglichen Konsequenzen bewusst gewesen sein, als er desertiert war. Und erst recht, als er illegalerweise in das Haus der Familie Jäger eingedrungen war und die große Tochter der Jägers bedrängt hatte. Er war ein gesuchter Krimineller gewesen, ein Straftäter, ein feiger Deserteur, und deshalb hatten sie ihn verhaftet. Dass Wagner ihn äußerst brutal verhört hatte, dafür konnte Gönnenwein ja nichts.

»Hier, iss noch was«, sagte seine Frau, riss ihn damit aus seinen Gedanken und stellte ein Holzbrett mit einer Scheibe Brot und etwas Butter vor ihn hin. »Was ärgert dich denn so?«, fragte sie dann und setzte sich ihm gegenüber.

Gönnenwein nahm das Brot, biss hinein und begann dann, mit vollem Mund zu erzählen, von der Inhaftierung der Familie Wallner und von seinem neuen Kollegen Paul Kramer. Einige Details, die ein gar allzu schlechtes Licht auf ihn selbst warfen, sparte er gezielt aus. Dazu gehörte die Tatsache, dass er genau wusste, wer Vera Wallner verhört, gefoltert und getötet hatte und vor allem auch, wo ihr Leichnam hingebracht und vergraben worden war. Aber das würde er erst einmal für sich behalten.

Als er geendet hatte, sah sie ihn einige Zeit schweigend an. Dann sagte sie: »Du hast keinen Fehler gemacht. Was hättest du denn tun sollen? Wenn du einen der Befehle verweigert hättest, hätten sie dich eingesperrt oder gleich erschossen. Also: die oder du. Da bist mir du schon viel lieber.«

Paul war früh im Büro. Freilich nur, weil er nicht länger zu schlafen vermocht hatte. Tatsächlich hätte er nach der Nacht mit Hilde erschöpft im Schlaf versinken sollen, aber er war zu aufgewühlt gewesen. Zu viel konfrontierte ihn mit seiner eigenen Vergangenheit.

So saß er, schon bevor der Tag erst anfing, langsam heraufzudämmern, an seinem Schreibtisch und sah die verbliebenen Akten durch. Obwohl das erste Licht durch das Fenster drang, hatte er die Tischleuchte angeknipst, um besser lesen zu können.

Hilde war mit ihm aufgebrochen und hatte ihm die notwendigen Akten aus dem Keller geholt. Dann war sie in Rückerts Vorzimmer verschwunden, der immer als einer der Ersten im Haus war und sicher bald eintreffen würde.

Je tiefer Paul sich in die Unterlagen vergrub, desto größer wurde seine Wut. Er würde herausfinden, wer Vera Wallner ermordet hatte, und er würde den Mörder schnappen. Doch zunächst galt es, einen Anhaltspunkt zu finden, dem nachzugehen sich lohnte. Dazu gehörte neben dem Aktenstudium der Versuch, Regina Schurr aufzustöbern. Sie war seine bisher einzige Spur und Hoffnung darauf, den Täter zu finden.

Der Name Regina Schurr stand in nahezu allen Verhörprotokollen, die er in den Fingern hatte. Und sie war, so viel war zum Glück dokumentiert, bis zum letzten Tag im Hotel Silber gewesen. Wenn ihm jemand weiterhelfen konnte, dann sie. Sie musste Kenntnis darüber haben, was in den Tagen vor der Machtübernahme durch die Franzosen hier im Haus geschehen war.

Doch vorher würde er die Familie Wallner aufsuchen. Das konnte er aber nur ohne Gönnenwein im Schlepptau. Also schnappte er sich kurzerhand seinen Mantel und seinen Hut und sah zu, dass er das Silber verließ, ehe er Gefahr lief, seinem Partner zu begegnen.

Der Fußmarsch in den Carlos-Grethe-Weg dauerte eine gute Stunde, aber Paul hatte es nicht eilig. Er nutzte die Zeit, um sich auf dieses Gespräch einzustellen. Wie würde eine Familie reagieren, deren Frau und Mutter von der Gestapo ermordet worden war, wenn nun ein Polizist vor der Tür stand?

Es war eine reine Wohngegend. Auch hier waren die Spuren der Zerstörung überall zu besichtigen, wenngleich nicht mehr so dramatisch wie im Talkessel selbst.

Nachdem Paul zweimal kräftig geklopft hatte, wurde ihm die Tür von einem Mann geöffnet, der älter aussah, als er höchstwahrscheinlich war. Vor ihm stand ein gebeugter Herr, dem die ganze Last des Lebens ins traurige Gesicht geschrieben stand. Die Augen waren trübe und leer, als wäre jeder Funke Leben daraus verschwunden.

»Guten Tag. Mein Name ist Paul Kramer, ich bin von der Kriminalpolizei in Stuttgart.« Kaum hatte er zu Ende gesprochen, sah er schon das Entsetzen im Gesicht des Mannes aufflackern. Aber wäre es bei ihm selbst anders gewesen? Kaum eine Nacht verging, ohne dass er selbst davon träumte, wie es ihm ergangen war. »Sind Sie Johann Wallner?«

Der Mann nickte stumm, es war ihm anzusehen, dass er nicht so recht wusste, wie er mit der Situation umgehen sollte.

Paul bekam ein schlechtes Gewissen. »Können wir kurz reden?«

»Um was geht es?«, fragte Johann Wallner.

»Um den Fall Ihrer Frau.« Paul überlegte kurz, korrigierte sich gedanklich und entschied sich dann klar dafür, eine eindeutigere Formulierung zu gebrauchen. »Es geht um den Mord an Ihrer Frau. Ich wurde vom Polizeipräsidenten persönlich damit beauftragt, den Fall zu untersuchen und dieses Verbrechen aufzuklären. Aus diesem Grund würde ich mich gerne kurz mit Ihnen unterhalten. Jeder noch so winzige Hinweis hilft uns womöglich weiter.«

Wallner entspannte sich etwas, zögerte dennoch, bevor er müde fragte: »Möchten Sie hereinkommen?«

Paul nickte und folgte Wallner ins Innere des spärlich möblierten Hauses. Sie setzten sich an einen Holztisch, um den vier einfache Stühle standen. Die Einrichtung war karg, leblos wie auch der Mann, der Paul gegenüber Platz nahm und ihn mit ausdruckslosem Gesicht fixierte. Durch das Fenster sah man auf einen kleinen, ungepflegten Garten. Paul rieb sich nervös die Hände, während Wallners Blicke unruhig durch den Raum wanderten, als suche er etwas. Etwas, das fehlte. Wahrscheinlich seine Frau.

»Ich kann Ihnen wahrscheinlich nicht helfen. Wir wissen doch selbst kaum etwas. Gibt es denn keine Akten mehr?« Wallner sah ihn fragend an.

Paul schüttelte langsam den Kopf. »Nein. Offenbar ist alles belastende Material weitgehend vernichtet worden.« Er machte eine kurze Pause. »Herr Wallner, Sie suchen nach den sterblichen Überresten Ihrer Frau, und ich möchte Ihnen gerne helfen, sie zu finden. Alles, was wir wissen – und das ist leider reichlich wenig –, deutet auf ein Verbrechen hin. Zuerst möchte ich Ihnen jedoch noch sagen, wie leid es mir tut, was Ihnen und Ihrer Familie widerfahren ist.«

Wallner sah zu Paul herüber, blickte ihm direkt in die Augen, wobei seine eigenen seltsam leer wirkten. Die Worte hatte er sicherlich registriert, aber so recht glauben konnte er sie anscheinend nicht.

Nach einigen schweigsamen Sekunden, während derer Paul noch immer nicht so recht wusste, was er mit seinen Händen anfangen sollte, und Wallner keine Anstalten machte zu sprechen, stellte Paul dann die erste Frage. »Wie genau kam es zu Ihrer Verhaftung und dem Gewahrsam im Hotel Silber?«

Er sah sofort, dass es Wallner sichtlich Schmerzen bereitete, sich daran zu erinnern. Seine Augen wurden wässrig, während er Paul erzählte, was damals in jener Nacht geschehen und wie es überhaupt so weit gekommen war.

»Sie haben uns getrennt eingesperrt. Jeder musste in eine einzelne Zelle. Es war dunkel und kalt. Meine Töchter haben sie kurz nach Ostern gehen lassen, ich glaube, es war der Dienstag. Mich haben sie mitgenommen, als sie abgehauen sind.«

»Wer?«

»Den Uniformen nach war es die SS. Aber da waren auch welche ohne Uniform dabei, die zur Gestapo gehört haben. Auf einen Lkw haben sie uns verfrachtet. Wie Vieh eingepfercht standen wir dort viele Stunden. Es gab keine Pausen, nicht mal zum Pinkeln. Wir wussten nicht, wohin sie uns bringen würden. In Augsburg kamen wir dann in ein Lager, wurden aber schon bald weitertransportiert. Ich wusste auch diesmal nicht genau, wohin. Keiner wusste etwas. Und sie sagten einem auch nichts. Wer fragte, wurde geschlagen oder bekam einen Gewehrkolben in den Rücken. Also fragte niemand. Die Fahrt ging Richtung Süden, und später haben sie uns gehen lassen. Wir dachten, es wäre nur vorgetäuscht, und rechneten jeden Moment und jeden Schritt, den wir uns entfernten, damit, dass sie das Feuer auf uns eröffnen würden. Es wäre wohl kaum das erste Mal gewesen, dass eine Massenerschießung als Fluchtversuch hingestellt wurde.«

Wallner machte eine Pause. Es wirkte, als könne er selbst nicht glauben, was er da erzählte. Als er weitersprach, schüttelte er den Kopf. »Aber sie haben nicht geschossen. Sie haben uns wirklich gehen lassen und sind dann selber abgehauen. Wie Hunde mit eingezogenem Schwanz. Wahrscheinlich hätten sie uns erschossen, wenn die Alliierten nicht schon so nah gewesen wären. Es hat nicht lange gedauert, bis wir dann die ersten Fahrzeuge der Amerikaner gehört und bald darauf auch gesehen haben. Wir konnten es zunächst nicht glauben. Aber wir waren frei. Ich habe mich dann auf den Weg nach Stuttgart gemacht. Ich wollte natürlich wissen, wo meine Frau und meine beiden Töchter waren, ob sie noch lebten. Dabei sind wir doch nicht einmal Juden.« Er stockte erneut, wischte sich über die Augen.

Paul war die Situation unangenehm. Er sah, wie der Mann an der Erinnerung litt, mit ihr kämpfte, und rutschte unruhig auf dem Stuhl hin und her. »Wie ging es weiter, nachdem Sie wieder in Stuttgart waren?«

»Zuerst bin ich hierhergekommen. Ich wusste ja nicht, was geschehen war. Und wissen Sie, es ist die Hoffnung, die man zuletzt begräbt. Selbst als ich hier war und weder meine Töchter noch Vera angetroffen habe, habe ich sie nicht verloren, die Hoffnung darauf, dass am Ende alles gut werden könnte. Aber umso schwerer wiegt dann die Erkenntnis, dass mit der Hoffnung ein Stück von einem selbst gestorben ist.«

Paul wusste genau, wovon Wallner sprach, und plötzlich brachen die Bilder auch über ihn wieder herein. Ein kurzes Stakkato erinnerter Momente, die vor seinem inneren Auge vorbeizogen wie eine Reihe Fotografien. Doch er blinzelte sie weg, zwang sich, sich zusammenzureißen.

»Die ersten Tage, wissen Sie, ich konnte nichts tun. Ich war erschöpft.«

»Als Sie hier ankamen? Sie haben nicht nach Ihren Angehörigen gesucht?«

Wallner schaute Paul an, als habe dieser eine unglaublich dumme Frage gestellt. »Doch, natürlich. Vom ersten Moment an. Es hat beinahe unmenschliche Kraft gekostet. Aber wissen Sie, Gefühle wie Hoffnung und Liebe, die lassen einen über sich hinauswachsen. Ich hatte eigentlich keine Kraft mehr, nur den stärksten inneren Antrieb, den man haben kann: die Liebe zu meiner Frau und meinen Töchtern. Nachdem hier niemand war, wollte ich doch wissen, wo Vera, Frida und Margarete waren, was mit ihnen geschehen ist. Aber ich konnte sie nicht finden, nirgends. Ich ging überallhin, wo sie hätten sein können. Ich meine: Orte, denn Menschen gab es ja kaum noch welche, zu denen sie hätten gehen können, um in Sicherheit zu sein. Und meine Sorge wuchs. Doch dann standen sie eines Tages hier hinter mir. Frida und Margarete. Sie können sich nicht vorstellen, was das für ein Gefühl war. Ich hatte sie wieder, meine beiden Töchter, und durfte sie in die Arme schließen. Doch gleichzeitig wuchs die unheilvolle Erkenntnis, dass ich Vera verloren hatte. So nahe liegen Glück und Leid beieinander. Und dann fühlte ich mich zunehmend kraftloser. Aber natürlich haben wir alles getan und versucht, sie zu finden. Wir erhielten anfangs keine Auskünfte. Angeblich, weil es keine Akten zu dem Fall mehr gibt. Das haben Sie ja vorhin auch noch einmal gesagt. Wie kann das sein? Deutsche Gründlichkeit auch in der Spurenbeseitigung? Aber ganz so gründlich waren sie dann ja wohl doch nicht.«

Ihre Blicke trafen sich, und in Wallners Augen spiegelte sich die Fassungslosigkeit über das Geschehene. Paul sagte nichts. Er wollte den Mann nicht unter Druck setzen. Er war ein Opfer, eine gequälte Seele. So wie er selbst. Und mit jedem Satz, mit jedem Gedanken musste er die Qualen erneut durchleiden.

»Wissen Sie …« Jetzt schaute Wallner ihm erneut direkt in die Augen. Sein Blick hatte sich verändert, wirkte mit einem Mal fest und entschlossen. »Das eigentlich Schlimme ist diese quälende Ungewissheit. Natürlich wusste ich irgendwo tief in mir drin, dass ich Vera nie wiedersehen würde. Aber solange man die Gewissheit nicht hat, bleibt ein Funke Hoffnung. Doch der ist gestorben, als mir unsere Töchter von ihren Nachforschungen erzählt haben. Sie haben im Sommer erfahren, dass ihre Mutter im April im Hotel Silber ermordet wurde. Im April. Was für ein Wahnsinn. Sie wurde getötet, als das Töten doch eigentlich endlich ein Ende gefunden hatte.«

Die letzten Worte hatte Wallner regelrecht über den Tisch

gespien und mit einem Schlag seiner Faust auf die Holzplatte untermauert. Eine gewaltige Geste für einen Mann, der ein so zurückhaltendes Temperament hatte.

Dann folgte erneut eine Pause, die sich über eine halbe Ewigkeit zu dehnen schien, ehe Wallner leise weitersprach. So leise, dass Paul sich anstrengen musste, ihn zu verstehen.

»Und dann, dann haben sie sie irgendwo verscharrt wie einen Tierkadaver. Ihre Schäferhunde haben sie wahrscheinlich würdevoller begraben als die Menschen, die sie umgebracht haben. Wahrscheinlich haben sie den Menschenmüll, der wir für sie waren, einfach in irgendein Loch geschmissen. Wir wissen nicht, wo. Noch nicht.« Wallners Stimme hob sich wieder und nahm eine flehentliche Färbung an, wurde brüchig. »Aber wir müssen doch wissen, wo sie ist! Wir müssen sie doch begraben. Sie war kein Tier. Sie war ein Mensch, meine Vera. Verstehen Sie, sie war ein Mensch.« Wallner brach vor Pauls Augen zusammen, sein Körper bebte, während die Tränen aus seinen Augen quollen.

Paul schüttelte ungläubig den Kopf. Und schwor sich, alles zu tun, damit wenigstens der Mord an dieser unschuldigen Frau nicht ungesühnt blieb.

Wallner brauchte einen Moment, um seine Fassung wiederzugewinnen, ehe er weitersprach. »Ich war auf dem Friedhofsamt, ich war beim Roten Kreuz, bei den Amerikanern, überall, wo es Suchdienste für vermisste Personen gibt. Bisher war leider alles erfolglos. Deshalb haben meine Töchter sich an die Militärregierung und den Polizeipräsidenten gewandt.«

»Herr Wallner, ich werde alles dafür tun, dass wir Ihre Frau finden und Sie sie wenigstens beerdigen können. Und ich werde alles daransetzen, auch diejenigen zu ermitteln, die Ihnen und Ihrer Familie dieses Leid angetan haben.«

Paul war bewusst, dass er womöglich zu viel versprach. Doch er konnte nicht anders, als diesem gebrochenen Mann wenigstens mit Worten etwas Trost zu spenden.

Als Paul über eine Stunde später wieder im Hotel Silber sein Büro betrat, fand er ein enormes Kontrastprogramm vor und sah in das grimmige Gesicht von Eckhard Gönnenwein.

»Wo waren Sie?«, blaffte dieser seinen Kollegen an.

Paul ignorierte erst mal die Bemerkung und den Tonfall. Ihm war nicht nach einer Konfrontation. Nicht nach dem Gespräch mit Johann Wallner. Daher zog er in aller Ruhe seinen Mantel aus und hängte ihn zusammen mit dem Hut an die dafür vorgesehenen Haken hinter der Tür. Es hatte auf halber Strecke angefangen zu regnen, und Paul war ordentlich nass geworden. Dann setzte er sich an seinen Schreibtisch und sah zu seinem Gegenüber. Gönnenweins Gesicht war eine Mischung aus Wut und Fragezeichen.

»Ich war bei der Familie Wallner.«

»Wie bitte? Ohne mich? Rückert hat den Fall nicht *Ihnen* übertragen, sondern *uns*. Merken Sie sich das gefälligst. Ich dulde solche Alleingänge nicht. Sie sollten nicht vergessen: Ich bin der erfahrene Ermittler. Und genau aus diesem Grund hat man uns zusammengesteckt.«

Paul hörte sich die Standpauke mit unbewegter Miene an. Er hegte den Verdacht, dass noch etwas ganz anderes hinter Gönnenweins aufgebrachter Reaktion stand. Womöglich wusste er mehr über den Fall, als er zuzugeben bereit war. Oder sogar zugeben konnte, ohne selbst tief in dem ganzen Misthaufen zu stecken, den die Gestapo aufgetürmt hatte. Gut möglich, dass er selbst beteiligt gewesen war. Nicht einmal das konnte Paul mit letzter Gewissheit ausschließen. Und bestimmt ärgerte Gönnenwein, dass Paul nun einen Wissensvorsprung haben könnte.

»Außerdem hätten wir das Gespräch auch hier führen können. Sie hätten Wallner hierherbestellen sollen, ins Hotel Silber.«

Paul glaubte, seinen Ohren nicht zu trauen.

»Wir wollen einen Mann hierher einbestellen, dessen Frau womöglich in diesem Gebäude, in dem er selbst mit seinen beiden Töchtern inhaftiert war, getötet wurde? Sind Sie noch ganz bei Trost?«

»Ach, der soll sich mal nicht so haben. Der Krieg hat von vielen Opfer gefordert. Und wenn er wissen will, was mit seiner Frau passiert ist, muss er mit uns sprechen, und der geeignete Ort wäre hier. Sie kommen doch auch jeden Tag hierher.«

Paul sah, wie Gönnenweins rechtes Auge und der Mundwinkel

zu zucken begannen. Beide wussten in diesem Moment, dass der Ältere sich verplappert hatte. Denn spätestens jetzt hatte Paul die Gewissheit, dass sich Gönnenwein sehr wohl an ihn und seine Festnahme erinnerte. Er triumphierte innerlich, beschloss jedoch, sich nichts anmerken zu lassen. Er stand so ruhig auf, wie er vor ein paar Minuten hereingekommen war, und sah kurz aus dem Fenster. Der Regen hatte aufgehört, doch die Straßen waren nass, und einige Passanten hatten noch immer ihre Schirme aufgespannt.

Dann nahm Paul unter den kritischen Blicken Gönnenweins den Hut und seinen Mantel vom Haken, drehte sich um und machte ein paar Schritte in Richtung Schreibtisch. »Sie sind doch irre, Gönnenwein. Sie haben wohl noch nicht gemerkt, dass neue Zeiten anbrechen, ja schon angebrochen sind. Doch Schuld vergeht nicht.« Paul fixierte den älteren Polizisten mit entschlossenem Blick. »Ich werde herausfinden, wer Vera Wallner getötet hat und was mit ihrer Leiche geschehen ist. Und wenn Sie darin verwickelt waren, dann werde ich auch das herausfinden. Vielleicht haben Sie mehr Erfahrung als Ermittler. Aber mein Antrieb ist Gerechtigkeit, nicht Vertuschung. Welches Motiv ist wohl das stärkere?«

Damit drehte er sich um und eilte hinaus. Während er die Tür hinter sich schloss, hörte er Gönnenwein wütend brummen: »Dreckige Kommunistensau. Gar nichts wirst du. Im Gegenteil, euch kriegen wir noch dran.«

Dann zog Paul die Tür zu, und das Gezeter verstummte.

Als Paul ins Freie trat, sah er eine Handvoll Männer, die irgendwelche Kisten und zusammengerollte Fahnen in das Alte Waisenhaus direkt gegenüber schleppten. Zwei davon begannen, ein Transparent anzubringen, auf dem das Wappen der Kommunistischen Partei Deutschlands prangte.

Er konnte sich ein Lächeln nicht verkneifen über diese sanfte Ironie der Geschichte, dass die von den Nazis bekämpften Kommunisten direkt in Sicht- und Hörweite der alten Gestapo-Zentrale ihre Zelte aufschlugen.

Er sah einen Moment zu, dann wandte er sich ab. Er wollte

nicht den Eindruck erwecken, als würde er die Männer beobachten, denn er wusste um das schwierige Verhältnis von Kommunisten und Polizei.

Er machte sich auf den Weg zum Friedhofsamt, in der Hoffnung, dass man dort etwas über den Verbleib von Vera Wallner herausgefunden hatte. Wallner hatte ihm zwar erzählt, dass er auch dort gewesen sei. Allerdings bisher nur ein Mal, und da habe eine Frau ihm gesagt, sie könne vielleicht etwas für ihn herausbekommen. Also wollte Paul ihm den zweiten Gang abnehmen.

Als er dort ankam und sich als Kriminalbeamter auswies, wurde die anfangs eher schroffe und abweisende Dame mit einem Mal sehr freundlich. Etwas, das er schön häufig erlebt hatte. Allerdings auch immer wieder das Gegenteil, denn viele Menschen hatten Ressentiments gegen den Staat und seine Vertreter. Doch bei anderen erwachte eine ungeahnte Hilfsbereitschaft. Es sah ganz danach aus, als habe er im Friedhofsamt ein Exemplar der letzteren Gattung gefunden.

Das Ergebnis war allerdings im ersten Moment niederschmetternd. Eine Vera Wallner war nach wie vor auf keinem Friedhof in Stuttgart eingeliefert worden. Sie existierte nicht in den Unterlagen.

Doch als Paul sich zum Gehen wandte, legte ihm die Frau eine Hand auf den Unterarm und sagte, sie habe da aber vielleicht noch etwas. Sie suchte aufgeregt, befeuchtete immer wieder ihren Zeigefinger, während sie eifrig weiter in den neben ihr liegenden Papieren blätterte.

»Eine Sekunde, ich hab's gleich«, sagte sie. Dann zog sie eine schmale Akte hervor, schlug sie auf, suchte mit dem Finger etwas auf dem Blatt und sagte: »Da haben wir es ja. Ist mir eben wieder eingefallen, denn ich glaube, der Mann der armen Frau war auch schon bei mir.«

Sie schaute Paul an, und ein Hauch von Freude huschte für einen kurzen Moment über ihr Gesicht. »Eine Vera Wallner wurde nicht eingeliefert. Aber am 23. April 1945 wurde eine Amalie Bergmann von der Gestapo auf den Hauptfriedhof in Steinhaldenfeld eingeliefert. Geboren am 5. August 1897.«

Sie reichte Paul die Papiere über den Tresen. Und er begriff sofort, warum die Frau ihm den Hinweis gab. Er legte die Blätter ab und holte seine Notizen hervor. Paul war sich zwar sicher, aber er wollte alles abgleichen.

Beide Frauen waren vor ihrem Tod nicht nur in den Händen der Gestapo gewesen. Amalie Bergmann und Vera Wallner hatten ein und dasselbe Geburtsdatum, und auch der Geburtsort stimmte überein. Das an sich war kein Beweis, aber es wäre schon ein unglaublicher Zufall. Denn laut beiliegendem Gutachten des Gerichtsarztes war Amalie Bergmann am 22. April verstorben. Um diese Zeit musste auch der Mord an Vera Wallner passiert sein.

Paul spürte eine gewisse Euphorie. Er notierte sich, wo genau die Tote bestattet worden war. Die Grabstelle befand sich in jedem Fall im jüdischen Teil des Friedhofs. Außerdem notierte er sich noch den Namen des Gerichtsarztes, der dort ebenfalls stand. Dann bedankte er sich und stürmte hinaus an die frische Luft.

Der Artikel trug die Überschrift »Neue Zeiten, alte Schuld?«. Der Verfasser war wieder Dieter Käfer, bei dem es sich, wie inzwischen gemutmaßt wurde, um ein Pseudonym handelte. Doch wer immer dahintersteckte, er hatte vorzügliche Quellen, die direkt im Polizeiapparat sitzen mussten. Zwar wurden außer Polizeipräsident Rückert und dem Leiter der Kriminalpolizei, Schreiber, keine Namen genannt. Und doch waren einige Personen aufgrund ihrer Beschreibungen und Aussagen leicht zu identifizieren.

Paul saß an diesem milden Tag Ende September auf einer maroden Holzbank in der Sonne. Er hatte sich sein Vesper mitgenommen, da er mit Gönnenwein keine Minute länger als notwendig in einem Raum verbringen wollte. Als er für einen Moment von seiner Zeitungslektüre aufsah, erblickte er Horst Lemke, der gemütlich auf ihn zuschlenderte.

»Hallo, Paul«, begrüßte ihn sein Kollege.

»Horst«, erwiderte Paul.

Lemke blieb so vor ihm stehen, dass er mit seinem kompakten Körper die Sonne verdeckte. »Schon gewählt?«, fragte er und meinte zweifellos den Betriebsrat, dessen Wahl im Gange war. Horst Lemke war der geborene Belegschaftsvertreter. Kein Wunder, dass er sich hatte aufstellen lassen. Er war ein guter Polizist, war in der KPD und hatte einen enorm ausgeprägten Gerechtigkeitssinn.

Paul nickte. »Na klar, was denkst du denn?« So unterschiedlich sie beide waren, so gut verstanden sie sich dennoch inzwischen. Ein Umstand, den man wahrlich nicht von allen Kollegen auf dem Revier behaupten konnte.

Vor allem einte sie die Skepsis gegen die alten Seilschaften, die sich in diesen Tagen wieder zu stabilisieren versuchten. Auch und gerade bei der Polizei. Dort war mittlerweile die skurrile und für einige durchaus belastende Situation entstanden, dass sich ehemalige Täter und Opfer praktisch paritätisch gegenübersaßen und gezwungen waren, miteinander zu arbeiten. Umso wichtiger war eine gute Vertretung der Beschäftigteninteressen, fand Paul.

»Gut«, erwiderte Lemke. »Wir haben nur eine Chance, wenn wir den Weg in demokratische Strukturen finden. Und zwar in allen Bereichen. Gerade auch in den Betrieben. Die Menschen müssen mitbestimmen können. Und sie brauchen eine durchsetzungsstarke Stimme. Wir müssen die neue Freiheit dringend für Verbesserungen nutzen.« Bei Lemke war zu spüren, dass er nicht nur irgendwelche Sprüche klopfte oder die Parolen nachsprach, die andere vorbeteten. Aus ihm sprach der Brustton der Überzeugung.

»Ja, aber wir haben auch genug andere Probleme.«

»Was meinst du?«

»Na ja, mit Gönnenwein ist es nicht gerade einfach. Und wir haben wohl ein kleines Vögelchen im Amt«, meinte Paul und wedelte mit der inzwischen zusammengefalteten Zeitung.

»Wieder dieser Dieter Käfer?«

»Ja. Ziemlich bescheuertes Pseudonym, aber treffende Darstellung. Irgendjemand hat ihm gesteckt, dass die neue Zusammenarbeit nicht so ganz reibungslos verläuft. Er schreibt süffisant und anklagend darüber, dass zwischen den Kollegen immer wieder Konflikte aufbrechen, was die eigentliche Arbeit dann wiederum behindert.«

»Wo genau liegt das Problem bei dir und Gönnenwein?«, fragte Lemke interessiert und setzte sich unaufgefordert zu Paul auf die Bank. Paul war sich sicher, dass er die Antworten bereits kannte.

»Ach, Gönnenwein gehört zu den Männern, die noch nicht begriffen haben, dass neue Zeiten angebrochen sind. Und noch weniger hat er verinnerlicht, dass dies nicht gleichbedeutend damit ist, dass plötzlich alle Verbrechen der Vergangenheit nicht mehr verfolgt werden.«

»Leider ein weitverbreitetes Phänomen«, kommentierte Lemke trocken, ohne näher darauf einzugehen. Dann wechselte er das Thema. »Und du glaubst also, wir hätten jemanden bei uns im Silber sitzen, der der Presse Internes durchsteckt?«

Paul dachte einen Moment nach. Sollte er seine Meinung offen heraus sagen? Aus heiterem Himmel kam ihm ein Gedanke, der ihn zögern ließ. Was, wenn Lemke selbst der Informant war? Jedenfalls wusste er viel. Zudem hatte er ja schon aufgrund seiner politischen Gesinnung ein Interesse daran, dass das Land seine Vergangenheit nicht ignorierte. Denn letztlich waren es nicht nur die Juden, sondern auch die Kommunisten, Sozialdemokraten und Gewerkschafter gewesen, die man drangsaliert, deportiert, in Lager gesteckt und ermordet hatte.

Am Ende siegte die Vorsicht, und Paul konnte sich nur zu einem knappen »Keine Ahnung, könnte aber sein« durchringen.

»Das würde bedeuten, dass auch die neue Kriminalpolizei schon unterwandert ist.«

»Überrascht dich das?«

»Hm, eigentlich nicht«, antwortete Lemke in einem Ton, der deutlich machte, dass es ihn in diesem Fall nicht sonderlich zu stören schien. Indessen schob er gleich hinterher: »Allerdings müssen wir aufpassen, dass die Rechten nicht wieder die Oberhand gewinnen. Es gibt Gerüchte, dass die Nazis schon vor Kriegsende begonnen haben, ihre Netzwerke zu installieren. Es war angeblich Himmler selbst, der noch befohlen hat, dass sich Aktive mit falschen Papieren niederlassen und sich unauffällig verhalten sollten. Sie wurden mit Pässen, Bargeld und Lebensmitteln versorgt. So sollten die ehemaligen Gestapo-Mitglieder damit anfangen, unbemerkt am Ausbau des Netzwerkes zu arbeiten, damit sie alle Bereiche unterwandern und die Nazis zu gegebener Zeit wieder zurück an die Macht bringen können. Das soll unseren Informanten nach über ein enges Geflecht an Loyalitäten funktionieren. Sie kommunizieren über Kuriere zwischen den einzelnen Zellen. Die Amerikaner haben wohl schon vor Monaten durch einen Überläufer Kenntnis der Aktivitäten erhalten. Doch bisher gibt es keine Erfolge bei den Ermittlungen. Wie auch, wenn sie Unterstützung aus der Polizei haben?«

Paul hatte aufmerksam zugehört. Es stimmte. Derartige Gerüchte waren seit einiger Zeit im Umlauf. Doch die Beweise fehlten. Eine innere Stimme sagte ihm jedoch, dass er es mit den sogenannten Werwolf-Gruppen noch zu tun bekommen würde.

»Woher weißt du so viel darüber?«, wollte er wissen.

»Wir sind gut vernetzt. Die Infos kommen direkt aus Berlin«, antwortete Lemke knapp und kryptisch, machte aber den Eindruck, als wolle er nicht näher darauf eingehen.

So hat wohl jeder seine Geheimnisse, dachte sich Paul.

»Aber deshalb ist es wichtig, bei der Presse Unterstützer zu haben«, meinte Lemke dann zweideutig, stand auf, verabschiedete sich und eilte davon, als habe er etwas Dringendes vergessen.

Paul sah ihm etwas ratlos hinterher. Sosehr er den Kerl mochte, so wenig schlau wurde er manchmal aus ihm.

FÜNF

Einige Tage später fand eine der größten Aktionen der Polizei in Stuttgart seit dem Krieg statt. Fast zweihundert Beamte hatte man entlang der Reinsburgstraße im Westen der Stadt zusammengezogen. Über hundertdreißig Schutzpolizisten und einige Hunde warteten auf Lastwagen am Straßenrand auf ihren Einsatz. Weitere achtzig Beamte der Stuttgarter Polizei, teilweise in Zivil, verteilten sich in dunklen Höfen und Hauseingängen, zwischen Trümmern und Lastwagen und warteten auf das Signal.

Der Befehl zu dieser Aktion war vom Polizeipräsidenten selbst gekommen. Er hatte den Einsatz bei der Militärregierung beantragt, wie es in einer Hausmitteilung gestanden hatte. Es war ein weiterer verzweifelter Versuch, der Kriminalität in der Stadt wieder Herr zu werden und der Polizei als Ordnungskraft die notwendige Akzeptanz in der Bevölkerung zu verschaffen. Doch Paul hatte seine Zweifel. Der Einsatz richtete sich gegen die in der Reinsburgstraße internierten Displaced Persons. Das waren in diesem Fall in der Mehrzahl polnische Juden, in deren Heimatorten die SS während des Krieges die jüdische Bevölkerung nahezu komplett liquidiert hatte. Somit enthielt die geplante Razzia nicht nur politischen Sprengstoff, sondern war auch unter emotionalen Gesichtspunkten fragwürdig und heikel. Über die Einzelheiten waren alle Beamten in einer Hausmitteilung informiert worden.

Im Kampf gegen den florierenden Schwarzmarkt insbesondere im Bereich der oberen Reinsburgstraße sehen wir die Durchführung einer Razzia als unumgänglich an. Die Razzia wird im sogenannten Displaced Persons (DP)-Camp, im Bereich der von der Militärregierung als Flüchtlingswohnungen requirierten oberen Häuserblocks der Reinsburgstraße bis hin zur Rotenwaldstraße durchgeführt. Dort leben laut aktuellen Meldungen rund eintausendvierhundert Menschen. Die gesamte Aktion ist mit der amerikanischen Militärpolizei abgestimmt und von dieser genehmigt, wird von der Militärpolizei begleitet. Ebenfalls werden Mitarbeiter der Vereinten Nationen – United Nations Relief and Rehabilitation Administration (UNRRA) – als Beobachter anwesend sein. Die Anwohner werden vor Beginn der Aktion über Lautsprecher über den Polizeieinsatz informiert. Alle teilnehmenden Beamten haben die Aktion mit der notwendigen Umsicht durchzuführen.

Unterzeichnet war die in den typischen maschinengeschriebenen Lettern verfasste Mitteilung handschriftlich von Dieter Rückert persönlich.

Schon bald nach dem Aushängen waren die Beamten herbeigeströmt, und das Gelesene wurde von nahezu allen mit einem Nicken quittiert. Es herrschte große Einigkeit, dass man etwas tun müsse gegen die immer weiter um sich greifende Kriminalität und den Schwarzmarkt.

Paul hatte sich dennoch über den Befehl gewundert. Sollte das eine verhältnismäßige Aktion sein? Sie suchten doch keine Gewaltverbrecher, sondern bestenfalls nach Konservendosen.

Ihm kamen die Plakate in den Sinn, die überall angebracht waren. Auf denen war eine Schlange abgebildet, deren Hals von einer geschlossenen Faust umfasst und zusammengepresst wurde. Auf dem dazugehörigen Unterarm balancierte eine Waage, die stabile Preise einforderte. Darunter in fetten roten Lettern: »Bekämpft den Schwarzmarkthandel und Preiswucher!«

Während die Auslagen in den Läden nach wie vor oft leer blieben, gab es auf den Straßen und in den dunklen Ecken der Stadt nahezu alles zu kaufen. Teurer Schmuck wurde gegen Butter getauscht, echtes Meißner Porzellan gegen Bohnenkaffee, Brot, Schnaps, Fleisch oder Lebensmittelkarten. Die Preise betrugen etwa das Zehn- bis Zwanzigfache wie vor dem Krieg, und ein Huhn samt Eiern brachte dem Besitzer oft mehr ein, als ein Arbeiter in diesen Tagen verdiente. Der Schwarzmarkt hatte sich zum eigentlichen Supermarkt der Nachkriegszeit ausgewachsen, kaum jemand kaufte nicht dort ein. Eine der wichtigsten Währungen waren Zigaretten. Wer die amerikanischen Lucky Strike besaß, wurde allein dadurch in die Lage versetzt, sich fast alles kaufen zu können, und war nicht gezwungen, hungrig zu Bett zu gehen, wie weite Teile der Bevölkerung.

Paul linste um die Ecke. Er sah Männer und Frauen auf den Bordsteinen stehen, häufig alte Koffer neben sich, die sie nicht aus den Augen ließen. Andere schlenderten scheinbar ziellos hin und her. Man murmelte sich gegenseitig etwas zu, sagte Worte wie »Schinken«, »Unterhosen«, »Sahne«, »Nähgarn« oder »Brotmarken«.

Eigentlich war es der deutschen Polizei strikt untersagt, selbstständig in den DP-Lagern tätig zu werden. Das ging auf eine klare Anweisung der US-Militärregierung zurück. Doch wenn die Militärpolizei eine solche Aktion höchstpersönlich genehmigte, dann tat sie dies nicht ohne Grund.

»Die plündern doch alles und verhökern es dann teuer weiter«, hatte Franz Goller von der Sitte angemerkt. »Das sind doch alles Kriminelle.« Er stand jetzt in Hörweite von Paul und zündete sich eine amerikanische Zigarette an.

»Man kann hier nicht mal mehr durchlaufen, ohne dass man Angst haben muss, dass einem Handschuhe, Geldbeutel oder Handtasche geklaut werden von den dort herumlungernden Elementen. Erst neulich ist einer Bekannten meiner Frau die Tasche einfach so aus der Hand gerissen worden. Und weg war sie, mit allem Geld. Da muss echt etwas passieren.« Es war Gregor Schöll, der die Sätze mit einer Bestimmtheit ausgespuckt hatte, als wäre ihm selbst dieses Unglück widerfahren.

»Wenn man sich da als deutsche Frau überhaupt noch hintrauen kann«, kam es von Elfriede Stolterfoth zurück, einer jungen Polizeianwärterin aus dem im ersten Stock angesiedelten Dezernat Diebstahl und Unterschlagung. »Na ja, ich mein ja nur. Bei den vielen Ausländern, da kann man sich ja bei Dunkelheit kaum noch alleine auf die Straße wagen.«

Paul sah, wie Schöll zustimmend nickte.

»Sollen lieber arbeiten, statt nur rumzuhängen. Es gibt genug zu tun, aber die sind doch lieber kriminell. Dieses arbeitsscheue und asoziale Pack.«

Wieder vielköpfiges Nicken. Paul schüttelte den Kopf und entfernte sich einige Schritte.

Kurze Zeit später erblickte er Gönnenwein. Der machte den Eindruck, als freue er sich auf den Einsatz. Als Paul jetzt zu ihm schaute, sah er, wie er über den Griff seiner Pistole streichelte, als wäre es der Schenkel einer schönen Frau.

Sein Kollege blickte auf und sagte mit unverhohlenem Stolz in der Stimme: »So, dann lass uns mal unsere Arbeit machen, Kleiner. Setzen wir den Willen der Bevölkerung unserer bald wieder schönen und ehrbaren Stadt durch und sorgen für Sicherheit. Dazu wird nämlich die Polizei wirklich gebraucht.«

Paul verstand die Spitze sofort und hätte gern seine Faust im Gesicht seines Kollegen platziert. Doch er verkniff sich eine Reaktion.

Dann ertönte eine Lautsprecherdurchsage: »Bleiben Sie in Ihren Häusern. Im Namen des Präsidenten der Polizei der Stadt Stuttgart wird eine Razzia gegen Schwarzmarktkriminalität durchgeführt. Wer entsprechende Ware mit sich führt, muss mit einer Verhaftung rechnen.«

Im nächsten Moment ertönte das Schrillen einer Trillerpfeife. Das Signal für den Beginn der Razzia. Die Polizisten quollen aus ihren Lastwagen und Verstecken. Sofort war Bewegung in der Straße. Wer konnte, machte sich aus dem Staub. Doch die uniformierten Beamten der Schutzpolizei zogen einen engen Ring um das Gebiet, kesselten die in Panik geratenen Schwarzmarkthändler ein. So stand ein Großteil der Menschen eingekeilt zwischen Hauswänden und Polizisten. Viele beobachteten mit angstvollen Blicken das Geschehen. Absperrungen wurden von den Lastwagen gehoben und aufgestellt. Innerhalb weniger Augenblicke war der ganze Straßenzug abgeriegelt.

Einige Polizisten setzten den Fliehenden hinterher. Andere übten sich in Zurückhaltung und taten so, als hätten sie nichts bemerkt, wenn einer davonspurtete. Ein vielstimmiges »Stehen bleiben!« hallte aus unterschiedlichen Richtungen durch die Luft.

Paul sah eine Frau, die sich einen alten Lederkoffer unter den Arm klemmte und durch ein geöffnetes Stahltor lief. Hinter dem Tor eilte sie über den etwa anderthalb Meter breiten Hof, der zugleich den Durchgang zum nächsten Haus markierte wie in vielen Stuttgarter Gegenden. Der Weg führte in ein Gewirr aus miteinander verbundenen Hinterhöfen. Paul eilte der Frau hinterher. Hauptsächlich deshalb, weil sie überhaupt nicht hierherpassen wollte.

Sie trug einen ordentlichen, langen beigen Mantel und hatte die Haare unter einem Kopftuch verborgen. Er setzte ihr nach, rief auch ein lautes »Stehen bleiben!«. Doch die Frau machte keine Anstalten, ihm zu gehorchen. Paul beschleunigte seine Schritte und bekam den Oberarm der Flüchtigen zu fassen. Sie versuchte, ihn abzuschütteln, wand sich aus seinem Griff, stolperte, kam ins Straucheln, fing sich wieder und eilte weiter.

Doch jetzt war Paul direkt hinter ihr und packte wieder zu. Erneut wand sie sich heftig. Aber Paul hielt sie diesmal am Oberarm fest umklammert, sodass beide stürzten und er sie mit zu Boden riss. Sie lag mit dem Gesicht nach unten im Staub und stöhnte.

Paul richtete sich langsam auf, behielt die Frau aber im Auge und japste: »Ich habe doch gesagt, Sie sollen stehen bleiben.«

Die Flüchtige stemmte sich langsam nach oben. Ihr Mantel war voller Staub. Als sie sich ihm zuwandte, klappte seine Kinnlade nach unten.

»Hilde?«

Seine Freundin und Verlobte starrte ihn an, als wisse sie nicht recht, ob sie sich freuen oder wütend sein sollte, weil er so grob gewesen war.

»Was machst du denn hier?«, fragte er erstaunt.

Hilde richtete sich auf und klopfte notdürftig den Staub von ihrem Mantel, zog das Kopftuch zurecht und griff nach dem Koffer, den sie bei der Flucht und dem Sturz eben verloren hatte. Ihr Gesicht trug die unausgesprochene Gegenfrage zur Schau.

Er warf ihr einen strengen Blick zu. »Du bist die Sekretärin des Polizeipräsidenten. Ich bin ein Kriminalbeamter. Also, was verdammt noch mal hast du hier zu suchen? Du wusstest doch, dass hier und heute eine Razzia stattfinden soll.«

Hilde zuckte nur mit den Schultern, statt ihm die geforderte Erklärung zu liefern.

In diesem Moment hallte ein Schuss durch die Luft. Ein zweiter folgte. Der Knall wurde von den Mauern der Gebäude vielfach zurückgeworfen und hallte lange nach.

Paul zuckte instinktiv zusammen, und er sah, wie sich Hildes Augen vor Überraschung und Schreck weiteten. Auch ihr war offenbar sofort bewusst, dass das nichts Gutes bedeuten konnte. Er bedeutete ihr mitzukommen und eilte los. Über die Schulter rief er ihr zu, sie solle den Koffer verstecken. Doch anstatt dem Folge zu leisten, umfasste die den Griff und rannte ihm mit dem Gepäck hinterher.

Zurück in der Reinsburgstraße fanden sie sich inmitten einer aufgebrachten Menge wieder. Die Razzia hatte sich zu einer Straßenschlacht entwickelt. Und die tobte nicht nur auf der Reinsburgstraße, sondern auch in den Seitenstraßen und Höfen. Überall wurde geschrien, geschlagen und getreten. Gegenstände flogen durch die Luft, Polizisten wurden aus den umliegenden Häusern mit Gegenständen und Abfällen beworfen. Alles brüllte wütend durcheinander. Polizisten waren in Rangeleien mit den Bewohnern verwickelt, Steine flogen, Schlaghölzer wurden geschwungen. Schmerzensschreie gellten durch die Luft, Zähne flogen und Blut spritzte.

Paul war entsetzt über die sich bietenden Bilder und fühlte sich sofort an den Einsatz in der ehemaligen Kaserne im Lindle vor einigen Monaten erinnert. Nur hatten sie damals zu viert gegen einige hundert Menschen gestanden – und er hatte als Einziger überlebt. Beim Gedanken daran lief es ihm kalt den Rücken hinunter.

Er bahnte sich einen Weg durch die tobende Menge, als unerwartet Hubert Hindler neben ihm auftauchte. Dieser warf ihm einen bedrohlichen Blick zu, der sagte, er solle besser keine Fragen stellen.

Paul stellte sie trotzdem. »Was ist passiert?«

Hindler betrachtete ihn abschätzig, kaute kurz auf seiner Unterlippe herum und überlegte wahrscheinlich, mit welchem Vorwand er es vermeiden konnte, dem jüngeren Kollegen eine Antwort zu geben. »Wir wissen es nicht genau. Ein Schuss von irgendwoher, und plötzlich war einer tot. Dann ging die Randale hier los. Jetzt kennen die kein Halten mehr. Sind doch selbst schuld.«

Um sie herum tobte die Menge immer lauter und heftiger. Einige Beamte in Uniform hatten einen Kreis um Paul, Hilde und Hindler gezogen, als wären sie drei das Auge des Sturms. Sie bewegten sich vorsichtig zwischen den prügelnden Männern hindurch, immer darauf bedacht, möglichen Hieben auszuweichen.

Paul überging den Kommentar. »Wer? Wissen wir, wer geschossen hat?«

Hindler zuckte gelangweilt mit den Schultern und schüttelte gleichzeitig energisch den Kopf, was inmitten der aufgeheizten Stimmung irgendwie absurd wirkte. »Nein. Wir waren alle damit beschäftigt, die wild gewordene Menge im Zaum zu halten. Die haben doch zuerst auf uns geschossen.«

»Die haben *was*?«

»Na, die haben zuerst auf uns geschossen. Von irgendwo, aus den Fenstern, keine Ahnung. Die Frage ist doch eher, woher die die Waffen haben.«

Sie hatten eine Gruppe Polizisten erreicht, zwischen denen Paul auch seinen Kollegen Gönnenwein ausmachen konnte. Paul trat auf ihn zu und erkannte, dass er seine Dienstwaffe in der Hand hatte.

»Hast du geschossen?«, fragte ihn Paul, als er dicht neben ihm stand und sich ihre Schultern beinahe berührten.

Gönnenwein funkelte ihn an und bewegte den Kopf in einer seltsam kreisenden Bewegung. »Da hinten. Du willst doch sicher sehen, was passiert ist.«

»Warst du das?«

»Schon klar, dass du das denkst.« Ein heiseres Lachen, das alles bedeuten mochte.

»Was macht die denn hier?«, fragte Hindler, der hinter Paul hergekommen war, und zeigte auf Hilde.

»Sie ist zufällig hier, und ich wollte sie nicht alleine lassen.« Paul sah in den Gesichtern seiner beiden Kollegen, dass ihm diese kein Wort glaubten. Doch es war ihm egal.

Dann sah er den reglosen Körper. Paul ging hinüber und schob die Schutzpolizisten zur Seite. Ein vor Schreck aufgerissenes Auge starrte ihn leblos an. Das andere fehlte ebenso wie ein Stück von Gesicht und Schädel.

Wenn Gönnenwein der Schütze gewesen war, hatte er dem Toten den halben Kopf weggeschossen. Aus nächster Nähe abgedrückt. Der Körper lag unnatürlich verdreht auf der Straße. Der Unterkörper hing mit verschränkten Beinen über dem Bordstein.

Wie alt mochte der Tote sein? Nicht älter als vierzig, dachte Paul. Doch das war so schwer zu schätzen, denn Leiden und Qualen ließen Menschen schneller altern. Der Anzug des Mannes war grau und ordentlich abgewetzt, ebenso das zerrissene Hemd. Außerdem war beides mehr als eine Nummer zu groß. Das war zwar keine Besonderheit in diesen Tagen, aber Paul registrierte dieses Detail ebenso wie die unerwartet gepflegten Fingernägel.

Warum musste der Mann sterben?

Paul hörte trotz des anhaltenden Lärms Schritte und drehte sich um. Vor ihm stand Gönnenwein, dahinter Hindler. Ihre Augen klebten auf Paul, den Toten würdigten sie keines Blickes. Und sie durchbohrten Paul förmlich mit ihren stummen Drohungen.

Um sie herum tobten Menschen, riefen aufgebracht durcheinander, hoben wütend und drohend die Fäuste, schlugen auf Körper und Gesichter ein. Die Polizisten standen dem Mob zunehmend hilflos gegenüber und wurden immer weiter in die Defensive gedrängt. Paul glaubte, ein Déjà-vu zu erleben. Wenn kein Wunder geschah, würde die Straßenschlacht schnell auf die anderen Lager im Stadtgebiet überspringen. Dann wäre aus einer überambitionierten Razzia gegen den Schwarzmarkt ein Flächenbrand entstanden. Gute Arbeit, dachte sich Paul.

Er hatte das drängende Gefühl, dass es besser wäre, sie würden das Weite suchen. Doch sie hatten einen Tatort. Und den mussten sie sichern, wenn man überhaupt etwas über den Tathergang herausfinden wollte. Das wollte er unbedingt. Er fand, dass sie das als Polizei den Menschen schuldig waren.

»Wer war das?« Paul schaute fassungslos zwischen den beiden Polizisten hin und her. Sie starrten ihn aus reglosen Gesichtern an.

»Was geht dich das an?«, fragte Gönnenwein. »Die haben uns angegriffen. Aber wir sind noch immer die Staatsgewalt. Das müssen die lernen.«

Paul spürte, dass er vorsichtig sein musste, wenn er nicht gleich neben der Leiche liegen wollte. Er war überzeugt, dass der Todesschütze vor ihm stand, auch wenn er sich nicht zu seiner Tat bekennen würde.

»Besser, du verschwindest jetzt, Junge«, herrschte ihn Gönnenwein an, der einen ganz anderen, weniger förmlichen Ton als im Büro anschlug, wo er Paul bisher nur verächtlich mit Sie angeredet hatte, obwohl eine Vielzahl der Kollegen untereinander per Du waren. »Schnapp dir deine Kleine, bring sie nach Hause und lass dir von ihr die Nudel lutschen, während wir hier ermitteln. Das kann sie doch hoffentlich so gut wie Kaffee kochen.«

Paul wollte sich gerade auf den fies grinsenden Gönnenwein stürzen, als Hindler ihn am Kragen packte und festhielt. Die umstehenden Polizisten gaben sich Mühe, unbeteiligt dreinzuschauen, und widmeten sich der Menge um sie herum.

Hindler ergänzte: »Das ist nichts für dich. Wir kommen hier alleine klar. Und unter uns gesagt: Einer weniger, was macht das schon? Genau genommen ist es doch nur ein Maul weniger, das man mit den wenigen Lebensmitteln, die wir alle haben, stopfen muss.«

Hindler ließ ihn los. Paul machte instinktiv einen Schritt nach vorn. In ihm brodelte es. Doch bevor er Gönnenwein noch an die Gurgel ging, besann er sich. Wahrscheinlich warteten die beiden nur darauf, dass er aus der Haut fuhr und auf einen von ihnen losging. Deshalb provozierten sie ihn.

Von weiter weg war plötzlich lauter Motorenlärm zu vernehmen. Die Amerikaner, vermutete Paul. Und er behielt recht. Mit großer Stärke rückte die Kavallerie an. Etliche Jeeps, vollgepackt mit Militärpolizisten, und Laster mit Soldaten darauf bogen ein. Aus der Ferne war das Rattern von Kettenfahrzeugen zu hören. Die Party war vorbei, dafür würden die Amerikaner sorgen, ahnte Paul.

Bisher hatte sich die Militärpolizei dezent im Hintergrund gehalten, alles aus der Distanz beobachtet und war nicht eingeschritten. Aber nun hatte es einen Toten gegeben. Höchstwahrscheinlich durch die Kugel eines Kriminalbeamten. Da konnten die Amis nicht wegschauen. Wenn das erst die Runde machte, würde es in diesem Hexenkessel eskalieren. Dem wollten die Amerikaner ganz offensichtlich zuvorkommen. Sie duldeten es nicht, die Kontrolle zu verlieren.

Paul drückte sich wortlos an den beiden Männern vorbei. Inzwischen waren die Lkws voller Soldaten zum Stehen gekommen. Die Mannschaften sprangen alle nacheinander von den Ladeflächen. Allein durch ihre Präsenz und Körpersprache veränderte sich etwas.

Die Soldaten umzingelten die aufgebrachte Menge, die sich nur schwer beruhigen ließ. Die Waffen schussbereit vor sich haltend, zogen sie einen immer enger werdenden Kreis und verringerten so die Einsatzfläche.

Paul sah, wie ein amerikanischer Offizier auf Rückert einredete. Auch ohne die Worte zu hören war deutlich, worum es ging: Der Einsatz war mit sofortiger Wirkung abzubrechen, und die deutsche Polizei hatte abzuziehen.

Dann bogen schon die ersten Panzer in die Straße ein. Ihre Ketten erzeugten einen ohrenbetäubenden Lärm. Die langen Rohre drehten sich bedrohlich in Richtung der aufgewühlten Menge. Ein Offizier in amerikanischer Uniform stieg auf einen Panzer. Er hatte ein Megafon in der Hand.

»Die Versammlung wird mit sofortiger Wirkung aufgelöst. Gehen Sie umgehend zurück in Ihre Häuser. Wer sich weigert, wird verhaftet.«

Paul vernahm, wie eine Frau in seiner Nähe sagte: »Hört das denn nie auf?« Ihre Stimme klang eher resigniert als wütend, und sie hatte Tränen der Verzweiflung in den Augen.

Die Soldaten trieben die Menge auseinander und die Menschen in die umliegenden Gebäude. Wer den Anweisungen nicht Folge leistete, wurde geschnappt und zu einem der Lastwagen gebracht, wo er von Soldaten durchsucht und bewacht wurde.

Als die Situation keine halbe Stunde später weitgehend entschärft war, kam der Offizier auf Paul zu, den er an seiner Armbinde als Polizisten erkennen konnte.

»Was war hier los?«, fragte er militärisch forsch, nachdem er Paul nur kurz zur Begrüßung zugenickt hatte. »Die Situation ist ganz offensichtlich außer Kontrolle geraten. Wir übernehmen ab hier. Es hat Verletzte gegeben?«

Erst jetzt, als die Straße deutlich leerer geworden war, erkannte Paul mehrere blutende Gestalten, die auf den Pflastersteinen hockten. Einige davon waren seine Kollegen, aber mindestens ebenso viele gehörten zu den Displaced Persons. Sanitäter kümmerten sich um sie. Daher klang die Aussage des Offiziers eher wie eine Feststellung.

»Wir hatten die Situation unter Kontrolle«, drängten sich nun die herbeigeeilten Gönnenwein und Hindler dazwischen. Sie wollten offensichtlich nicht, dass Paul Gelegenheit bekam, die Geschehnisse aus seiner Sicht zu schildern.

Der Offizier warf den beiden Polizisten einen fragenden Blick zu. »So, hatten sie das? Wirklich? Danach sah es aber überhaupt nicht aus. Sie wissen, dass wir es nicht gerne sehen, wenn die deutsche Polizei in den Lagern der Displaced Persons operiert. Hier sehen wir ja, dass unsere Skepsis angebracht ist. Wer ist der Tote?«

Alle schauten sich gegenseitig an. Die letzte Frage konnte oder wollte jedoch keiner von ihnen beantworten.

Der Offizier sprach ein hervorragendes und völlig akzentfreies Deutsch. Paul sah auf den Namen, der auf seiner Uniform aufgestickt war. Jo Gruber. Sicher ein ehemaliger Landsmann, der sich entschlossen hatte, mit den Amerikanern gegen die Nazis in seinem alten Heimatland zu kämpfen.

»Wir hätten das wieder in den Griff bekommen.« Gönnenwein klang für einen Moment etwas zerknirscht.

Gruber wandte sich erneut an Paul. »Sie wirken halbwegs vernünftig. Erzählen Sie mir: Was ist geschehen?«

Paul spürte, wie ihn die Blicke seiner Kollegen regelrecht durchbohrten. »Eine von US-Seite genehmigte Razzia der Polizei gegen die Schwarzmarkthändler«, antwortete er zunächst mit den bekannten Fakten. Aber er brauchte einen Moment, um sich seine Worte zurechtzulegen. »Plötzlich war ein Schuss zu hören. Mehr weiß ich nicht. Ich bin dann sofort herbeigeeilt. Aber da war die Situation bereits eskaliert.«

»Ein Schuss? Was für ein Schuss? Wer hat geschossen?«

»Die haben zuerst uns beschossen«, sagte Hindler und wurde

dafür mit einem skeptischen Blick des Militärpolizisten bedacht. Dieser wandte sich wieder an Paul, offenbar nicht gewillt, sich mit Gönnenwein auseinanderzusetzen.

»Und wer hat den Mann erschossen?«

Gruber sah von Paul zu Gönnenwein, weiter zu Hindler und dann wieder zu Paul. Hindler und Gönnenwein fixierten Paul.

»Das …« Paul zögerte einen winzigen Moment. »Das wissen wir nicht.«

Grubers Augen verengten sich zu schmalen Schlitzen. »Wie konnte es dazu kommen?«

Der Leichnam lag unbewegt auf der Straße, das Blut war auf den Pflastersteinen inzwischen getrocknet.

Gruber starrte auf den Toten und zischte, ohne aufzusehen: »Was, verdammt noch mal, ist hier geschehen? Sie wissen, dass das Folgen haben wird, wenn hier unschuldig ein Mensch zu Tode kommt.«

Paul wusste das nur zu gut. Und er war sich sicher, seine beiden Kollegen waren sich dessen bewusst. Wenn bekannt wurde, dass deutsche Polizisten einen Menschen, angesichts der Bevölkerung der Reinsburgstraße womöglich gar einen Juden, grundlos erschossen hatten, dann wurde der Stuttgarter Talkessel innerhalb kürzester Zeit zu einem Pulverfass.

»Ich will wissen, was hier geschehen ist, verdammt noch mal«, zischte Gruber. »Ich erwarte Sie alle morgen in meinem Büro. Um Punkt neunhundert. Und überlegen Sie sich gut, welche Geschichte Sie der Militärregierung auftischen. Ich kann Ihnen allen nur empfehlen, bei der Wahrheit zu bleiben. Im anderen Fall werden wir Sie suspendieren lassen und vor ein Gericht stellen. Ihr Deutsche habt genug Tote auf dem Gewissen.«

Er hob den kantigen Schädel, auf dem eine Mütze hockte, und blitzte aus stahlblauen Augen in Richtung der Polizisten. »Und hier fasst niemand von Ihnen mehr etwas an, ist das klar? Ihre Kollegen von der Kriminaltechnik bekommen alle Informationen und alles, was wir am Tatort finden, wenn die Militärpolizei der Militärregierung mit ihrer Tatortsicherung und -auswertung abgeschlossen hat. Bis dahin hat hier niemand etwas von Ihnen verloren.«

Grubers Blick kreiste ernst durch die Runde. »Haben Sie das verstanden, meine Herren? Die Militärpolizei wird den Tatort sichern und untersuchen. Und wenn wir fertig sind, dann kann die deutsche Polizei schauen, was sie findet.«

Es war eine Machtdemonstration. Der Offizier wollte jeden möglichen Rückfall der Deutschen in alte Verhaltensmuster von vornherein radikal unterbinden. Dabei schien es für ihn keine Rolle zu spielen, wen er vor sich hatte und ob einer davon in die Tat verwickelt war. Er hatte klargemacht, wer hier vor Ort, in der Stadt und im Land das Sagen hatte. Die Deutschen waren es jedenfalls nicht.

Gruber winkte zwei seiner Männer zu sich und wies sie an, den Hauseingang zu sichern. Einen Dritten beauftragte er, sofort die Zuständigen der Militärpolizei zu rufen, damit mit der Spurensicherung am Tatort begonnen werden konnte. Dann machte er kehrt und stapfte davon.

Gönnenwein und Hindler trotteten in einigem Abstand mit hängenden Schultern hinterher. Sie sahen aus wie getretene Hunde, und es bereitete ihnen offensichtlich beinahe körperliche Schmerzen, festzustellen, wie wenig sie in diesen Tagen zu melden hatten. Paul verschaffte dies zumindest eine kleine Genugtuung.

Als sie allein und die Amerikaner außer Hörweite waren, packte Hindler allerdings Pauls Unterarm und drückte zu. »Überleg dir gut, was du morgen erzählst, Junge. Ein Mann ist tot. Das ist tragisch. Aber solltest du einen von uns anschwärzen, dann wirst du das bereuen. Glaub mir.«

Paul schüttelte den älteren Kollegen ab und machte sich eilig davon. Er hatte genug.

Als er sich aus einiger Entfernung noch einmal umwandte, sah er, wie eine Frau mit zwei kleinen Kindern auf die Militärpolizisten zustürmte, die den Leichnam des Erschossenen abschirmten.

Der gestrige Abend lag Paul noch schwer und unverdaut im Magen, da wartete schon die nächste unangenehme Aufgabe auf ihn. Denn in der Zwischenzeit hatte man auf dem Friedhof in Steinhaldenfeld das Grab geöffnet, in dem mutmaßlich Vera Wallner unter falschem Namen beerdigt worden war.

Geschlafen hatte er wenig. Die Stimmung zwischen Hilde und ihm war an dem Abend seltsam, beinahe etwas bedrückt gewesen. Das mochte an den Ereignissen des Tages gelegen haben. Sie hatten kaum miteinander geredet, obwohl noch so vieles unausgesprochen war. Warum war Hilde an diesem späten Nachmittag überhaupt in der Reinsburgstraße gewesen? Warum hatte sie sich unter die Schwarzmarkthändler gemischt? Hatte sie Ware gekauft, getauscht oder sogar etwas verkaufen wollen? Und über allem schwebte die Frage, warum sie ihm nichts gesagt hatte. So schlecht war es um ihr Überleben doch nicht bestellt, immerhin arbeiteten sie beide für eine Behörde. Aber noch mehr beschäftigte ihn die Frage, warum Hilde versucht hatte, vor ihm wegzulaufen. Sie musste ihn erkannt haben, als er auf sie zugekommen war.

Es war, als hätte sie eine Mauer errichtet. Als wollte sie nicht, dass er erfuhr, was sie dort zu suchen hatte. Dennoch hatte sich Paul entschieden, im Moment keine der Fragen zu stellen, die ihn bewegten. Er war noch zu erschöpft von den Ereignissen, die nicht nur über ihn so plötzlich hereingebrochen waren. Also waren sie früh zu Bett gegangen und hatten dann stumm nebeneinandergelegen, was ihn nur noch mehr irritiert hatte. Er spürte, dass Hilde etwas beschäftigte, etwas in ihr gärte, brodelte. Doch sie war offenbar nicht bereit, ihm davon zu erzählen. Und er hatte nicht die Kraft aufbringen können, sie danach zu fragen.

Irgendwann musste sie eingeschlafen sein, denn Paul kannte ihren rhythmischen Atem genau, wenn sie schlief. Oft genug hatte er sie dabei beobachtet und sich daran erfreut, welches unglaubliche Glück ihm doch zuteilgeworden war, nur weil er sie gefunden, später sogar wiedergefunden hatte. Er hatte dagegen lange wach gelegen, versucht, sich einen Reim auf die Ereignisse des zurückliegenden Tages zu machen. Er verdächtigte seine Kollegen Gönnenwein oder Hindler, den tödlichen Schuss auf den bislang noch namenlosen Toten abgegeben zu haben. Beweisen konnte er es freilich nicht, Augenzeugen gab es keine.

Die Militärpolizei hatte noch am Abend eine Reihe von Befragungen durchgeführt. Doch niemand wollte etwas gesehen oder gehört haben. Oder niemand hatte etwas sehen wollen, aus Angst vor möglichen Repressalien. Man durfte nicht vergessen, wer diese Menschen waren. Mussten sie da nicht Verständnis haben für die Angst und Skepsis gegenüber allen militärisch Auftretenden, egal ob sie deutsche oder amerikanische Uniformen und Waffen trugen?

Und dann war da noch dieser Gruber, der offensichtlich wild entschlossen war, notfalls ein Exempel zu statuieren. Auch das war für Paul in gewisser Weise sogar nachvollziehbar. Die Amerikaner hatten zusammen mit den Briten und Franzosen und in ungeliebter Allianz mit den Russen gegen das Hitler-Regime einen Krieg geführt, der Millionen Opfer gekostet hatte. Und am Ende hatten sie gesiegt. Was sie aber im Zuge der Befreiung vorgefunden hatten, hatte sie in die fürchterlichsten menschlichen Abgründe blicken lassen.

Wen konnte es also ernsthaft wundern, dass sie jeden Hauch von Rückfall im Keim ersticken wollten? Die Militärregierung hatte genug damit zu kämpfen, dass sie mit der groß angelegten Entnazifizierung nicht so schnell und gut vorankam, wie sie es sich erhofft hatte. Das Land steckte noch immer voller Nazis, die sich aufzuteilen schienen in unverbesserliche und verblendete Alt-Nazis und Nicht-mehr-Nazis, in Karriere-Nazis und in Nazi-Mitläufer. Und mit jedem Tag wurde mehr und mehr der falsche Eindruck erweckt, kaum jemand wäre bei den Tätern gewesen und die bestünden nur aus einer kleinen Clique um Hitler, Göring, Goebbels und Himmler, die für den Höllensturz Europas verantwortlich gewesen war.

Natürlich gab es auch Aufrechte, die die Nazis nie gemocht und nie mit ihnen paktiert hatten. Einige davon hatten sich sogar in punktuellem Widerstand erprobt. Dazu waren seit Kriegsende zurückgekehrte Emigranten gekommen, die jedoch vom eigenen Volk nicht sonderlich gemocht und mehr als misstrauisch beäugt wurden. Und dann waren da eben noch die Displaced Persons und die Vertriebenen aus dem Osten des einstigen Reichs.

Als Paul aufgewacht war, hatte der Wecker zehn Minuten nach sechs Uhr angezeigt. Doch Hilde war schon weg gewesen, ihre Seite des Bettes neben ihm aber noch warm. Er hatte nicht gehört, wie sie aufgestanden war und sich hergerichtet hatte. Dabei hatte Paul meist einen leichten Schlaf. Warum hatte sie sich heimlich davongemacht? Normalerweise verabschiedeten sie sich voneinander, selbst wenn einer noch schlief. Ein Kuss, ein sanfter Strich der Fingerkuppen über die Wange. Sie hatten erlebt, wie es war, wenn man sich vielleicht für immer aus den Augen verlor. Vielleicht sah er sie nachher im Silber, dann konnten sie die Mittagspause zusammen verbringen.

Als er eine halbe Stunde später sein klappriges Fahrrad am Silber abstellte und mit seiner umgehängten Ledertasche ins Haus eilte, schlug ihm eine frostige Stimmung entgegen. Er hätte sich denken können, dass die Ereignisse des letzten Tages noch einige Nachwehen haben würden.

Gönnenwein war zum Glück nicht im Büro, als Paul die Tür öffnete. Er würde ihm zwar nicht ewig aus dem Weg gehen können, doch im Moment hatte er kein Bedürfnis, auf seinen Kollegen zu treffen. Auf seinem Tisch fand er eine braune Mappe vor. Darauf stand in schwarzen Lettern »Staatsanwaltschaft Stuttgart«. Mit einem blauen Stift hatte jemand von Hand ein Aktenzeichen darauf vermerkt. Darunter stand ebenfalls handschriftlich, dass es sich dabei um ein Protokoll der Obduktion der exhumierten Leiche handelte. Offensichtlich war Gönnenwein also noch gar nicht im Büro gewesen, denn er hätte sicher aus reiner Neugier die Akte zu sich genommen und gelesen. Vielleicht wäre sie dann auch erst mal verschwunden, je nachdem, was darin stand.

Paul setzte sich und schlug die Akte auf. Innen lagen zwei eng mit Maschine beschriebene Seiten. Er fing an zu lesen.

Bericht über die Untersuchung der exhumierten Leiche von Frau Vera Wallner alias Amalie Bergmann am 2. Oktober 1945.

Die Besichtigung des Leichnams der Toten fand am 2. Oktober 1945 um neun Uhr fünfzehn in der Leichenhalle des Steinhaldenfriedhofs in Stuttgart statt. Zuvor war die Lei-

che auf dem jüdischen Friedhofsteil exhumiert worden. Der Friedhofsaufseher Leopold Hämmerle und sein Gehilfe haben zu diesem Zweck die Tote ausgegraben und zu der Leichenhalle verbracht.
Bei der Untersuchung anwesend waren zum Zwecke einer möglichen Identifizierung Dr. med. Hans Ohm vom Robert-Bosch-Krankenhaus und Oberwärter Franz Weigel, ebenfalls Robert-Bosch-Krankenhaus, die beide beruflich mit der hinter der Toten vermuteten Frau Wallner befasst gewesen waren.
Festzuhalten ist, dass die Leiche ohne Sarg in einer Grabstätte mit siebenundzwanzig weiteren Toten vergraben war. Der Gesamtzustand der Leiche ist insgesamt als gut zu bezeichnen und lässt daher Rückschlüsse auf einen halbwegs guten Ernährungszustand zu.
Die eindeutig weibliche Leiche trug am Oberkörper eine graue Jacke, darunter eine dunkle Bluse, um den Hals einen mehrfarbigen Schal. Weiterhin trug sie einen grauen Rock. Die Leiche war barfuß und ohne Schuhwerk aufgefunden worden. Die getragene Unterkleidung war stark verschmutzt und größtenteils zerstört, sodass sie bei der Ausgrabung weitgehend entfernt werden musste. Die Kleidungsstücke wurden nach entsprechender Begutachtung von den Anwesenden Dr. Ohm sowie dem Oberwärter Franz Weigel erkannt und eindeutig Frau Wallner zugeschrieben.
Ferner war am rechten Ringfinger der Toten ein goldener Trauring zu finden. In diesem fand sich auf der Innenseite zweifelsfrei der Name »Johann« eingraviert, daneben noch das eingravierte Datum des Verlobungs- und des Heiratstages. Alle Gegenstände wurden von Dr. Ohm inzwischen den Hinterbliebenen übergeben.
Eine Besonderheit war der Verband aus Trikotstoff, der den linken Fuß und Unterschenkel der Frau bedeckte und mit einer weißen Masse durchtränkt war, was auf einen Zinkleimverband schließen lässt.
Im entkleideten Zustand zeigte sich die Haut grünlich ver-

färbt. Die Gesichtshaut war dagegen schwärzlich und aufgequollen. Die schwarzen Haare waren gelöst, jedoch durch Erde zusammengebacken.
Die Sichtung des Gebisses erbrachte keine Auffälligkeiten. Jedoch war ein Gebissabgleich bei der Identitätsfeststellung der Toten hilfreich.
Um den Hals der Toten lag eine Schnur in dreifacher Lage. Hinten gingen die Enden durch eine Schlinge hindurch, sie waren scharf abgeschnitten, offenbar mit einem Messer oder mit einer Schere. Eine etwa zwei Finger breite und tief eingeschnittene Strangulationsfurche verlief um den gesamten Hals herum. Darunter zeigte sich die Haut auffallend blass im Gegensatz zur schwärzlichen Färbung aller Weichteile im Kopfbereich.
Nach der vollständigen Entnahme erwies sich die Schnur als Vorhangschnur.
Äußere Verletzungen waren an Rumpf und Gliedmaßen keine festzustellen.
Der linke Fuß stand nach außen gebogen. Beim Freilegen des Fußgelenks erwies sich der innere Knöchel des Schienbeins als abgelöst. Die Weichteile oberhalb des inneren Knöchels waren auffällig schwarz durchsetzt. Nach Abschaben des Gewebes war jedoch kein weiterer Bruch festzustellen. Festgestellt wurde allerdings ein Einriss der Gelenkkapsel mit abgestumpften, leicht schwärzlichen Rändern.

Paul hob für einen Moment den Kopf und versuchte sich vorzustellen, was die Frau für Schmerzen durch den nicht ausgeheilten Bruch gehabt haben musste, ehe er die Zusammenfassung am Ende überflog. War das der Grund des Weinens gewesen, das er vernommen hatte? Der körperliche Schmerz vereint mit den seelischen Qualen?

Durch den erhobenen Befund ist die Übereinstimmung der Identität der als Amalie Bergmann begrabenen Leiche mit Frau Vera Wallner zweifelsfrei anzuerkennen. Die Übereinstimmung wurde gesichert durch:

- *die zweifelsfrei erkannten Kleidungsstücke*
- *den Ehering mitsamt Gravuren*
- *den Befund und übereinstimmenden Abgleich des Gebisses und der vorgefundenen Zahnfüllungen mit den vorhandenen Angaben*
- *den Befund des Knöchelbruchs, der vom anwesenden Dr. Ohm behandelt worden war*

Der Tod der Frau Wallner erfolgte durch Erhängen. Anzeichen vorangegangener Misshandlungen konnten nicht zweifelsfrei festgestellt werden, sind aber nicht auszuschließen.

Als Paul fertig war und den Bericht wieder zurück in die Mappe legte, wurde die Tür aufgerissen, und Gönnenwein stürmte herein. Als er Paul erblickte, starrte er ihn einen Moment an. Dann besann er sich und brummte ein steifes »Morgen«.

Paul nickte ihm zu, sagte jedoch nichts.

»Was hast du da?«, fragte Gönnenwein und zeigte auf die Akte, die vor Paul auf dem Holztisch lag. Er blieb beim Duzen.

Paul blickte auf den kartonierten Aktendeckel und überlegte, was er antworten sollte. Er entschied sich für die Wahrheit und wollte sehen, wie Gönnenwein reagierte. »Das ist die Akte Wallner. Das Ergebnis der Obduktion. Die tote ›Amalie Bergmann‹ ist in Wahrheit Vera Wallner.«

Gönnenwein sah weder interessiert noch zufrieden aus. Mürrisch fragte er: »Und? Hat sich der Aufwand gelohnt? Wissen wir jetzt mehr, als dass sie gestorben ist?«

Paul schnellte aus seinem Stuhl empor, sodass dieser umfiel und mit der Lehne auf den Boden schlug. Sekundenbruchteile später stand er so dicht vor Gönnenwein, dass sich ihre Nasen fast berührten. »Sie wurde erhängt und dann unter falschem Namen verscharrt«, zischte er. »Ja, also wissen wir mehr. Und genau dafür sind wir da. Wir sollen Verbrechen aufklären. Und nicht der Aufklärung breitbeinig im Weg stehen.«

»Aber wenn sie eine verurteilte Straftäterin war, noch dazu ein ›Judenmädchen‹, dann war es doch kein Verbrechen. Und kannst du mit zweifelsfreier Sicherheit ausschließen, dass sich die

Wallner nicht selbst getötet hat? Wäre nicht die erste inhaftierte Person, die sich in der Zelle erhängt. Das ist dann tragisch, aber ihre freie Entscheidung«, erwiderte Gönnenwein gelassen.

Paul schnürte es bei so viel Zynismus die Kehle zu. »Aber Unrecht wird nicht zu Recht, nur weil es ein Urteil gibt. Wir wissen doch beide, was hier passiert ist. Und die Familie hat ein Recht darauf, zu erfahren, was ihr widerfahren ist.«

Paul konnte seinen Ärger nicht einfach hinunterschlucken. Er würde die Einzelheiten ihres Todes herausfinden. Auch gegen den Willen einiger seiner Kollegen. Also schnappte er sich die Akte, presste sie wie einen wertvollen Schatz an seinen Körper und verließ das Büro. Beim Hinausgehen wäre er fast mit Horst Lemke zusammengestoßen, der seinen Schreibtisch im Raum nebenan hatte.

»Was ist denn hier los?«, fragte er und sah von Paul zu Gönnenwein und wieder zurück.

»Ach, wir haben nur geklärt, wer denn eigentlich auf welcher Seite steht«, konnte sich Paul nicht zu sagen verkneifen. »Und ich muss mich doch immer wieder wundern, nach welchen Kriterien die Beamten für unsere neue Kriminalpolizei ausgewählt wurden.«

Lemkes Augenbrauen schossen in die Höhe. »Was meinst du?«, fragte er.

Dabei wusste Paul zu genau, dass die Frage nur taktischer Natur war. »Frag ihn doch selbst«, murrte er und drückte sich dann an Lemke vorbei auf den Flur.

Als Hilde für eine kurze Mittagspause aus dem Silber kam, wartete Paul auf sie. Natürlich wusste er, wann sie meist ihre Pause nahm und dass sie diese gern an der frischen Luft verbrachte. Ach ja, ihr Paul. Sie mochte ihn. Ja, sie wusste sogar, dass sie ihn liebte mit seiner bisweilen etwas unbeholfenen Art, seiner manchmal übertriebenen Zurückhaltung und auf der anderen Seite seinem Humor und seiner wilden Entschlossenheit.

Und sie wusste genau, dass es nicht fair war, wie sie ihn behandelte. Aber sie war wirklich von der Razzia gestern überrascht worden. Nicht, weil sie nichts davon mitbekommen hätte, sie war immerhin die direkte Mitarbeiterin des Polizeichefs. Nein, sie hatte dummerweise in dem Moment nicht daran gedacht und hätte sich im Nachhinein am liebsten geohrfeigt für ihre Dummheit. Aber sie konnte und wollte noch nicht über die Gründe sprechen, warum sie überhaupt dort gewesen war. Und deshalb wusste sie, als sie Paul in diesem Augenblick lässig an der Hauswand des Alten Waisenhauses lehnen sah, dass sie ihn wieder verwirren oder sogar verletzen würde. Das tat ihr weh. Doch es musste sein, es gab keine andere Möglichkeit. Er würde ihre Absichten nicht verstehen, würde sie womöglich an dem hindern wollen, was sie vorhatte. Und das durfte er nicht. Sie musste unbedingt vollenden, was sie begonnen hatte. Sie hatte eine Mission, und die hing mit ihrer beider Vergangenheit zusammen. Einer Vergangenheit, die längst nicht aufgearbeitet war.

Hilde richtete den Blick nach unten, tat so, als hätte sie ihn nicht gesehen, indem sie irgendetwas in den Tiefen ihrer Handtasche suchte. Doch kaum war sie um die Ecke gebogen und hatte ein paar Schritte in die entgegengesetzte Richtung gemacht, da hörte sie Paul ihren Namen rufen. Hilde blieb stehen und drehte sich zu ihm um, ein warmes Lächeln im Gesicht. Sie freute sich, ihren Geliebten zu sehen, obwohl er drohte, ihre Pläne für die Mittagspause zu durchkreuzen, und sie ihn irgendwie abwimmeln musste.

»Paul, ich habe dich gar nicht gesehen«, schwindelte sie und hoffte, dabei nicht rot zu werden. Sie war keine gute Lügnerin. Schon gar nicht, wenn sie Menschen belog, die ihr nahestanden, ihr etwas bedeuteten.

»Du warst heute früh schon weg«, sagte er sanftmütig, und sie glaubte auch eine gewisse Enttäuschung in seinem Tonfall mitschwingen zu hören. »Da dachte ich, ich warte einfach auf dich, vielleicht habe ich ja Glück. Und siehe da, ich hatte Glück. Wir können doch die Pause zusammen verbringen. Etwas Abwechslung würde mir ganz guttun. Ich bin gerade mit Gönnenwein ziemlich aneinandergeraten.«

»Warum, was war denn los? Freunde werdet ihr ohnehin nicht, aber warum hattet ihr Streit?«

»Wegen dem Fall Wallner. Du weißt schon.«

Natürlich wusste sie. Aber das hinderte Paul nicht daran, weiterzusprechen.

»Sie wurde ermordet. Aufgehängt haben sie sie, wie es aussieht. Aber Gönnenwein tut das alles ab. Er hat gar kein Interesse daran, den möglichen Mord an einem *Judenmädchen*, wie er sie nennt, aufzuklären. Er faselt irgendwas von Selbstmord.«

Hilde hatte aufmerksam zugehört, sah aber kurz auf ihre kleine Uhr am Handgelenk. Das war Paul nicht entgangen.

»Hast du keine Zeit?«

Hilde zögerte, dann schüttelte sie den Kopf. »Nein. Ich bin heute schon verabredet. Ich wollte mich mit meiner Schwester treffen. Sie ist heute in der Stadt, mit einer ganzen Gruppe aus ihrem Heim. Da wollten wir die Gelegenheit nutzen. Das hat sie mir in einem Brief geschrieben. Habe ich dir das nicht gesagt?«

Paul wirkte für einen Moment irritiert. Kontakt zu ihrer Familie war etwas, das bisher komplett ausgeklammert war im jüngsten Teil ihrer Beziehung. Spätestens seit dem mehr oder weniger zufälligen Aufeinandertreffen mit ihrem Vater hatte sie das Thema absichtlich in ihren Gesprächen mit Paul vermieden. Sie wollte so wenig wie möglich an ihre Eltern und vor allem an das, was ihr Vater ihnen angetan hatte, erinnert werden.

»Nein. Du hast auch keinen Brief erwähnt.«

»Oh, dann muss ich das wohl vergessen haben. Tut mir leid. Aber wir sehen uns heute Abend. Dann musst du mir alles über den Fall Wallner erzählen. Jetzt muss ich los. Wir haben nicht viel Zeit, und ich komme ohnehin schon zu spät.«

Sie hauchte ihm einen flüchtigen Kuss auf die Lippen und wandte sich dann schnell zum Gehen, damit er den Schmerz in ihren Augen nicht sehen konnte, den es ihr bereitete, ihn so zu hintergehen. Pauls Enttäuschung zerriss ihr schier das Herz. Aber sie hatte keine Wahl. Sie durfte nicht zu spät kommen. Sie war so schon nervös und aufgeregt genug. Schließlich hatte sie so etwas noch nie getan.

Paul war tief gekränkt. Was war nur los mit seiner Hilde? Sie war so anders seit einiger Zeit.

Und sie verheimlichte ihm etwas. Da war er sich jetzt sicher.

Nur was? Je länger er darüber nachdachte, desto größer wurde seine Angst vor der Antwort.

Auf jeden Fall glaubte er ihr die Geschichte mit ihrer Schwester nicht. Sie hatte sie als Ausrede benutzt. Dabei wusste Hilde genau, dass Paul wusste, dass ihre Schwester in ein Kinderheim im Schwarzwald gekommen war. Es klang nach einer eilig zusammengezimmerten Notlüge. Bei den Eltern hatte ihre Schwester nicht bleiben wollen. Sie war aber auch zu jung, um allein leben zu können. Doch Hilde hatte sich nicht um sie kümmern wollen. Warum, das hatte Paul nie verstanden. Natürlich wäre es beschwerlich geworden, noch jemanden in der kleinen Wohnung zu haben und für eine weitere Person sorgen zu müssen. Aber irgendwie hätten sie das schon geschafft.

Es fühlte sich an wie ein Schlag in die Magengrube. Doch dann holte Paul tief Luft und hatte sich bald wieder gefangen. Hauptsächlich, weil eine gewisse Neugier geweckt war. Immerhin war er Ermittler. Also beschloss er, Hilde hinterherzugehen.

Hilde lief mit raschen Schritten an den Resten des völlig ausgebombten Rathauses vorbei und weiter Richtung Kaufhaus Schocken. Paul folgte ihr in gebührendem Abstand, sodass sie ihn nicht entdecken würde, selbst wenn sie sich abrupt umschauen sollte.

Gegenüber vom Schocken befand sich der Tagblatt-Turm. Dort war die Redaktion der »Stuttgarter Zeitung« untergebracht. Und als er sah, wie Hilde zielstrebig auf einen wartenden Mann zustrebte, versetzte ihm eine neue Ahnung einen weiteren Schlag in die Magengrube.

Die beiden begrüßten sich, und es wirkte, als würden sie sich nicht zum ersten Mal treffen. Paul glaubte, eine gewisse Vertrautheit zu erkennen, wodurch sein flaues Gefühl noch verstärkt wurde. War es denkbar, dass Hilde jemand anderen kennengelernt hatte? War sie deshalb so distanziert zu ihm? Doch selbst wenn dem so wäre, würde es nicht erklären, was sie gestern in der Reinsburgstraße gemacht hatte. Eine andere Erklärung erschien ihm wesentlich plausibler.

Sie mussten reden. Und heute Abend würde er sich nicht mit Ausreden zufriedengeben.

Hilde ging neben Wolf Kupferschmidt her. Sie schlenderten langsam in Richtung Tübinger Straße.

»Sie haben alles?«, fragte er sie.

Kupferschmidt war ein baumlanger, schlanker Mann mit grauen Haaren, langen Armen und tellergroßen, schmalgliedrigen Händen. Er überragte Hilde um mehr als einen Kopf und ging immer leicht vornübergebeugt, als würde er durch seine Größe einer noch stärkeren Erdanziehungskraft unterliegen. Seine Stimme war erstaunlich hoch für einen Mann seiner Statur und wollte nicht recht zu ihm passen. Aber er hatte einen Ruf als hervorragender Journalist. Er nahm kein Blatt vor den Mund und hatte die sprichwörtliche spitze Feder, vor der sich die Mächtigen fürchteten. Wegen solcher Artikel hatten die Nationalsozialisten rasch die freie Presse verboten, kurz nachdem sie die Macht an sich gezogen hatten. Tucholsky, Kästner und Ossietzky sowie viele weitere waren ihnen ein Dorn im Auge gewesen.

Hilde nickte, zog zwei maschinengeschriebene Blätter aus ihrer Handtasche und gab sie Kupferschmidt. Der warf einen schnellen Blick darauf, verzog den Mund zu einem anerkennenden Schmunzeln, faltete sie zusammen und schob die Papiere in die Innenseite seiner Jacke.

»Sehr gut. Das nenne ich couragierte Arbeit.«

»Ja, aber ewig kann ich das so nicht mehr machen. Es wird nicht lange dauern, bis irgendjemand mit dem Finger auf mich zeigt. Ich bin gestern schon beinahe aufgeflogen.«

»Wissen Sie, Frau Jäger, Stuttgart war fast fünf Monate ohne Zeitung. Eine schreckliche Zeit war das. Und jetzt haben wir eine Zeitung, aber unser Herausgebertrio zerfleischt sich gegenseitig, da die drei politisch nicht auf einer Linie sind. Unser Blatt findet reißenden Absatz, obwohl es nur zweimal in der Woche erscheint. Aber die Auflage von jeweils vierhunderttausend wird uns quasi aus den Händen gerissen. Die Menschen sind interessiert zu erfahren, wie es weitergeht. Der sozialistisch orientierte Ackermann und der liberal-konservative Bernhard sind sich nicht grün. Und Eberle hockt zwischen den Stühlen«, erklärte Kupferschmidt die aktuelle Situation. »Es wird schon gemunkelt, dass die Amerikaner eine zweite Zeitung ins Leben rufen wollen.

Eine eher konservativ ausgerichtete. Dafür wollen sie sogar Erich Schairer gewinnen, der seit Kurzem das ›Schwäbische Tagblatt‹ in Tübingen leitet.«

»Das wäre doch gut«, meinte Hilde.

Kupferschmidt knirschte mit den Zähnen. »Eigentlich ja, aber uns ist allen schleierhaft, wie Schairer und Bernhard zusammenarbeiten sollen. Schairer sagt doch von sich selbst, dass er im Zweifel der KPD nähersteht als den Sozialdemokraten. Wo soll da die gemeinsame Basis sein? Ackermann, Eberle und Schairer, das wäre meiner Meinung nach ein gutes Gespann für eine unabhängige, linksliberale Tageszeitung.«

»Aber bis es so weit ist, müssen *wir* die Menschen mit Informationen über das versorgen, was um sie herum geschieht«, warf Hilde ein. »Deshalb ist es mir ein Anliegen, dass auch über die Situation der Displaced Persons berichtet wird. Und wir müssen aufzeigen, wenn irgendwo Unrecht geschieht. Das gehört genauso in die Zeitung wie Artikel, die den Menschen Mut und Hoffnung geben. Und was bei der Polizeirazzia in der Reinsburgstraße geschehen ist, darf nicht unter den Teppich gekehrt werden.«

»Ganz genau, Fräulein Jäger. Daher freue ich mich auch sehr, Ihnen ein Angebot unterbreiten zu dürfen.«

Als Paul wieder in sein Büro kam, war Gönnenwein zum Glück nicht anwesend, aber seine Stimme drang aus einem anderen Zimmer. Er feixte mit Kollegen. Was gesprochen wurde, war nicht zu verstehen. Doch es war Paul im Grunde genommen egal. Gönnenwein würde sicher nicht lange auf sich warten lassen.

Auf seinem Tisch fand er eine Nachricht vor. Oberst Gruber, der Offizier der amerikanischen Militärpolizei mit dem deutschen Nachnamen, wollte ihn sprechen. Er solle daher heute Abend zum Großen Haus in die Oper kommen. Am Einlass wisse man Bescheid. Mehr stand nicht da. Er kannte die Handschrift. Es war die von Hilde.

Paul sah verwirrt auf die Notiz. Die Amerikaner bestellten ihn ein. Und auch noch in die Oper? Was hatte das nun wieder zu bedeuten? Würde Gruber ihm sagen, dass er die längste Zeit

Polizist gespielt hatte? Möglich war das durchaus. Vielleicht wurden alle, die gestern beteiligt gewesen waren, rausgeworfen? Nein, das wäre keine Option. Eine Stadt ganz ohne Ordnungsmacht, wie sollte das funktionieren? Es fanden sich ja so schon kaum ausreichend Bewerber für all die zu besetzenden Stellen. Außerdem, würden sich die Amis die Finger selbst schmutzig machen? Wohl kaum. Wenn es personelle Konsequenzen gegen einzelne oder gegen alle Beamten gäbe, würde die Militärregierung dies formell dem Oberbürgermeister mitteilen, der es an seinen Polizeipräsidenten weitergeben, und von dort aus würden die Anordnungen dann umgesetzt werden. Ein anderes Vorgehen war kaum denkbar.

Also würde Paul hingehen und abwarten, was auf ihn zukam.

Was ihn mehr ärgerte, als dass er zu einem Gespräch beordert wurde, war der Umstand, dass er nicht wusste, wann er dann bei Hilde sein würde. Wenn er Pech hatte, schlief sie um die Uhrzeit längst.

Paul hatte schon öfter von den Abenden der Amerikaner im Großen Haus gehört. Es waren geschlossene Gesellschaften, zu denen man als Deutscher normalerweise keinen Zutritt hatte. Doch statt Richard Wagner wurde jetzt amerikanischer Jazz gespielt und dazu getanzt. Ein Umstand, der vielen seiner Landsleute überhaupt nicht behagte. Doch Paul freute sich sogar ein klein wenig, dass er dort hingehen konnte. Andererseits fragte er sich, warum Gruber ihn ausgerechnet in die Oper bestellte. Sicher hätte er ihn genauso gut einfach ins Hauptquartier der Amerikaner kommen lassen können.

Doch bevor er sich zu dem ominösen Treffen begab, hatte er noch ein anderes Gespräch vor sich, von dem er sich neue Erkenntnisse im Fall Wallner erhoffte. Gönnenwein hatte er wieder nicht unterrichtet, denn dieser hätte womöglich, allein schon durch seine Anwesenheit, die Gesprächspartnerin verunsichert. Aus diesem Grund hatte Paul Regina Schurr nicht ins Silber zitiert, sondern würde sie zu Hause aufsuchen.

Regina Schurr war eine stämmige Person von Ende vierzig, die wesentlich älter wirkte. Ihre grauen Haare waren zu einem strengen Dutt gebunden, die grauen Augen blickten aus einem grauen Gesicht, dessen Haut faltig über den Knochen hing. Ihre Gesichtszüge wirkten ernst und humorlos.

»Was kann ich für Sie tun, junger Mann?«, fragte sie Paul, nachdem sie ihm eine Tasse Tee eingegossen und sie beide gegenüber voneinander an einem recht ramponierten Biedermeier-Tisch Platz genommen hatten. Ihr Blick sagte, dass kaum etwas sie noch erschüttern konnte.

»Es geht um den Tod von Vera Wallner.«

Falls Regina Schurr den Namen kannte, verbarg sie es gut. War das Taktik? War sie so abgebrüht? Abgestumpft? Oder sagte er ihr womöglich wirklich nichts?

»Wir sind sicher, es liegt ein Verbrechen vor. Aber wir müssen wissen, was genau geschehen ist und wer daran beteiligt war, damit wir den oder die Täter zur Rechenschaft ziehen können.« Paul stocherte im Nebel. Er sah sie mit ernstem Blick aufmerksam an, konnte aber noch immer keine Regung erkennen. In dem Moment hätte es ihn nicht überrascht, wenn sie ihm gesagt hätte, sie kenne das Hotel Silber überhaupt nicht.

»Und was wollen Sie nun von mir?« Ihre kratzige Stimme klang nicht abweisend, aber auch nicht sonderlich hilfsbereit, und Paul ahnte, dass er da eine ordentliche Nuss zu knacken hatte.

»Sie waren laut den Akten von 1937 bis Ende April 1945 als Protokollantin im Hotel Silber beschäftigt. Stimmt das?«

Sie zögerte, dachte einen Moment nach. Dann nickte sie kaum wahrnehmbar.

»Und sie haben während dieser Zeit vorwiegend die Verhörprotokolle getippt?«

Wieder ein Nicken. Diesmal etwas deutlicher.

»Heißt das, sie waren persönlich bei Verhören anwesend?«

»Ich habe nur meine Arbeit gemacht«, antwortete sie mit leicht abweisendem Unterton. »Wie viele andere übrigens auch.«

»Frau Schurr«, sagte Paul. »Ich bin nicht hier, um über sie zu richten oder sie zur Rechenschaft zu ziehen. Mir geht es ausschließlich um diesen einen Fall.« Bei den folgenden Worten spürte er einen Würgereiz in sich aufsteigen, so sehr wehrte er sich dagegen, sie auszusprechen. Doch er wusste, dass sie ansonsten gar nichts sagen würde. »Und wenn Sie wirklich nur Ihre Arbeit verrichtet haben, dann haben Sie nichts zu befürchten. Nicht von mir.«

Paul wusste um den schmalen Grat, auf dem er sich bewegte. Natürlich war ihm bewusst, dass viele Menschen gehandelt hatten, ohne ihre Aufgaben und Tätigkeiten zu hinterfragen, weil es von ihnen erwartet, sogar verlangt wurde. Wer den Anweisungen und Befehlen nicht Folge leistete, der musste mit Konsequenzen für sich und seine Angehörigen rechnen. Aber rechtfertigte das jegliches Handeln? Waren es nicht die vielen kleinen Helferinnen und Helfer, die solch ein Unrechtssystem brauchte, um überleben und gedeihen zu können?

Paul nahm einen Schluck von seinem dünnen Tee und beobachtete Regina Schurr. Sie rieb unter dem Tisch die Hände aneinander. Das konnte er ihren Armbewegungen entnehmen. Ein Anzeichen von Nervosität? Wer wusste schon, was sie alles gesehen hatte während ihrer acht Jahre im Silber und welche Schuld sie dabei direkt oder vermutlich eher indirekt auf sich geladen hatte?

Ein langes Schweigen legte sich wie ein dunkles Tuch über den Raum. Und als Regina Schurr endlich sprach, sah sie an Paul vorbei aus dem Fenster. Sie wirkte konzentriert, aber eine gewisse Betroffenheit schwang in ihrer monotonen Stimme mit. »Die Wallners. Ja, ich erinnere mich. Natürlich erinnere ich mich. Die hatte man Ende März noch ins Silber gebracht. An das genaue Datum kann ich mich nicht erinnern, aber es muss so um den 25. März gewesen sein. Also kurz bevor alles vorbei war. Danach hatten wir eigentlich keine Neuzugänge mehr. Die Wallners waren die letzten. Es waren vier Personen, Vater, Mutter und zwei erwachsene Töchter. Jede Person wurde in eine andere Zelle gesperrt.«

In dem Moment kam Paul der Gedanke, dass Regina Schurr bei seinem eigenen Verhör nicht anwesend gewesen war. Oder doch? Hatte er sie nur nicht bemerkt? Vielleicht würde er sie nachher fragen.

»Natürlich wurden alle vier vernommen. Es gab mehrere Offiziere, die diese Verhöre leiteten. Aber meist war es Wagner, der dies übernahm. Wagner war ein grober Klotz, auch wenn er ganz und gar nicht so aussah. Er wirkte wie ein gebildeter Mann. Wer ihm begegnete, der dachte wahrscheinlich eher an einen Oberstudienrat oder einen Unternehmer, aber nicht an einen Schlächter.« Sie zog geräuschvoll die Nase hoch, ehe sie ungerührt weiterfuhr. »Die Gestapo hatte ja einen Spitzel auf die Familie angesetzt. Warum und wer genau das war oder was aus ihm geworden ist, das weiß ich alles nicht. Sie dürfen nicht vergessen, ich habe nur Protokolle geschrieben. Da hört, liest und sieht man viel, kann sich wahrscheinlich auch einige Dinge zusammenreimen, aber viele Details und Antworten, die Sie wahrscheinlich gerne wüssten, die hat man dann doch nicht.«

Das klang wie eine vorauseilende Entschuldigung.

»Also, durch den Spitzel wusste man im Silber natürlich, dass die Familie vorhatte, illegal auszureisen, und sich eigens aus diesem Anlass gefälschte Papiere kaufen und mit dem Familienschmuck bezahlen wollte. Das wollte man natürlich verhindern. Vor ihrer Abreise war die Familie dann am Hauptbahnhof verhaftet und anschließend ins Silber gebracht worden. Da die Umstände aber bekannt waren, gab es in den Verhören nichts Neues mehr, was aus den Häftlingen herauszuholen gewesen wäre. Daher dauerten die Verhöre meist nie lange, gab es auch wenig zu protokollieren. Als dann Mitte April aus der Heusteigstraße die Anweisung kam, den Ehemann und die Mädchen freizulassen, da hat sich bei mir innerlich ein Knoten gelöst. Denn, das müssen Sie mir glauben, Herr Kramer, das waren nette Leute. Und die hatten niemandem was getan. Nur ihre Haut, die hatten sie retten wollen. Aber ist das denn schlimm?« Sie schniefte ein paarmal vernehmbar, hielt aber den Blick gesenkt und stierte auf einen imaginären Punkt auf dem Tisch.

Paul war für einen Moment irritiert und wusste nicht so recht, ob er diesen Teil von Schurrs Aussage für voll nehmen sollte. Womöglich spielte sie ihm nur etwas vor und versuchte, sich durch geheuchelte Anteilnahme aus der Angelegenheit zu winden.

»Sie sagen, der Befehl zur Freilassung sei aus der Heusteigstraße gekommen? Wissen Sie auch, wer genau ihn erteilt hatte?«

»Maack. Es muss Maack persönlich gewesen sein. So spurte die Bagage im Silber nur, wenn er ihnen selbst Order gab und Wagner, seinen Höllenhund, im Haus von der Leine ließ.«

»Aber Vera Wallner war in Haft geblieben. Warum?«

Regina Schurr zögerte, und Paul war sich nicht sicher, ob sie nur Zeit schinden wollte oder wirklich tief in ihrem Gedächtnis kramte, ob es dort noch den Funken einer Erinnerung gab.

Sie sah ihn entschuldigend an. »Ich weiß es nicht. Den Grund dafür kenne ich nicht. Außer, dass sie eben Jüdin war.«

»Aber genau das war sie eben nicht. Sie war evangelisch wie ihre ganze Familie«, stellte Paul richtig. »Sie stammte zwar aus einem jüdischen Elternhaus, aber damit hatte es sich dann auch schon.«

Nun sah er echte Bestürzung im Gesicht der Frau. Dieses Detail hatte sie bislang offenbar nicht gekannt.

»Sie haben diesen Herrn Wagner als Maacks ›Höllenhund‹ bezeichnet. Können Sie mir das näher erklären?«

Paul spürte, dass er sie mit seiner Frage in eine gefährliche Enge getrieben hatte und sie sich die Antwort wohl überlegen musste.

»Na, er machte halt, was Maack ihm vorgab. Er fragte nicht lange, und er fackelte nicht lange. Wenn es aus der Heusteigstraße hieß ›Erschießen!‹, dann lud Wagner quasi schon mit einem Lächeln auf den Lippen seine Pistole. Sogar die eigenen Leute hatten Schiss vor ihm. Es muss irgendwann zwischen der Einlieferung und der Freilassung der Wallner-Kinder gewesen sein, da gab es einen Fluchtversuch aus dem Silber. Zwei Männer. Ich glaube, es waren beides Juden oder Kommis, ich weiß es nicht mehr so genau. In jedem Fall konnten die fliehen, und die Wachleute machten keine Anstalten, sie aufzuhalten, einzufangen oder hinterherzugehen. Der Wagner, der ist ausgerastet, sag ich Ihnen. Der hat seine eigenen Wachleute beinahe zu Brei gehauen und dann gleich einen ganzen Trupp seiner Leute hinter den zwei Flüchtigen hergeschickt. Als sie sie gefasst hatten, hat er sich dorthin fahren lassen und hat sie eigenhändig erschossen und den Befehl gegeben, sie aufzuknüpfen. ›Damit jeder sehen kann, was geschieht‹, hat er bei seiner Rückkehr gesagt.«

Sofort hatte Paul das Bild vor Augen, das er bei seiner Flucht von der Hasenbergsteige zum Raichberg hatte sehen müssen. Womöglich waren es diese armen Kreaturen gewesen, die damals dort über der Straße hingen.

»Und wie ging es mit Frau Wallner weiter?« Plötzlich kam ihm ein Gedanke, weshalb er eine andere Frage hinterherschob. »Waren zu diesem Zeitpunkt eigentlich noch andere Häftlinge in den Zellen im Hotel Silber? Und falls ja, waren es viele?«

»Welchen Zeitpunkt meinen Sie jetzt genau? Die Zellen waren eigentlich immer gut gefüllt. Meist überfüllt sogar. Das habe ich automatisch mitbekommen, wenn die einzelnen Personen zu den Verhören abgeholt worden waren.«

»Ich meine die Tage zwischen der Freilassung von Herrn Wallner und den beiden Töchtern bis zur Tötung von Vera Wallner. Waren da noch viele Häftlinge da?«

»Ja, anfangs schon. Nicht mehr so viele wie ein paar Wochen davor. Aber ja. Es wurden jedoch jeden Tag weniger. Und weil es weniger Häftlinge waren, wurde auch weniger verhört.«

»Das heißt, Sie hatten gar nicht mehr so viel zu tun?«

»Na, eigentlich schon. Es gab noch einige alte Protokolle, die ich aufarbeiten musste. Aber wissen Sie, Herr Kramer …« Sie zuckte mit den Schultern. »Irgendwann hatte das alles ja überhaupt keinen Sinn mehr. Wozu sollte ich Protokolle schreiben, die ohnehin niemand mehr lesen würde? Denn irgendwann war aus Berlin, aus der Wilhelmstraße, der Befehl gekommen, alle Unterlagen zu vernichten. Das heißt, statt zu verhören und die Ordner mit Protokollen zu füllen, waren die jetzt tagelang damit beschäftigt, genau diese Protokolle alle Seite für Seite zu verbrennen, damit sie nur ja nie wieder jemand lesen würde.«

Sie hob den Kopf und schaute ihn aus tränengefüllten Augen an. Doch Paul konnte kein Mitleid für die Frau empfinden.

»Wissen Sie, Herr Kramer, ich bin nicht stolz auf das, was ich getan habe. Aber wir sind doch nicht alle Verbrecher.«

Paul schluckte seine Antwort hinunter. »Wissen Sie denn auch, wer in den besagten Tagen noch im Silber inhaftiert war?«

Sie überlegte wieder lange. Und wieder hatte Paul das Gefühl, sie hatte die Antwort viel früher parat, als sie vorgab. Nein,

Regina Schurr war keineswegs eine einfältige Frau. Sie war sehr aufmerksam und wusste genau, was um sie herum geschah.

Als schien sie seine Gedanken zu erraten, hob sie wieder den Blick. »Sie. Sie waren da, nicht wahr? Das war es doch, was Sie hören wollten? Das war Ihr Test, ob ich Ihnen die Wahrheit erzähle oder einen Bären aufbinde.«

»Sie waren bei allen Verhören dabei?«

»Bei allen, die während meiner Dienstzeiten stattfanden.«

»Und die waren fest, diese Dienstzeiten?«

Ein knappes Nicken.

»Überstunden?«

Sie wackelte mit dem Kopf, was er als Ja deutete.

»Waren Sie auch bei meinem Verhör dabei?«

Zuerst hatte er gedacht, dass ihr Kopfwackeln stärker geworden sei. Doch dann war es mit einem Mal erstorben.

»Nein. Als Sie verhört wurden, da hatte ich keinen Dienst.«

Paul glaubte ihr kein Wort. Sie wollte sich nicht von ihm in seine persönliche Angelegenheit hineinziehen lassen, das war alles.

»Wissen Sie, wer mich verhört hat? War das auch dieser Wagner?«

Jetzt wackelte der Kopf wieder, aber das Wackeln bedeutete diesmal ein entschiedenes Nein. »Nein, das weiß ich nicht.«

»Sind Sie sicher?«

Sie schaute ihm starr in die Augen.

»Nun reden Sie schon. Es ändert doch ohnehin nichts mehr.«

Schließlich nickte sie widerwillig.

»Wissen Sie, was aus diesem Wagner geworden ist?«

»Nein. Ich weiß, dass er nach dem Tod der Wallner abgereist ist. Seither ist er wie vom Erdboden verschluckt. Aber die finden ihn, die Amis. Die werden irgendwann alle finden.«

»Hat er Frau Wallner umgebracht?«

Sie schaute ihn betreten an. »Ich war nicht dabei. Es war ja kein Verhör, sondern eine Exekution. Also weiß ich es nicht. Ich weiß nur, dass sie zu zweit waren.«

»Wer war noch dabei?«

Sie schüttelte den Kopf. »Tut mir leid.«

Paul stützte seinen Kopf auf die Hände. Ein pochender Schmerz breitete sich hinter seiner Stirn aus, den er kaum ignorieren konnte. Er musste raus hier, ehe es ihm in dem Zimmer zu eng wurde.

Der Littmann-Bau war eines der wenigen historischen Gebäude im Zentrum der Stadt, die den Krieg weitgehend unbeschadet überstanden hatten. Vor dem Großen Haus standen zahlreiche Militärfahrzeuge entlang des kleinen runden Anlagensees, der eigentlich die beiden Theater- und Opernhäuser zu einer harmonischen Einheit verbinden sollte. Allerdings war vom sogenannten Kleinen Haus überhaupt nichts übrig geblieben.

Als Paul sich gemessenen Schrittes den Treppen hinauf zum Eingang näherte, wurde seine Ankunft von den amerikanischen Soldaten kritisch beäugt. Das sei ein *»closed shop«*, sagte die Wache am Eingang abweisend – »kein Zutritt für Deutsche«. Dabei war Paul aufgefallen, dass überall um das Gebäude herum sowie in dem notdürftig hergerichteten Parkgelände Paare standen, die miteinander redeten, einander umarmten und küssten. Amerikanische Soldaten im offensichtlichen Techtelmechtel mit jungen deutschen Frauen. Solche Beziehungen oder Liebesaffären waren längst keine Besonderheit mehr. Doch die Einheimischen sahen es nicht gern, wenn die eigenen Mädchen mit den GIs anbandelten.

Paul war dies gleichgültig. Dort waren junge Soldaten, fernab der Heimat und ihrer Familien, froh, den Krieg überlebt zu haben, die sich in eine hübsche Frau verguckten. Dort waren Frauen, deren Männer tot, verwundet oder in Gefangenschaft waren. Da überraschte es ihn nicht, wenn diese verwundeten Seelen einander suchten und fanden.

Paul nannte dem Soldaten noch einmal seinen Namen und sagte, dass er von der Kriminalpolizei sei. Dann fügte er hinzu, dass ihn Oberst Gruber herbestellt habe. Der letzte Zusatz löste eine sichtbare Veränderung bei dem Wachhabenden aus, der mit einem Mal wesentlich freundlicher und umgänglicher wirkte. Er wies einen Untergebenen an, Oberst Gruber zu suchen, so viel verstand Paul inzwischen von dem Englisch, das jenseits des Atlantiks gesprochen wurde.

Kurz darauf kam Gruber heran und winkte ihn zu sich. Paul sah vorsichtig und fragend zu dem Wachhabenden, der ihm mit einer knappen Armbewegung signalisierte, dass er durchgehen durfte.

»Kriminalinspektor Kramer. Danke, dass Sie es einrichten konnten.«

Paul war etwas verdutzt über die freundliche Begrüßung, denn er hatte die Aufforderung, sich heute Abend hier einzufinden, nicht als Einladung verstanden. »Herr Oberst Gruber«, grüßte er und ergriff die hingestreckte Hand des Mannes.

»Nehmen Sie sich ein Bier, eine Kleinigkeit zu essen, wenn Sie mögen.« Gruber machte eine einladende Geste zu den herumstehenden Bierkästen und den Tabletts mit halbierten Toastbrotscheiben, die von den Amerikanern »Sandwich« genannt wurden.

Paul griff sich eine Flasche Budweiser und eine Brotecke, auf der sogar einige Scheiben Wurst zu finden waren. Er biss hinein und spülte, nachdem er ausreichend gekaut hatte, alles mit einem großen Schluck des leichten amerikanischen Biers hinunter. Das Brot war weich, so ganz anders als das deutsche Schwarzbrot mit seiner harten Kruste.

»Sie fragen sich sicher, was ein Oberst der Militärpolizei von Ihnen möchte und warum ich Sie gerade heute und hierher herbestellt habe.«

Paul verzog das Gesicht und nickte leicht dazu.

»Wissen Sie, Herr Kollege, ich bin Chef der US-Militärpolizei in Stuttgart. Meine Eltern stammen beide aus dem Rheinland. Wir haben aber die Flucht nach Amerika ergriffen, noch ehe der Österreicher mit dem rollenden R sich an die Macht geputscht hat. Da wir durchaus vermögend waren, hat man uns zu dieser Zeit noch mit offenen Armen empfangen. Später wäre das womöglich nicht mehr der Fall gewesen. Ich bin dann ins dortige Militär und wurde bald zurück nach Europa geschickt. Wahrscheinlich, weil ich nicht nur Deutsch als Muttersprache kann und Englisch spreche wie ein Muttersprachler, sondern weil ich auch ganz passabel Französisch beherrsche. Und so kam ich nach Stuttgart. Zuerst, als es darum ging, das von den Franzosen angerichtete Chaos zu übernehmen und zu beseitigen. Und später, als wir die Regierung übernommen hatten, war die Stelle vakant geworden, da mein damaliger Chef nach Berlin abkommandiert worden war.«

Gruber war sicher etwas über einen Meter achtzig groß, hatte einen kräftigen, muskulösen Körperbau, einen kantigen Kopf mit bleistiftkurzen Haaren, die strohblond unter seiner Mütze hervorschimmerten. Paul schätze ihn auf ein paar Jahre älter, als er selbst war. Trotz des eher harschen Auftritts gestern fand er den Deutsch-Amerikaner keineswegs unsympathisch. Im Gegenteil. Gruber schien ein umgänglicher Kerl zu sein. So wie man es vielen Rheinländern nachsagte, die so ganz anders waren als die militärisch-steifen Preußen.

»Jedenfalls bin ich von der Militärregierung beauftragt, auch den Aufbau der neuen Kriminalpolizei zu überwachen. Oder freundlicher formuliert: zu begleiten. Dabei sind mir die Hürden, vor denen die neue Kriminalpolizei steht, durchaus bewusst. Sie haben wenig Personal, von dem vorhandenen oder bereits rekrutierten mussten fast alle wieder rausgeworfen werden, weil wir es so wollten. Aber sie hatten schlicht und ergreifend nicht die notwendige einwandfreie Gesinnung. Und wir können uns einen Rückfall in die alten Muster nicht leisten, wenn Deutschland überhaupt jemals wieder ein souveräner Staat werden soll.«

»Aber Moment, Oberst Gruber, entschuldigen Sie, wenn ich Sie unterbreche. Sollten Sie dieses Gespräch dann nicht besser mit einem meiner Vorgesetzten oder gar dem Chef der Kriminalpolizei oder dem Polizeipräsidenten führen?«

»Nein, denn es geht dabei auch um Sie und Ihre Rolle.«

»Meine Rolle?« Paul kaute schwer an dem letzten Happen in seinem Mund. Was hatte das jetzt zu bedeuten?

»Sie brauchen sich keine Sorgen zu machen, Herr Kramer. Schon in Bälde wird es Veränderungen geben bei der Polizei. Doch ungeachtet dessen möchte ich Sie im Namen der US-Militärregierung mit einer etwas delikaten Angelegenheit betrauen.«

Spätestens jetzt hätte sich Paul gehörig verschluckt, wenn er noch etwas vom Sandwich im Mund gehabt hätte. Was denn für eine delikate Angelegenheit? Und warum er? Er fasste den

Mut, diese Gedanken in Worte zu kleiden, wie Gruber mit einem leichten Schmunzeln zur Kenntnis nahm. »Sie sehen mich überrascht, aber neugierig. Also, worum geht es?«

»Ich sehe, wir verstehen uns, und ich habe Sie richtig eingeschätzt.« Gruber klopfte Paul auf die Schulter wie einem alten Kumpel aus längst vergangenen Schultagen. Dabei sahen sie sich heute erst zum zweiten Mal. Die lockere Art der Amerikaner war nach einigen Monaten unter den Besatzern immer wieder wohltuend irritierend. »Ich habe Ihre Akte gelesen. Ach was, ich habe sie studiert. Wir brauchen solche Männer wie Sie. Sie entstammen einer einfachen Familie aus Fellbach. Niemand von denen hat sich nationalsozialistischer Umtriebe verdächtig gemacht. Im Gegenteil. Wir wissen von der Haft und der Folter, die von der Gestapo gegen Ihren Vater angewandt wurden. Sie selbst haben vor der Hitler-Zeit – zwar nur kurz, aber immerhin – bei der Polizei gearbeitet.«

»Es war nur die Schutzpolizei. Ich war eben kaum mit der Ausbildung fertig, als die Nazis an die Macht kamen.«

»Aber Sie waren Polizist. Darf ich Sie fragen, warum Sie damals Polizist geworden sind?«

»Weil ich dachte, ich kann etwas bewirken. Gegen diese Braunhemden, die damals marodierend und prügelnd begonnen haben, durch unsere Straßen zu ziehen. Aber so wie mein Vater bei den Sozialdemokraten war, bin ich auch einer geworden. Und deshalb hat man mich aus dem Dienst entfernt und später dann als Soldaten eingezogen und auch stets an die schlimmsten Abschnitte der Front geschickt. Als Kanonenfutter. Wir wurden verheizt. Zum Glück, wie ich tatsächlich sagen muss, habe ich mir einige Granatsplitter eingefangen, die mir zwar einen Teil meiner Lunge zerfetzt und einige Knochen zersplittert haben. Doch nichts davon so schwerwiegend, dass es lebensgefährlich gewesen wäre. Und als ich hier im Lazarett lag und zusammengeflickt wurde, da habe ich meine große … meine heutige Verlobte kennengelernt.«

Paul stockte. Im Hintergrund hörte er Schlagzeug, Bass und Klavier eines kleinen Jazztrios, das furios aufspielte. Vielleicht konnte er nachher einen Blick in den Saal werfen. Die Akustik war sicher umwerfend. Gleichzeitig schalt er sich. Er war ins Erzählen gekommen.

Doch das schien Gruber nicht zu stören. Stattdessen forderte er Paul mit einer Kopfbewegung auf, einfach weiterzuerzählen. Amerikaner mochten offensichtlich Geschichten.

»Dann musste ich untertauchen, da ich keinesfalls zurück an die Front wollte. Eine Ausreise war aber ebenso wenig möglich. Also habe ich mich versteckt. Bis zu dem Tag, an dem mich die Gestapo verhaftet hat.«

Paul hielt inne, folgte der auffordernden Kopfbewegung Grubers und nahm sich noch eine Flasche Bud. Der Oberst machte es ihm nach, sie öffneten die Flaschen und ließen sie kurz aneinanderklirren.

»Wissen Sie«, sprach Paul dann mit gesenktem Kopf und leiser Stimme, in die sich ein betretener Unterton mischte. »An der Front das schreckliche Sterben und das sinnlose Töten mitansehen zu müssen, das ist eine Sache. Das ist grausam, brutal. Warum? Warum tun wir so was? Ich konnte es nicht verstehen. Auch wenn es Soldaten anderer Nationen waren, es waren Menschen, die dort massakriert wurden, sich gegenseitig erschossen, erstochen oder in die Luft gesprengt haben. Was ergibt das alles für einen Sinn? Ich habe es nie verstanden. In meiner Uniform hatte ich eine schmale Ausgabe eines Buches versteckt. Es ist von einem deutschen Schriftsteller namens Erich Maria Remarque. Es trägt den Titel ›Im Westen nichts Neues‹, vielleicht kennen Sie es ja noch. Mein Vater hat es mir einmal geschenkt. Keine Ahnung, wie er da drangekommen ist. Remarques Bücher wurden damals ja auch verbrannt und durften nicht mehr gelesen werden.«

»Natürlich kenne ich Remarque. Er hat mir schon einige sehr angenehme Lesestunden geschenkt. Zwar sind mir andere Autoren näher, Thomas Mann zum Beispiel, aber Remarque habe ich immer gemocht.«

Paul hob anerkennend die Augenbrauen. Da hatte jemand im Rheinland wohl eine ausgesprochen gute Bildung genossen. »Mein Vater, er hat damals zu mir gesagt: ›Wenn du wissen willst, was der Krieg mit uns macht, da steht es drin.‹ Er war selbst im Krieg gewesen damals, als wir Europa und die Welt zum ersten

Mal in den Abgrund getreten haben. Er sprach nie darüber. Das, was er gesehen hatte, wäre zu grausam, um darüber zu sprechen, meinte er. Er hatte sich damals geschworen, nie wieder eine Waffe auf einen lebenden Menschen zu richten. Umso größer war sein Entsetzen, als mich die Nazis an die Front schickten.«

Paul gönnte sich einen großen Schluck von dem kühlen Bier, ehe er weitersprach. Gruber beobachtete ihn neugierig, zeigte keine Anzeichen von Ungeduld.

»Ich hatte das Buch bei mir, bis ich verhaftet wurde. Vorne hatte mein Vater eine kleine Widmung hinterlassen: ›Für Paul, möge es dich gut durch die Zeit begleiten.‹ Als ich dann in der Zelle im Silber hing, hat einer der Gestapo-Leute es zwischen meinen Kleidern entdeckt, hämisch gelacht, es auf den Boden geworfen, mit seinen Stiefeln zertreten und draufgepinkelt, auf ›diesen undeutschen Schund‹, wie er sich ausdrückte. Was aber noch schlimmer war als die Zeit an der Front im Kampf für ein Land, aus dem ich zwar kam, das aber nicht meines war, einem Kampf für einen Führer, der Dinge vertrat, die ich weder verstehen konnte noch wollte, waren die endlosen Tage im Silber. Ich habe da bisher nie drüber gesprochen. Mit niemandem, nicht einmal mit Hilde, meiner Verlobten. Ich konnte nicht. Aber mitansehen und am eigenen Leib spüren zu müssen, was Menschen anderen antun können, nur weil sie sich in einer stärkeren Position wähnen, war unerträglich. Es verfolgt mich beinahe jede Nacht in meine Träume. Und das ist einer der Gründe, warum ich mich überhaupt wieder bei der Polizei beworben habe. Das ist es, warum ich jeden Tag an den Ort zur Arbeit gehe, an dem ich gefoltert und misshandelt wurde. Ganz einfach, weil ich denke: Nie wieder. Und das schaffen wir nur, wenn wir die alten Täter finden und sie zur Rechenschaft ziehen.«

Gruber hatte stumm zugehört und immer wieder an seinem Bier genippt. Er schien ergriffen vom Monolog des Jüngeren. »Ich habe mich offensichtlich nicht in Ihnen getäuscht«, sagte er mit einem warmen Lächeln. »Hören Sie, es wird wie erwähnt schon bald Veränderungen geben. Mehr kann ich dazu heute Abend leider noch nicht sagen. Aber ungeachtet dessen möchte ich, dass Sie mein Kontaktmann in der neuen Kriminalpolizei sind. Ich glaube, wir können sehr gut zusammenarbeiten. Und wir wissen beide, dass mindestens die Hälfte der neuen Kripobeamten womöglich keine so blütenweise Weste haben, wie sie vorgeben. Aber es gibt zu wenige Unschuldige in diesem Land. Leider. Dennoch müssen wir diese Personen im Blick behalten und im Zweifel austauschen und ersetzen. Sie sollen uns informiert halten, was die Ränkespiele innerhalb des neu wachsenden Polizeiapparates anbelangt. Und dabei meine ich nicht oder zumindest nicht nur die Leitungsebenen. Es heißt zwar, dass der Fisch vom Kopf her stinkt. Aber ich vergleiche es lieber mit einer fauligen Kartoffel. Die wirft man doch nicht weg wegen einer fauligen Stelle, sondern man schneidet die Stelle einfach raus. Verstehen Sie, was ich meine?«

Paul verstand. Gruber war dabei, ihn als Spitzel der Amerikaner in der neuen Stuttgarter Kriminalpolizei anzuwerben.

»Und was erwarten Sie noch von mir?«

»Wir möchten, dass Sie die Akte Reinsburgstraße untersuchen. Wir müssen wissen, wer Jakob Beerbaum getötet hat.«

»Jakob Beerbaum?« Der Name sagte Paul im ersten Moment nichts, doch dann keimte sogleich eine erste Ahnung, die Gruber ihm sofort bestätigte.

»Es ist der Mann, der gestern wahrscheinlich von deutschen Polizisten erschossen worden ist. Nach den Befragungen heute früh in meinem Büro habe ich den Eindruck gewonnen, Sie sind der Einzige unter allen Beteiligten, dem ich vertrauen kann. Ihre Kollegen haben eine jämmerliche Figur abgegeben. Sie haben gelogen, dass sich die Balken bogen. Aber doch gut genug, dass wir ihnen nichts anderes beweisen können. Zumindest noch nicht. Und dass wir das irgendwann hoffentlich können, das ist nun Ihr Job, Kramer.«

Paul kamen sofort die gegen ihn gerichteten Warnungen und Drohungen seiner Kollegen Gönnenwein und Hindler in den Sinn, er beschloss jedoch, dies erst mal für sich zu behalten.

Gruber sprach aber noch weiter. »Und wir möchten, dass Sie den Fall Wallner lösen. Es wäre ein wichtiges, ein enorm wichtiges Signal, wenn dieser Mord nicht ungesühnt bleibt. Die Täter von damals, einem Damals, das leider nur noch allzu präsent und sehr nahe ist, sollen und dürfen sich nicht sicher fühlen, sie dürfen nie zur Ruhe kommen, ehe ihre Verbrechen gesühnt sind. Und dafür brauchen wir Männer wie Sie im Polizeidienst, Paul Kramer.«

Er hatte damit gerechnet, dass Hilde längst schlafen würde, als er die Treppen zu ihrer kleinen Mansarde nach oben polterte. Aus einem der unteren Stockwerke brüllte jemand unwirsch »Ruhe!«, was Paul, der definitiv ein paar Bud zu viel intus hatte, nicht aus der Ruhe brachte. Er schleppte sich so konzentriert wie möglich die Treppe hinauf und versuchte, nicht der Länge nach auf die Stufen zu schlagen.

Oben angekommen, stand Hilde in der offenen Tür. Ihre Konturen schimmerten im Mondlicht durch das dünne Nachthemd, und in Paul flammte mit einem Mal eine Lust auf, die er glaubte, nur schwer bezwingen zu können. Verflogen waren mit einem Mal der Ärger und die Enttäuschung vom Mittag, als sie ihm einen Korb gegeben hatte, um sich mit einem anderen Mann zu treffen.

»Du kommst spät«, begrüßte sie ihn und machte den Weg ins Zimmer frei, als er endlich die letzte Stufe erklommen hatte.

Schwer krachte er auf einen Stuhl, der für einen Moment bedrohlich ins Schwanken geriet, dann begann er, sich umständlich und schwerfällig die Schuhe und die Hose auszuziehen. Jede Handbewegung unter den wachsamen Blicken von Hilde. Paul wusste nicht recht, was das zu bedeuten hatte. Hatte sie auf ihn gewartet? War sie wütend? War sie froh, ihn zu sehen? Enttäuscht, dass er erst so spät nach Hause kam? Er hatte keine Ahnung. Sein Kopf war zu benebelt, um klar zu denken.

Hilde lehnte an der Anrichte und beobachtete jede seiner Bewegungen. Als er sich nur in Unterhose und Unterhemd zum Bett hinübergeschleppt hatte und schwer auf die Matratze geplumpst war, machte sie keine Anstalten, sich zu ihm zu legen.

»Sie haben Schreiber verhaftet.«

Paul stutzte einen kurzen Moment. Es dauerte, bis er die Information verarbeitet hatte. Aber dann fühlte er sich schlagartig wieder nüchtern.

»Was? Sie haben *was* getan? Vor allem: wer? Und warum?«

»Du solltest Journalist werden, so viele Fragen, wie du stellst.«

»Ich bin Polizist. Die stellen auch so viele Fragen. Nur sind die Antworten oft noch unangenehmer. Und ich kann nicht schreiben. Zumindest nicht so gut wie du.«

Hilde las und schrieb, seit Paul sie kennengelernt hatte. Sie hatte immer ein Buch bei sich und eine Kladde, in die sie sich irgendwelche Dinge notierte. Was sie da aufschrieb, das war ihr Geheimnis. Sie wäre sicher eine gute Autorin, dachte sich Paul in diesem Moment, besann sich aber sofort, denn was Hilde zu ihm gesagt hatte, brachte womöglich weitreichende Konsequenzen mit sich.

»Wer, wer hat Schreiber abgeholt?«

»Die Amis.«

»Wann war das?«

»Heute Abend. Es muss gegen achtzehn Uhr gewesen sein, als sie ins Silber gestürmt sind.«

Das war etwa die Zeit gewesen, als er auf dem Weg war, um sich mit Gruber zu treffen. Hatte der davon gewusst? Wahrscheinlich hatte er es sogar angeordnet.

»Und weiß man, warum? Was wird ihm vorgeworfen?«

»Sie sagen, er wäre als ehemaliger Leiter der Kriminalpolizei auch nach seiner Suspendierung durch die Nazis tätig gewesen, und zwar für die Gestapo.«

»Was?« Paul konnte es kaum glauben. Klar, er hatte Schreiber nie gemocht. Trotzdem hatte er ihn als ehrlich und integer eingeschätzt.

So konnte man sich täuschen.

Hilde kam zu ihm herüber, setzte sich neben Paul auf das weiche, durchgelegene Bett, strich ihm einmal kurz durch die Haare und begann zu erzählen, was sie wusste. »Schreiber war ein Spitzel. Einer ihrer besten Spitzel in der Stadt. Seine Entlassung war ein kluger Schachzug. Das machte ihn unverdächtig, so konnte er unbemerkt für die Gestapo arbeiten. Und angeblich hat er so für eine ordentliche Auslastung im Silber gesorgt.«

Hildes bewusst zynische Formulierung jagte Paul einen kalten Schauer über den Rücken.

»Schreiber ein Spitzel?«, sagte er leise.

»Ja. Wir konnten es kaum glauben. Aber angeblich hat ihn eine Frau wiedererkannt. Zufällig auf der Straße ist sie ihm wohl begegnet und gefolgt. Selbst hatte sie ihn nie kennengelernt, immer nur aus der Ferne gesehen. Aber erkannt hat sie ihn trotzdem, den feisten, kleinen Kerl. Und als er im Silber war, ist sie zur Pforte und hat gefragt, wer der Mann gewesen sei, der eben das Haus betreten habe. Und dann ist sie damit direkt zu den Amerikanern. Schreiber hatte sich wohl mit ihrem Mann angefreundet, der losen Kontakt zu ein paar kleinen Widerstandszellen hatte. Irgendwann hat die Gestapo dann ihn und die anderen Widerständler verhaftet. Er kam nie wieder nach Hause. Und Schreiber war danach verschwunden. Da hatten die wahrscheinlich tagelang ihren Spaß im Silber. Paul, wir können niemandem trauen. Keiner kann hinter die Gesichter schauen, sehen, welche Schuld dort aufgeladen wurde und nun hinter einer neuen Fassade verborgen wird. Ich könnte kotzen, wenn ich nur daran denke. Diese Verbrecher, diese Mörder, diese Ratten.«

Sie legte ihren Kopf an seine Schulter, und er spürte, wie Tränen auf seine Haut tropften.

SECHS

Am nächsten Morgen beschloss Paul, zuerst in die Reinsburgstraße zu gehen und nicht ins Büro. Für das, was er vorhatte, konnte er Gönnenwein wieder nicht gebrauchen. Wie am Vortag beim Gespräch mit Regina Schurr wäre ihm sein Kollege allenfalls ein Klotz am Bein, der Lippen versiegeln statt öffnen würde. Und Gönnenwein loszuwerden, wenn er einem einmal an den Hacken klebte, war schwierig. Andererseits durfte sein werter Kollege auch keinen Verdacht schöpfen. Obwohl … Er hegte Paul gegenüber ohnehin tiefstes Misstrauen.

An seinem Ziel angekommen, tat Paul nicht nur der Kopf vom vielen Bier und dem wenigen Schlaf weh, auch die Beine schmerzten. Er stand wieder vor den Häuserblocks in der oberen Reinsburgstraße, in der die knapp anderthalbtausend Displaced Persons untergebracht waren. Die Mehrzahl von ihnen waren KZ-Überlebende aus Polen, die nicht in den stalinistischen Osten zurückwollten, sondern von einer neuen Heimat in Palästina träumten. Doch bis sie von dort die Einreiseerlaubnis erhielten, mussten sie in den Lagern ausharren. Auf der Straße standen etliche Grüppchen herum, rauchten, unterhielten sich. Ob auch gehandelt wurde, konnte Paul nicht sagen. Wahrscheinlich schon. Aber es war ihm egal. Deswegen war er nicht hier.

Obwohl ihn weder eine Uniform noch eine Binde oder Marke als Polizist auswies, spürte er die kritischen Blicke. Er konnte diese Menschen durchaus verstehen. Jahrelang hatten sie unter Männern in deutschen Uniformen leiden müssen. Da hatte bei der Razzia vermutlich schon der erste kleine Funken die Situation eskalieren lassen. Eine Kugel im Kopf eines jüdischen KZ-Überlebenden durch einen deutschen Beamten war allerdings weit mehr als ein Funke. Es war Sprengstoff.

Eine Frau blieb neben ihm stehen, betrachtete ihn nicht minder misstrauisch als alle anderen und fragte: »Suchen Sie jemanden?«

»Ähm, ja, ich suche jemanden, mit dem ich über die Razzia vorgestern sprechen kann und darüber, was geschehen ist.«

»Was gibt es da zu reden? Die Deutschen haben gemacht, was sie immer machen: Juden ermordet.«

Paul war perplex über diese harsche Erwiderung und wollte schon zu einer Verteidigung ansetzen. Doch er besann sich. War eine solche Reaktion nach den Ereignissen und kein halbes Jahr nach der Befreiung der Konzentrationslager nicht mehr als nachvollziehbar?

»Deshalb möchte ich herausfinden, wer der Schütze war und warum er geschossen hat. Und dann möchte ich, dass er zur Rechenschaft gezogen wird, dass er vor einem Gericht landet und die Strafe erhält, die für Mord vorgesehen ist – falls es denn Mord war.«

Er sah neben der Skepsis im Gesicht der Frau nun auch eine gewisse Neugier aufblitzen. »Sind Sie von der Presse oder so was?«

Paul schüttelte den Kopf, und die Frau gab ihm mit einem kurzen Nicken zu verstehen, dass ihr die stumme Antwort genügte.

»Dann kommen Sie mal mit, junger Mann.« Sie nahm ihre Tasche, die sie auf den Boden gestellt hatte, und bewegte sich ein paar Meter auf einen Hauseingang zu. Im ersten Stock folgte ihr Paul durch einen lang gestreckten Flur. Zu dessen beiden Seiten gingen mehrere Zimmer ab, deren Türen aber allesamt verschlossen waren. Am Ende öffnete sie eine Holztür, und sie standen in einem Raum mit einem gusseisernen Herd. Auf dem blubberte in einem großen Topf eine Suppe. Gegenüber sah es nach einer notdürftigen Waschgelegenheit aus, und in der Mitte stand ein klappriger Holztisch, um den einige Menschen hockten.

»Setzen Sie sich«, sagte die Frau, »und fragen Sie, was Sie fragen wollen. Wenn Sie Glück haben, kriegen Sie vielleicht ein paar Antworten. Mehr kann ich Ihnen nicht versprechen.«

Das war schon mehr, als Paul erwartet hatte, als er erwarten konnte.

»Guten Tag«, begann er zurückhaltend, beinahe schüchtern, versuchte sich an einem Lächeln und zählte acht Augenpaare, die auf ihn gerichtet waren. »Ich bin von der Kriminalpolizei …«

Kaum hatte er das Wort »Kriminalpolizei« ausgesprochen, erhob sich einer der Männer am Tisch, ein großer, schlaksiger Kerl mit schütterem Haar, wilden Augen und eingefallenen Wangen, und verließ wortlos den Raum. Dabei würdigte er Paul keines Blickes.

»Aaron hat seine ganze Familie verloren. Seine Eltern in Auschwitz, seine Frau und seine Kinder in Dachau. Er selbst war einige Zeit im Silber, ehe man ihn nach Welzheim gebracht hat. Hätte der Krieg nur ein paar Wochen länger gedauert, er hätte es nicht überlebt. Er war viel zu ausgehungert.«

Das Silber, immer wieder das Silber. Die Arbeit in der Gestapo-Zentrale tauchte überall auf.

Paul versuchte, den Faden wieder aufzunehmen. »Ich möchte herausfinden, wer gestern geschossen hat und warum, also, wie es dazu überhaupt kommen konnte.«

»Die Polizei hat Jakob Beerbaum erschossen«, sagte ein älterer Mann mit leicht hängender Unterlippe und einer Nase, die aussah, als sei sie mehr als einmal gebrochen worden.

»Jakob Beerbaum«, wiederholte Paul und schrieb sich den Namen schnell auf. Er hatte ihn gestern bereits von Gruber gehört. »Sie kannten ihn?«

Der Alte sah ihn unverwandt an. Er hatte gütige Augen. In ihnen loderte kein Hass. Aber auch kein Feuer mehr. »Wissen Sie, Jungchen, wenn man so eng aufeinanderlebt wie wir hier, da kennt man sich.«

Eine Frau mit fast schwarzem, welligem Haar und faltigem Gesicht schaltete sich ein. Ihr Alter war schwer auszumachen, doch ihre Augen wirkten trübe, als seien sie müde vom Leben. »Beerbaum war noch nicht lange hier. Er kam erst vorgestern oder am Tag davor hier an. Ich habe mich länger mit ihm unterhalten. Er war noch keine fünfundvierzig und hatte bis zum Überfall der Deutschen auf Polen als Buchverkäufer in Radom gearbeitet. Mit seiner Familie haben sie ihn dann ins Ghetto gesteckt, wo er später zur Zwangsarbeit rangezogen wurde. Da hatte er noch Glück.« Ein heiseres, bitteres Auflachen. »Denn alle anderen Juden haben sie in Treblinka ermordet, soviel wir wissen. Aber wie gesagt, Beerbaum ›durfte‹ arbeiten, bis er ein Jahr vor Kriegsende nach Auschwitz-Birkenau verschleppt wurde.

Die meisten Häftlinge des Transports wurden sofort ins Gas geschickt. Er nicht, sondern er wurde als Häftling aufgenommen. Und dann hat der Mann Anfang dieses Jahres auch noch den Todesmarsch ins KZ Mauthausen überlebt. Jetzt war er nach Stuttgart gekommen, um endlich seine Familie, seine Frau und seine Kinder wiederzutreffen. Vorgestern hätten sie sich sehen, in die Arme schließen sollen. Er war so aufgeregt, hatte sich so gefreut. Und dann wird er von einem Deutschen erschossen. Einfach so. Ein halbes Jahr nachdem die KZ-Häftlinge befreit wurden und die Nazis kapituliert haben. Wenn das nicht bitter ist. Er hat niemandem etwas getan. Nie. Er hat nur überlebt. Und jetzt ist er tot.«

Paul spürte, wie er mit einem Mal selbst mit den Tränen kämpfte und es ihm den Hals zuschnürte, so ging ihm das Schicksal des Mannes und seiner Familie zu Herzen. »Seine Frau und seine Kinder, wo sind die jetzt?«

»Ich weiß es nicht«, antwortete die Frau. »Die Amerikaner haben sie weggebracht, alle zusammen. Wohin, das haben sie uns nicht gesagt. Vielleicht an einen Ort, an dem es besser ist? Einen ohne die Deutschen.«

»Glauben Sie mir, nicht alle sind so. So unwirklich sich das für Sie anhören muss, gerade auch nach dem vorgestrigen Tag, aber es gibt auch andere Deutsche.«

Sie sah ihm lange in die Augen, und ihr Blick verriet, dass sie Paul nicht glaubte.

Er ließ etwas Zeit verstreichen und versuchte dann, den Faden noch einmal aufzunehmen. »Aber wie kam es zu dem Schuss? Haben Sie etwas gesehen, etwas gehört? Jemand muss doch etwas mitbekommen haben. Wurde einfach so geschossen? Oder ist dem etwas vorausgegangen?«

Allgemeines Schweigen. Sie würden ihm keine Details nennen, auch wenn sie welche wüssten. Er war von der Polizeibehörde, von der der mutmaßliche Todesschütze stammte. Alles, was sie sagten, konnte gegen sie verwendet werden.

»Hören Sie, ich möchte den Todesschuss aufklären, ich will, dass der Schütze zur Rechenschaft gezogen wird. Das schaffe ich aber nur, wenn Sie mir helfen, wenn ich erfahre, was geschehen ist und wer geschossen hat.« Paul machte eine Kunstpause. »Ansonsten kommt der Täter davon. Überlegen Sie es sich.«

Alle blieben stumm und starrten vor sich hin.

Dann setzte sich die Frau, die ihn nach oben gebracht hatte, neben ihn. »Ich fürchte, wir können Ihnen leider doch nicht weiterhelfen.«

Wieder an der frischen Luft, atmete Paul tief ein. Er war ordentlich ins Schwitzen gekommen in dem engen Raum mit den vielen Leuten bei geschlossenen Fenstern.

Auf dem Weg zurück in die Dorotheenstraße hatte er das Gefühl, als sei er nicht allein. Doch obwohl Paul ein paarmal stehen blieb, sich die Jacke an- oder auszog oder die Schnürsenkel band, konnte er niemanden entdecken.

Drinnen im Silber herrschte trübe Stimmung. Die fehlgeschlagene Razzia, der erschossene Mann und die Verhaftung Schreibers schlugen den Leuten aufs Gemüt.

»Wo warst du schon wieder?«, fauchte Gönnenwein. Mit dem Hintern an dessen Tisch gelehnt, war auch Hindler anwesend. Sie sahen Paul an, als hätte er vor ihren Augen den Schatz der Nibelungen geraubt.

»Na, was glaubt ihr denn?«, erwiderte Paul nur trotzig. »Ich habe meine Arbeit gemacht, was man von euch nicht behaupten kann. Ich war noch mal in der Reinsburgstraße, habe mich umgehört und umgesehen.«

Mit einem Mal änderte sich die Stimmung im Raum schlagartig. Hindler und Gönnenwein zuckten kurz zusammen und wirkten dann eher wachsam als abweisend.

»Und, hast du was rausgefunden?«

»Na ja, wie man es nimmt. Unser Toter heißt Jakob Beerbaum.« Paul glaubte, bei Gönnenwein ein kurzes Aufblitzen in den Augen zu sehen. Aber er konnte sich täuschen. »Kanntest du ihn?«, fragte er dann einem Bauchgefühl folgend ins Blaue.

»Was? Wie kommst du denn auf so was? Woher sollte ich den Birnbaum kennen?«

»Beerbaum. Sein Name war Beerbaum, nicht Birnbaum.«

»Das ist doch jetzt egal. Ich kannte ihn nicht und Hubert

sicher auch nicht.« Gönnenwein setzte sich jetzt aufrecht und musterte Paul mit prüfendem Blick, so als müsse er dessen militärische Eignung feststellen. »Aber wie schaut das mit dir aus? Deine Freundin war doch gestern auch dort oben. Und du bist doch …«, er zögerte, suchte offenbar nach dem passenden Wort, doch ehe er es gefunden hatte, meinte Hindler: »… ein Judenfreund.«

Paul funkelte die beiden älteren Kollegen an. »Nein, ich bin kein ›Judenfreund‹. Aber ich bin verdammt noch mal ein *Menschenfreund*. Einer, der etwas dagegen hat, wenn Menschen sinnlos umgebracht werden.«

Gönnenwein gab sich nach wie vor unbeeindruckt. »Ich hab dir schon mal gesagt, sei vorsichtig, was du sagst und zu wem. Vielleicht ist das alles noch nicht vorbei, so wie ihr es glaubt. Und dann hättet ihr die Rechnung ohne den Wirt gemacht. Das wäre ziemlich dumm. Und wegen der dummen Gans, dieser Wallner: Die hat sich wahrscheinlich selber aufgehängt und war halt zu doof dafür. Deshalb hat sie ein paar Versuche gebraucht.«

Paul ging zu seinem Tisch, nahm die Mappe mit dem Bericht des Gerichtsarztes und wedelte mit ihr vor den beiden herum. »Lest den Bericht. Das war ganz sicher kein Suizid.«

»Na, wenn unser neuer Chefermittler das sagt.« Hubert Hindlers Stimme triefte vor Sarkasmus. Dann stieß er sich von Gönnenweins Schreibtisch ab, drehte sich und beugte sich zu Paul hinunter. »Pass mal auf, mein Freund, ich würde meine Klappe lieber nicht so weit aufreißen.«

»Wollt ihr mich jetzt einschüchtern, oder was gibt das hier?«

»Einschüchtern? Warum sollten wir?«, fragte Gönnenwein unschuldig und widmete sich seinen Fingernägeln, als sei dort etwas Wichtiges zu finden. »Wir geben dir bestenfalls ein paar kleine Ratschläge, so wie das erfahrene Kollegen machen, wenn sie mit jüngeren zusammenarbeiten müssen, denen es noch reichlich an Erfahrung fehlt.«

»Ihr wollt doch gar nicht wissen, wer Beerbaum erschossen hat. Und ihr wollt nicht wissen, wer Wallner erhängt hat. Stimmt's? Es ist euch egal. Hab ich recht?«

»Schau her«, meinte Hindler jetzt und platzierte diesmal sein

Hinterteil an Pauls Schreibtisch. »Die Polizei hatte den Hinweis, dass im DP-Lager in der Reinsburgstraße Schwarzmarktware in großem Umfang lagert. Dem mussten wir doch nachgehen. Und als es zu Widerständen gegen die Staatsgewalt kam, musste reagiert werden. Die Polizei musste durchgreifen. Deine Ami-Kumpels haben doch nur zugeschaut und erst eingegriffen, als einer am Boden lag.«

»Sogar die feinen Herren von den Vereinten Nationen, die jetzt auch noch meinen, überall ihre Nase reinstecken zu müssen, haben das beobachtet«, assistierte Gönnenwein. Die beiden waren ein eingespieltes Team, das musste Paul zumindest neidlos anerkennen. »Und wir sollten nicht vergessen: Es war keine illegale Polizeiaktion, sondern eine von der amerikanischen Militärregierung genehmigte Razzia. Vielleicht haben die uns ja sogar eine Falle gestellt, um uns vor der Öffentlichkeit zu diskreditieren. Schon mal darüber nachgedacht? Mit unschönen, tödlichen Folgen für einen Juden. Aber halt – haben die ach so braven Amis nicht auch gegen die Vorherrschaft der Juden aufbegehrt? War nicht sogar Henry Ford auch ein glühender Antisemit?«

Paul traute seinen Ohren nicht. So einfach war das also?

»Ach übrigens, der Herr Staatsanwalt war hier«, meinte Gönnenwein dann völlig unvermittelt. »Du sollst dich gefälligst bei ihm melden. Hat wohl ein Hühnchen mit dir zu rupfen.«

Für den Mittag war eine Belegschaftsversammlung angesetzt. Um was genau es gehen sollte, darüber wurde kräftig spekuliert. Die einen sagten, Horst Lemke wolle nur seinen Sieg bei der vorangegangenen Betriebsratswahl bekannt geben. Andere Stimmen meinten, es werde ein Nachfolger für Schreiber verkündet. Paul war momentan beides ziemlich egal.

Er fragte sich, was der Staatsanwalt von ihm wollte. Und er wurde das Gefühl nicht los, sich im Kreis zu drehen. Woran lag das? Fehlten ihm womöglich wirklich die Ermittlerinstinkte? Kam er da allein mit seinem ausgeprägten Gerechtigkeitssinn weiter? War er der Richtige für die Ermittlungen, mit denen er im Zweifel den Unmut zumindest eines Teils der Kollegen auf sich ziehen würde? Hatte er sich von Gruber leichtfertig in die Bredouille bringen und in eine Schlangengrube werfen lassen? Er war ein Greenhorn, ein Anfänger, hatte keine ernst zu nehmende Erfahrung als Ermittler, aber durch das Gespräch mit Oberst Gruber das Gefühl, als laste die Aufklärung von wenigstens zwei Verbrechen auf seinen Schultern. Doch mindestens ebenso zu schaffen machte ihm, dass er noch immer nicht mit Hilde geredet hatte. Und da gab es inzwischen so einiges, was sie zu bereden hatten.

Auf dem Weg in den dritten Stock, wo Paul vor seinem Rapport beim Staatsanwalt erst noch in der Kriminaltechnik vorbeischauen und sich über etwaige neue Erkenntnisse hinsichtlich des Schusses auf Jakob Beerbaum informieren lassen wollte, begegnete er Polizeipräsident Rückert im Treppenhaus. Der machte einen bedrückten Eindruck. Kein Wunder, immerhin war einer seiner wichtigsten Mitarbeiter gestern verhaftet worden.

»Guten Morgen, Herr Rückert«, sagte Paul gedämpft, aber höflich.

»Ah, Kramer.« Rückert schien sogar etwas erfreut darüber, den jungen Beamten zu treffen. Er beugte sich zu Paul herüber und sprach mit leiser Stimme, was leicht verschwörerisch wirkte. »Wie ich höre, hatten Sie eine Unterredung mit den Amerikanern und haben jetzt so was wie einen Spezialauftrag?«

Paul fragte sich, warum Rückert das wissen wollte, wenn er ohnehin schon unterrichtet war. Eine Art Test?

Der Polizeichef schien das Abwarten seines Mitarbeiters zu bemerken. »Schon gut, Kramer, Oberst Gruber hat mich informiert, bevor er mit Ihnen geredet hat. Die Amerikaner haben ein Interesse, dass die beiden Todesfälle aufgeklärt werden. Und es gibt wahrscheinlich in unseren Reihen einige, die gerade das nicht wollen.«

Er machte eine kleine Pause, die auf Paul wirkte, als müsse er sich selbst erst rückversichern, in welches Lager er eigentlich gehörte. Dann fuhr Rückert fort. »Aus verschiedenen Gründen. Und bei der dünnen Personaldecke stellte sich dann schon die Frage: Wen kann man mit der Aufgabe, die beiden Fälle genauer und unvoreingenommen unter die Lupe zu nehmen, beauftragen?

Wir sind alle Namen durchgegangen, und übrig geblieben sind am Ende nur Sie. Ich weiß, das ist Auszeichnung und Bürde zugleich. Aber ich bin sicher, Sie werden Ihre Sache hervorragend machen und Ergebnisse präsentieren, wenn es denn welche zu präsentieren gibt. Wichtig ist mir nur: Bevor Informationen an die Amerikaner gehen, hätte ich sie gerne auf dem Tisch. Nicht aus Misstrauen. Aber ich bin der Leiter der Polizei in der Stadt und in dieser Funktion unserem Bürgermeister Rechenschaft schuldig. Da möchte ich, dass er gute oder schlechte Nachrichten von mir und nicht von den Amerikanern erfährt.«

Paul nickte. Er hatte verstanden. Freundlich formuliert hatte ihn Rückert daran erinnert, wo er beschäftigt war, und somit auch, wem er im Zweifel Bericht zu erstatten hatte.

»Gut, dann wäre das ja geklärt. Ich wünsche Ihnen viel Erfolg. Gibt es denn schon irgendwelche verwertbaren Spuren?«

»Nein. Ich bin gerade auf dem Weg in die Kriminaltechnik. Vielleicht können die mir inzwischen mehr zum Tatort und zum möglichen Tathergang sagen.« Er zögerte einen Moment, fasste sich dann aber ein Herz. »Wissen Sie, Herr Polizeipräsident, das ist alles gar nicht so einfach, zu ermitteln und sich gleichzeitig Leute wie den Gönnenwein und den Hindler vom Leib zu halten.«

Rückert zog die Lippen kraus, legte nachdenklich die Stirn in Falten und wirkte, als denke er über etwas nach. Dann entspannten sich seine Gesichtszüge wieder, er klopfte Paul auf den Unterarm und meinte mit einem geheimnisvollen Lächeln: »Kramer, Sie schaffen das schon. Da bin ich mir ganz sicher. Darum haben wir gerade Sie ausgesucht und eben nicht Kerle wie Gönnenwein oder Hindler. Ich muss jetzt weiter zur Pressekonferenz zu dem missglückten Einsatz in der Reinsburgstraße.«

Dann verschwand er wieder im Treppenhaus, und Paul fragte sich für einen Moment, was Rückert überhaupt hier oben gemacht hatte. Neben Erkennungsdienst und Kriminaltechnik waren hier nur die KZ-Prüfstelle und einige Verwahrzellen untergebracht.

Der Erkennungsdienst beschäftigte sich in erster Linie mit der Identifizierung von Personen sowie der Anlage und Auswertung von Fingerabdrücken. Dort wurden aber auch die Sammlungen und Karteien zu Personen, Straftaten und Tatortspuren gepflegt.

Dagegen war die kriminaltechnische Anstalt für die Spurensicherung an den Tatorten verantwortlich. Sie führte außerdem Untersuchungen durch, wie etwa Urkunden auf ihre Echtheit hin zu überprüfen. Oder eben Kugeln einer bestimmten Schusswaffe zuzuordnen. Und wegen Letzterem war Paul nach hier oben gekommen.

Volker Korn war der Leiter beider Abteilungen. Er war etwas älter als Paul, hatte die Nazi-Zeit in der Schweiz verbracht und dort in Zürich im kriminaltechnischen Institut viele Erfahrungen sammeln können, die sein fehlendes Alter locker wettmachten. Zudem galt er durch seinen Aufenthalt im Ausland als nicht vorbelastet. Sein Vater war ein Bankier und seine Mutter eine aparte Sängerin an der Züricher Oper gewesen. Beide waren inzwischen verstorben, wie Volker ihm einmal erzählt hatte. Er hasste die Nazis mindestens ebenso wie Paul, weswegen der ihn zu den wenigen Verbündeten im Haus zählte.

Sicher, einen Hass auf die Nazis hatten viele. Doch die Gründe waren vielschichtig. Und während manche inzwischen wieder offen mit den Kommunisten flirteten, war Paul dieser Gedanke nicht in den Sinn gekommen. Eine weitere Ideologie, die in ihrer Radikalität nur Unglück über die Menschen bringen würde. Und was er über die »Säuberungen« unter Stalin gehört hatte, trieb ihm die Wut in den Bauch. Hitler und Stalin, zwei Despoten. Doch während der eine inzwischen tot war, spielte der andere in der nach dem Krieg folgenden Rangelei um die Vorherrschaft in Europa und der Welt eine wichtige Rolle und erweckte nicht den Eindruck, als wolle er bald schon kleinlauter auftreten.

»Paul, was führt dich zu uns bis kurz unter den Himmel?« Korn hatte eine Kiste vor sich auf dem Schreibtisch stehen, als Paul das Zimmer betrat, nachdem er angeklopft und Korn »Herein!« gerufen hatte.

Der Leiter des Erkennungsdienstes und der Kriminaltechnik hatte einen leicht melancholischen Zug an sich, sodass er selbst dann traurig wirkte, wenn sein typisches herzhaftes Lachen erklang. Sein volles Haar war dunkel und wellig zurückgekämmt.

Er war groß und schlank und hatte bei Frauen einen Stein im Brett, machte sich jedoch nichts aus ihnen, wie er Paul einmal bei einem Feierabendbier im Wirtshaus erzählt hatte. Allein schon deshalb hätte er unter den Nazis gar nicht nach Deutschland gekonnt. Sie hätten ihn sofort in eines ihrer Lager gesteckt oder gleich umgebracht. Unter Hitler hatte Homosexualität als Todesurteil gegolten. Wobei, wenn Paul an die Kollegen, die im ersten Stock in der Sitte arbeiteten, dachte, dann hatte sich nicht viel geändert. Der 1871 ins Leben gerufene Paragraf, wonach der sexuelle Umgang zwischen Männern verboten war und unter Strafe stand, galt noch immer.

»Was kann ich für dich tun?«

»Der Mord an Jakob Beerbaum.«

»Die in der Reinsburgstraße getötete DP? Du sprichst von Mord?«

»Ich weiß ehrlich gesagt nicht, wie ich es sonst nennen soll. Ein Versehen wird es ja wohl kaum gewesen sein.«

»Warst du dabei?«

»Ja, aber nicht, als der Schuss gefallen ist.«

»Weißt du, wer geschossen hat?«

»Nein. Aber ich habe einen starken Verdacht.«

»Lass mich raten: dein Schreibtischnachbar?«

Natürlich kannte Korn die Gesinnung von Gönnenwein. Sie hatten schon des Öfteren darüber geredet. Paul ließ die Frage deshalb offen, da er wusste, dass dies für Korn Antwort genug war.

»Habt ihr irgendetwas gefunden? Ein Projektil? Wissen wir, aus was für einer Waffe die tödliche Kugel in den Kopf von Jakob Beerbaum abgefeuert worden ist?«

Volker Korn schüttelte resigniert den Kopf. »Nein, tut mir leid. Nachdem die Amerikaner übernommen haben, haben sie den Tatort gesichert. Wir durften zuschauen, aber sie haben uns erst rangelassen, als sie fertig waren. Wahrscheinlich fürchteten sie, wir würden Beweise verschwinden lassen, damit nicht einer unserer Kollegen als Todesschütze entlarvt wird. Alles, was sie gefunden haben, haben sie fein säuberlich dokumentiert und uns dann zur Verfügung gestellt. Da kann man ihnen keinen

Vorwurf machen. Das hatte fast schon was von deutscher Gründlichkeit.«

Paul war enttäuscht, auch wenn er mit genau dieser Antwort gerechnet hatte. »Das heißt, es gibt keine Kugel, zu der wir eine Waffe ermitteln könnten?«

Wieder ein Kopfschütteln.

Verdammt. Wie sollten sie einen Schützen überführen, wenn sie nicht einmal sagen konnten, aus welcher Waffe geschossen worden war? Kein Richter würde ihnen da folgen.

Mit einem Mal fiel Paul wieder ein, was seine beiden Kollegen während ihres Scharmützels im Büro zu ihm gesagt hatten. Er musste sich unbedingt beim Staatsanwalt melden, auch wenn er keine Ahnung hatte, was dieser nun auch noch von ihm wollte. Irgendwie hatte er das Gefühl, als zerrten alle nur an ihm. Er fühlte sich wie ein zuvor unbeachteter Schüler, mit dem plötzlich alle Zeit verbringen wollten.

»Weißt du, wohin die Leiche verbracht worden ist?«

»Ja, ins Bosch haben sie ihn gebracht.«

Paul machte sich eine Notiz. Dann würde er dort nachfragen, ob die ärztliche Untersuchung irgendwelche Erkenntnisse ergeben hatte. Er rechnete jedoch nicht mit einem Durchbruch.

Paul bedankte sich und wollte gerade gehen, als Korn ihm hinterherrief. »Warte!«

»Was ist?«

»Eins vielleicht noch. Wenn ich mir die Schusswunde und den Winkel anschaue, in dem die Kugel aufgetroffen ist … Dann können, nein, müssen wir davon ausgehen, dass der Mann mit einer Pistole, nicht mit einem Gewehr erschossen wurde. Und zwar aus nächster Nähe, wenn du mich fragst.«

Paul nickte anerkennend. Das war ja immerhin etwas, was seine Theorie stützte. Wenn aus nächster Nähe abgedrückt worden war, dann schied ein Schütze, der sich in einem der Gebäude verschanzt hatte, aus. Und wenn diese Information stimmen sollte, woran er bei Korns Erfahrung keinen Zweifel hegte, dann bedeutete dies, dass auch kein Schutzpolizist geschossen haben konnte. Die Polizei war erst seit wenigen Wochen ermächtigt, überhaupt wieder Schusswaffen zu tragen. Doch die Schutzpolizisten waren mit Gewehren ausgestattet. Nur die Kriminalbeamten hatten Pistolen. Das engte den Kreis der möglichen Schützen zumindest ein.

»Danke! Das nächste Bier geht auf mich.« Paul tippte sich lässig an die Stirn und trat auf den Flur hinaus. Dort blieb er kurz stehen, dachte nach und wandte sich dann nach links, zur KZ-Prüfstelle. Der Staatsanwalt würde sich weiter gedulden müssen.

Sie war eine Verräterin. Und sie wusste es.

Aber sie fühlte sich mies dabei. Sie verriet das Vertrauen, das man ihr entgegenbrachte. Sie übte Verrat an ihrem Verlobten. Das war nicht gut. Doch sie hatte keine Wahl. Da war dieser enorme innere Antrieb, etwas zu verändern. Den Wandel von der Diktatur zur Demokratie zu begleiten, ihn zumindest in kleinen Stücken mitzugestalten. Und dies nicht nur bei der Polizei, sondern darüber hinaus. Das Land und die Leute lagen am Boden, und wenn jetzt nicht die richtigen Zeichen gesetzt wurden, dann, so fürchtete Hilde, drohte ein Schub auf die falsche Seite. Und nach zwei fatalen Kriegen konnte sich Deutschland keine weiteren falschen Entscheidungen mehr leisten.

Allerdings war Hilde niemand, der sein Engagement an Parteipolitik binden wollte. Dabei hätten ihr alle Türen offen gestanden. Frauen stellten derzeit die Bevölkerungsmehrheit. Die Stadtbevölkerung von Stuttgart bestand momentan aus etwa sechzig Prozent Frauen. Viele Männer waren entweder im Krieg gefallen oder in Gefangenschaft.

Doch »Mehrheit« war in einer von Männern, sogar von überwiegend alten Männern dominierten Welt nicht mit »Macht« gleichzusetzen, das hatte Hilde rasch gelernt. Denn die sogenannte Öffentlichkeit wurde auch in der sich herausbildenden Gesellschaft von Männern beherrscht, auch wenn sie momentan in der Minderheit waren. Wo Politik gemacht wurde, half also selbst die zahlenmäßige Überlegenheit der Frauen nicht weiter. In den entscheidenden Gremien in den Rathäusern, in den Parteien und Gewerkschaften, sogar in den basisdemokratisch ausgerichteten antifaschistischen Arbeiterausschüssen wurden die Frauen an den Rand gedrängt. So war in der Ende Juni von Bürgermeister Klett gegründeten Kleinen Kommission unter den Vertretern der Parteien, der Kirchen und der Gewerkschaften nicht eine Frau zu finden gewesen. Auch im neuen Gemeinderat, der erst wenige Wochen zuvor, im letzten September, gebildet worden war, fanden sich unter den dreiunddreißig Mitgliedern gerade mal vier Frauen. Eine Tatsache, die Hilde nicht nur ärgerte, sondern die sie als zutiefst ungerecht empfand.

So war es ihr am Ende leichtgefallen, sich gegen ein Engagement in der Politik zu entscheiden. Dabei wusste sie, zumindest ahnte sie es, dass der vor ihr liegende Weg nicht weniger steinig und beschwerlich werden würde. Aber sie konnte nicht nur rumsitzen und zusehen, wie andere ihre Bilder der Zukunft malten. Besonders dann, wenn diejenigen Farben verwendeten, die sie nicht mochte, und die beschriebene Zukunft die Vergangenheit wieder aufleben ließ.

Der Raum war zu klein für die kurzfristig einberufene Pressekonferenz. Nach der fehlgeschlagenen Razzia in der Reinsburgstraße war der Druck auf Klett und Rückert inzwischen so groß, dass sie nicht umhinkamen, zu den Vorgängen Stellung zu beziehen.

Vorn hatten zwei Männer an zwei aneinandergestellten Tischen Platz genommen. Der eine war Dieter Rückert, den anderen kannte Hilde nicht. Ihnen gegenüber saßen ein gutes Dutzend Männer und ein paar wenige Frauen in gespannter Haltung und warteten auf den Start der Veranstaltung.

Viele kannten sich anscheinend untereinander und tuschelten. Doch mehr als einzelne Wortfetzen war für Hilde nicht zu verstehen, als sie vom Eingang in den Raum nach vorn in die Nähe des Tisches schlenderte, an dem jetzt Rückert konzentriert in den vor ihm liegenden Akten blätterte. Als sie von dort einen beiläufigen Blick über die Anwesenden huschen ließ, entdeckte sie Wolf Kupferschmidt. Er winkte ihr etwas auffällig unauffällig zu, und sie erschrak ein klein wenig. Hoffentlich hatte niemand die Geste registriert. Für einen Moment war sie sogar dankbar, dass Paul nicht im Raum war. Aufmerksamer Beobachter, der er war, wäre ihm dieses winzige Signal der Vertrautheit kaum entgangen.

Auch zwei Vertreter der Militärregierung erkannte sie unter den Anwesenden. Einer davon trug die Uniform der Militärpolizei, der andere das Abzeichen des Pressecorps. Sie waren sicher da, um den Ablauf der Pressekonferenz zu überwachen und die Aussagen festzuhalten. Das Misstrauen gegenüber den Deutschen war längst nicht verschwunden.

Ach, Paul. Er würde einen hervorragenden, vielleicht sogar einmal einen herausragenden Ermittler abgeben, davon war Hilde mit jeder Faser ihres Körpers überzeugt. Er war nicht nur klug und hatte eine rasche Auffassungsgabe, sondern konnte vor allem gut zuhören, kombinieren und dann die richtigen Fragen stellen. Und er war jemand, dem die Menschen gern Dinge erzählten, da er durch seine ruhige Art sofort eine vertrauensvolle Atmosphäre schuf. Das waren doch die besten Voraussetzungen für einen guten Polizisten, dachte Hilde. Zudem hatte er zwar klare politische Ansichten, war jedoch weder ein Fanatiker noch sonst wie verblendet. Pauls Antrieb war sein unumstößlicher Sinn für Gerechtigkeit.

Sie wollte sich aber lieber nicht ausmalen, was Paul in diese kleine Geste und den Austausch von kurzen Blicken zwischen ihr und Kupferschmidt hineininterpretiert hätte. Sie mussten dringen sprechen, aber es war so viel passiert in den letzten Tagen, die Ereignisse hatten sich regelrecht überschlagen, und sie sahen sich so selten.

»Meine Damen und Herren«, erhob Rückert nun seine Stimme, und es wurde schlagartig still im Raum.

Hilde bewegte sich wieder nach hinten und schloss die Tür, wodurch die ohnehin vorherrschende Enge noch spürbarer wurde. Aber es hatte auf die Schnelle keinen besseren Raum gegeben. Zu viel war noch zerstört, das zwang sie zur Improvisation.

»Lassen Sie uns beginnen. Anlass unserer heutigen Pressekonferenz ist der Polizeieinsatz in der Reinsburgstraße …«

»Sie meinen den Fehlschlag!«, tönte es aus den Reihen der anwesenden Journalisten, und Hilde fürchtete, dass damit der Tenor der heutigen Runde gesetzt war.

Rückert hatte den Einwurf entweder nicht gehört oder überging ihn bewusst und gekonnt. Der Mann neben ihm saß stumm da, sah blicklos in den Raum und rauchte. Beide trugen dunkle Anzüge, weiße Hemden und Krawatten, wodurch sie trotz Zivilkleidung uniformiert wirkten.

»... aber zunächst habe ich noch eine weitere wichtige Information für Sie.«

Gespannte Stille breitete sich aus, während die Stifte über den Papierblöcken in Schreibbereitschaft gebracht wurden.

»Ich darf Ihnen Artur Hoffmann vorstellen. Herr Hoffmann wird ab sofort und in direkter Nachfolge des zu meinem Bedauern abberufenen Hermann Schreiber die Leitung der Kriminalpolizei in Stuttgart übernehmen.«

Damit übergab Rückert das Wort mit einer kleinen Handbewegung an Hoffmann, der mit ernstem Gesicht anfing zu sprechen. Hilde wunderte sich über die versteinerte Miene des Mannes. Doch als er sprach, entspannten sich seine Gesichtszüge, wurden weicher, und er wirkte beinahe sympathisch.

»Ich freue mich auf die neue Aufgabe«, sagte er. »Ich werde alles in meiner Macht Stehende tun, um den demokratischen Neuaufbau der Stuttgarter Polizei zu begleiten, ganz im Sinne von Oberbürgermeister Arnulf Klett und Polizeipräsident Dieter Rückert.«

Mit den knappen Worten wollte er es offensichtlich schon bewenden lassen.

»Und was prädestiniert Sie dafür, diese nicht unwichtige Funktion zu übernehmen?«, rief einer dazwischen.

»Wer hat Sie ausgesucht? Klett, Rückert oder die Amerikaner?«, wollte ein anderer wissen.

»Was haben Sie während der Nazi-Zeit gemacht?«, hallte es von hinten.

Doch die unangenehmste, kritischste und zugleich nachvollziehbare Frage warf Kupferschmidt ein. »Sagen Sie, Herr Rückert, warum genau musste Herr Schreiber so plötzlich und überraschend seinen Posten räumen?«

Hilde wusste, dass Rückert insgeheim gehofft hatte, die Frage nicht beantworten zu müssen, schon gar nicht vor der Presse.

Aber vermutlich hatte er selbst gewusst, dass so manche Hoffnung vergebens war.

»Meine Herren, beruhigen Sie sich, Sie bekommen ja Ihre Antworten.« Rückert wirkte sichtlich angespannt. Denn dieser erste Teil war noch der leichte. »Da die Ermittlungen im Fall Schreiber noch laufen und von der US-Militärregierung geleitet werden, kann ich Ihnen hierzu im Moment noch keine Auskünfte geben. Aber ich verspreche Ihnen, Sie werden die Ersten sein, die die entsprechenden Hintergründe erfahren.«

Die Antwort löste allgemeines Murren und Unverständnis aus, und Kupferschmidts Blick zeigte deutlich, was er von den Worten des Polizeipräsidenten hielt. Aber keiner im Raum machte in diesem Moment Anstalten, nachzufassen.

»Ich war vor dem Krieg Polizeibeamter in Hamburg«, begann Hoffmann und lenkte das Gespräch damit auf ein anderes Thema.

»Sie klingen aber gar nicht norddeutsch«, kam sofort der Einwand eines Journalisten.

»Das hört sich eher nach Oberschwaben an oder so«, ergänzte ein anderer.

Hoffmann konnte sich ein mildes Lächeln abringen. »Das haben Sie gut verortet. Ich komme aus der Nähe von Bad Waldsee. Dort bin ich groß geworden. Aber später sind meine Eltern mit mir nach Hamburg gezogen, wo ich dann meine Jugend und die ersten Berufsjahre verbringen durfte. Ich hatte mich ohnehin für eine Stelle bei der Polizei in Stuttgart beworben, da ich die Gelegenheit nutzen und wieder näher an meine alte Heimat wollte. Und ich hatte Glück.« Er gönnte sich eine kurze Pause, ehe er mit der nächsten Antwort weitermachte. »Während des Krieges war ich zeitweise interniert, da man mich des Widerstands verdächtigte. Politisch habe ich den Nationalsozialismus stets abgelehnt.«

Rückert ergänzte: »Die Neubesetzung der Position erfolgte selbstverständlich in Abstimmung mit der Rathausspitze und der amtierenden Militärregierung.« Dann veränderte sich seine Körperhaltung, er wirkte mit einem Mal noch angespannter. »Kommen wir zu einem weiteren Thema, meine Damen und Herren. Wie Sie wissen, hat die Polizei in Abstimmung mit der

Militärregierung Anfang Oktober das Lager für vornehmlich jüdische Displaced Persons in der Reinsburgstraße abgesperrt. An der Aktion waren etwa zweihundert Beamte der Schutz- und der Kriminalpolizei beteiligt. Die durchgeführte Razzia richtete sich gegen den grassierenden Schwarzmarkthandel in der Stadt. Zu unserem Bedauern kam es dabei zu gewaltsamen Zusammenstößen mit den Bewohnern des Lagers. Dabei kam der polnische Jude Jakob Beerbaum zu Tode. Daraufhin wurde die Aktion in Abstimmung mit der zur Beobachtung anwesenden Militärpolizei abgebrochen.«

Gerade als Rückert seine Stellungnahme beendete, öffnete sich leise die Tür, und Paul huschte herein. Er nickte Hilde kurz zu, stellte sich neben sie und beobachtete dann sichtlich gebannt und neugierig zugleich die hochkochenden Emotionen.

»Was genau ist denn passiert?«, rief Kupferschmidt dazwischen.

»Der Hergang lässt sich leider aufgrund der Umstände nicht mehr in allen Details rekonstruieren.«

»Aber es heißt, es sei erst zur Gegenwehr gekommen, nachdem die Polizei einige der Männer verhaftet habe. Und zu Angriffen auf die Polizei sei es erst gekommen, nachdem diese geschossen habe.«

Paul fragte Hilde, was er denn bisher verpasst habe, und sie schilderte ihm in knappen Sätzen den Verlauf, versuchte aber, so gut es ging, sich eine Wertung zu verkneifen.

»Wie gesagt, wir bedauern diesen Vorfall sehr. Ich kann Ihnen jedoch versichern, dass alle Befragungen der beteiligten Polizisten ergeben haben, dass die Eskalation der Ereignisse von den DPs ausging.«

Jetzt regte sich Unruhe im Raum. Einige rissen entsetzt Augen und Mund auf, andere schüttelten ungläubig den Kopf.

Rückert fuhr unbeirrt fort. »Die Polizei hat die Schüsse erwidert, nachdem sie aus den oberen Fenstern einiger umliegender Gebäude beschossen worden war.«

Auch für Hilde waren diese Informationen und die Darstellung der Ereignisse neu.

Paul wandte sich Hilde zu und flüsterte leise: »Ich hatte erst vor wenigen Minuten ein paar Etagen weiter oben ein interessantes Gespräch in der Kriminaltechnik. Was ich dort erfahren hatte, zeichnet allerdings ein anderes Bild der Geschehnisse.«

Hilde sah ihn interessiert an, wusste aber instinktiv, dass dies nicht die richtige Zeit und zudem der falsche Ort waren, um das genauer zu erläutern.

Zum Ende seines Vortrags betonte Rückert noch einmal, wie sehr er diesen Vorfall und den damit einhergehenden Prestigeverlust für die Polizei der Stadt bedauere. In seiner Erklärung schwang aber auch Enttäuschung darüber mit, dass der Einsatz hatte abgebrochen werden müssen. »Die Einsatzkräfte waren durch die vorherrschenden Umstände gezwungen, Recht und Ordnung an Ort und Stelle durchzusetzen und den Widerstand gegen die Staatsgewalt zu unterbinden.«

Nun regte sich noch größerer Unmut. Einige sprangen auf, Fragen wurden in verschiedenen Sprachen in den Raum geschleudert.

»Sie geben also alleine den DPs die Schuld an der Eskalation der Gewalt?«

»Ist es der deutschen Polizei nicht sogar untersagt, in den Flüchtlingslagern selbstständig tätig zu werden?«

»Wundert es wirklich, dass Überlebende aus Konzentrations- und Vernichtungslagern es nicht widerstandlos hinnehmen, wenn uniformierte und bewaffnete Polizisten Straßen absperren, Menschen aus ihren Wohnungen holen und sie auf der Straße zusammentreiben? Dass das nicht ohne Reaktion geschehen kann, das hätte man doch auch vor dem Einsatz wissen müssen, oder?«

Rückert hob abwehrend die Hände. Statt mit seinem Statement die Lage zu beruhigen, hatte er in ein Wespennest gestochen. Und nun würde die in Stuttgart versammelte internationale Presse ausschwärmen und auf ihn einstechen wie ein aufgebrachter Bienenschwarm, da war sich Hilde sicher. Rückert wand sich in seinen Aussagen und Formulierungen wie ein glitschiger Aal. Sie war sicher, dass er in dieser Pressekonferenz keinen Fuß mehr auf den Boden bekam.

Die Vertreter der Militärregierung sanken immer tiefer in ihre

Sitze. Sie waren sichtlich unzufrieden über den Verlauf und die Inhalte der Pressekonferenz, machten aber keine Anstalten einzuschreiten. Sollten sich die Deutschen doch selbst blamieren und disqualifizieren, dachten sie vermutlich.

Aus den Augenwinkeln erkannte Hilde an Pauls Miene, dass er dem Schauspiel ungläubig folgte.

Dann stellte Kupferschmidt die entscheidende Frage: »Herr Rückert, geht es Ihnen als Präsident der Polizei in Stuttgart nicht aber auch darum, die Kompetenzen Ihrer Behörde auszuweiten? Kommt Ihnen da ein solches herbeigeredetes Bedrohungsszenario nicht gerade recht? Das spielt Ihnen doch Argumente für eine weitergehende Wiederbewaffnung der Polizei in die Hände, nicht wahr?«

Rückert wirkte für einen Moment sprachlos und hatte sichtlich Mühe, seine Gesichtszüge zu kontrollieren. Hilde war dagegen begeistert. Sie hatte sich mit Kupferschmidt über das Thema unterhalten und ihm ihre Einschätzung dazu mitgeteilt. Und nun hatte der Journalist die richtigen Fragen gestellt, wie sie fand. Antworten bekam er allerdings keine.

Als Rückerts Schweigen sich unangenehm lange hinzog, nutzte Artur Hoffmann die Gelegenheit für ein kurzes Statement. »Die deutsche Bevölkerung und insbesondere die Bürgerinnen und Bürger in Stuttgart wünschen sich und hoffen darauf, dass die öffentliche Sicherheit eingehalten wird und auf den Straßen der Stadt bald wieder Ruhe und Frieden einkehren. Viele von ihnen empfinden die Zustände in den DP-Lagern als Bedrohung. Und es ist Aufgabe der Polizei, den Bürgerinnen und Bürgern das Gefühl der Sicherheit zu geben. Das werden wir tun.«

Damit hatte Hoffmann die Anwesenden zugleich einen ersten Blick auf seine politische Grundhaltung werfen lassen. Hilde fragte sich, warum solche Männer schon wieder in den Leitungspositionen des Landes zu finden waren, während integre Beamte möglichst von Entscheidungsfunktionen ferngehalten wurden.

Dann hatte sich Rückert wieder gefangen und schob ein Argument nach, bei dem sich ein Knoten in Hildes Brust bildete, so erschrocken war sie, als sie die Bedeutung der Worte erfasste.

»Nun sind in den letzten Tagen auch Forderungen laut geworden, die Lager am besten aufzulösen. Das ist leider nicht so einfach machbar, wie man dies glauben möchte. Es hätte nämlich den unangenehmen Nebeneffekt, dass viele der dann in ihre Heimatländer zurückzuschickenden Menschen dort sofort verhaftet werden würden, weil sie bis zum Kriegsende in den Lagern, auf die sie verteilt waren, bisweilen mit der SS oder dem SD zusammengearbeitet haben.«

Paul war noch ganz benommen von der Pressekonferenz, obwohl er ihr nur zum Teil beigewohnt hatte. Er war durchaus erschrocken über die angeschlagenen Töne. Hatte er sich in Rückert derartig getäuscht? Paul fand die getätigten Aussagen nahezu beschämend. Rückert hatte ein Bild gemalt, das nicht der Polizei entsprach, die Paul mit aufbauen wollte. Aber offensichtlich waren auch die Gegner der Nazis nicht frei von diskriminierenden, antisemitischen und rassistischen Denk- und Handlungsweisen.

Und sein neuer Chef, Artur Hoffmann, auch der hatte sich ja gleich richtig eingeführt. Allerdings ebenfalls in einer Tonlage, die Paul nicht gefiel.

Der Name sagte ihm nichts. Hoffmann schien gekommen zu sein wie der berühmte Phönix aus der Asche. Auch gesehen hatte Paul den Mann nie zuvor, da war er sich sicher. Und doch hatte er kurz gezuckt, als Hoffmann zu reden begonnen hatte. Diese Stimme, die war ihm bekannt vorgekommen. Er wusste nur nicht, wo er sie schon einmal gehört hatte. Und eigentlich konnte das ja auf keinen Fall stimmen, denn Hilde hatte ihm kurz erklärt, was Hoffmann zu seiner Herkunft gesagt hatte. Wo hätte er ihn treffen oder seine Stimme hören sollen?

In Gedanken versunken und mit schweren Schritten stapfte Paul wieder nach oben in das dritte Obergeschoss. Er hatte vorhin bereits vor der Tür der KZ-Prüfstelle gestanden und klopfen wollen, als ihm die Pressekonferenz wieder in den Sinn gekommen war. Und plötzlich war die Neugier größer gewesen, was denn die Polizeispitze zu den Vorfällen in der Reinsburgstraße zu sagen hatte. Also hatte er sich kurzerhand umentschieden und war ins Erdgeschoss und in den kleinen Saal geschlüpft, der für den Anlass angeschlagen war. Das hätte ich besser nicht gemacht, dachte er jetzt.

»Gratuliere«, meinte Paul zunächst, als er nach Aufforderung in den Raum getreten war. Außer Horst Lemke waren noch zwei weitere Mitarbeiter anwesend. Wie nicht anders zu erwarten gewesen war, hatten die Beschäftigten Horst Lemke mit satter Mehrheit zu ihrem Belegschaftsvertreter gewählt. Ein Vertrauensvorschuss, der diesen sichtlich mit Stolz erfüllte, wie Paul sofort erkannte.

»Na ja, lieber Paul, in einer Zeit voll schlechter Nachrichten muss es ja auch mal etwas Positives zu vermelden geben.« An Selbstbewusstsein mangelte es dem frischgebackenen Betriebsrat jedenfalls nicht.

Sie schüttelten sich kurz und herzlich die Hände, dann wurde die Stimmung schon wieder ernst.

»Aber meine Wahl freut nicht alle, wie du weißt.«

Natürlich hatte Paul von ein paar Vorfällen gehört, bei denen Lemke einigen Leuten auf die Zehen gestiegen war. Aber er polterte eben los, wenn ihm etwas gegen den Strich ging.

Wie vor einigen Wochen, als es bei einer polizeiinternen Veranstaltung beinahe zum Eklat gekommen wäre, als der inzwischen geschasste Hermann Schreiber den Kriminalbeamten Ferdinand Stollenbruch als »vorbildlichen Ermittler« gelobt hatte. Einen Mann, der an den Krankentötungen und Mordaktionen in den Vernichtungslagern Treblinka, Sobibor und Belzec beteiligt gewesen war. Da war Lemke ebenso der Kragen geplatzt wie auf einer internen Besprechung, als es um den künftigen Umgang mit Obdachlosen gegangen war. Doch trotz – oder wegen – dieser Geradlinigkeit genoss Lemke großes Vertrauen von allen Seiten. Selbst bei denen, die er mit seiner harten Haltung gelegentlich piekte.

Jetzt wandte er sich seinem Kollegen zu. »Paul, was gibt es?«

»Kannst du mir etwas zu Jakob Beerbaum sagen?«

»Ach, das ist der getötete Jude, nicht wahr?«

»Ja. In welche Kategorie fällt der?«

Paul spielte damit auf die vier Kategorien an, in die Antragsteller von der KZ-Prüfstelle eingeteilt wurden, wenn sie einen sogenannten KZ-Ausweis für ehemalige Lagerinsassen haben wollten. Neben den Ausweisen konnten die befreiten Häftlinge in der offiziellen Dienststelle 11 auch Auskünfte einholen und Hilfestellung bei der Beantragung von Leistungen aus dem Wiedergutmachungsfonds erhalten. Aktuell hatte die Dienststelle zwölf Mitarbeiter, die selbst zu den Verfolgten des NS-Regimes zählten und daher eine besondere Motivation besaßen, ihren Leidensgenossen zu helfen.

»Er war ein klarer Zweier.« Damit meinte Lemke die Kategorie »Politisch Verfolgte«, also diejenigen, die aus politischen, rassischen oder religiösen Gründen ohne besondere Aktivität in Haft gekommen waren.

»Gab es da irgendwas Auffälliges?«

Paul spürte sofort, wie Lemke misstrauisch wurde und ihn skeptisch beäugte.

»Was soll es da gegeben haben? Er war eine arme Sau, die mit viel Glück, mehr Glück, als viele andere hatten, den Krieg überlebt hat und dann von einem deutschen Polizisten erschossen wurde.«

»Das wissen wir nicht sicher.«

Lemke warf seinen Bleistift, mit dem er zwischen den Fingern hantiert hatte, auf den Tisch. »Das meinst du jetzt nicht im Ernst.«

Paul zuckte hilflos mit den Schultern. »Ich kann nur sagen, wir wissen es nicht. Es gibt keine Kugel am Tatort, mit der wir das beweisen könnten, keine Augenzeugen, nichts.«

»Na, vielleicht sollten wir mal einen Suchtrupp zu Gönnenwein und seinem Spezel Hindler schicken. Ich glaube, die beiden wären eitel und dumm genug, eine Patrone aufzuheben, wenn sie aus einer ihrer Waffen stammt.«

Paul sagte nichts, aber ein ähnlicher Gedanke war ihm ebenfalls gekommen. Ohne einen hinreichenden Tatverdacht konnte er jedoch keinen Durchsuchungsbeschluss erwirken.

Da fiel ihm der Staatsanwalt wieder ein. Dieser würde sicher inzwischen mehr als säuerlich sein. Paul würde gleich im Anschluss versuchen, das Versäumnis wettzumachen. Staatsanwälte mochten es noch weniger als andere, wenn man sie warten ließ.

»Ich dachte nur, vielleicht gab es einen Auslöser oder so?«

»Nicht dass ich wüsste. Aber vielleicht wissen die vom Fahndungsdienst oder bei ›Diebstähle und Unterschlagungen‹ mehr.«

Dann würde Paul sein Glück dort versuchen müssen. Er verabschiedete sich und wandte sich gerade zum Gehen, als Lemke ihm noch etwas zurief.

»Paul, du weißt doch, die haben alle Dreck am Stecken, wenn du mich fragst. Wer sich unter den Nazis nicht die Finger schmutzig gemacht hat, macht es vielleicht jetzt. Und wer damals schon im Dreck gewühlt hat, warum sollte er sich ändern?«

Paul dachte über diese eher kryptische Aussage nach. »Was willst du mir damit sagen?«

Lemke seufzte. »Ich vermute, du wirst da nicht weiterkommen. Die stecken doch alle mit im Schwarzmarkt drin. Ich meine unsere Kollegen. Manche von denen verkaufen sogar selber teuer weiter, was sie den armen Schweinen abknöpfen und beschlagnahmen. Aber eine Krähe hackt der anderen nun mal kein Auge aus. So schmerzlich das sein mag.«

Mit diesen Worten wandte er sich seinem Aktenstudium zu, und Paul ging nach draußen.

Der Staatsanwalt war ein ernster Mann. Das kantige Gesicht mit dem kräftigen Vollbart passte zu den kalten stahlblauen Augen, die von einer dunklen Haarpracht eingerahmt wurden.

Paul hatte bislang nie mit ihm persönlich zu tun gehabt, da meist Schreiber die Gespräche mit der Staatsanwaltschaft geführt hatte. Und offiziell war Gönnenwein, mit dem er auf Gedeih und Verderb zusammenarbeiten musste, im Rang über ihm.

Alexander Thiele hatte ihn in die Urbanstraße bestellt, wo die Staatsanwaltschaft ihre provisorische Unterbringung hatte. Als Paul um die Ecke gebogen war, hatte Thiele bereits vor dem Gebäude auf ihn gewartet und ihn grimmig angeschaut. Paul hatte daher mit einem kräftigen Einlauf gerechnet, da er die ihm übermittelte Aufforderung des Staatsanwaltes ignoriert und sich nicht umgehend mit Thiele in Verbindung gesetzt hatte. Das war unprofessionell und dilettantisch, schalt er sich, aber ändern konnte er es auch nicht mehr.

»Lassen Sie uns ein paar Schritte gehen«, sagte der Staatsanwalt in neutralem Tonfall, der Paul etwas Hoffnung gab, und zog seinen Mantel zu. Es regnete zwar nicht, aber der Winter rückte langsam näher und schickte mit dem aktuellen Schmuddelwetter seine herbstlichen Vorboten. »Ich bin immer wieder froh, wenn ich den Schreibtisch verlassen und mir etwas die Beine vertreten kann. Die Sitzerei ist nichts für meine Knochen, glauben Sie mir. Aber Sie sind ja noch jung, Herr Kramer.«

Paul wusste nicht so recht, was er denn von dieser Einleitung halten sollte und was ihn nun erwarten würde. Obwohl er ihm noch nie begegnet war, kannte er den Ruf, der Thiele vorauseilte, nur allzu gut. Doch der Staatsanwalt wirkte nicht verärgert über Paul.

»Waren Sie schon einmal hier?« Mit einer Handbewegung beschrieb Thiele einen umfassenden Kreis zu dem in seinem Rücken liegenden Bauwerk. Obwohl nicht mehr viel von dem einstmals imposanten Gemäuer zu erkennen war, wusste Paul, dass es sich um das ehemalige Justizgebäude handelte. Dessen Lichthof war eine der zentralen Hinrichtungsstätten der örtlichen Nationalsozialisten gewesen. Er hatte zwischen Urban, Archiv- und Ulrichstraße gelegen.

»Nach allem, was wir bisher wissen, wurden alleine hier mindestens vierhundertfünfundzwanzig Menschen hingerichtet. Und viele meiner Kollegen, Staatsanwälte und Richter gleichermaßen, auch die, die ab 1933 maßgeblich an den Todesurteilen beteiligt waren und die zuvor in der Weimarer Republik ihrem Dienst normal nachgegangen waren, drängen jetzt wieder an die Gerichte zurück.«

Thiele schaute Paul mit einem unergründlichen Blick an. »Mein eigener Bruder war einer von ihnen. Er ist dem Nazi-Wahn leider früh anheimgefallen. Und er war bis kurz vor dem Zusammenbruch mit Leib und Herz Jurist in diesem Staat. Etwas, das ich nie verstanden habe. Wir haben uns daher auch völlig entzweit. Jetzt sitzt er in Haft, und obwohl es mein eigener Bruder ist, wünsche ich mir eigentlich, dass er nie wieder auf freien Fuß kommt. Auch wenn er zum Ende hin geläutert wurde. Angeblich.«

Über das graue Gesicht des Staatsanwalts huschte ein melancholischer Schatten, der aber sofort wieder verschwand.

»Waren Sie mal bei einer Hinrichtung dabei?«

Paul verneinte. »Das ist mir zum Glück erspart geblieben. Aber ich habe genügend Tod an der Front gesehen. Sinnloses, qualvolles Sterben.«

»Mein Bruder hat es mir so geschildert – ich hoffe, Sie haben einen resistenten Magen: Es gab bis zu fünfunddreißig Hinrichtungen an einem Tag. Und zwar immer zwischen fünf Uhr und sieben Uhr morgens, damit alles wieder sauber war, wenn die Beschäftigten das Gebäude betraten. Man hat die Todeskandidaten geweckt, ihnen noch einmal kurz ihr Todesurteil verlesen. Dann mussten sie sich ausziehen und mit einem Totenhemd aus Papier bekleiden, das einen ausgeschnittenen Hals hatte. Anschließend wurden sie in den Lichthof geführt. Dort hat man sie den angetrunkenen Helfern des Scharfrichters übergeben. Die haben sie dann brutal auf die Pritsche der Guillotine gelegt und festgeschnallt. Mein Bruder berichtete von den Jammerrufen, den Angstschreien, während die Delinquenten aus dem Gefängnis zur Richtstätte geführt wurden. An ihnen vorbei wurden die Körper der Enthaupteten weggetragen, und man musste wohl buchstäblich durch Blut waten, um zur Guillotine zu gelangen. Alles hat nach Blut gerochen. Dieser süßliche Geruch, der einen Würgereiz verursacht. Dann krachte das Fallbeil, das Blut rauschte aus dem Hals, und alles war vorüber.«

Paul hatte die Bilder im Kopf. Und allein durch die Erzählung fühlte er sich selbst gewürgt.

»Und wissen Sie, Herr Kramer, was dem Ganzen noch die Krone aufsetzte?«

Paul hob fragend den Kopf. Er hatte keine Ahnung, was noch Schlimmeres kommen konnte.

»Danach fand man sich regelmäßig in der Bahnhofsgaststätte ein, wo sich den Massenhinrichtungen ein gemütliches Saufgelage anschloss. Zum ausgezeichneten Remstäler Wein genossen die Herren dann ein opulentes Mittagsmahl.«

Der Staatsanwalt machte ein paar Schritte vorwärts, ehe er wieder stehen blieb. »Ich weiß, wie Ihnen jetzt gerade zumute ist. Mir ging es ebenso, als mir mein Bruder davon berichtet hat. Es war auch für ihn das erste Mal gewesen, im Juni 1944, dass er einem dieser Hinrichtungsexzesse beigewohnt hatte. Und es war gleichzeitig der Beginn der Abkehr von den damaligen Herrschern. Aber Schuld vergeht nicht. Nie. Mit der Schuld, selbst viele Menschen, Dutzende, vielleicht Hunderte, aufs Schafott befördert zu haben, mit dieser Schuld muss er leben. Und das weiß er.«

»Aber warum erzählen Sie mir das?«

»Weil ich möchte, dass Sie verstehen.«

»Was?«

»Als in der Nacht vom 12. auf den 13. September 1944 das Justizgebäude weitgehend zerstört wurde und auch vom Gebäude des Prinzenbaus am Schillerplatz nicht mehr viel übrig war, sind nahezu alle Akten und Archivmaterialien verloren gegangen. Das heißt, die Chancen, die Täter von damals, zumindest die in der Stuttgarter Justiz, zur Rechenschaft zu ziehen, sind überaus gering. Gerade deshalb brauchen wir Männer wie Sie in der Polizei. Ich habe schon einiges über Sie gehört. Sie scheinen ein aufrechter Charakter zu sein. Jemand mit dem Ziel, eine demokratische Gesellschaft mit einer demokratischen Polizei aufbauen zu wollen. Das ist nicht leicht durch die Situation im Polizeiapparat. Ich weiß, dass sich dort Täter und Opfer zwischenzeitlich gegenübersitzen, sogar Hand in Hand arbeiten müssen. Und doch ist diese Arbeit unabdingbar, um Todesfälle wie den von Vera Wallner aufzuklären.«

Und den von Jakob Beermann, dachte Paul, dem noch immer nicht klar war, was genau der oberste amtierende Staatsanwalt in der Stadt von ihm wollte oder erwartete. Er war nur ein einfacher Ermittler. Und einer mit wenig Erfahrung obendrein. Eine Tatsache, die ihm viele seiner Kollegen voraushatten.

»Ich verlasse die Polizei.« Hilde schlenderte in der Mittagspause neben Paul durch den Rosensteinpark. Der war noch nicht wieder zu seiner alten Blüte erwacht. Dazu waren die Kriegsschäden zu groß, denn auf Park und Schloss hatte es viele Bomben geregnet. Auch weil entlang des Areals viele Betriebe der Rüstungsindustrie angesiedelt waren, die zu den ausgemachten Zielen der Alliierten gehört hatten. Einige Meter unter ihnen verlief der etwa dreihundertsechzig Meter lange Rosensteintunnel, der älteste Eisenbahntunnel des Landes. Im Krieg hatte er als Luftschutzbunker gedient. Außerdem war ein Teil der Produktion einer in Bad Cannstatt ansässigen Firma dorthin verlagert worden.

Pauls Hand schnappte nach Hildes Arm und zwang sie mit einem Ruck zum Stehenbleiben. »Du machst *was*?«

»Ich verlasse die Polizei.« Sie versuchte, eine Miene aufzusetzen, die einerseits Selbstbewusstsein ausdrückte, aber zugleich zeigte, dass ihr der Schritt nicht gerade leichtfiel.

»Hilde, was sagst du denn da? Das hast du jetzt einfach so beschlossen, oder wie? Ich dachte, wir haben gemeinsame Pläne. Und warum überhaupt? Was willst du denn stattdessen machen? Wo willst du hin?«

Sofort erschien vor seinem Auge das Bild des Mannes, mit dem er Hilde gestern gesehen hatte. Er war auch vorhin auf der Pressekonferenz gewesen. Paul hatte ihn beim Hinausgehen entdeckt, als er Hilde kaum sichtbar zugewinkt hatte.

Paul fühlte plötzlich einen Stich in seinem Herzen. Was würde noch alles kommen? Würde sie ihm jetzt gleich mitteilen, dass sie einen anderen, einen älteren Mann kennengelernt hatte, mit dem sie ihre gemeinsame Zukunft plante? Paul stand vor ihr wie vom Donner gerührt und spürte, wie er mit einem Mal keinen Ton mehr herausbrachte. Warum machte sie das mit ihm?

»Paul«, gab sie mit erschrockener Stimme zurück. »Was denkst du denn? Natürlich haben wir unsere Pläne. An denen wird sich auch nichts ändern. Das mit uns hat doch nichts mit unserer Arbeit zu tun. Ich möchte nur nicht länger für die Polizei arbeiten, ich möchte unabhängig von einer Behörde den Demokratisierungsprozess in unserer Gesellschaft begleiten.«

Paul war verwirrt. Zu viele Gedanken schwirrten mit einem Mal in seinem Kopf herum. Er brauchte eine Weile, um die nächste Frage zu formulieren. »Was heißt das? Gehst du in die Politik?«

»Nein, natürlich nicht. Da könnte ich zu wenig verändern. Als Frauen stemmen wir zwar den ganzen Wiederaufbau, wenn wir mal ehrlich sind, aber mitreden sollen und dürfen wir nicht. Auch das möchte ich ändern und den Frauen auch eine Stimme geben.«

Mit einem Mal ging Paul ein Licht auf. Es war wie bei einem Puzzle, wenn man plötzlich erkannte, wie sich die einzelnen kleinen Teile zusammensetzten. Er ließ ihren Arm los und nickte erst zaghaft, dann stärker. »Ja, jetzt fällt es mir wie Schuppen von den Augen. Lass mich raten: Du bist die Informantin für diesen Dieter Käfer, wer auch immer hinter diesem lächerlichen Namen stecken mag. Ist das der Kerl, mit dem du dich gestern lieber getroffen und für den du mir einen veritablen Korb gegeben hast? Hat er dir irgendwelche Flöhe in den Kopf gesetzt?«

Noch während er sprach, war eine Wut in Paul emporgestiegen, die ihn die Worte hatte deutlich schärfer klingen lassen als beabsichtigt.

»Paul, was redest du denn da?«

Sie wusste offensichtlich nicht, dass er sie beobachtet hatte.

»Ich bin dir nachgegangen und habe euch gesehen. Dich und diesen Schmierfinken. Er war vorhin auch da. Habt ihr was miteinander?« Aus einem Impuls heraus packte er ihre Schultern, schüttelte sie leicht und sagte etwas zu laut: »Los, sag schon. Läuft da was zwischen euch? Sprechen wir deswegen seit Tagen nicht mehr miteinander? War das etwa das große Geheimnis, von dem du mir schon länger erzählen wolltest?«

»Nein!« Hilde wand sich aus seinem Griff und sah ihn entsetzt an. »Du bist doch der, der nie da ist. Wann hätten wir denn reden sollen? Immer bis spät am Abend im Silber oder bei irgendwelchen geheimen Treffen. Vielleicht sollte ich lieber dich fragen, ob du was mit einer anderen hast«, giftete sie ihn an. Ihr Gesicht war rot vor Zorn, und ihre Augen funkelten wie zwei glühende Kohlen. »Du bist doch wie besessen, willst den Tod der Wallner offensichtlich im Alleingang aufklären. Und den Mord an dem erschossenen DP noch obendrein. Warum? Warum bist du so erpicht darauf? Versprichst du dir da eine große Karriere? Und was machst du, wenn dir am Ende nicht gefällt, was du vielleicht noch herausfindest? Oder wenn den einflussreichen Herren deine Ergebnisse nicht gefallen? Ziehst du dann den Schwanz ein, oder pinkelst du denen dann trotzdem ans Bein? Du tust seit Tagen alles, nur um voranzukommen, um dich in einem strahlenden Licht zu präsentieren, willst zum Vorzeigeermittler aufsteigen, oder liege ich da etwa falsch? Dass du mich dabei vernachlässigst und ich auf der Strecke bleibe, kommt dir dabei gar nicht erst in den Sinn, stimmt's? Du siehst doch nur dich und deine Interessen. Was ich möchte, das interessiert dich doch überhaupt nicht. Aber dann ziehe ich das trotzdem durch, auch ohne dich.«

Paul fühlte sich wie ein Boxer, der einen schweren Schlag gegen den Kopf bekommen hatte und nun durch den Ring taumelte, in der Hoffnung, nicht zu Boden zu gehen. Doch bevor er sich fangen konnte, wandte Hilde sich ab und stürmte wütend davon. Paul war sich sicher, dass er Tränen in ihren Augen gesehen hatte. Er brauchte einen Moment, ehe er die Beine in die Hand nahm und ihr hinterherrannte.

Er war überrascht und entsetzt über die Vorwürfe, die sie ihm gemacht hatte. Damit hatte er nicht gerechnet. Auf nichts von dem, was in den letzten Minuten an seine Ohren gedrungen war, war er auch nur im Geringsten vorbereitet gewesen. Und jetzt fühlte er sich überrumpelt und völlig zu Unrecht an den Pranger gestellt. Was war da nur gerade passiert? Von irgendwoher war ein bis eben unsichtbarer Keil zwischen ihn und Hilde getrieben worden.

Paul hockte im Wirtshaus von Erich Häberle in Fellbach bei seinem dritten Bier und versuchte, das Chaos in seinem Kopf zu ordnen. Er hatte beschlossen, wenigstens eine Nacht bei seinen Eltern zu verbringen.

Der Streit mit Hilde lag ihm schwer auf der Seele. Sie hatten seither kein Wort mehr als notwendig miteinander gesprochen. Er fühlte sich von ihr hintergangen, und sie machte ihm letztlich denselben Vorwurf. Was genau sie tun wollte und ob sie bereits bei der Polizei gekündigt hatte, wusste er nicht, da sie sich beide konsequent aus dem Weg gingen. Doch dieser Zustand machte ihm mehr zu schaffen, als er sich eingestehen wollte. Daher trank er sich Mut an, wohl wissend, dass dies genau die falsche Herangehensweise war.

Am Nachmittag war es auch noch zu einer weiteren Auseinandersetzung mit Gönnenwein gekommen. Der wollte wissen, wo Paul die ganze Zeit gesteckt habe, warum er nicht im Büro sei und was er überhaupt arbeite. Die nächste Zwickmühle, in der er steckte. Denn was er ermittelte, konnte er Gönnenwein schlecht auf die Nase binden, da er ihn als Hauptverdächtigen betrachtete. Also hatte Paul ihn an seinen Termin beim Staatsanwalt erinnert und gehofft, damit sei die Sache erst mal erledigt.

Paul nahm einen großen Schluck von dem kühlen Getränk und zündete sich eine Zigarette an. Heute war das Wirtshaus gut gefüllt. Der Wirt kam kaum mit dem Bierausschank hinterher. Alle Tische waren besetzt, und die Männer schwatzten laut, unterhielten sich über die politische Lage im Land, über alte und neue Nazis, über die steigende Kriminalität und die Unfähigkeit der Polizei, all dessen Herr zu werden. Und sie sprachen über die Trümmerberge, die Kubikmeter für Kubikmeter aus der Stadt abgetragen wurden. Eine Arbeit, die höchstwahrscheinlich noch Jahre beanspruchen würde. Es mussten Millionen von Kubikmetern sein. Etwa die Hälfte der Stadt lag in Trümmern, über zwei Drittel der Wohnhäuser galten als unbewohnbar. Kein Wunder, dass das Thema die Bevölkerung umtrieb.

Gönnenwein hatte sich natürlich nicht mit Pauls Ausrede zufrieden gegeben und ihn stattdessen als Verräter beschimpft, ihm sogar gedroht, zu Artur Hoffmann zu gehen, wenn er ihn nicht einbinde, wie es sich für Kollegen und ein Ermittlergespann gehöre.

Paul hatte nur gedacht, dass die alten Seilschaften eben immer noch funktionierten, obwohl er keinen Anhaltspunkt hatte, dass Gönnenwein und Hoffmann sich kannten. Aber etwas in Gönnenweins Augen und sein Tonfall ließen Paul aufhorchen. Sein Gegenüber schien sich seiner Sache sehr sicher zu sein.

Wieder nahm Paul einen kräftigen Schluck Bier und dachte an das dritte Dilemma, in dem er steckte – die Sonderrolle, die ihm die Amerikaner zugewiesen hatten. Sie hatten ihn quasi zu einem U-Boot innerhalb der Polizei gemacht. Wenn das herauskam, konnte er einpacken. Auch bei den Kollegen ohne schmutzige Vergangenheit. Spitzel waren immer unbeliebt. Und Ermittlungen gegen die eigenen Kollegen gar verhasst. Das Gespräch mit Staatsanwalt Alexander Thiele hatte diesen Druck noch verstärkt, denn der hatte versteckt und verklausuliert eine ähnliche Erwartungshaltung an Paul formuliert.

Thiele war ein außergewöhnlicher Mann, der Paul nachhaltig mit seiner Lebensgeschichte und seinem Charisma beeindruckt hatte. Während die Justiz in Deutschland fast ausschließlich aus Richtern und Staatsanwälten bestand, die bereits vor 1945 im Dienst gewesen waren, gehörte Thiele offensichtlich zu den wenigen Ausnahmen. Was ihm seinen Stand nicht erleichterte.

Er hatte während der Zeit der Diktatur als Rechtsanwalt praktiziert und als Verteidiger in Kontakt mit verfolgten Sozialisten und Kommunisten gestanden. Ein Umstand, der ihn mehr als einmal in arge Bedrängnis gebracht hatte, wie er Paul im weiteren Verlauf ihres Gesprächs erzählt hatte. Da er selbst Mitglied der verbotenen Sozialistischen Arbeiterpartei gewesen war, hatten ihn die Nazis irgendwann in das Konzentrationslager in Welzheim gesteckt und später für drei Jahre ins Zuchthaus. Nach seiner Entlassung wurde er mit einem Berufsverbot belegt und musste in der Landwirtschaft als Zwangsarbeiter seinen Dienst verrichten. Nach dem Krieg hatten ihn die Franzosen zum Generalstaatsanwalt ernannt, da sich sonst in Justizkreisen kaum Juristen mit entsprechendem Leumund fanden. Nicht zuletzt, weil auch der bekannte Fritz Bauer große Stücke auf ihn hielt.

»Ich brauche jede Unterstützung, die ich bekommen kann. In meinem eigenen Apparat und auf den Richterbänken sitzen leider zu viele, die im Zweifel ihre eigene Vergangenheit leugnen oder zumindest verschleiern müssen. Ähnlich wie bei der Polizei. Wir sitzen also in einem Boot, und ich zähle auf Sie als meinen Verbündeten.«

Mit diesen Worten hatte Thiele ihn verabschiedet. Und auch gegen diese gewaltige Erwartungshaltung trank Paul mit dem kühlen Gerstensaft an.

»Was ist denn los, mein Freund?«, fragte eine bekannte Stimme. Erich Häberle stand plötzlich neben ihm, in seiner Hand ein neuer Krug Bier, aus dem der weiße Schaum überschwappte und auf den Boden tropfte. »Du wirkst so bedrückt heute Abend.«

»Ach, es gibt einfach Tage, da ist die Last zu groß für meine schmalen Schultern, weißt du?«

Erich warf einen kurzen Blick in den Gastraum. Momentan waren alle versorgt und zufrieden. Er setzte sich zu Paul an den Tisch und beugte sich zu ihm hinüber.

»Geht es um die Wallner? Oder den Beerbaum?«

»Woher weißt du, dass ich die Fälle bearbeite?«

»Unterschätze mal unsere Netzwerke nicht«, grinste Erich.

»Ach, eigentlich geht es um beide. Ich soll … Ich *will* beide Fälle aufklären, aber ich komme nicht wirklich weiter. Wie denn auch? Zu viele haben nicht nur kein ernsthaftes Interesse daran, sondern wollen sogar Resultate verhindern.«

»Als Wirt hört man ja so einiges. Und so viele Wirtshäuser gibt es ja noch nicht in der Gegend. Und man hört deshalb viel, weil man für Männer, die in ihre Gespräche vertieft sind, irgendwie unsichtbar ist.«

Paul wurde hellhörig. Hatte Erich womöglich Informationen für ihn?

»Ich sag dir jetzt mal, was ich so alles aufgeschnappt habe, als einige deiner Kollegen sich hier besoffen haben und die Zungen locker wurden. Es gab Momente, da hätte ich sie am liebsten aus dem Wirtshaus geworfen. Aber ich dachte, vielleicht kann ich das, was sie so absondern, an anderer Stelle mal verwenden. Also habe ich meine Lauscher aufgestellt und sie weitersaufen lassen.«

»Die kommen hierher, um sich zu besaufen?«

»Na, was denkst du denn? Da sind sie weit weg von ihren Vorgesetzten und fühlen sich sicher. Weil sie denken, hier kennt sie keiner.«

Jetzt war Paul mehr als nur neugierig. Mit leiser Stimme erzählte Erich, was er mitgehört hatte. Und am Ende, als die ersten Gäste wieder nach Nachschub zu rufen begannen, sagte er: »Und Paul, deinen neuen Chef, diesen Hoffmann … Ich habe sein Foto in der Zeitung gesehen. Das Gesicht kommt mir bekannt vor. Ich bin mir nicht sicher, aber ich würde dir raten, sei vorsichtig mit dem. Irgendetwas sagt mir, dass es einer mit braunem Mantel ist, der sich eine weiße Weste übergestreift hat.«

»Regina Schurr ist tot. Sie wurde ermordet.«

Mit diesen Worten begrüßte ihn Gönnenwein am nächsten Morgen im Büro.

Paul hatte veritable Kopfschmerzen.

»Komm mit, wir sollen sofort zum Tatort fahren.« Gönnenwein schnappte seinen Mantel und seinen Hut, und gemeinsam verließen sie das Silber durch den Haupteingang. »Ich hab uns einen Wagen besorgt, das geht schneller.«

Erstaunt über die Dynamik seines älteren Kollegen setzte sich Paul auf den Beifahrersitz. Gönnenwein nahm hinter dem Lenkrad Platz, startete den Motor, legte den Gang ein und fuhr los.

»Wo hat man sie gefunden?«, fragte Paul.

»In ihrer Wohnung. Ein Nachbar hatte gesehen, dass die Tür offen stand, und ist zum Nachsehen rein. Da hat er sie entdeckt. Sie war schon tot. Aber wir können ihn gleich direkt befragen. Ein Schutzpolizist ist vor Ort und hat den Tatort gesichert.«

Noch mehr als über die plötzliche Dynamik wunderte sich Paul über die Redseligkeit seines Kollegen. Waren die letzten Wortwechsel doch ausschließlich von Provokationen und Aggressivität geprägt gewesen. Hatte er sich in ihm getäuscht?

Zwanzig Minuten später waren sie vor dem Haus angelangt, in dem Regina Schurr gelebt und in dem Paul die ehemalige Protokollantin aus dem Silber befragt hatte.

Oben grüßten sie den Schupo und betraten den Raum, in dem einige Tage zuvor Paul mit ihr gesessen und den entsetzlichen Details gelauscht hatte, die sie ihm nach anfänglichem Widerwillen berichtet hatte.

Hier bot sich ihnen ein grausiges Bild. Regina Schurr war auf einem Stuhl festgebunden. Um ihren Hals war eine Schnur gewickelt, die wie Paketband aussah und tief in die Haut geschnitten hatte. Die Ränder waren blutig verkrustet. Aus ihrem Mund hing ihre bläulich verfärbte Zunge.

Paul fühlte sich bei dem Anblick unweigerlich an den Bericht der Exhumierung der ermordeten Vera Wallner erinnert. »Das war wohl eindeutig kein Suizid.« Er hatte sich die Bemerkung nicht verkneifen können, bereute sie aber in dem Moment, als er sie ausgesprochen hatte. Gönnenwein warf ihm prompt einen vernichtenden Blick zu.

»Was geschieht mit ihr?«

Gönnenwein schaute Paul an, als wäre dies eine ausgesprochen dämliche Frage. Anscheinend war die kooperative Art seines Kollegen mit Pauls ironischer Bemerkung weggefegt worden.

»Sie kommt ins Bosch natürlich. Dort wird sie obduziert.« Gönnenwein begann, sich in der Wohnung umzusehen. Er wirkte, als suche er etwas.

Paul folgte seinen Bewegungen, wurde aber nicht schlau daraus. Vielleicht täuschte er sich auch diesmal. Dann wandte er sich ab und trat näher an die Tote heran. Ihre Augen waren weit aufgerissen und im offensichtlichen Todeskampf aus den Höhlen getreten. Ihre Bluse war verrutscht und am Hals eingerissen. Blut klebte an mehreren Stellen am Stoff. Ein süßlicher Geruch hatte sich in dem Raum breitgemacht, und Paul erinnerte sich an die Ausführungen von Staatsanwalt Thiele. Ein Geruch, den Paul auch von der Front und später vom Lazarett allzu gut kannte.

Er besah sich jeden sichtbaren Körperteil des Mordopfers. Dann glaubte er, etwas in den zusammengekrampften Fingern der rechten Hand blitzen zu sehen. Einen Fetzen Papier. Er blickte sich kurz um. Gönnenwein wandte ihm den Rücken zu und suchte noch immer nach irgendetwas. Dabei brummte er unverständlich vor sich hin.

Paul beeilte sich, die Finger der toten Frau auseinanderzudrücken, zumindest so weit, dass er das Stück Papier rausziehen konnte. Schließlich hatte er es geschafft.

In krakeliger Schrift stand darauf nur: »Wagner ist«. Weiter war sie offenbar nicht gekommen.

Paul ließ den Zettel rasch in seine Hosentasche verschwinden.

Seit dem Ende des Krieges fehlte von Wagner jede Spur. War überhaupt der folternde Gestapo-Mann gemeint? Der Name war schließlich recht weit verbreitet. Hatte Regina Schurr eine Notiz verfasst, als ihr Mörder zu ihr gekommen war und ihr die tödliche Schlinge um den Hals gelegt hatte, und diese die ganze Zeit unbemerkt in der Hand gehalten, während ihr Mörder ihr die Luft abgeschnürt hatte?

Paul drehte sich wieder seinem Kollegen zu. »Und, was gefunden?«, fragte er in möglichst beiläufigem Ton und wartete auf eine Reaktion Gönnenweins. Doch der gab nur ein Grunzen von sich.

Sie verbrachten noch einige Zeit damit, alles nach möglichen Hinweisen auf den oder die Täter abzusuchen. Dann kam Volker Korn mit einem weiteren Beamten der Kriminaltechnik. Als er Gönnenwein und Paul erkannte, zog er ein grimmiges Gesicht. »Was macht ihr denn hier? Habt ihr etwa meinen Tatort verwüstet? Alles Mögliche angefasst, um mir die Arbeit zu erschweren? Na, vielen Dank, Kollegen.«

Korn schien ernsthaft verstimmt darüber, dass jemand vor ihm am Tatort war. Und plötzlich kam Paul eine bittere Erkenntnis in den Sinn. Hatte ihn Gönnenwein deshalb abgepasst und so eilig mit zum Tatort genommen, damit es eine Möglichkeit gab, Spuren zu verwischen? Aus Angst, Regina Schurr könnte belastendes Material über ihn aufbewahrt haben, oder weil er sogar in die Tat verwickelt war? Warum sonst hatte er es so eilig gehabt? Und warum hatten sie nicht mit dem Betreten des Tatorts gewartet, bis die Kriminaltechnik vor Ort war?

Paul grämte sich über seine eigene Naivität. Er hätte es besser wissen müssen. Gönnenwein hatte ihn womöglich zum Narren gehalten und reingelegt. Den Zettel in seiner Hosentasche hatte er für den Moment vergessen.

»Eine Sauerei ist das. Eine riesengroße Sauerei. Ein Vertrauensmissbrauch, wie ich ihn noch nie erlebt habe. Ich bin fassungslos, wie Sie mich so hintergehen konnten.«

Paul stand im Vorzimmer von Rückert, der ihn für einen Bericht einbestellt hatte. Der Raum war leer, von Hilde keine Spur. Dafür stand die Tür zum Büro des Polizeipräsidenten offen, hinter der er gerade tobte.

»Wenn Sie nicht gekündigt hätten, hätte ich Sie hiermit fristlos entlassen. Und wenn ich mitbekomme, dass Sie Dienstgeheimnisse in die Zeitung bringen, dann werde ich alles in meiner Macht Stehende tun, um Sie zur Rechenschaft zu ziehen. Und jetzt gehen Sie mir besser aus den Augen, ehe ich mich vergesse.«

Paul konnte sich nicht erinnern, den Chef der Stuttgarter Polizei schon einmal derart aufgebracht gesehen zu haben. Dann trat Hilde aus der offenen Tür in das Vorzimmer. In der Hand hatte sie ein maschinenbeschriebenes Blatt, und in ihren Augen schimmerten Tränen.

Sie erschrak, als sie Paul da stehen sah. »Was machst du hier?«

»Rückert hat nach mir verlangt.«

»Kein guter Zeitpunkt«, flüsterte sie ihm zu. »Such lieber das Weite. Er ist sauer wegen mir, und du als mein Lebensgefährte würdest es wahrscheinlich abkriegen.«

Sie hatte also tatsächlich ihre Ankündigung wahr gemacht.

Hilde sah ihn mit einer Mischung aus Trotz und Schuldbewusstsein an. Dann nahm sie seine Hand und zog ihn hinter sich her, eine Etage höher, in eine der leer stehenden Verwahrzellen. Sie wussten beide, dass sie hier ungestört reden konnten.

»Ich habe ihm gesagt, dass ich die Polizei verlasse, und ihm auch meine Kündigung übergeben. Ich kann hier nicht länger arbeiten.«

Paul setzte an, sie zu unterbrechen, doch Hilde legte ihm den Finger auf die Lippen und zischte ein scharfes »Pst!«. Dann sagte sie: »Jetzt hör mir erst mal zu, Paul.«

Er sog lautstark Luft ein, blieb aber stumm.

»Ich werde ab morgen offiziell Teil der Redaktion der ›Stuttgarter Zeitung‹ sein. Ich arbeite schon länger als freie Mitarbeiterin für die Redaktion. Anfangs habe ich immer wieder einfach Informationen weitergegeben, wenn ich das Gefühl hatte, etwas dürfe nicht unter den Teppich gekehrt werden. Dann habe ich irgendwann selbst angefangen, Artikel zu schreiben …«

»Du … bist … Du bist dieser Karl Käfer, stimmt doch? Ich habe es geahnt, war aber naiv genug, dir so was nicht zuzutrauen. Du hast die ganzen Interna nach außen getragen. Deshalb ist Rückert so wütend geworden. Du kannst froh sein, wenn er dir kein Disziplinarverfahren anhängt.« Paul konnte Entsetzen und Faszination in seiner Reaktion über diese überraschende Enthüllung nicht verschleiern.

»Er kann mir nichts anhängen. Er kann Vermutungen anstellen, aber er hat nichts in der Hand. Wir waren vorsichtig.«

»Wir? Du meinst doch nicht etwa, dieser Kupferschmidt und du?«

Hilde nickte.

»Aha. Was musst du mir noch dazu sagen?« Pauls Stimme klang jetzt automatisch reservierter. Er setzte sich auf die Holzpritsche der ansonsten nackten und weiß getünchten Zelle.

»Nichts, Paul. Das war nur beruflich. Ich habe doch nichts mit dem. Glaub mir. Ich wollte dir all das längst sagen, aber dann haben sich auch für mich die Ereignisse überschlagen. Die Zeitung hat mir ein Angebot gemacht, das ich nicht ablehnen konnte, und du, du wolltest mir nicht zuhören, wir haben uns gestritten, und ich wusste einfach nicht, wie ich dir meine Pläne beichten soll. Das war dumm.«

»Warst du deshalb bei der Razzia in der Reinsburgstraße? Du wusstest ja, dass wir kommen. Du warst dort, um dir einen Eindruck zu verschaffen, damit du darüber schreiben kannst. In der nächsten Ausgabe war ja dann auch Käfers Artikel.«

Sie sah ihn bedauernd an und nickte.

In Paul stritten die unterschiedlichsten Emotionen miteinander. »Ja, und was wird jetzt aus mir? Hast du dir dazu mal Gedanken gemacht? Und was wird aus uns? Die Kollegen werden kein Wort mehr mit mir wechseln. Rückert wird mich kaltstellen, und meine Karriere ist zu Ende, bevor sie überhaupt begonnen hat.«

Sie stemmte genervt, aber entschlossen die Fäuste in die Hüfte und verdrehte die Augen. »Siehst du, schon wieder. Du tust es schon wieder. Du hast nur deine Karriere im Blick. Aber siehst du denn nicht, dass man an den Zuständen etwas ändern muss? Und das geht nicht von innen, schon gar nicht für mich als Frau. Aber als Journalistin, da habe ich die Freiräume, um auch über die Themen zu schreiben, die sonst keiner hören will.«

»Ach, und in der Redaktion haben sie natürlich nur auf jemanden wie dich gewartet. Weil ja sonst niemand diese Themen kennt.«

»Natürlich kennen sie sie dort. Aber ich habe noch mal einen anderen Blick darauf. Und ihnen gefällt meine Art zu schreiben.«

Bei allem Ärger, den Paul verspürte, glaubte er ihr das sofort.

Sie war schon immer wortgewandt gewesen. Er musste sogar zugeben, dass es ihn insgeheim etwas stolz machte. Hilde eine Journalistin. Er warf ihr einen Blick zu, in den er seine ganzen Fragen legte. »Aber, Hilde, was bedeutet das jetzt für uns? Wie soll das alles gehen?«

Ihr Mund nahm einen trotzigen Zug an. Er kannte den Ausdruck und wusste, dass sie es ernst meinte. »Du kennst den Grund. Ich habe es versucht. Aber du hast mir nicht zugehört. Und ich konnte nicht länger warten. Also habe ich, wie man so schön sagt, Nägel mit Köpfen gemacht.«

Dann entspannte sich ihr Gesicht, ihre Augen wurden sanft, und sie strich ihm mit der Hand über die Wange. »Paul, wir kriegen das hin. Zusammen. Ich will dich nicht verlieren, aber mir wurde das zu viel und zu eng hier. Diese alten Machtstrukturen, die im neuen Gewand daherkommen. Die alten Vorurteile, die alten Ressentiments gegenüber den Juden, den Obdachlosen, den Homosexuellen und so weiter und so fort. Das habe ich alles jahrelang aus dem Mund meines Vaters gehört und geglaubt, wir könnten es jetzt beim Aufbau der neuen Polizei anders machen. Stattdessen gehören dieselben Vokabeln schon wieder – oder immer noch, ich weiß es nicht – zum guten Ton. Und ich weiß nicht, wie es hier in der Polizei weitergehen soll. Alte Opfer, alte Täter, zusammengespannt zu einer neuen Polizei, die die neuen und alten Verbrechen aufklären soll – wie soll denn das funktionieren? Soll so die neue Zeit aussehen?«

»Ich weiß es doch selbst nicht. Aber wir müssen es doch versuchen. Und was erwartest du von mir? Dass ich dich mit Informationen für deine Artikel versorge, oder was?«

»Nein, natürlich nicht. Ich weiß, dass du das nicht kannst und nicht tun wirst.«

Sie schlang ihre Arme um ihn und schmiegte ihren Kopf an seine Schulter. Paul spürte die angenehme Wärme ihres Körpers, und seine Wut und seine Skepsis verebbten. Er konnte sie sogar verstehen und ihre Entscheidung nachvollziehen. Auch wenn er sich einen anderen Weg gewünscht hätte. Zugleich war er erleichtert, dass sie offensichtlich keine Affäre mit einem anderen Mann begonnen hatte.

»Und warum gerade die Zeitung?«, fragte er dann.

»Ich hatte mich dort schon beworben, bevor ich zur Polizei wollte. Aber es hat ja keine Lizenzen gegeben, und die Redaktionen existierten quasi nicht offiziell. Also bin ich zur Polizei. Dort war eine Stelle frei.«

Paul erinnerte sich, dass sie ihm damals, als sie ihn im Lazarett gepflegt hatte, von ihren Träumen erzählt hatte, einmal Journalistin und Schriftstellerin zu werden. Ein Traum, der ihr unter der Nazi-Diktatur allerdings verwehrt geblieben wäre. Nun standen ihr die Türen offen. Und er ahnte, dass sie diesen Traum insgeheim die ganze Zeit verfolgt und darauf hingearbeitet hatte. Einerseits bewunderte er sie dafür. Andererseits kam er sich hintergangen vor. Sie hatte gemacht, was sie ihm vorgeworfen hatte: zielstrebig ihre eigene Karriere verfolgt.

Als Paul wieder nach unten kam, herrschte Aufregung im Silber.

»Was ist denn los?«

»Sie bringen Heinz Maack vorbei. Er wird hier kurzzeitig inhaftiert, bevor ihm der Prozess gemacht wird. Anscheinend werden die Zellen knapp«, berichtete ein uniformierter Polizist, dessen Gesicht Paul nicht kannte.

»Warum gerade hierher, ins Silber?«

Der Uniformierte zuckte nur mit den Schultern. Dann wurde auch schon ein Mann hereingeführt, dessen Gesicht noch immer die Züge überheblicher Arroganz spiegelte. Er war umringt von vier bewaffneten Polizisten, die ihn eskortierten. Seine Hände lagen in Handschellen.

Paul blieb am Rand stehen und beobachtete stumm. Heinz Maack, der ehemalige Chef der Gestapo-Leitstelle Stuttgart. Verantwortlich für alles, was während der zwölfjährigen Nazi-Diktatur im Silber geschehen war. Und damit auch für die Ermordung der Stuttgarter Juden, deren Deportation in die Vernichtungslager in ganz Europa ja ebenfalls vom Silber aus koordiniert worden war.

Doch mit einem Mal veränderten sich die Haltung und der Gesichtsausdruck des bis dahin sogar in Ketten selbstsicher auftretenden Mannes. Jede Farbe wich aus seinem Gesicht, die Haut wirkte von einer Sekunde auf die andere fahl und grau und seine Schultern sackten kraftlos nach vorn.

Paul versuchte zu erkennen, was diesen überraschenden und erstaunlichen Wandel hervorgerufen hatte. Dann sah er den neuen Leiter der Kripo, Artur Hoffmann, an der Treppe stehen und mit vorgerecktem Kinn und kalten Augen auf Maack hinunterschauen. In seinem Rücken standen Gönnenwein und Hindler. Aus Hoffmanns Blick sprachen zugleich Erkennen und Verachtung. Und in den Augen von Maack spiegelten sich Furcht und Resignation.

Woher kam diese heftige sichtbare Reaktion? Was hatte sie ausgelöst? Im ersten Moment konnte sich Paul keinen Reim darauf machen. Doch je länger er darüber nachdachte, desto mehr begann eine Erkenntnis zu reifen, die schwer wog und die zu beweisen ebenso nahezu unmöglich sein würde, wie die wahren Mörder von Vera Wallner oder Jakob Beerbaum zu überführen. Aber er würde sich dennoch damit befassen, und sei es nur, um zu erkennen, dass er einer fixen Idee gefolgt war.

Paul wollte sich einen Wagen aus der überschaubaren Fahrbereitschaft besorgen und hatte sogar Glück. Er fuhr direkt los nach Stuttgart-Untertürkheim, wo er Otto Junghans aufsuchte. Den Namen hatte er aufgrund der Hinweise von Regina Schurr in den Akten entdeckt. Es war sehr wahrscheinlich, dass Junghans zum Zeitpunkt der Ermordung von Vera Wallner im Hotel Silber Dienst getan hatte.

Paul traf ihn in einer kleinen Hinterhofwerkstatt an, einer Schlosserei.

Junghans beäugte ihn skeptisch und gab sich zugeknöpft. »Ich kann mich an nichts erinnern«, war seine einzige Antwort auf all die Fragen, die Paul stellte.

»Dann bleibt mir leider keine andere Wahl, als Sie vorzuladen. Wir sehen uns morgen um neun Uhr im Hotel Silber. Melden Sie sich am Eingang. Wenn Sie nicht erscheinen, lasse ich Sie abholen.«

Ohne die Reaktion abzuwarten und Junghans die Chance auf eine Erwiderung zu geben, wandte sich Paul um und verließ die

Werkstatt, in der dieser typische Metallgeruch hing, wie er in allen Metallwerkstätten zu finden war.

Sein nächstes Ziel war eine Schreinerei in Remseck. Dort hoffte er, Helmut Klopfer anzutreffen. Klopfer war der zweite Name, den er in den Akten entdeckt hatte und von dem er sich mehr Auskünfte über den genauen Tathergang in der besagten Nacht versprach. Doch Klopfer war weder zu Hause noch an seiner Arbeitsstelle anzutreffen. Er sei auf einer Baustelle, hieß es im Büro der Schreinerei, und Paul hinterließ eine Nachricht, wonach sich Klopfer morgen um zehn Uhr im Hotel Silber einfinden solle.

Der Rückendeckung durch Staatsanwalt Thiele versichert, konnte er nun durchaus etwas forscher zu Werke gehen. Und das musste er, wollte er nicht länger auf der Stelle treten.

Etwas enttäuscht über die mageren Ergebnisse fuhr er wieder zurück zur Dienststelle im Silber.

Als er den Wagen abstellte, sah er schon einen Mann unruhig vor dem Silber auf und ab gehen. Er erkannte ihn nicht sofort, aber als er näher kam, dämmerte es ihm. War das nicht der alte Mann, der bei seinem Gespräch mit den Anwohnern in der Reinsburgstraße wortlos den Raum verlassen hatte, nachdem sich Paul als Kriminalbeamter zu erkennen gegeben hatte?

Paul ging direkt auf den Mann zu und fragte: »Kann ich Ihnen helfen?« Jetzt war er sich sicher. Es war der Mann aus der Reinsburgstraße, der da in abgetragener Kleidung und mit gebeugtem Rücken vor ihm stand.

»Nein. Aber vielleicht kann ich Ihnen helfen.«

Paul wurde neugierig. »Wollen wir reingehen?«

»Nein, keinesfalls«, antwortete der Mann. »Ich werde dieses Haus nicht betreten. Sie werden das sicher verstehen. Was ich zu sagen habe, kann ich auch hier loswerden.«

Paul nickte. Natürlich verstand er.

»Ich habe lange überlegt, ob ich Ihnen vertrauen kann. Da ich aber möchte, dass der Mord an Jakob Beerbaum aufgeklärt wird – denn dieser Mord darf nicht ungesühnt bleiben –, habe ich mich entschlossen herzukommen.« Es war förmlich zu spüren, dass dem Mann das Sprechen schwerfiel, es ihn enorme Überwindung kostete. Und immer wieder wanderten seine Augen zu der vor ihm aufragenden Fassade. Dann schrie für einen kurzen Moment das pure Entsetzen aus ihnen.

Sie machten einige Schritte vom Silber weg, in Richtung der zerstörten Markthalle, wo allerdings die Händler längst wieder ihre Waren feilboten und sich die Menschen drängten, um vom begrenzten Angebot an Obst und frischem Gemüse zu profitieren.

»Mein Name ist Samuel Liebiger, aber man nennt mich Aaron, nach meinem zweiten Vornamen, falls Sie das benötigen. Meine eigene Geschichte tut hier nichts zur Sache, hat nichts mit der ganzen Angelegenheit zu tun. Und ich muss Sie auch gleich enttäuschen: Ich habe leider nicht gesehen, wer geschossen hat. Glauben Sie mir, ich würde Ihnen den Mörder gerne auf dem …«, er stockte kurz, verzog das Gesicht und schüttelte den Kopf, »… auf dem *Silber*tablett präsentieren. Kann ich wie gesagt nicht. Aber ich weiß, dass zwei der Polizisten bei der Razzia nicht zum ersten Mal in der Reinsburgstraße aufgetaucht sind. Im Gegenteil. Sie waren häufig da, haben uns drangsaliert, uns durchsucht und alles Mögliche beschlagnahmt, was sie gefunden haben und von dem sie dachten, sie könnten es verwerten.«

»Können Sie mir die Männer beschreiben?«

»Natürlich kann ich das. Wissen Sie, wenn man durchgemacht hat, was ich durchmachen musste, dann prägt man sich Gesichter ein. Und die beiden werde ich nicht vergessen.«

Dann gab er Paul eine genaue Beschreibung der beiden Polizisten, die mit den beschlagnahmten Waren selbst illegale Geschäfte machten.

Als Gönnenwein aus dem Silber trat, sah er gerade noch seinen jungen Kollegen sich mit einem älteren Mann entfernen.

Er kannte den Alten, und es gefiel ihm nicht, dass er mit Kramer sprach. Wie ihm ohnehin überhaupt nicht gefiel, dass sein Kollege sich offensichtlich immer mehr als notorischer Einzelgänger entpuppte. Dieser Kramer, dieser Jungspund ohne großartige Ermittlererfahrung, hielt sich offensichtlich für einen kleinen Sherlock Holmes und nahm sich das Recht heraus, seine

Ermittlungen im Alleingang durchzuführen. Es gab außerdem Gerüchte, Kramer sei ein Lakai der Amis und treffe sich zudem mit Staatsanwalt Thiele. Was genau das alles zu bedeuten hatte, konnte Gönnenwein im Moment nur erahnen. Er würde Kramer zur Rede stellen. Ihm, wenn nötig, sogar einen kleinen Schrecken einjagen müssen. Vielleicht auch seiner kleinen Freundin, von der die neuesten Gerüchte sagten, sie arbeite jetzt für die Presse.

Gönnenwein mochte diese ganzen Schmierfinken nicht. Die schrieben doch nur Mist, saugten sich Wahrheiten aus den Fingern, wenn man ihnen nicht auf dieselben schaute – und hin und wieder auch klopfte. Aber sollte sie doch gehen. Würde schon sehen, was sie davon hatte. Als Frau in einer Männerwelt. Sie würde untergehen wie die Wilhelm Gustloff. Er würde ihr jedenfalls keine Träne nachweinen.

Gönnenwein blieb einen Moment auf dem Gehsteig stehen, steckte sich eine Zigarette an und sah den beiden Gestalten hinterher. Als Hindler neben ihn trat, machte er eine Kopfbewegung in die Richtung, in die Kramer und der Alte gingen.

Hindler meinte nur: »Ich glaube, wir haben heute Abend eine Verabredung. Oder was meinst du?«

»Ich würde eher sagen: Wir haben zwei Verabredungen.«

SIEBEN

Hilde schmiegte sich eng an Paul. Es war kühl, und die Nachtluft drang eisig durch den Stoff ihrer Kleider. Sie war mit Paul im Delphi Lichtspielhaus an der Tübinger Straße gewesen. Dort hatten sie den Film »Menschenjagd« des deutschen Regisseurs Fritz Lang gezeigt. Der Film war von 1941, doch der 1934 in die USA emigrierte Lang hatte rückblickend eine unglaubliche Weitsicht bewiesen.

»Meinem Vater wird nun doch der Prozess gemacht«, begann Hilde das Gespräch, während sie zügig durch die Dunkelheit eilten.

»Woher weißt du das? Hat er wieder Kontakt mit dir aufgenommen?«

»Nein. Ich habe es ihm ja praktisch verboten. Ich habe es in einer Mitteilung des Gerichts gelesen. Ihm werden Beteiligung und Komplizenschaft an den Verbrechen der Nazis in mehreren Fällen vorgeworfen. Und ich denke, auf ihn wartet eine lange Gefängnisstrafe deswegen.«

»Und macht dir das zu schaffen?«

»Nein. Ich habe mit diesem Teil meiner eigenen Geschichte abgeschlossen. Ich fürchte, durch all das, was geschehen ist, habe ich jegliche emotionale Bindung zu meinen Eltern verloren. Als ich die Nachricht gelesen habe, war es, als ob ich über einen vollkommen fremden Menschen lese. Da war nichts in mir. Kein Mitleid, keine Regung. Kannst du das verstehen, Paul? Ist das schlimm? Bin ich schlimm?«

Paul wusste nicht so recht, was er darauf antworten sollte. Er blieb stehen, drehte sich zu ihr, nahm ihre Hände und küsste sie lange auf den Mund. »Ich glaube, nach allem, was geschehen ist, ist das vielleicht normal«, sagte er dann. »Und es ändert sich womöglich eines Tages wieder, wenn der Abstand größer ist.«

»Meinst du? Bin ich also doch normal?«

Paul versuchte sich an einem warmen Lächeln. »Ja, ich denke schon –«

Weiter kam er nicht. Aus dem Schatten eines Hauses kommend, versperrten ihnen zwei stämmige Männer mit Gesichtsmasken den Weg.

»Was soll das?«, rief Paul und schob sich schützend vor Hilde.

»Ihr sollt eure Nasen nicht in Angelegenheiten stecken, die euch nichts angehen. Ist das klar?«

Mit diesen Worten landete die Faust des einen Mannes in Pauls Gesicht. Die Wucht des Schlages ließ ihn zu Boden gehen, wo er der Länge nach hinschlug. Er spürte, wie ihm das Blut aus der Nase schoss. Hilde entfuhr ein Schreckensschrei. Der andere Mann trat auf sie zu und packte sie wie eine kleine Puppe an ihren schmalen Schultern, als wolle er sie hochheben.

»Na, was machen wir denn jetzt mit dir?«

Paul versuchte unterdessen, sich mühsam wieder aufzurappeln, und stemmte sich mit den Armen nach oben. Er taumelte leicht, als er auf den Beinen stand, und war etwas benommen. Der Schlag hatte ihn hart getroffen.

Der Angreifer ragte vor ihm auf, beobachtete Paul neugierig und hob die Fäuste für den nächsten Hieb. Paul wich zurück und hob abwehrend die Hände. Doch der Schläger holte aus. Paul war allerdings diesmal darauf gefasst und duckte sich weg, sodass der gewaltige Schwinger über seinem Kopf durch die Luft schnitt. Paul nutzte das Überraschungsmoment und setzte einen harten Schlag in die Nierengegend des Mannes, der nun selbst aufjaulte und zu Boden ging. Im selben Moment war Paul über ihm und versetzte ihm einen weiteren Haken gegen die Schläfe, der ihn sofort ohnmächtig werden ließ.

Hinter ihm kreischte Hilde und wand sich im Schraubzwingengriff des anderen Mannes. Paul packte ihn von hinten an der Schulter und riss ihn mit einem kräftigen Ruck herum. Im selben Moment trat Hilde ihn dorthin, wo es Männer besonders schmerzte, und der Mann ließ von ihr ab, griff sich zwischen die Beine und jaulte kurz auf wie ein getretener Hund.

Paul umfasste Hildes Schultern. »Bist du in Ordnung?«

Sie nickte. Aus dem Augenwinkel sah er, wie die Angreifer sich wieder auf die Beine gekämpft hatten und sie beide hasserfüllt anfunkelten.

Paul machte einen Schritt auf sie zu. Seine Lunge schmerzte an der Stelle, wo der Granatsplitter sie durchstochen hatte, aber er ignorierte das Stechen, so gut er konnte. Er spürte, wie das Blut noch immer aus seiner Nase auf seinen Mantel und den Boden tropfte. Wenn er jetzt Schwäche zeigte, würden sie kurzen Prozess mit ihnen machen. »Wer schickt euch?«, rief er den Männern entgegen.

»Hör auf rumzuschnüffeln, wenn dir dein Leben oder das deiner Kleinen lieb ist!«, zischte einer der Maskierten, bevor sich beide abwandten.

Paul ahnte, wer die beiden geschickt hatte, um ihn und Hilde einzuschüchtern. Und natürlich würden sie sich nun erst recht nicht einschüchtern lassen, sondern umso intensiver weiterermitteln, mit vereinten Kräften von Polizist und Journalistin.

»Was ist denn mit dir passiert?«, begrüßte ihn ein gut gelaunter Gönnenwein am nächsten Morgen, als er die Bürotür öffnete.

Paul wäre ihm am liebsten direkt an die Gurgel gegangen, aber wenn er zu früh aus der Deckung kam, würde Hoffmann seine schützende Hand über die Kollegen halten, und Rückert würde ebenfalls versuchen, die Angelegenheit unter den Teppich zu kehren. Paul konnte natürlich zu Oberst Gruber von der US-Militärpolizei gehen. Doch auch der bräuchte mehr als begründete Vermutungen. Das traf sehr wahrscheinlich auch auf Staatsanwalt Thiele zu.

Es war wie verhext. Paul hatte es mit drei Toten aus zwei Fällen zu tun und verfügte über keinerlei Beweise.

Hilde war noch einmal mit dem Schreck davongekommen. Sie hatte ein paar blaue Flecken von dem harten Griff an den Schultern. Auch Paul hatte Glück gehabt, und seine Nase war zum Glück nicht gebrochen, lediglich etwas angeschwollen und blau.

Als Paul nicht auf Gönnenweins Kommentar einging, verkündete dieser: »Es gibt noch einen Toten.«

Paul bemerkte die Genugtuung in der Stimme seines sogenannten Kollegen, fragte aber nur: »Was? Wen?«

»Ein Bewohner aus dem DP-Lager in der Reinsburgstraße ist

gestern am späten Abend wohl die Treppe nach unten gestürzt und hat sich das Genick gebrochen. Ist kein Fall für uns, war wohl ein tragischer Unfall.«

Und warum erzählte Gönnenwein ihm dann überhaupt davon?

»War jemand vor Ort?«

»Hindler war zusammen mit der MP dort.«

Seit dem Tod von Jakob Beerbaum war die US-Militärregierung sehr streng mit der Anordnung, wonach die deutsche Polizei nicht selbstständig tätig werden durfte in den Lagern der DPs.

»Es werden keine Ermittlungen aufgenommen?«

»Nein. Keine Anzeichen auf Fremdeinwirkung.«

»Und wer war der Mann?«

»Samuel Liebiger.«

»Was?«

»Das war sein Name. Samuel Liebiger. Warum, kanntest du ihn etwa?«

Paul entging der sarkastische Unterton in Gönnenweins Stimme nicht. Hatte er sie womöglich zusammen gesehen? Hatte Liebiger deshalb sterben müssen?

Das Haustelefon läutete und riss Paul aus seinen Gedanken. Gönnenwein wollte schon danach greifen, aber Paul war schneller. Es war sicher der Pförtner, der ihm mitteilen wollte, dass Otto Junghans im Haus sei. Ein Umstand, den er Gönnenwein zunächst vorenthalten wollte.

Paul gab sich einsilbig und sagte, er sei gleich da. Dann ging er ohne ein weiteres Wort aus dem Büro.

Junghans wartete im Eingangsbereich auf ihn. Er wirkte nervös und drehte seine Schiebermütze zwischen den Händen. Paul nahm ihn mit in eines der Vernehmungszimmer, die fast so aussahen wie früher. Nur die Führer-Bilder hatte man entfernt. Ansonsten waren es dieselben Tische und Stühle, die dort schon seit vielen Jahren standen und auf denen viele Menschen, die längst nicht mehr am Leben waren, in ihren vielleicht letzten Stunden gesessen hatten.

»Bitte, nehmen Sie Platz«, sagte Paul und wies mit einer Handbewegung in Richtung des Holzstuhls.

Junghans setzte sich und legte seine Mütze auf den Tisch.

Eine junge Frau betrat nahezu lautlos den Raum und setzte sich an einen kleinen Tisch an der Seite, auf dem eine handliche Schreibmaschine stand. Sie würde alles, was hier drin gesagt wurde, protokollieren.

Paul hatte sie auf Empfehlung von Hilde ausgesucht und gebeten, diese Arbeit zu übernehmen. Er hatte Hilde von den heute anstehenden Vernehmungen erzählt und ihr verraten, was er sich davon erhoffte.

Paul legte ein paar Blätter Papier und einen Stift fein säuberlich vor sich auf den Tisch. Dann begann er mit der Befragung, nahm zunächst die Personalien des Mannes auf.

»Welche Tätigkeit haben Sie in der Gestapo-Zentrale im Hotel Silber verrichtet?«

»Ich wurde Anfang 1945 dienstverpflichtet. Drei Monate zuvor war ich krankheitshalber aus der Wehrmacht entlassen worden. Nun wurde ich für die Bewachung von Gestapo-Häftlingen eingeteilt. Diese Tätigkeit habe ich bis Anfang April ausgeübt. Dann haben wir einen Marschbefehl erhalten und uns einschließlich der Gefangenen aus dem Silber in Richtung Riedlingen aufgemacht.«

»Alle Gefangenen? Ich meine, wurden alle Gefangenen mit auf den Marsch genommen?«

»Nein. Ein kleines Wachkommando blieb zurück, um die verbliebenen Häftlinge zu bewachen. Ich meine, es waren drei.«

Und ich war einer davon, falls du mich noch nicht erkannt hast, dachte Paul.

»Kannten Sie die Häftlinge?«

»Nein.«

»Aber Sie wissen, wer die drei waren?«

»Ja.«

»Kannten Sie auch die Namen?«

»Nein, zumindest nicht alle.« Junghans zögerte einen Moment. »Einer der verbliebenen Häftlinge war weiblich. Das ist mir im Gedächtnis geblieben. Und ich kannte die Person auch von einem meiner Wachdienste. Es war Frau Wallner.«

»Woher wussten Sie, dass es Frau Wallner war?«

»Na, wir kommen aus demselben Heimatort, aus Neckarrems. Ich hatte bei ihrer Einlieferung Dienst und habe sie gleich erkannt. Sie ist zusammen mit ihrem Mann und ihren beiden Töchtern festgenommen worden.«

Im Hintergrund hörte das Tippen für einen Moment auf, und Paul hörte, wie seine junge Schreibkraft Luft einsog.

»Wo waren die Gefangenen zu diesem Zeitpunkt untergebracht?«

»In Räumen im Erdgeschoss.«

»Und obwohl Ihnen eine Person unter den Häftlingen sogar persönlich bekannt war, kam Ihnen das nicht seltsam vor?«

»Was?«

»Na, dass alle Wachleute und Häftlinge auf einen Marsch geschickt wurden, aber drei weiter in den Zellen hier im Silber schmoren mussten?«

»Doch, natürlich. Soweit ich mich erinnere, habe ich sogar Hauptwachtmeister Gönnenwein und den Diensthabenden Offizier, SS-Obersturmführer Wagner, darauf aufmerksam gemacht. Von Wagner wurde ich daraufhin zurechtgewiesen, dass ich die Klappe halten solle und mich das nichts angehe.«

»Wissen Sie, wer von der Mannschaft im Silber geblieben ist?«

»Soweit ich mich erinnere, waren die Hauptwachtmeister Hindler und Gönnenwein nicht bei dem Marsch dabei.«

Paul machte sich eine gesonderte Notiz.

»Wie ging es dann weiter?«

»Irgendwann beorderte Wagner mich und den Helmut Klopfer, der auch zum Wachdienst im Silber abkommandiert worden war, zu sich und hat uns befohlen, mit ihm nach Stuttgart zurückzufahren.«

»Was ist dann geschehen?«

»Der Helmut Klopfer hat es mir erzählt. Er hatte dabei Tränen in den Augen, so sehr hat ihm das alles zu schaffen gemacht.« Junghans nahm seine Mütze wieder zwischen die Finger und begann, sie zu bearbeiten. »Er … Er hat mir erzählt, dass der Wagner ihn gezwungen hat, dabei zu sein, als die Wallner erhängt wurde.«

»Sie sagen ›erhängt *wurde*‹. Also kein Selbstmord?«

»Wenn die Schilderung vom Klopfer zutrifft, dann definitiv nicht.«

»Was hat er noch erzählt?«

»Also, Wagner hat ihr wohl in einer Zelle im Keller eine Schnur um den Hals gelegt. Dann habe sie auf einen Stuhl steigen müssen. Die Schnur war an einem Haken in der Wand befestigt. Dann habe der Wagner zu ihm gesagt, er solle den Stuhl wegziehen. Doch dabei ist wohl die Schnur gerissen, und die Wallner muss jämmerlich geschrien haben. Dann hat ihr der Wagner noch mal eine Schnur um den Hals gelegt und sie ein zweites Mal aufgehängt. Erst beim dritten Versuch hat es wohl geklappt.« Junghans zitterte, während er mit seinen Fingern weiter den Rand seiner Mütze knetete.

»Haben Sie die Tote selbst gesehen?«

»Ja. Ich war dabei, als sie zwei Tage später abgeschnitten wurde. Die Schnur, an der die Leiche hing, habe ich auch gesehen. Sie war mehrmals um den Hals der Frau geschlungen. Sie wurde dann in einen Strohsack verpackt und am Abend weggebracht. In meinem Beisein hat Wagner dann den Namen der Toten geändert.«

»Das heißt, sie wurde nicht unter ihrem richtigen Namen bestattet?«

»Nein.«

»Konnten Sie sehen, welcher Name eingetragen wurde?«

»Nein.«

»Gab es noch weitere Tote?«, wollte Paul wissen.

»Ja. Zusammen mit der Wallner wurde eine weitere Leiche abtransportiert. Sie steckte ebenfalls in einem Strohsack. Wir mussten sie kurz vor dem Transport aus dem Abort herausziehen. Dabei hab ich gesehen, dass der Mann eine Schussverletzung hatte. Und ich erkannte in ihm einen Gefangenen, der schon einige Wochen im Silber untergebracht war, ohne dass ihm trotz zahlreicher Verletzungen ärztliche Hilfe zuteilgeworden wäre.«

»Wissen Sie, was aus Wagner geworden ist?«

»Soweit ich gehört habe, ist er vor den Besatzern geflohen und hat sich selbst erschossen. Anders als der Maack, den sie ja verhaftet haben.«

»Aber genau können Sie es nicht sagen?«

»Woher sollte ich so etwas wissen?«

»Von den alten Kameraden vielleicht?«

»Ach die, die sind doch alle tot oder in Lagern oder wollen plötzlich von nichts etwas gewusst haben. Schuld waren, wenn, dann immer nur die anderen.«

Nach dem Verhör hätte Paul eine Pause gut gebrauchen können. Doch Helmut Klopfer wartete schon. Er und Junghans würdigten sich beim Hinausgehen keines Blickes.

Dafür musterte Artur Hoffmann die beiden Zeugen umso intensiver, als er das Silber betrat und sie dort, an entgegensetzten Ecken, stehen sah.

Er warf Paul einen in Skepsis getränkten Blick zu. »Was geht hier vor?«, fragte er dann seinen Untergebenen in scharfem Ton.

»Ich habe zwei Zeugen eines Tathergangs zur Einvernahme bestellt, Herr Hoffmann.«

»Was für ein Tathergang?«

»Es geht um die zu ermittelnden Todesumstände der Frau Vera Wallner.«

»Warum weiß ich davon nichts?«

Stimme und Tonfall lösten bei Paul einen leichten Schauer aus, bevor er antwortete. »Weil es sich um laufende Ermittlungen handelt zu einem Fall, der noch in die Zeit fällt, als die Gestapo in diesem Gebäude ihren Sitz hatte.«

»Eben drum, Herr …«

»Kramer.«

Hoffmann musterte ihn eingehend, abschätzend, abfällig. Dann sagte er tadelnd: »Ja, Herr Kramer. Eben deswegen sollte ich darüber Bescheid wissen, meinen Sie nicht? Und warum führen Sie die Gespräche alleine?«

Paul sah, wie Junghans und Klopfer jeweils nervös von einem Bein auf das andere traten, Junghans seine Mütze immer wieder kurz auf- und absetzte, nur um sie dann weiter zu bearbeiten. Beide wirkten ängstlich. Eingeschüchtert. So als würde sie die pure Anwesenheit von Hoffmann belasten.

Der Gesichtsausdruck des Kripochefs verfinsterte sich, als

er auf seine Armbanduhr sah. »Ich muss los. Aber wir sprechen uns noch, Kramer. Wir müssen uns dringend unterhalten. Ich möchte Sie heute Mittag um dreizehn Uhr im Büro sehen. Ich habe meine Zweifel, ob Sie Ihre Prioritäten richtig setzen und die Hierarchie in unserem Haus richtig verstanden haben.«

Damit machte er zackig kehrt und stieg die Treppe nach oben, sodass Paul mit den beiden sich sichtlich unwohl fühlenden Zeugen wieder allein im Foyer stand. Der Wachmann am Eingang beäugte sie alle drei nacheinander, sagte gleichwohl nichts.

Paul war sicher, dass in Kürze die angedrohte Standpauke von Hoffmann im Haus die Runde machte. Er war froh, dass er auf die letzte Frage Hoffmanns nicht hatte antworten müssen. Denn es gab zumindest offiziell und formal keinen Grund, warum Gönnenwein bei den Vernehmungen nicht dabei war. Im Gegenteil. Eigentlich war es sogar Vorschrift, und Hoffmann konnte ihm bei strenger Auslegung einen Strick daraus drehen – zumindest bis zu dem Punkt, an dem es Paul gelingen würde, Gönnenwein zu überführen.

Er trat zu Junghans, dankte ihm für sein Kommen und fragte, so beiläufig es ihm möglich war, ob er Hoffmann schon einmal gesehen habe.

Junghans schüttelte heftig den Kopf und verneinte die Frage mehrfach, sah dabei aber mit unruhig flackernden Augen zu Boden.

Paul glaubte ihm nicht.

»Herr Klopfer, bitte erzählen Sie mir, was in jener Nacht geschehen ist.«

Klopfer hatte auf dem Stuhl Platz genommen, auf dem zuvor Junghans gesessen hatte. Er antwortete, ohne zu zögern. »Ich hatte an dem Abend Dienst und saß gerade in der Wachstube, als mich der Wagner zu sich herausgerufen hat. Er sagte zu mir, er müsse auf direkte Anordnung von Heinz Maack die Frau Wallner erhängen.« Er machte eine Pause und sah lange in Pauls Gesicht. »Sie kommen mir bekannt vor. Haben wir uns auch schon mal gesehen?«

Die Frage brachte Paul für einen Moment aus dem Konzept.

Klopfer war kein angenehmer oder gar sympathischer Zeitgenosse. Sein Gesicht wirkte eher fleischig, die Haare trug er noch immer militärisch kurz und gescheitelt, wie es einige Jahre der Einheitsmode im Land entsprochen hatte.

Paul überging die Frage, als habe er sie nicht gehört. »Was ist dann geschehen, nachdem Ihnen Wagner von seinem Auftrag erzählt hatte?«

»Er hat gesagt, ich soll die Frau aus ihrer Zelle holen und nach unten bringen.«

»Nach unten?« Paul wusste aus eigener Erfahrung, was »nach unten bringen« in diesem Fall bedeutete. Er wollte die Erklärung aber von Klopfer selbst hören.

»Ja, in den Keller. Ich habe wohl kurz gezögert, aber Wagner hat mich angetrieben und in schneidigem Ton mehrfach ›Los, los!‹ gerufen. Ich habe die Zellentür aufgeschlossen und die Wallner rausgelassen. Dann herrschte mich Wagner an, ich müsse mitkommen, und wir sind zu dritt in den Keller runter.«

»Wo genau brachten Sie sie hin?«

»Wagner hatte dort unten«, Klopfer unterstrich seine Worte durch eine zuckende Kopfbewegung, die auf das Kellergeschoss deutete, »seinen eigenen kleinen Raum. Dort stand ein Stuhl. Das war sein kleines Reich. Wenn die Tür zu war, hörte man draußen nicht mehr viel. Und sie war meist geschlossen, wenn er dadrin war. Dort wurde der Wallner der Strick um den Hals gelegt.«

»Wer hat das erledigt? Wagner oder Sie?«

Klopfer wirkte erschrocken. »Wagner natürlich. Die Schnur hat er dann am Haken an der Wand befestigt.«

»Und wo waren Sie?«

»Ich?« Klopfer sah aus, als würde ihn die Frage überraschen. »Ja, ich, also, ich stand auf dem Flur. Doch dann hat er mich zu sich in den Raum gerufen und mir befohlen, den Stuhl wegzuziehen. Das habe ich getan. Was hätte ich denn machen sollen? Ich hatte ja schon gehört, was Wagner mit seinen Untergebenen machte, wenn sie es wagten, ihm nicht zu gehorchen. Ja, also, ich habe den Stuhl weggezogen, aber die Schnur ist gerissen. Wagner hat höhnisch gelacht, ist nicht erschrocken oder wütend geworden. Im Gegenteil. Ich hatte eher das Gefühl, es gefiel ihm. Es hat ihn amüsiert, wie ein Film mit Heinz Rühmann. Er hat ihr noch eine Schnur um den Hals gelegt, und ich musste noch mal den Stuhl wegziehen. Dann hat er mich wegeschickt und gesagt, ich soll den Raum abschließen. Wagner war dann alleine mit ihr.«

»Warum hat Wagner gerade Sie ausgesucht?«

Klopfer ließ sich Zeit mit seiner Antwort. »Ich weiß es nicht. Vielleicht einfach, weil ich Dienst hatte.«

»Aber Sie haben alles, ohne zu hinterfragen, ausgeführt?«

»Ja, schon. Aber Wagner war keiner, bei dem man hinterfragte. Es gab ohnehin Gerüchte, dass er seine eigenen Leute erschossen hat, wenn sie ihm nicht gehorcht haben. Einfach Pistole raus, Kugel in den Kopf, fertig. Und nein, ich habe mich nicht dagegen gewehrt, weil mir ein paar Tage zuvor zwei Häftlinge durchgegangen waren. Schon da hatte der Wagner mich angeschrien und gesagt, ich gehör an die Wand gestellt und umgelegt. Wissen Sie, der Wagner ist ein Sadist.«

»Sie sind von Beruf Landwirt?«

»Ja, ich bewirtschafte einige Hektar Land. Daher müsste ich dann jetzt auch wieder zurück, auf die Felder, meine ich. Die Menschen brauchen ja etwas zu essen.«

»Nur noch ein paar Fragen«, beruhigte Paul den Mann, der sich offensichtlich zumindest der Mittäterschaft am Mord an Vera Wallner schuldig gemacht hatte. Er würde bei Thiele einen Haftbefehl beantragen. »Sie haben eben gesagt, Wagner *ist* ein Sadist? Stehen Sie noch in Kontakt zu ihm? Können Sie etwas zu seinem Verbleib sagen? Wissen Sie, was aus ihm geworden ist, wo er sich versteckt?«

Klopfer wirkte mit einem Mal noch nervöser, mehr noch als vorhin in der Eingangshalle.

»Nein. Nein, natürlich nicht. Ich hab das nur so gesagt. Ich hab es nicht so mit Sprache, ich bin doch nur ein Landwirt. Aber ich habe gehört, er wär tot. Beschwören könnt ich es nicht, denn ich habe ihn seit dem Tag nicht mehr gesehen. Aber so erzählt man es sich.«

Auch bei ihm war sich Paul sicher, dass er log. Wie Junghans wusste er, dass Wagner keineswegs tot war. Aber irgendetwas machte ihnen Angst.

»Was ist denn dann geschehen?«

»Es war am Abend des nächsten Tages. Ich hockte in meinem Büro und habe einige schriftliche Privatsachen erledigt. Aus dem Nebenzimmer, wo Gönnenwein und Hindler ihre Schreibtische hatten, hörte ich Stimmen und hin und wieder auch Lachen. Irgendwann ging ich rüber. Sie hockten zusammen, also der Wagner, Gönnenwein, Hindler und noch ein paar andere, tranken Wein. Ich weiß nicht mehr genau, wer da alles hockte, aber die drei waren es auf jeden Fall. Einer von denen meinte, er hätte mit dem *Saumensch*, das hat er wirklich gesagt, vor ein paar Tagen eine strenge Vernehmung durchgeführt und ihr dann einen Strick in die Zelle geworfen. ›Wenn sie Charakter hätte, dann hätte sie sich doch selber aufgehängt und uns nicht die Drecksarbeit machen lassen‹, hat er gesagt. Ganz sicher. Die anderen haben genickt. Und einer, ich weiß aber nicht, wer das war, hat gesagt: ›Na ja, jetzt hat sie ja, was sie verdient.‹ Dann wurde weitergetrunken, gelacht und über private Dinge geredet. Irgendwann war Wagner verschwunden und kam nach etwa zehn Minuten wieder zurück. Er sah zufrieden aus und sagte nur in den Raum, alles wär in Ordnung. Dann ließ er sich nachschenken. Vielleicht eine halbe Stunde später meinte Gönnenwein dann zu Wagner: ›Komm, wir schauen mal, was sie macht.‹ Der Hindler forderte mich dann auf, mitzukommen. Wir gingen also zu viert die Treppe runter in den Keller und direkt zur Einzelzelle, also zu dem Raum, in dem Wagner seine Arbeit verrichtete. Gönnenwein und Hindler waren die drei oder vier Stufen in die Zelle hinuntergegangen. Ich konnte zwischen ihnen hindurchsehen und sah dann eine an der Wand hängende Frauenperson. Ich wusste natürlich, dass es die Wallner war, der ich hatte den Stuhl wegziehen müssen.«

Klopfer stockte. Paul unterbrach ihn nicht.

»Dann hat mir der Wagner aufgetragen, unseren Amtsleiter Maack anzurufen und ihm mitzuteilen, dass sich Frau Wallner in der Nacht selbst erhängt hat. Was hätte ich tun sollen, als die Lüge weiterzugeben? Maack meinte ohnehin nur, er wär bereits im Bilde. Am nächsten Tag rief er mich dann sogar persönlich an und gab mir die Anweisung, die Abholung der Leiche beim Friedhofsamt zu beauftragen. Er hat mich außerdem angewiesen, nicht den richtigen Namen anzugeben, und mir einen aufgeschrieben.«

Klopfer sah zu Paul auf. In seinem Blick lag etwas, das wie eine Suche nach Vergebung aussah. Doch die konnte, die wollte ihm Paul keinesfalls geben. Im Gegenteil. Er hatte genug von den grausamen Ereignissen jener Nacht gehört und würde die Ergebnisse so schnell wie möglich Staatsanwalt Thiele präsentieren. Dieser hatte dann zu entscheiden, gegen welche Beteiligten Haftbefehle zu erlassen waren.

Als Paul sich von Klopfer verabschiedet hatte und wieder in sein Büro kam, starrte Gönnenwein ihn an wie den Leibhaftigen und teilte ihm mit, es gebe einen weiteren Toten.

»Hier sterben sie ja langsam wie die Fliegen«, brummte Paul mehr zu sich selbst.

Gönnenwein überhörte es offenbar. »Der ehemalige Leiter der Gestapo-Leitstelle in Stuttgart, Heinz Maack, hat sich in seiner Zelle erhängt.«

»Was?«, rief Paul überrascht aus.

»Wahrscheinlich wusste er, was auf ihn zukam und dass am Ende eh die Todesstrafe auf ihn warten würde. Unser neuer Chef war noch bei ihm, um ihn zu vernehmen.«

»Der Hoffmann? Und dann hat sich Maack erhängt?«

»Ja.«

Paul hockte sich nachdenklich hinter seinen Schreibtisch. Mehr und mehr gewann er den Eindruck, Hoffmann könnte eine Schlüsselrolle innehaben, zumindest im Fall Wallner. Er schaute sein Gegenüber lange an und hoffte, dass sein Ausdruck neutral wirkte und nichts von dem Abscheu zu erkennen war, den er für Gönnenwein empfand, erst recht nach dem, was er zuletzt über ihn in Erfahrung gebracht hatte. Denn in Wahrheit würde er bald den Staatsanwalt ersuchen, ein Verfahren gegen Gönnenwein und auch gegen Hindler einzuleiten, und dafür sorgen, dass die beiden möglichst bald verhaftet wurden.

Er hatte mit eigenen Augen gesehen, wie Hoffmann und Maack sich begegnet waren, und die Reaktionen von Junghans und Klopfer auf Hoffmanns Auftauchen mitbekommen. Auch ihn selbst hatte bei Hoffmanns Ton und Stimme eine Gänsehaut überlaufen.

In seinem Kopf wuchs ein Gedanke, dem er sogleich Einhalt gebieten wollte. Das konnte unmöglich sein.

Oder doch?

ACHT

Paul war hinunter in den Keller des Silber gegangen und stand nun auf der obersten Stufe am Eingang zu der Zelle, in der Vera Wallner ermordet worden war. Nur hier zu stehen, löste bei ihm Beklemmungen aus. Erinnerungen wurden wach. Bilder seiner eigenen Zeit in einem dieser Räume, der Verhöre, der Schläge, Tritte und Schmerzen, wechselten sich ab mit Bildern von Vera Wallner. Er sah sie vor sich an der Wand hängen. Leblos. Eine Schnur mehrfach um ihren Hals gewickelt. Blut am Hals, wo die Schnur tief in die Haut und das Fleisch eingeschnitten hatte. Er hörte sie schreien, vor Angst, vor Schmerz und im Todeskampf. Ein langer Todeskampf. Nicht Sekunden. Nicht Minuten. Stundenlang hatten sie sie so hängen lassen, bis sie jämmerlich erstickt war. Und er sah Wagner, dessen Gesicht er nicht kannte, wie er im Raum stand, umherging, an der Wand lehnte und rauchte und dabei Vera Wallner zusah, wie sie langsam starb.

Paul spürte, wie ihm der Kragen seines Hemdes die Luft abschnürte und seine Beine so weich wurden, dass sie unter ihm wegzuklappen drohten.

Er würde sich heute mit Thiele besprechen. Und er würde bei Hilde gegen seine selbst auferlegte Regel verstoßen und ihr von all dem berichten, was er gehört hatte zum Fall Wallner. Wie sie Gönnenwein und Hindler wegen des erschossenen Jakob Beerbaum überführen sollten, wusste er noch nicht. Aber wenn der Staatsanwalt sie mit den vorhandenen Aussagen und Vorwürfen konfrontierte, vielleicht würden sie so in die Enge getrieben nach jedem Strohhalm greifen und den Mund aufmachen. Aber eigentlich müsste ihre Beteiligung am Mord an Vera Wallner bereits ausreichen. Nur waren Paul im Moment noch die Hände gebunden. Er konnte nicht zu Rückert, da ihm dessen Rolle in dem Ganzen zu diffus war. Er hatte nur drei Verbündete: den Chef der Militärpolizei, den Staatsanwalt und Hilde. Und er war gewillt, alle drei Pfade zu nutzen.

Paul setzte sich auf die oberste Stufe und vergrub sein Gesicht in den Händen. Die Tränen konnte er nicht mehr zurückhalten, als er sich an die letzte halbe Stunde erinnerte.

Sein Rapport bei Hoffmann war ein weiterer trauriger Baustein unliebsamer Erkenntnisse gewesen. Der neue Leiter der Kripo hatte ihm nicht nur deutlich zu verstehen gegeben, dass er keine Alleingänge mochte. Er hatte ebenso klar formuliert, dass er es nicht sonderlich mochte, wenn in den Fällen der Vergangenheit gerührt wurde. Man müsse nach vorn blicken, hatte er mehrfach betont, und dass es ja genügend Verbrechen in der Gegenwart gebe, für die die Polizei zuständig sei, damit sich die Bürgerinnen und Bürger in der Stadt sicher fühlten.

Doch was Paul zugleich einen Tiefschlag versetzt und die Augen geöffnet hatte, war der Moment gewesen, in dem er für einen kurzen Moment die Augen geschlossen hatte. Knall auf Fall. Er saß mit einem Mal wieder im Verhörraum, den muffeligen Sack auf dem Kopf, der seine Sicht trübte. Der Mann, dessen distinguiertes Auftreten im ersten Moment nicht zu dem passen wollte, was er tat. Dessen Gesicht zu sehen er nie imstande gewesen war. Entweder weil er den Sack auf dem Kopf gehabt hatte, ihn die auf sein eigenes Gesicht gerichtete Lampe mit ihrem grellen Schein geblendet hatte. Oder weil der Mann hinter ihm gestanden hatte. Aber Paul hörte die Stimme, sah die Pistole, die erst auf dem Tisch lag und dann gegen seine Schläfe, schließlich hart auf seinen Hinterkopf gedrückt worden war. Das höhnische Lachen, als sich Paul vor Angst in die Hose gemacht hatte. War es dieselbe sadistische Freude gewesen, die Wagner empfunden hatte, als bei Vera Wallner der Strick gerissen war?

Als er die Augen wieder aufschlug, saß ihm in dem ordentlich aufgeräumten Büro der Leiter der Kripo Stuttgart gegenüber. Er saß nicht im Verhörraum von damals, er wurde nicht malträtiert. Der Anzug seines Vorgesetzten war adrett, das Gesicht klar und fein, die Haare zurückgekämmt und mit Pomade in Form gebracht. Gut aussehend und mit guten Umgangsformen, schoss es Paul durch den Kopf.

Ein Schlächter im Nadelstreifenanzug.

Und doch wusste er nun instinktiv, dass er seinem Peiniger

und dem Mörder von Vera Wallner gegenübersaß. Es war hier, im Hotel Silber, wo sie sich wiedertrafen. Er wusste jetzt, wer Artur Hoffmann war. Und er sah in Hoffmanns Blick, dass dieser wusste, dass Paul erkannt hatte, wer ihm da unter falschem Namen gegenübersaß: Herbert Wagner.

Natürlich hatte Wagner ihn erkannt, musste ihn längst erkannt haben. Doch spätestens jetzt war der Kriminalbeamte Paul Kramer für ihn zur Bedrohung geworden.

Es war früher Nachmittag und die erste Redaktionssitzung in der großen Runde, an der Hilde teilnahm. Sie war nun ganz offiziell eine fest angestellte Redakteurin, und ihr Monatsgehalt betrug zweihundert Mark. Vor der Unterzeichnung des Vertrags hatte sie sich dem Nachrichtenoffizier der Militärregierung vorstellen müssen. Doch der aus Wien stammende und fließend Deutsch sprechende Leutnant John H. Boxer war gleich sehr angetan von ihr gewesen und hatte ihr viel Glück gewünscht, denn außer Anna Haag waren zu dieser Zeit keine Frauen in der Zeitungsredaktion zu finden.

Hilde war aufgeregt, als sie sich an einem der in U-Form aufgestellten Tische einen Platz suchte. Kupferschmidt nickte ihr aufmunternd zu und setzte sich neben sie.

Der Herausgeber Josef Eberle, ein kleiner, drahtiger Mann mit vollem weißem Haar, rundem Gesicht und großer Brille, betrat den Raum. Er ging wie ein gehetztes Tier zu seinem Stuhl, dessen Lehne etwas höher war als die der anderen, und setzte sich in die Mitte des U.

Als Hilde ihn sah, fiel ihr sofort ein Zitat von Eberle anlässlich der ersten Ausgabe seiner Zeitung ein: »Es mag für uns Deutsche beschämend sein, dass wir unsere geistige Freiheit nicht im Kampf gegen unsere Unterdrücker errungen haben, sondern dass wir die Möglichkeit zur Meinungsäußerung heute als Besiegte aus der Hand des Siegers wie ein Geschenk empfangen. Unsere Freude darüber, dass wir mit der Herausgabe der ›Stuttgarter Zeitung‹ einen bedeutungsvollen Schritt zur Wiedererlangung der Freiheit des Denkens und des Wortes tun, ist deshalb keineswegs geringer. Wir wissen wohl: Die Freiheit muss gelernt werden.«

Hilde hatte sich den Artikel mit dem Zitat ausgeschnitten, die Aussage dick unterstrichen und in ihre Kladde geklebt.

Der geschäftig wirkende Eberle schaute nun in die Runde und eröffnete die Sitzung mit dem Satz: »Und was machen wir morgen?«

Hilde sah fragend zu Kupferschmidt, der milde lächelte und flüsterte: »Das ist seine übliche Floskel. Nicht wundern.«

In der folgenden Stunde wurden dann Themen eingeworfen, diskutiert, verworfen, andere aufgerufen, wodurch Stück für Stück die nächste Ausgabe der Zeitung Gestalt annahm, die aufgrund des Papiermangels nach wie vor nur zweimal die Woche erscheinen konnte.

Schließlich war irgendwann Hilde an der Reihe, und alle Blicke hefteten sich auf sie. Die Gesichter, in die sie schaute, zeigten unterschiedliche Ausdrücke. Da waren Wohlwollen und Freude ebenso wie Skepsis und Ablehnung zu erkennen. Aber wie um ihr Mut zuzusprechen, tätschelte Kupferschmidt kurz freundschaftlich ihre Hand. Sie hatten zuvor besprochen, was sie sagen sollte. Und wenn die Redaktion das Thema akzeptierte, dann würde die Stuttgarter Polizei ihren ersten handfesten Skandal zu überstehen haben. Daneben würde sich die Berichterstattung über den Tod von Jakob Beerbaum durch die mutmaßliche Kugel eines Polizisten wie ein laues Lüftchen ausmachen.

Hilde atmete tief durch und begann mit ihren Ausführungen. Sie hatte alle Informationen, die sie vorhin von Paul in dessen Mittagspause bekommen hatte, genauestens sortiert, sodass sie jetzt eine strukturierte Geschichte erzählte. Sie würde zwar noch weiter und intensiver recherchieren und weitere Quellen ausfindig machen, verifizieren, absichern und befragen müssen, aber letztlich lag alles vor ihr und wartete nur darauf, in Worte und Sätze gefasst zu werden.

Als sie mit ihren Ausführungen und Erläuterungen fertig war, herrschte für einen Moment Schweigen im Raum. Hilde fühlte, wie ihr die Röte ins Gesicht schoss und der Schweiß den Rücken hinunterrann.

»Das ist harter Tobak, den Sie uns hier zum Einstieg präsentieren, Frau Jäger. Und Sie sind sich absolut sicher?«, stellte Eberle fest, nachdem sie ihre Ausführungen beendet hatte.

»Ja. Ich habe die entsprechenden Protokolle der Aussagen gelesen. Im Original. Und es gibt eine Quelle, deren Name zwar nicht genannt werden kann, aber sie ist zuverlässig.«

Dann entspann sich eine kurze, aber heftige Debatte, ob Hilde als Neuling die Richtige war, um so ein Thema zu bearbeiten. Doch der Herausgeber verwies, nachdem er sich den Schlagabtausch einige Zeit angehört hatte, darauf, dass sie alle erst vor wenigen Wochen mit dem Zeitungsmachen angefangen hatten und die wenigsten der hier am Tisch Sitzenden zu dieser Zeit echte journalistische Erfahrung mitgebracht hätten. »Wir sollten etwas Vertrauen haben«, meinte er, und damit war die Debatte beendet. »Kupferschmidt, Sie machen das zusammen mit Frau Jäger, einverstanden?«

Beide lächelten und nickten eifrig.

Paul saß unterdessen im Büro von Staatsanwalt Thiele in der Urbanstraße am rechteckigen Besprechungstisch, neben ihm Oberst Gruber von der US-Militärpolizei. Vor ihnen standen drei Tassen mit dampfendem Kaffee. Über ihren Köpfen schwebten Rauchschwaden von den Zigaretten, die mehr und mehr den Aschenbecher in der Tischmitte füllten.

Seit über einer Stunde dauerte die Besprechung an. Paul hatte darum gebeten und vorgeschlagen, Gruber direkt mit dazuzunehmen, da die Ereignisse womöglich eine weit größere Tragweite hatten und sich die Vorfälle und Ermittlungen bei der Polizei auch auf die US-Militärregierung auswirken dürften. Thiele war sofort einverstanden gewesen.

»Was Sie uns erzählen«, meinte Thiele, nachdem Paul mit seinem Bericht geendet hatte, »legt also mehr als nahe, dass wir die Täter für den Mord an Vera Wallner und für die tödlichen Schüsse auf Jakob Beerbaum in den Reihen der heutigen Polizei haben.«

Paul nickte.

Thiele sprach weiter. »Wie es zudem aussieht, gibt es Überschneidungen zwischen den beiden Fällen.«

Paul nickte erneut.

Grubers Blick wanderte zwischen den beiden hin und her.

»Um mögliche Beweise zu sichern, müssten wir Hindler und Gönnenwein nicht nur vernehmen, sondern auch Hausdurchsuchungen in ihren Büros wie in ihren Privatwohnungen anordnen«, schlussfolgerte Thiele. »Doch am schwersten wiegen die Vorwürfe gegen den Amtsleiter der Kriminalpolizei, Artur Hoffmann. Wenn Ihnen Ihr Gedächtnis keinen Streich gespielt hat – was nach traumatischen Erfahrungen ja nicht auszuschließen ist – und er tatsächlich in Wahrheit Herbert Wagner sein sollte, dann wäre der aktuelle Leiter der neuen Stuttgarter Kriminalpolizei mindestens der Mörder von Vera Wallner. Und wahrscheinlich nicht nur von ihr, sondern von unzähligen anderen Opfern. Die Folgen, die möchte ich mir am liebsten gar nicht ausmalen. All das wirft Fragen auf, deren Beantwortung uns womöglich nicht gefallen wird. Wenn das alles stimmen sollte, dann bekomme ich jetzt schon Ohrenschmerzen vom öffentlichen Aufschrei, der uns erwartet.«

»Wie damit umgegangen wird, das kann allerdings nicht ohne Beteiligung der US-Militärregierung beschlossen werden«, warf Gruber mit ernstem Gesicht ein. Er hatte seine Mütze neben die Kaffeetasse auf den Tisch gelegt. »Und damit meine ich nicht nur meine Beteiligung. Das müssen höhere Stellen entscheiden. Was Sie uns hier präsentiert haben, ist Sprengstoff. Pures Dynamit.«

»Wenn das stimmt, wie konnte jemand wie Wagner überhaupt in diese Position gelangen und sich unter neuem Namen praktisch einschleichen?«, fragte Thiele in den Raum. Sein Blick wirkte leer.

»Das ist leider gar nicht so selten und keine Stuttgarter Besonderheit. Wir hören von ähnlich gelagerten Fällen an vielen Orten«, antwortete Gruber. »Viele Nazis haben sich vor dem Einmarsch der Alliierten abgesetzt. Einige haben Selbstmord vorgetäuscht, so wie vermutlich Wagner. Über ihre alten Netzwerke, die sich auch unter den neuen Verwaltungen breitmachen, sind sie dann mit Geld und Papieren versorgt worden.«

»Die ›Werwölfe‹«, sagte Thiele nachdenklich. »Diese verdammten Viecher. Die Rudel sind überall. Und sie greifen wieder an, wenn wir nicht vorsichtig sind.«

»Neue Papiere, ein leicht verändertes Aussehen, und schon ist man ein neuer Mensch ganz ohne schmutzige Vergangenheit«, fasste Paul die bittere Erkenntnis in Worte. »Aber besteht nicht immer die Gefahr, erkannt zu werden? Vor allem in einer solchen Position?«

»Dort, wo derjenige Angst und Schrecken verbreitet hat? Schauen Sie, Herr Kramer, Sie selbst haben uns doch eben geschildert, wozu Männer wie Wagner fähig waren und fähig sind. Und selbst wenn er sich hinter dieser neuen Identität verbergen sollte, hat er ja sein Wesen nicht verändert«, sagte Gruber.

»Seine Opfer sind meist tot oder in irgendwelchen Lagern untergebracht, wo sie auf die Heimreise warten«, ergänzte Thiele. »Und seine einstigen Untergebenen, die haben doch Angst vor den Konsequenzen, sollten sie ihn verraten. Sogar sein ehemaliger Vorgesetzter hatte offensichtlich eine solche Heidenangst, dass er sich lieber in seiner Zelle erhängt hat, als auf seinen Prozess zu warten.«

Paul wusste sofort, dass damit Maacks Suizid gemeint war.

»Also ist es womöglich für so eine Person am sichersten, wenn sie genau dorthin geht, wo man sie am wenigsten vermuten würde. In die besagte Höhle des Löwen«, vervollständigte Thiele den Gedanken.

Die beiden sind ein gutes Gespann, dachte Paul. Beide klug, weitsichtig und mit vorzüglicher Kombinationsgabe ausgestattet.

Dann kamen ihm die Situationen in den Sinn, in denen Klopfer und Junghans Hoffmann begegnet waren. Und er erinnerte sich an das Verhalten von Gönnenwein und Hindler. Er selbst hatte gesehen, wie sich Franz Goller, Gregor Schöll oder Elfriede Stolterfoth gern in Hoffmanns Umfeld aufhielten. Da konnte eine gewisse Überschneidung der Gesinnung durchaus nicht in Abrede gestellt werden.

»Also, was tun wir?«, warf Paul in den Raum.

Als Paul mit einer Handvoll US-Militärpolizisten und in Begleitung von Volker Korn und Horst Lemke am frühen Morgen des nächsten Tages bei Gönnenwein vor der Wohnung stand, reagierte der mit der zu erwartenden Empörung.

»Was soll denn das?«, setzte Gönnenwein zum wütenden Protest an. Doch einer der Militärpolizisten drückte ihm ein amtliches Dokument in die Hand, wonach dies eine von der US-Militärregierung angeordnete und von höchster Stelle genehmigte Hausdurchsuchung war.

»Das wird ein Nachspiel haben!«, rief Gönnenwein und warf Paul einen hasserfüllten Blick zu. »Und du, Kleiner, freu dich nicht zu früh. Ich wusste doch von Anfang an, dass man Kerlen wie dir nicht trauen kann. Aber das wirst du schon noch lernen. Man verrät keine Kameraden.«

Paul baute sich vor Gönnenwein auf und sagte ruhig: »Wir sind keine Kameraden. Und wir sind auch keine Kollegen. Du bist ein Mörder, und ich bin ein Polizist. Deshalb kommst du nachher mit uns, denn wir haben einige Fragen an dich.«

»Was glaubst du eigentlich, wer du bist? Und was glaubst du, was passiert, wenn herauskommt, dass du deine eigenen Leute hinhängst? Dann ist deine lächerliche Karriere doch zu Ende, bevor sie begonnen hat.«

»Kann sein. Aber wenn dafür Leute wie du und dein Kumpel Hindler für ihre Missetaten zur Rechenschaft gezogen werden, ist es mir das wert.«

Damit wandte sich Paul um und ließ Gönnenwein stehen. Zu dem gesellte sich im nächsten Moment ein Militärpolizist und legte ihm Handfesseln an. In der Küche kreischte Gönnenweins Frau und beschimpfte Paul ebenfalls als Verräter, Kommunistensau und Judenfreund. Doch er ignorierte die geballte Ladung an Anfeindungen.

Als die Kollegen von Volker Korn eintrafen, sagte dieser zu Paul: »Ihr könnt gehen. Wir machen hier unseren Job. Und wenn wir was finden, erfährst du als Erster davon.«

»Danke.« Paul war froh, jemanden wie Korn an der Seite zu haben. Jemand, der seinen Job verstand und integer war. Korn hatte nicht lange gezögert, als Paul ihn nach der Unterredung bei Staatsanwalt Thiele in die Pläne eingeweiht hatte. Einige wenige Details hatten ihm ausgereicht, um seine vollumfängliche

Mitarbeit anzubieten. »Wenn da auch nur ein Funken Wahrheit drinsteckt in dem, was du mir eben erzählt hast, dann müssen wir handeln – und zwar schnell.«

Sobald die unterzeichneten Dokumente für die Hausdurchsuchungen und die Einvernahmen vorgelegen hatten, waren sie losgefahren. Gruber hatte ihnen einen Trupp Militärpolizisten zur Seite gestellt, da sie nicht genau wussten, wem sie bei der Polizei trauen und wen sie somit in die Pläne einweihen konnten. Zuvor hatte Gruber Oberstleutnant Jackson, den Chef der örtlichen Militärregierung, unterrichtet. Und in diesen Minuten würde Gruber Oberbürgermeister Arnulf Klett und Polizeipräsident Dieter Rückert über die Aktion informieren.

Paul verließ Gönnenweins Wohnung. Unten wartete ein weiterer Jeep der Militärpolizei. Paul stieg ein, und sie fuhren auf schnellstem Weg zu Hindlers Unterkunft. Was sich dort abspielte, nachdem der Kriminalbeamte die Tür geöffnet hatte, war ein Spiegelbild dessen, was Paul bei Gönnenwein erlebt hatte.

Hindler und Gönnenwein wurden beide noch am selben Tag in die Verwahrzellen ins Hotel Silber überführt. Dort wurden sie von Staatsanwalt Thiele und Oberst Gruber nacheinander vernommen.

In der Zwischenzeit hatte Volker Korn einen Fund gemeldet. Er hatte tatsächlich eine Patronenhülse in Gönnenweins Wohnung entdeckt, von der er glaubte, dass es sich um die jener Kugel handeln konnte, durch die Jakob Beerbaum zu Tode gekommen war. »Mit Sicherheit können wir das natürlich erst sagen, nachdem wir sie genau unter die Lupe genommen und untersucht haben. Aber das Kaliber stimmt schon mal. Außerdem passt die Patronenhülse zu Gönnenweins Waffe und zu dem Projektil, das man aus dem Kopf der Leiche Beerbaums gezogen hat«, hatte er Paul auf dem Flur mit leicht triumphaler Miene berichtet. Die Information hatte dieser dann in einer kurzen Pause an Thiele und Gruber weitergegeben, die sie nickend zur Kenntnis genommen hatten.

Zwischendurch war Rückert zurück ins Silber gekommen. Wahrscheinlich direkt von der Lagebesprechung mit Klett, nachdem ihnen Gruber eröffnet hatte, gegen wen warum ermittelt wurde.

Rückert hatte Paul auf dem Gang stehen und rauchen gesehen und lange in seine Richtung geblickt. Paul hatte nicht genau erkennen können, was sein Gesichtsausdruck sagte. Doch irgendwann hatte der Polizeipräsident sich abgewandt und war verschwunden.

Paul wusste, dass die aktuellen Ereignisse durchaus Konsequenzen für ihn haben konnten. Und doch sah er seine Aufgabe als Polizist eben genau darin, solche Verbrechen aus der Vergangenheit und der Gegenwart aufzuklären und dafür zu sorgen, dass die vermeintlichen Täter sich vor Gericht verantworten mussten und zur Rechenschaft gezogen wurden. Ob Rückert wohl wusste, dass Paul von Gruber und Thiele persönlich in die Pflicht genommen worden war? Hatten sie ihn instrumentalisiert? Womöglich. Nein, inzwischen war er sich dessen beinahe sicher. Aber zumindest im Sinne der Gerechtigkeit.

Während ihnen Gönnenwein und Hindler recht einfach ins Netz gegangen waren, hatten sie Artur Hoffmann nicht wie erwartet bei sich zu Hause am Kräherwald angetroffen. Da er allein lebte, war die Wohnung leer vorgefunden worden, nachdem sich Thiele dort mit Hilfe von US-Militärpolizisten Zugang verschafft hatte.

Als Paul ankam, war Volker Korn bereits mit zwei Männern am Werk. Doch viel gab es nicht. Die kleine Wohnung war bis auf ein einfaches Bett, einen schweren Kleiderschrank, einen abgenutzten Sekretär und eine wackelige Kommode weitgehend leer. In der Mitte des Raums stand ein eckiger Holztisch mit zwei Holzstühlen. Darauf eine angebrochene Flasche Schnaps, der sich als Birnenbrand entpuppte. Daneben ein Glas und einige feuchte Flecken auf dem Holztisch.

»Vielleicht hätten wir doch hier anfangen sollen«, meinte Thiele, sichtbar verärgert über den Fehlschlag.

Im Kleiderschrank waren einige Anzüge zu finden, aber in der ganzen Wohnung keinerlei Hinweise auf Arthur Hoffmanns wahre Identität.

»Dass Sie seine Stimme erkannt zu haben glauben, ist kein Beweis. Schon gar nicht dafür, dass Wagner identisch ist mit Artur Hoffmann«, sagte der Staatsanwalt. »Aber seine Abwesenheit könnte ein Indiz sein. Ich vermute, irgendein Vögelchen hat ihm gezwitschert, dass wir uns gerne mit ihm unterhalten würden.«

»Das wäre kaum verwunderlich, denn immerhin ist er der Leiter der Kriminalpolizei.«

»Daher muss ich annehmen, wenn er heute nicht im Büro auftauchen sollte, dass er sich auf der Flucht befindet. Dann muss ich Hoffmann zur Fahndung ausschreiben.« Thiele knetete seine Unterlippe und dachte nach. »Doch davon würde die Presse unweigerlich Wind bekommen. Und sicher sogar schneller, als uns das lieb sein kann.«

»Dann sollen wir nicht nach ihm suchen? Ihn womöglich laufen lassen?« Paul war das Entsetzen ins Gesicht geschrieben.

Thiele erwiderte nichts.

NEUN

Den Abend verbrachte Paul allein, mit einer teuer erstandenen Flasche Wein aus dem Remstal. Hilde war nicht nach Hause gekommen, aber sie hatte ihn schon vorgewarnt, dass sie als nunmehrige Festangestellte bei der »Stuttgarter Zeitung« öfter bis spät in den Abend in der Redaktion sein würde.

Irgendwann ging Paul zu Bett. Doch trotz der ausgetrunkenen Flasche Wein fand er nicht in den Schlaf, sondern lag wach, starrte aus dem Fenster in die Dunkelheit oder an die Decke. Die Frage, wo sich Hilde aufhalten mochte, und die Reaktion von Thiele auf Hoffmanns Verschwinden beschäftigten ihn unablässig. Um einen öffentlichen Skandal zu vermeiden, riskierte man, dass ein Täter davonkam. Paul war das unerklärlich.

Als Hilde am nächsten Morgen noch immer nicht in ihrer kleinen Wohnung gewesen war, machte er sich ernsthafte Sorgen. Gerade als er sich seine Hose anzog, klopfte es an der Tür. Paul öffnete und sah zuerst niemanden. Erst als er nicht mehr starr geradeaus schaute, entdeckte er den kleinen Jungen, der vor ihm auf der Holzstiege stand und ihm einen gefalteten Zettel entgegenreckte.

»Soll ich Ihnen geben«, sagte der Junge und verschwand eilig, nachdem Paul ihm das Papier aus den Fingern genommen hatte.

Er rief noch hinterher: »Wer hat dir das gegeben?«

»Ein Mann«, kam die piepsige Stimme des kleinen Kerlchens zurück. Kein Hinweis, mit dem viel anzufangen war. Paul schloss die Tür und faltete das Papier auf.

Mit Schreibmaschine standen darauf eine Uhrzeit und eine Adresse. Außerdem der Zusatz: »Alleine, sonst siehst du sie nie wieder.«

Paul erschrak, als die Bedeutung der Zeilen in sein Bewusstsein drang. »Sie«, das war Hilde. Jemand – Wagner? – hatte sie in seiner Gewalt, und Paul würde ihr Leben riskieren, wenn er die Polizei hinzuzog. Also musste er allein hingehen. Die Adresse kam ihm bekannt vor. Dort lagen die Ruinen eines alten Stahlbaubetriebs in der Nähe des Neckars. Die Alliierten hatten ihn zerstört, da hier wichtige Bauteile für die Waffen der Nazis hergestellt worden waren.

Da es inzwischen früh dunkel wurde, würde Paul zumindest eine Taschenlampe benötigen. Und ganz sicher würde er nicht unbewaffnet dort erscheinen.

Eine halbe Stunde später traf er im Silber auf Thiele, der ihm einen strengen Blick zuwarf. Er wusste genau, dass Paul sich schwertat, die Entscheidung bezüglich Hoffmann zu akzeptieren. Allerdings machte er keinerlei Anstalten, zu weiteren Erläuterungen anzusetzen. Und Paul war ohnehin bemüht, sich nichts anmerken zu lassen, weder von seinem inneren Zwiespalt noch von seiner Angst um Hilde, die ihn fast wahnsinnig machte.

»Gönnenwein und Hindler mauern noch, aber ich bin zuversichtlich, dass sie reden werden, wenn sie erkennen, dass sie sich damit vielleicht einen Vorteil verschaffen. Sie werden alles tun, um den Kopf aus der Schlinge zu ziehen – und das meine ich wörtlich«, sagte Thiele. »Und Paul, glauben Sie nicht, dass mir das leicht fällt zu akzeptieren. Ich bin zwar der Staatsanwalt, aber ich kann auch nicht gegen den Willen der Militärregierung handeln. Und Jackson hat mich quasi persönlich instruiert. Daher sind mir momentan die Hände gebunden.«

Thiele legte ihm eine Hand schwer auf die Schulter, und Paul wusste nicht so recht, was er jetzt von dieser Aussage halten sollte. Ihr erstes Gespräch lag noch nicht lange zurück, und damals hatte Paul den Eindruck gewonnen, Staatsanwalt Thiele würde als aufrechter Kämpfer gegen die dunklen Schatten des Nationalsozialismus auch bei scharfem Gegenwind nicht umfallen. Hatte Paul sich getäuscht? Oder waren es wirklich die Amerikaner, die im Hintergrund die politischen Fäden zogen und, um einen Skandal zu vermeiden, lieber einen Täter laufen ließen? Aber wie sollte das funktionieren? Dass der Leiter der Stuttgarter Kripo nicht zum Dienst erschien, würde man nicht ewig geheim halten können. Und dann würden die Fragen kommen. Oder glaubten die Amis, ihn vorher zu fassen, hatten sie Informationen, die Paul und Thiele womöglich nicht hatten?

So viele Fragen, die momentan in seinem Kopf herumschwirrten und unbeantwortet blieben.

Paul versuchte sich an einem unverbindlichen Lächeln. Aber mehr brachte er in diesem Moment nicht zustande. Anders als noch vor vier Tagen war er sich nicht mehr sicher, ob er in Thiele einen Verbündeten gefunden hatte, der alles dransetzte, die Mörder von Vera Wallner und Jakob Beerbaum zu überführen. Und was, wenn gegen Gönnenwein und Hindler nicht ausreichend Beweise vorgebracht werden konnten und keiner von beiden gestehen würde? Dann wäre nicht einfach Pauls Karriere bei der Polizei stark gefährdet, sondern das gleichzeitig sein kleinstes Problem. Dann wäre er selbst in akuter Lebensgefahr, denn ohne Zweifel würden die beiden auf Rache sinnen.

Paul verabschiedete sich von Thiele, der ihm versprach, ihn auf dem Laufenden zu halten, sollte einer der beiden Untersuchungshäftlinge den Mund aufmachen.

In seinem Büro nahm er die Taschenlampe aus seinem Schreibtisch. Der Platz gegenüber, wo normalerweise Gönnenwein hockte, rauchte und vor sich hin bruddelte, war offensichtlich durchsucht worden. Wahrscheinlich von Volker Korn oder jemandem aus dessen Abteilung.

Es war längst dunkel, und ohne seine Taschenlampe hätte Paul kaum die eigene Hand vor Augen gesehen. Fünf Minuten vor einundzwanzig Uhr – er war etwas zu früh. Doch das hatte er so geplant. Er hatte vor, sich den Ort anzuschauen, ehe er auf einen Unbekannten traf, der vorgab, Hilde in seiner Gewalt zu haben.

Zwischendurch waren ihm Zweifel gekommen, ob er zu leicht und zu schnell auf ein anonymes Schreiben hereingefallen war. Aber ein Anruf in der Redaktion hatte ihm seine Befürchtung bestätigt.

Kupferschmidt, der Mann, der Hilde für die Zeitung angeworben hatte, hatte gemeint, sie habe gestern nach einem Anruf sogar recht zeitig die Redaktion verlassen, so gegen achtzehn Uhr. Und heute sei sie nicht zum Dienst erschienen, habe sich aber auch nicht entschuldigt oder krankgemeldet. Wer da gestern angerufen habe, das wisse er nicht. Hilde habe nicht darüber gesprochen. Nur eben kurz darauf ihre Sachen gepackt und sei dann aus dem Haus. Eine Nachricht, wo sie hingehe, habe sie entgegen den Gepflogenheiten der Redaktion nicht hinterlassen. Nein, das sei ihm auch nicht verdächtig vorgekommen, hatte Kupferschmidt dann weiter ausgeführt. Sie sei ja schließlich neu in der Redaktion und könne noch nicht mit allem vertraut sein. Deshalb habe er sich auch nichts weiter dabei gedacht und angenommen, sie sei eben in den Feierabend gegangen. Komisch sei es ihm erst vorgekommen, als sie heute nicht erschienen sei. Schließlich arbeiteten sie doch an einem wichtigen Thema, und Eberle habe fest mit ihrem Artikel gerechnet.

Paul hatte ausweichend geantwortet, sehr darauf bedacht, sich nicht in ein Gespräch verwickeln zu lassen, in dem ihn der Journalist womöglich durch ein paar wenige gezielte Fragen in die Enge trieb.

Und nun stand er hier. Eingehüllt von der Finsternis wartete er – ja, worauf eigentlich?, schoss es ihm in diesem Moment durch den Kopf. Auf den großen Unbekannten, wie man ihm weismachen wollte? Dabei wusste er ja genau, wer sich hinter der Maske verbarg, oder?

Das Gelände war groß. Wo genau sollte er sich einfinden?

Doch ehe er den Gedanken richtig zu Ende bringen konnte, drang eine Stimme an sein Ohr, die ihm das Blut in den Adern gefrieren ließ.

Er wusste sofort, zu wem sie gehörte. Es war der Mann im Schatten. Wagner alias Hoffmann.

»Sind Sie allein gekommen?«

Paul nickte.

»Ich fragte, ob Sie allein gekommen sind!«

Dass Wagner nachfragte, betrachtete Paul als wichtige Information. Offenbar wusste Wagner zwar, dass er da war, aber er konnte nicht jede seiner Bewegungen sehen. Das war gut. Hoffte Paul zumindest.

»Ja«, antwortete er knapp und laut. Noch konnte er Wagner nicht genau lokalisieren. Er hatte zwar eine Ahnung, aus welcher Richtung die Stimme kam, mehr aber nicht.

»Kommen Sie ein Stück vor, damit ich Sie sehen kann«, sagte der gesuchte Gestapo-Mörder.

»Wo ist Hilde?«

»Sie ist hier, bei mir. Aber zuerst müssen wir uns unterhalten. Und ich warne Sie: Eine falsche Bewegung, und die Kleine ist tot. Und Sie sterben dann danach. Doch bei Ihnen würde ich mir ähnlich viel Zeit lassen wie bei dem Judenweib.«

»Wallner. Sie haben sie also ermordet.«

»Nein. Das war Klopfer, dieser Dummkopf. Er hat ihr den Stuhl wegezogen. Sogar zwei Mal.«

»Aber Sie haben der armen Frau den Strick um den Hals gelegt.«

»Trotzdem habe nicht ich sie gehängt. Das war Klopfer.«

»Aber auf Ihren Befehl hin.«

»Kommen Sie jetzt raus, Kramer, sonst jage ich Ihrer Freundin eine Kugel in den Kopf.«

Paul machte einen Schritt nach vorn. Sekunden später trat gute zehn Meter vor ihm Wagner aus dem Schatten eines Trümmerhaufens. Er schob Hilde grob vor sich her, hatte eine Pistole in der rechten Hand, und seine Augen funkelten bedrohlich in der Dunkelheit. Selbst auf die Entfernung und nur im Mondlicht sah Paul die wilde Entschlossenheit im Gesicht seines Gegenübers. Er würde sie beide töten, wenn er nur den Hauch einer Chance spürte, davonzukommen. Er hatte garantiert nie vorgehabt, sie am Leben zu lassen. Und Paul war ihm wie ein blutiger Anfänger auf den Leim gegangen. Er hatte zwar damit gerechnet, dass der Brief von Wagner gekommen war. Aber er war gleichzeitig so in Sorge um Hilde gewesen, dass er nicht an eine Todesfalle gedacht hatte.

»Los, Kramer, kommen Sie her.«

Wagner gab Hilde einen groben Tritt in den Rücken, sodass sie zu Boden geworfen wurde und sich wegen ihrer gefesselten Hände nicht abstützen konnte. Sie schrie auf vor Schmerz.

Dann fuchtelte Wagner mit der Pistole und bedeutete Paul, zu ihm herüberzukommen. Der folgte widerwillig der Anweisung.

»Was wollen Sie von uns, Wagner?«

Der Angesprochene antwortete nicht.

»Sie haben keine Chance. Die deutsche Polizei sucht nach Ihnen, die Militärpolizei der Amerikaner ist Ihnen auf der Spur, die Justiz hat längst einen Haftbefehl erlassen. Sie können nicht durch das Netz schlüpfen, Wagner. Sie werden sich verantworten müssen, und zwar vor einem ordentlichen deutschen Gericht. Und Sie werden Ihrer Strafe für die begangenen Verbrechen nicht entgehen. Für all die Morde, die Sie selbst begangen oder angeordnet haben.«

»Ach, ist das so? Und was soll das sein, ein ›ordentliches deutsches Gericht‹? Dort sitzen dann Staatsanwälte und Richter, die wissen, was sie zu tun haben, weil sie das Rechtssystem kennen? Glauben Sie das wirklich? Was soll mir passieren? Ich bin schon einmal abgetaucht. Und Himmlers Werwölfe haben mir geholfen. Sie müssen wissen, Sie kleiner naiver Trottel, wir sind immer noch da. Man sieht uns nur nicht. Wir Werwölfe, wir sind eigentlich Schattenwölfe. Aber bald, bald schon werden Sie und Ihresgleichen wieder lernen, was es heißt, sich mit uns anzulegen.«

Jetzt war es Paul, der eine Erwiderung schuldig blieb. Hilde versuchte unterdessen, sich mühsam aufzurichten, stand wackelig auf unsicheren Beinen. Paul konnte die Umrisse ihrer vor Angst weit aufgerissenen Augen gerade so erkennen.

»Was wollen Sie von uns? Warum sind wir hier?«

»Damit Sie schweigen. Wir mögen es nicht, wenn man uns hinterherschnüffelt. Sie sollen schweigen. Jetzt und für immer. Niemand will, dass man in der Vergangenheit wühlt. Aber Menschen wie Sie, getrieben von einem abnormalen Gerechtigkeitssinn, zerstören den Neuaufbau. Man kann besser auf vorhandenen Fundamenten etwas Neues aufbauen, glauben Sie mir. Sie und Ihresgleichen, Sie wollen auf Sand eine Zukunft errichten, die in sich zusammenfällt wie ein Luftschloss. Denn die Menschen, die wollen Verlässlichkeit, Kontinuität. Sie haben Angst vor der Veränderung und vor dem Ungewissen. Warten Sie es ab. Sie werden sehen, ich behalte recht.«

»Dann hätten Sie nicht zurückkommen dürfen.«

»Wo ist es sicherer als genau dort, wo einen niemand vermutet? Ich hatte alles und jeden im Blick, genügend Zeit und Übersicht, um rechtzeitig alle Strippen zu ziehen. Ein perfektes Marionettenspiel. Es hat doch wunderbar funktioniert. Aber dann musste ja dieser Idiot Gönnenwein diesen Juden erschießen.«

»Dann war es also Gönnenwein, der geschossen hat? Aber warum?«

»Das müssen Sie schon ihn fragen. Es hatte sich ein Streit zwischen ihm und einigen DPs entwickelt. Er war schließlich dumm und gierig genug, deren Schwarzmarktware zu beschlagnahmen und teuer weiterzuverkaufen. Sie können sich also eigentlich bei ihm bedanken, dass Sie heute hier sind. Hätte er sich ruhig und unauffällig verhalten, wäre alles seinen Gang gegangen.«

»Aber warum musste Beerbaum sterben?«

»Das war Zufall. Er war im falschen Moment am falschen Ort und stand in der Schussbahn. Gönnenwein und Hindler sind von einigen Juden bedrängt worden und mussten sich wehren.«

»Beerbaum musste also sterben, weil er im Weg stand? Was sind Sie alle nur für Menschen?«

Paul sah, wie Wagner gelangweilt mit den Schultern zuckte. »Was soll's, einer mehr oder weniger? Darauf kommt es doch jetzt nicht an. Eine kleine, unbedeutende Handlung, von ›Tat‹ will ich da gar nicht sprechen. Aber mit enormer Tragweite, das mag schon sein. Aufgebauscht von einer sensationsgierigen Presse. Plötzlich interessierten sich die Amerikaner und auch dieser übereifrige Kommunistenstaatsanwalt für den Fall. Und dann noch Ihre Schnüffelei wegen dieser Wallner. So was können wir doch nicht zulassen. Wir lassen uns nicht gerne auf der Nase rumtanzen.«

»Die Waffe runter!«, dröhnte eine Stimme durch die dunkle Nacht. »Wagner, die Waffe runter, Sie sind verhaftet und werden sich vor Gericht verantworten müssen.«

Wagner machte einen Schritt zurück, versuchte, im Schatten unterzutauchen. Doch Pauls Augen hatten sich inzwischen an die Dunkelheit gewöhnt, deshalb konnte er sehen, wie Wagner mit hektischen Kopfbewegungen die Gegend absuchte. Dann war ein Motor zu hören, und kurz darauf flammte ein greller Scheinwerfer auf, der Wagner direkt anstrahlte, sodass dieser einen überdimensionalen Schatten an die Wand warf wie in einem Stummfilm von Murnau.

Mehrere Militärpolizisten tauchten auf, ihre Waffen waren alle auf Wagner gerichtet. Dieser zerrte die noch immer vor ihm liegende Hilde grob an den Haaren und mit einem raschen Ruck wieder auf die Beine, versuchte, sie als Schutzschild vor sich zu ziehen, doch sie schlug ihm mit den gefesselten Händen wütend ins Gesicht, sodass er rückwärts taumelte. Dabei geriet sie selbst ins Straucheln und stürzte erneut zu Boden.

»Wagner, bleiben Sie stehen und lassen Sie die Waffe fallen! Sie haben keine Chance. Sie sind verhaftet und werden vor Gericht gestellt werden.«

Jetzt erkannte Paul die Stimme. Es war Oberst Gruber. Warum war er hier? Woher wusste er von dem Treffen?

Wagners Körper richtete sich mit einem Mal kerzengerade auf, entspannte sich. Die Waffe hing locker in der Hand am Ende des rechten Arms. Ein Grinsen breitete sich auf seinem Gesicht aus. Dann hob er blitzschnell den Arm mit der Pistole, drückte sich den Lauf an die Schläfe und zog den Abzug durch.

EPILOG

Stuttgart, Oktober 1945

Paul stand im Keller des Hotel Silber. Wenige Meter vor ihm hatte Vera Wallner in der Zelle um ihr Leben gekämpft. Nun stand Hilde neben ihm.

Wagner hatte sich vor drei Tagen selbst erschossen, um seinem Prozess, seinem Urteil und seiner Hinrichtung zu entgehen. Doch es war der Militärregierung gelungen, die Ereignisse aus der Öffentlichkeit herauszuhalten.

Noch in Wagners Todesnacht hatten Jackson, Gruber, Rückert und Klett stundenlang zusammengesessen und beraten, wie sie mit der Situation umgehen wollten. Niemand hatte Interesse daran, die neue und mühsam zusammengewürfelte Polizeitruppe der Stadt gleich in einen Skandal zu stürzen.

Daher hatte man zwei knappe Meldungen an die Presse gegeben. Die erste fasste kurz die Ergreifung des wegen Mordes und Verbrechen gegen die Menschlichkeit gesuchten ehemaligen Gestapo-Beamten Herbert Wagner zusammen. US-Militärpolizisten hätten den Gesuchten auf einem ehemaligen Fabrikgelände im Osten Stuttgarts verhaften wollen, als sich dieser durch Selbsttötung seiner Festnahme entzogen habe.

Kein Wort von Paul und Hilde.

Die zweite Meldung besagte in dürren Zeilen, dass der erst vor Kurzem eingesetzte Leiter der Stuttgarter Kriminalpolizei, Artur Hoffmann, plötzlich und unerwartet an einem Schlaganfall verstorben sei.

In den nächsten Tagen würde man dann die Ermittlungsergebnisse zu den Fällen Wallner und Beerbaum präsentieren. Beide Geschichten würde die »Stuttgarter Zeitung« exklusiv veröffentlichen. Darauf hatte Hilde bestanden, da sie sonst mit leeren Händen dagestanden hätte.

Selbst Eberle, der Herausgeber des Blattes, zeigte sich nach anfänglichem Murren über die Vertuschung der Hoffmann/

Wagner-Affäre einverstanden. Man hatte ihn zu später Stunde kurzfristig zu der Runde hinzugeladen. Allerdings war ihm wenig anderes übrig geblieben, als mitzuspielen, denn Jackson hatte überdeutlich formuliert, dass eine Zeitungslizenz schnell wieder entzogen war, wenn die angestrebte demokratische Grundordnung des Landes in Gefahr geriete.

Daher hatte man sich auf die Lesart verständigt, dass Wagner als Mörder von Vera Wallner seinem gerechten Urteil entgangen sei. Zudem würde es eine erkleckliche weitere Anzahl an Todesfällen geben, die ihm zugerechnet werden konnten.

Auch der Selbstmord von Heinz Maack, dem einstigen Dienststellenleiter der Gestapo in Stuttgart, würde damit in Verbindung gebracht werden. Maack hatte fürchten müssen, dass Wagner ihn im Zweifel beschuldigen würde. Und da ihm im Verhör signalisiert worden sei, die Ergreifung Wagners stehe kurz bevor, habe er sich selbst gerichtet.

Dagegen hatte man sich bei Hindler und Gönnenwein darauf verständigt, beide aus dem Dienst zu entlassen. Thiele hatte darauf gepocht, sie der Mittäterschaft am Mord an Vera Wallner und an weiteren Todesfällen sowie des Mordes an Jakob Beerbaum anzuklagen. Doch Jackson hatte abgewiegelt. Er war in Sorge, dass dies die Polizei und die US-Militärregierung in ein zu schlechtes Licht rücken würde.

Allerdings hatte man die Freiheit für Gönnenwein und Hindler an die Bedingung einer umfassenden Aussage geknüpft. Dabei hatten die beiden gestanden, dass die ermordete Regina Schurr sterben musste, weil sie einst Hindler und Gönnenwein regelmäßig zusammen mit Wagner im Hotel Silber gesehen und nun im Kripochef Artur Hoffmann sofort den ehemaligen Obersturmführer der Gestapo erkannt hatte. Allerdings bestritten sowohl Hindler als auch Gönnenwein, die Frau getötet zu haben. Sie lasteten diesen Mord Wagner an, der dadurch seine alte Identität weiter zu verschleiern gehofft habe. Es würde nahezu unmöglich, ihnen das Gegenteil zu beweisen, dessen war sich Paul bei allem Ärger über die Situation bewusst.

Der Tod von Jakob Beerbaum sei dagegen ein tragischer Unfall und kein geplanter Mord gewesen, wie Hindler und Gönnenwein übereinstimmend aussagten. Er sei ihnen bei einem Streit mit jüdischen Schwarzmarkthändlern während der besagten Razzia unglücklich in die Schussbahn gelaufen, als sie angegriffen worden seien. Da es keine Zeugenaussagen gab, die dies widerlegen konnten, würde man es nach Abschluss der Ermittlungen ebenfalls so an die Presse weiterleiten.

Paul war mit dem Vorgehen ebenso wenig einverstanden wie Hilde. Aber sie konnten zumindest im Moment nichts weiter tun.

Hilde stand neben ihm und griff nach seiner Hand. Er hatte sie von der Zelle, in der Vera Wallner ermordet worden war, in jene mitgenommen, in der man ihn festgehalten und verhört hatte.

»Oh, Paul«, sagte sie nur und schaute ihn mit tränenerfülltem Blick an.

Beide standen noch eine Weile da und schwiegen. Schließlich gab Paul sich einen Ruck, drückte Hildes Hand, und sie kehrten dem schauerlichen Ort den Rücken.

Als sie wieder nach oben kamen, sagte Hilde mit festem Ton: »Meinem Vater wird der Prozess gemacht. Thiele hat Anklage gegen ihn erhoben. Ich hoffe, er bekommt seine gerechte Strafe.«

»Ja. Es ist noch längst nicht vorbei.«

Sie traten durch die Tür, standen vor dem Hotel Silber in der Dorotheenstraße. Um sie herum wuselten Menschen, gingen ihren Tätigkeiten nach, kauften Lebensmittel, räumten Schutt beiseite, reparierten Dinge oder eilten von einem Ort zum anderen. Straßenbahnen rumpelten auf Schienen durch die Stadt, Schutzpolizisten regelten den Verkehr, der in den letzten Wochen deutlich zugenommen hatte.

Paul nahm sie am Arm, drehte sich zu ihr hin und sagte nachdenklich: »Wir haben noch viel zu tun. Denn die im Dunkeln, die sieht man doch. Auch wenn es nur Schatten oder Konturen sein mögen. Es ist unsere Aufgabe, sie ans Licht zu zerren.«

Nachwort

Wir befinden uns in unruhigen Zeiten. Nichts weniger als unsere Freiheit ist in Gefahr. Die Freiheit, zu sagen, was man denkt, zu sein, wer und wie man sein möchte. All das und mehr ist gewiss keine Selbstverständlichkeit. Und doch wird faschistisches Gedankengut wieder hoffähig. Das wiegt umso schwerer, wenn man einen Blick in die Historie unseres Landes wirft und neunzig Jahre zurückreist.

Natürlich wiederholt sich Geschichte nicht. Und doch lohnt sich ein Erinnern und Mahnen. Es steht zu viel auf dem Spiel. Insbesondere angesichts der jüngsten Wahlergebnisse mit ihrem Rechtsruck in Deutschland und Europa.

Daher ist die erzählte Geschichte für mich durchaus ein kleiner Beitrag zu einem laut herausgebrüllten »Nie wieder!«.

Vor diesem Hintergrund war es mir einerseits wichtig, in meine fiktive Geschichte reale Ereignisse, Personen und Orte einfließen zu lassen. Andererseits wollte ich kein Sachbuch mit erhobenem Zeigefinger schreiben, sondern lieber mit einem Kriminalroman hoffentlich spannend unterhalten und vielleicht auf diese Weise manche Leserinnen und Leser zum Nachdenken anregen.

Und so habe ich mir, auch um die Geschichte zwischen zwei Buchdeckel zu bringen, an einigen Stellen Freiheiten genommen – mal die Zeit gestrafft oder gedehnt, Personen fiktionalisiert und Orte verändert. Dabei habe ich jedoch achtgegeben, dass ich den Kern der Geschehnisse nicht verfälsche.

Sollte mir dies gelungen sein, dann nur mit Hilfe zahlreicher Helfer und Unterstützer.

Allen voran danke ich dem »Haus der Geschichte« und dem Team vom Hotel Silber, das geduldig meine Fragen beantwortet und sich auch die Zeit genommen hat, mir den Erinnerungsort intensiv zu zeigen. Ich war noch einige Male dort, habe viele Unterlagen studiert und durfte Originalakten lesen. Texte, deren sachliche Nüchternheit das Grauen nur verstärkt. Mehr als einmal haben sich mir die Nackenhaare aufgestellt, ist es mir kalt den Rücken hinuntergelaufen. Schwarz auf weiß nachzulesen, wozu Menschen in unserem Land fähig waren, hat mich in meinem persönlichen Eintreten für unsere Demokratie weiter bestärkt.

Vielen Dank auch an das Archiv der »Stuttgarter Zeitung«. Auch dort habe ich mit Fragen offene Türen eingerannt und bin gut mit Recherchematerial versorgt worden.

Dank ebenso an die großartige Arbeit der »Initiative Lern- und Gedenkort Hotel Silber«. Ohne euch würde dort heute womöglich ein Einkaufszentrum stehen. Umso mehr bin ich stolz, das Buch an genau diesem Ort erstmals präsentieren zu dürfen. Und ich hoffe, es wird den damit verbundenen Erwartungen gerecht. Vielen Dank auch an meinen Kollegen Wolfgang Schorlau, der sich die Zeit genommen hat, mir einige wertvolle Tipps mit Blick auf den Aufbau meiner Erzählung zu geben. Ebenso möchte ich mich bei Joachim Speidel bedanken, der am Anfang des Projektes ebenfalls ein wichtiger Ideengeber war.

Ein Dankeschön auch an das Team bei Emons und meinen Lektor Lothar Strüh, Jana Budde vom Emons Verlag und Lorenz Knieriem. Sie alle haben sich geduldig mit mir und meinem Manuskript auseinandergesetzt und alles aus der Vorlage rausgeholt, was rauszuholen war. Alle Fehler und Unzulänglichkeiten des Romans sind allein dem Autor anzukreiden.